* A ARTE PERDIDA * DE GUARDAR SEGREDOS

EVA RICE

✳ A ARTE PERDIDA ✳ DE GUARDAR SEGREDOS

Tradução de
MICHELE GERHARDT

2008

CIP-Brasil. Catalogação-na-fonte
Sindicato Nacional dos Editores de Livros, RJ.

R381a

Rice, Eva
A arte perdida de guardar segredos / Eva Rice; tradução Michele Gerhardt. – Rio de Janeiro: Record, 2008.

Tradução de: The lost art of keeping secrets
ISBN 978-85-01-07672-4

1. Guerra Mundial, 1939-1945 – Inglaterra – Ficção. 2. Romance inglês. I. Gerhardt, Michele. II. Título.

07-3775

CDD – 823
CDU – 821.111-3

Título original inglês:
THE LOST ART OF KEEPING SECRETS

Imagem de capa: Leonard McCombe/Getty Images

Direitos exclusivos de publicação em língua portuguesa somente para o Brasil adquiridos pela
EDITORA RECORD LTDA.
Rua Argentina 171 – Rio de Janeiro, RJ – 20921-380 – Tel.: 2585-2000
que se reserva a propriedade literária desta tradução

Impresso no Brasil

ISBN 978-85-01-07672-4

PEDIDOS PELO REEMBOLSO POSTAL
Caixa Postal 23.052
Rio de Janeiro, RJ – 20922-970

EDITORA AFILIADA

Para Donald "Habilidade" Rice,
que me ajudou a inventar Milton Magna.

Agradecimentos

A arte perdida de guardar segredos teria começado com problemas se não fosse pelas seguintes pessoas, por isso muito obrigada a: Claire Paterson, Eric Simonoff, Molly Beckett, Christelle Chamouton e a todos em Janklow and Nesbit, Harriet Evans (editora extraordinária), Catherine Cobain, Georgina Moore e a brilhante equipe de Hodder Headline, Paul Gambaccini, Ray Flight (que conhece seus Teds), Joanna Weinberg, Ed Sackville, Tim Rice, minha avó, Joan Rice, que me ajudou enormemente, minha mãe, Jane Rice (que não se parece nem um pouco com Talitha), Donald Rice, cujo conhecimento das grandes casas de campo da Inglaterra é inigualável, Petrus, Martha e Swift. Flores para Sue Patterson, por ter tido a visão de nunca jogar fora suas maravilhosas revistas da década de 1950, e Ann Lawlor, que realmente assistiu ao espetáculo de Johnnie Ray, no Palladium. Eu também gostaria de agradecer a Ruby Ferguson como uma grande inspiração.

Sumário

Ela disse que tínhamos de fazer alguma coisa a respeito dos quartos. As paredes estavam todas sujas e o mofo tomava conta de algumas partes do papel de parede. Mas apenas fechamos as portas e descemos correndo para a cozinha, onde estava mais quente.

Edna O'Brien, *The Lonely Girl*

Capítulo 1

A MENINA DE CASACO VERDE

Conheci Charlotte em uma tarde em Londres, enquanto esperava o ônibus. Olhe só isso! O que, isoladamente, já é a primeira coisa extraordinária, visto que eu raramente pegava ônibus, apenas uma ou duas vezes ao ano, e mesmo assim pela novidade de não viajar de carro ou de trem. Era meado de novembro de 1954 e estava frio como sempre em Londres. Frio demais para nevar, meu irmão costumava dizer em tais dias, algo que eu nunca entendi. Eu estava usando um bonito casaco antigo forrado com pele, da Whiteleys, e luvas coloridas de tricô que um amigo de Inigo deixara em Magna na semana anterior; portanto, estava me sentindo bem protegida contra as condições árticas.

Lá estava eu, pensando no cantor Johnnie Ray e esperando pacientemente com duas senhoras, um rapaz de uns 14 anos e uma jovem mãe com seu bebê, quando meus pensamentos foram interrompidos pela chegada de uma moça muito magra vestindo um casaco longo verde-água. Era quase tão alta quanto eu, o que chamou minha atenção na mesma hora, já que tenho quase um metro e oitenta quando estou de sapatos. Ela parou diante de todos nós e limpou a garganta.

— Alguém quer dividir um táxi? — perguntou. — Não posso ficar sentada aqui o dia inteiro, esperando. — Falou alto, rápido e sem o menor sinal de timidez, e para mim ficou claro, na mesma hora, que, embora ela falasse com todos nós, era eu quem ela queria que aceitasse a oferta.

O garoto de 14 anos abriu a boca e fechou-a de novo, depois corou e enfiou as mãos nos bolsos. Uma das senhoras murmurou:

— Não, obrigada.

Acho que a outra devia ser surda, porque sua expressão permaneceu inalterada pela proposta. A jovem mãe balançou a cabeça com um sorriso de infinito pesar que permaneceu em minha mente muito depois de o dia terminar. Eu dei de ombros.

— Para onde você está indo? — perguntei, tolamente.

— Ah, você, *querida*! Vamos. — A garota correu até o meio da rua e fez sinal para um táxi. Em segundos, um parou ao lado dela.

— *Entre*! — intimou ela.

— Espere um segundo! *Para onde você vai*? — perguntei pela segunda vez, completamente confusa e desejando nunca ter aberto minha boca.

— Ah, pelo amor de Deus, apenas entre! — mandou ela, abrindo a porta do táxi. Por alguns segundos o mundo inteiro pareceu hesitar sob as ordens dela. Em algum lugar em um universo paralelo, escutei-me gritar que mudara de idéia e que ela devia ir sozinha. É claro que, na realidade, prossegui, entrei no táxi ao lado dela e, assim que o sinal abriu, saímos.

— Nossa! — exclamou ela. — Achei que você nunca entraria!

Ela não se virou para falar comigo, apenas ficou olhando para a frente, para a direção em que estávamos indo. Não respondi na hora, mas fiquei analisando a glória de seu perfil: a pele macia e pálida, os cílios longos e curvados e o cabelo louro-escuro, muito grosso e pesado, que caía bem abaixo de seus ombros. Ela parecia um pouco mais velha do que eu, mas pressenti, pela forma como falava, que provavelmente era um ano mais nova. Ela estava sentada muito ereta, a grande boca formando um pequeno sorriso.

— Para onde você está indo? — perguntei de novo.

— Você só sabe dizer isso?

— Vou parar de perguntar quando você me responder.

— Estou indo para Kensington. Vou tomar chá com tia Clare e com Harry, que é *absolutamente* indescritível, por isso gostaria que viesse comigo, e teremos uma tarde encantadora. Ah... a propósito, meu nome é Charlotte.

Foi como ela disse. De forma direta, como Alice no País das Maravilhas. É claro que, sendo como sou, eu estava lisonjeada com sua presunção absurda por achar, primeiro, que eu ficaria feliz em acompanhá-la e, segundo, que seria uma tarde encantadora se eu fosse.

— Tenho de acabar de ler o quarto ato de *Antônio e Cleópatra* até as 5 horas — disse eu, esperando parecer um pouco distante.

— Ah, isso é absolutamente fácil — disse ela. — Ele morre e ela se mata com uma serpente. *Tragam meu penhoar e minha coroa, tenho necessidades imortais* — citou ela com calma. — Temos de admirar uma mulher que escolhe acabar com a própria vida com uma mordida de serpente, não temos? Chamar a atenção, é o que tia Clare diria disso. Eu acho que é a forma mais glamourosa de morrer.

— Difícil fazer isso na Inglaterra — disse eu, sendo sensata. — Não temos muitas serpentes circulando por Londres.

— Existem *muitas* no oeste de Londres — disse Charlotte, animada. — Jantei com uma ontem à noite.

Eu ri.

— Quem era?

— A última conquista de minha mãe. Ele insistiu em dar-lhe bolo de batata na boquinha, como se ela tivesse 3 anos de idade. Ela não parava de rir, como se aquilo fosse a coisa mais hilariante que já tinha acontecido. *Devo* me lembrar de não jantar com ela de novo este ano — pensou ela alto, pegando um bloco e um lápis. — O pior é que seu novo galã não é nada do que parece no fosso da orquestra.

— Fosso da orquestra?

— Ele é maestro, chama-se Michael Hollowman. Suponho que você vai bancar a sofisticada e me dizer que sabe exatamente quem ele é e me perguntar se sua interpretação de *Rigoletto* não foi notável.

— E foi, apesar de um pouco corrida e sem emoção — disse eu.

Charlotte me encarou e eu sorri.

— Estou brincando — admiti.

— Graças a Deus. Se você não estivesse brincando, acho que eu teria de retirar meu convite agora mesmo — disse Charlotte.

Começou a chover e o trânsito estava piorando.

— Quem *são* tia Clare e Harry? — perguntei, a curiosidade vencendo facilmente a praticidade, já que estávamos indo na direção oposta a Paddington. Charlotte suspirou.

— Tia Clare é minha mãe de verdade. Quero dizer, ela *não* é minha mãe, ela é irmã de minha mãe, mas minha mãe abriu mão de tudo na vida, com exceção de homens com batutas, que ela acredita que vão ajudá-la na carreira. Ela colocou na cabeça que é uma ótima cantora sem formação musical — disse ela, severamente.

— E ela é?

— Ela com certeza acertou no "sem formação musical". Ela é muito neurótica sobre tudo exceto quanto ao que acontece comigo, o que é um tanto conveniente, já que não temos absolutamente nada em comum, a não ser nossos delírios de grandeza. Então, passo a maior parte do tempo na casa da tia Clare e a menor possível em casa.

— E onde é a sua casa? — perguntei, parecendo minha avó.

— Clapham — disse Charlotte.

— Ah.

Ela poderia ter dito Vênus. Já tinha ouvido falar, mas não fazia idéia de onde ficava Clapham.

— De qualquer forma, no momento, tia Clare está escrevendo suas memórias — continuou ela. — Estou ajudando. Isso quer dizer que fico apenas escutando o que ela diz e datilografando. Ela me paga uma ninharia, porque acha que eu deveria ficar honrada por estar fazendo esse trabalho. Ela diz que muitas pessoas dariam qualquer coisa para escutar histórias como as dela direto da fonte, por assim dizer.

— Não duvido — disse eu. — E Harry?

Charlotte virou-se para me encarar.

— Até três anos atrás, tia Clare era casada com um homem muito inteligente chamado Samuel Delancy. Um daqueles temíveis tipos com boa aparência, mas muito maus. De qualquer forma, ele morreu com a queda de uma estante de livros.

— Não!

— Sim, é verdade. A estante simplesmente caiu sobre sua cabeça enquanto ele estava lendo *A origem das espécies*. Minha mãe vive dizendo que foi muito irônico. Assim, tia Clare acabou herdando um monte de dívidas e nada mais que isso. E como se não bastasse ele ser um tipo de homem amedrontador, ainda mancava. Harry é o único filho deles; ele tem 25 anos e está convencido de que o mundo todo conspira contra ele, o que é realmente muito estúpido.

— Estou contente por dividir o táxi com você, mas não tenho o hábito de tomar chá com completos estranhos — disse eu, de forma pouco convincente.

— Ah, puxa vida. Não estou pedindo para que se torne um hábito, mas venha. Por favor! Por mim! — implorou Charlotte.

Embora fosse uma razão absurda para eu acompanhá-la, visto que só nos conhecíamos havia poucos minutos, ela obteve o efeito desejado. Havia algo na forma como aquela criatura falava, algo na forma como ela se comportava, que fazia com que eu tivesse quase certeza de que ninguém conseguiria negar nada a ela, tanto se a conhecesse há cinco minutos quanto há cinqüenta anos. Nesse aspecto, ela me lembrava muito meu irmão. Eu sentia como se estivesse na rua olhando para o táxi e me visse como divertida e interessante, porque eu estava na companhia de Charlotte, e uma garota como ela não teria me escolhido para tomar chá sem achar que havia algo interessante em mim, não é mesmo? Ela causava em mim o efeito contrário das Alicias, Susans e Jennifers do circuito das debutantes. Com essas garotas, eu me sentia diminuída, sentia minha sombra ficando cada vez menor, minha visão se limitando, até que um pavor enorme tomava conta de mim: o de que eu poderia perder de vista, se não tivesse cuidado, todo pensamento original que já tivesse tido. Charlotte, porém, era toda possibilidades. Ela era o tipo de pessoa sobre a qual lemos em romances, mas que raramente conhecemos na vida real. Se esse fosse o começo de um romance, bem, eu tinha certeza de que não deveria sair do táxi até que chegássemos à misteriosa casa da tia Clare para tomar chá. Eu sempre acreditara em destino, mas nunca acreditara em *mim* até essa tarde. Contudo, não queria que Charlotte pensasse que me ganhara *assim* com tanta facilidade...

— Você é muito persistente. Não sei se devo confiar nem um pouco em você — disse eu com calma.

— Ah, você não precisa *confiar* em mim. Sempre considerei as pessoas dignas de confiança muito chatas, na verdade, e (ah, meu Deus!) eu conheço algumas pessoas chatas. Só quero que você me *ajude*. Existe uma diferença.

— Você não tem nenhum amigo que poderia levar com você? — perguntei.

— Sem graça.

— Como assim?

Ela balançou a cabeça, soltando um som de impaciência.

— Olhe. Não posso *obrigá-la* a ir comigo. Se não consegue suportar a idéia disso, bem, eu entendo. Só que você sempre vai se perguntar como teria sido, não vai? Ficará deitada acordada hoje à noite, se perguntando: "Humm, como será que tia Clare estava vestida? Será que ela era mesmo um monstro? Será que Harry era o rapaz mais bonito de Londres?" Mas você nunca saberá, porque será tarde demais e eu não vou procurá-la outra vez.

— Ele é? — perguntei, cheia de suspeita.

— O quê?

— Harry é o rapaz mais bonito de Londres?

— Ah, não! Claro que não! — Pelo menos Charlotte teve a dignidade de rir de si mesma, um som surpreendentemente alto e estridente, como uma moto ligando. — Ele não é de modo algum bonito, mas é, de longe, o rapaz mais *interessante* que você conhecerá. Você vai amá-lo — acrescentou ela, simplesmente. — Todo mundo o ama depois de um tempo. Ele tem uma forma irritante de nos deixar viciadas.

— Não seja boba. — Eu estava contrariada comigo mesma por ter perguntado sobre ele.

— Sempre tem um chá excelente na casa de tia Clare — continuou Charlotte. — Muita manteiga, geléia de framboesa, bolinhos recheados com passas e todos os tipos de pãezinhos que se pode comer. Minha mãe nunca entendeu a importância de um bom chá.

O táxi estava subindo a Bayswater Road agora.

— Bem, não posso ficar muito tempo — disse eu, de forma pouco convincente.

— Claro que não.

Ficamos sentadas em silêncio por um momento, e eu pensei que ela perguntaria meu nome em seguida, mas não perguntou. Mais tarde percebi que não teria ocorrido a ela que deveria ter perguntado. Eu experimentara, pela primeira vez, o grande dom de Charlotte de circunavegar o comportamento normal.

— Eu sabia que você pegaria o táxi comigo — estava dizendo ela, agora. — Eu a vi esperando o ônibus do outro lado da rua e pensei: "Lá está a moça *perfeita* para tomar chá com tia Clare e Harry."

Eu não sabia como encarar isso, então franzi a testa.

— Simplesmente perfeita! — disse Charlotte de novo. — E Deus! Adorei seu lindo casaco, também. — Ela apontou para a gola de pele. — Que lindo trabalho! Eu faço as minhas próprias roupas. Isso se tornou um vício. Minha pobre mãe não consegue me entender de modo algum. Ela diz que se qualquer homem sensato imaginar que passo horas em frente de uma máquina de costura como uma solteirona tirada dos romances de D. H. Lawrence, ele ficará assustado. Eu disse a ela que não me importo, já que não estou nem um pouco interessada em homens sensatos.

— Certo — concordei. — Então, o que você faz?

— Bem, eu fiz esse casaco usando um tapete velho — confessou Charlotte. — Tia Clare diz que sou tremendamente arrojada, mas com uma voz que mostra que ela acha que sou tremendamente vulgar.

— De um tapete? — disse eu, impressionada. — Mas é um casaco maravilhoso!

Eu olhei para ela com respeito renovado. Obviamente havia uma ética enraizada nela por baixo da aparência leviana, e uma ética enraizada (sendo algo que me falta) é uma coisa que admiro muito nas outras pessoas.

— Levou um tempo enorme e os bolsos estão um pouco surrados, mas não foi um trabalho ruim — disse Charlotte. — Mas quando vejo um casaco como o seu! Bem! São outros quinhentos.

— Você pode usá-lo para o chá, se quiser. — Fiquei admirada ao me escutar dizendo isso. Charlotte hesitou.

— Posso mesmo? Você não se importa? Seria um enorme prazer. — Ela começou a desabotoar seu casaco verde antes que eu pudesse mudar de idéia. — Pegue. Experimente o meu — disse ela, entregando-me o casaco.

O casaco de Charlotte era deliciosamente confortável e quente. Parecia que um pequeno pedaço dela tinha ficado escondido no forro, e isso gerava uma sensação estranha, como a de colocar uma máscara. Ela se contorceu para vestir o meu casaco, puxando a cabeleira para fora da gola. O efeito me deixou chocada, não apenas porque ela tinha a capacidade de atriz de mudar sua aura simplesmente mudando de roupa. Era como se ela tivesse recebido sua fantasia para a noite e no mesmo instante estivesse imersa em seu papel.

— Obrigada — disse ela, delicadamente. — Pareço um pouco mais rica? — Ela riu.

— Parece — respondi, sinceramente.

— Ah! Chegamos! — disse Charlotte, contente. — Que extraordinário. Não, não, eu pago. É o mínimo que posso fazer. Sinto que um enorme espírito de generosidade tomou conta de mim.

Tínhamos parado em frente a uma daquelas casas de tijolos vermelhos, feias e grandes, próximas à Kensington High Street. Quando saí do táxi, o vento chicoteou o casaco verde e pareceu me atingir em cheio. Realmente, Charlotte pagou, fazendo escorrer um monte de moedas de seus longos dedos à mão do motorista, com ares de uma princesa mostrando sua gratidão a um serviçal. Juro que o vi arquear a cabeça para ela antes de ir embora. Ela pegou meu braço para subirmos as escadas em direção à casa e tocou a campainha.

— Tia Clare mora nos dois andares de cima desse monstro — explicou Charlotte. — Depois que tio Samuel morreu e ela teve de pagar suas dívidas, foi tudo que ela conseguiu manter. Ela é bem feliz aqui. Como todas as pessoas inteligentes, ela funciona muito bem na bagunça.

Uma adolescente rechonchuda abriu a porta e lançou um olhar sórdido antes de nos acompanhar pelos dois lances de escada, que tinham uma aparência imunda, até o apartamento da tia Clare e depois desaparecer sem dizer nenhuma palavra.

— Phoebe — disse Charlotte. — Uma tola. Ela é completamente apaixonada por Harry, o que é indescritível.

— Coitada — disse eu, sendo solidária.

— De forma alguma — desprezou Charlotte. — Tia Clare pegou-a para ajudá-la por alguns meses depois que meu tio morreu, e ela ainda está aqui, ganhando mais do que merece, posso garantir. Ela nunca fala comigo, mas acho que ela cita longas passagens de *Paraíso perdido* para Harry sempre que ele está por perto. — Ela sorriu para mim. — Agora, não fuja, pelo amor de Deus. Estarei de volta em um minuto.

Então ela desapareceu. E foi dessa maneira que vim a passar minha primeira tarde no escritório de tia Clare.

Capítulo 2

TIA CLARE E HARRY

Eu não sou o tipo de pessoa que costuma entrar em táxis com estranhos. Esse comportamento tem mais a ver com o estilo de meu irmão mais novo, Inigo, do que com o meu. Tentei descobrir o que me havia feito agir de forma tão imprudente e não consegui chegar nem perto. Afinal de contas, até o momento em que vi Charlotte pela primeira vez, meu dia tinha prosseguido da mesma maneira que todas as segundas-feiras daquele ano: de manhã, eu pegara o trem das 8h35 de Westbury para Paddington, assistira às minhas aulas de italiano e literatura inglesa em Knightsbridge até as 15 horas, depois perambulara pelo Hyde Park, sonhando com Johnnie Ray e roupas novas. Tenho de admitir que a decisão de pegar um *ônibus* de Bayswater para Paddington não era algo típico, mas aqui estava eu agora. E, na meia hora seguinte, houve pouca coisa que eu pudesse fazer, a não ser seguir o comando de Charlotte. Eu estava meio nervosa, meio confusa e inteiramente surpresa comigo mesma. Talvez estivessem me seqüestrando, pensei esperançosa. Logo me jogariam de volta às ruas, assim que percebessem que, embaixo do casaco caro, estava escondida uma garota sem nenhum bem, nenhuma renda nem jóias decentes. Peguei o pó compacto que roubara da penteadeira de Mama e pisquei para mim mesma. Meu cabelo precisava de um pente (eu não tinha um) e havia uma mancha de tinta em meu queixo, mas meu olhos brilharam para mim mesma em uma resposta desafiadora. Tire o máximo proveito disso, pensei. Eu tinha consciência, pela primeira vez em muito tempo, de que estava viva.

Guardei o espelho e olhei à minha volta. O cômodo era pequeno e abafado. Um fogo fora aceso algumas horas antes e, com a porta fechada, me senti tonta de repente. Queria tirar o casaco verde, mas, curiosamente, achei que não devia. Tinha a sensação de que fazia parte de mim enquanto estivesse ali. O meio da tarde era o momento do dia em que eu sentia mais fome, e hoje não era exceção; senti meu estômago roncar e torci para o chá aparecer logo, embora me preocupasse o fato de que mal havia espaço para um pires. O cômodo estava tão cheio de objetos e bagunçado que quase feria os olhos. Dominando tudo (e, em primeiro lugar, eu não conseguia imaginar como aquilo entrara ali) havia um belo e grande piano, com papéis, canetas, tinta e cartas espalhados por cima. Curiosa por natureza (um traço herdado da família de minha mãe), eu rapidamente li a primeira parte de um cartão-postal ainda não terminado. A caligrafia era clara, turquesa e alegre. Começava assim: *Meu querido Richard, você está completamente maluco e eu o amo ainda mais por isso. Wooton Basset foi maravilhoso, não foi?* Olhei na direção da grande mesa perto da janela, onde uma cartola desbotada, colocada sobre uma pilha de notas de libra amassadas, causava a ilusão de uma enorme tábua de Banco Imobiliário com o jogo ainda não terminado. Imaginei tia Clare um pouco como a Srta. Havisham, de Charles Dickens, até notar que as grandes janelas estavam imaculadamente limpas. Minha mãe gostava de dizer que janelas limpas são tão importantes quanto dentes limpos. (Essa expressão quase foi um tiro no próprio pé, já que havia mais janelas em casa do que dava para contar, e ela nunca se cansava de contratar garotos do povoado para virem limpá-las. Uma vez um desses rapazes caiu da janela do banheiro azul e se estatelou em cima de um carrinho-de-mão cheio de rosas mortas. Ele quebrou a perna, mas adorava tanto Mama que voltou na semana seguinte para terminar o serviço, com gesso e tudo.) Mas de volta ao escritório da tia Clare.

Havia livros, livros e mais livros, empilhados de forma aleatória por todo o chão e caindo das prateleiras, inclusive (eu notei com um arrepio de surpresa) uma linda edição com capa dura do livro de Darwin que o marido de tia Clare supostamente estava lendo no momento de sua morte prematura. O escritório tinha um cheiro forte de aprendizagem, não da maneira calma, antiquada e profunda que acompanha a maioria das salas que contém os grandes clássicos da literatura, mas daquela forma mais perturbadora, apaixonada, que deixa as mãos suadas e indica fartura de conhecimento para um teste ou alimento para uma obsessão. Independente de quem fosse tia Clare, ela não tinha tempo a perder. Sentei-me em um sofá vermelho muito baixo e estiquei as pernas para a frente. O relógio do corredor bateu melancolicamente as 17 horas, e eu me perguntei por quanto tempo teria de ficar ali antes de pedir licença e pegar um trem de volta para Westbury. Já nervosa de um jeito pouco comum, quase morri de susto quando um enorme gato amarelo saiu das sombras e pulou em meu colo, ronronando como um trator. Eu não gosto de gatos, mas esse pareceu gostar de mim, ou talvez tenha sido atraído pelo casaco verde de Charlotte. O que eu me lembro de pensar, mais do que em qualquer outra coisa naquela tarde, foi que eu nunca estivera em uma casa tão silenciosa em Londres em toda a minha vida, e isso me deixou desconfortável. Londres não era feita para esse tipo de tranqüilidade pesada, grave, que estava me oprimindo e me enchendo de vontade de falar alto, de mostrar minha presença para todos ouvirem. Eu sentia como se estivesse sentada no escritório de tia Clare havia pelo menos uma hora quando Phoebe, tia Clare e Charlotte surgiram de onde quer que estivessem, mas na verdade fazia menos de dez minutos. Parecia que de repente elas estavam lá, e a tensão insuportável que só existe quando estamos sozinhos em uma sala desconhecida na casa de um estranho, usando o casaco de uma estranha, foi quebrada.

Tia Clare transformou o escritório da mesma forma que um enorme buquê de flores o faria, completando tudo à sua volta com uma beleza vibrante e impressionante e um forte cheiro de perfume de rosas. Era uma mulher grande, mas bela e muito proporcional, com enormes olhos verde-amarelados, maçãs do rosto protuberantes e, como a sobrinha, cabelo liso e grosso, em um tom mais perto do grisalho do que do louro, todo preso no alto da cabeça em um bonito coque. Cinqüenta e cinco, pensei, exatamente. (Eu me orgulho de conseguir adivinhar a idade das pessoas e sou muito boa nisso.) Levantei-me de um pulo na mesma hora, assustando o gato adormecido, que se moveu furtivamente para debaixo do piano.

— Então aqui está ela! — exclamou tia Clare, com uma voz cantada. — Apresente-nos agora mesmo, Charlotte.

— Ah... Esta é Penelope — disse Charlotte. Houve um silêncio e meus olhos se arregalaram espantados. Em nenhum momento até agora eu tinha dito meu nome.

— Prazer em conhecê-la. — A minúscula mão de tia Clare era tão delicada quanto os pezinhos de um papagaio em minha grande pata.

— Maravilha! — disse tia Clare, animada. — Este é meu filho, Harry — acrescentou, e do corredor escuro surgiu um rapaz. Eu suspirei para mim mesma, porque Charlotte estava certa. Ele certamente não era o rapaz mais bonito de Londres. Era baixo, uns cinco centímetros mais baixo que eu, e magro como uma vara em sua camisa branca amarrotada e calça cinza-escuro. Seu cabelo era do mesmo tom louro-escuro de Charlotte, só que o dele não estava arrumado, mas para todos os lados. Ele parecia ter acabado de acordar de um cochilo da tarde.

— Oi... — comecei, e a palavra engasgou em minha garganta quando ele olhou para mim. Seus olhos me fizeram perder o equilíbrio. Eu nunca vira nada tão assustador, tão impressionante, tão brilhantemente *original* em toda a minha vida. Seu olho esquerdo era de um tom azul-esverdeado sonolento e o direito era castanho-escuro, como chocolate. Ambos eram emoldurados por cílios pretos e curvados, dando a desagradável impressão de que ele passara horas no banheiro feminino.

— Ei! — disse ele, de forma sarcástica.

— Prazer em conhecê-lo! — Eu me recuperei, estendendo a mão. Ele pegou-a e prendeu meu olhar com uma expressão vazia até que eu ficasse vermelha. Notando isso, ele sorriu, na verdade segurando uma gargalhada. Eu o odiei nesse momento.

— Espero que esteja com fome — disse tia Clare, olhando para o casaco verde agora coberto de pêlos amarelos.

— Estou — disse eu, virando-me para ela, aliviada.

— Phoebe, queremos torrada e geléia de framboesa, da Mrs. Finch, bolo de chocolate, pães e um bule de chá, por favor — instruiu Charlotte, sorrindo para Phoebe. — Aah, e alguns daqueles deliciosos biscoitos de chocolate, não aqueles horríveis de coco, por favor.

Coco! Pensei.

Phoebe lançou-lhe um olhar de ostentação e sumiu de novo.

— Agora venha sentar-se ao meu lado, Penelope — mandou tia Clare, jogando-se no sofá e dando tapinhas no assento ao seu lado. Charlotte assentiu de forma encorajadora. Harry estava acendendo um cigarro com seus dedos longos. — Harry vai jantar com os Hamilton às 19 horas — disse tia Clare. — Ele está muito nervoso por reencontrar Marina.

— Estou? — perguntou Harry com uma voz entediada. Foi quando o telefone tocou e ele apressou-se em atravessar o escritório para atendê-lo.

— Alô?... Ela fez? A minha querida, eu sabia que ela conseguiria... Não, obrigado... De forma alguma...

Enquanto ele falava, tia Clare ficou tão imóvel quanto uma leoa, mal respirando, o rosto sombrio de tanta concentração. Ela certamente não tinha a sutileza de minha mãe quando se tratava de escutar às escondidas. Quando Harry terminou a ligação, desligou o telefone com uma pancada, atravessou o escritório com pressa e pegou um casaco do encosto de uma cadeira.

— Aquele palpite que eu tive para as 16h50 deu certo — anunciou ele. Ele falou muito rápido, pegando moedas, chaves e papéis de aposta, na mesa ao lado da porta. — E, por favor, não fale de mim enquanto eu estiver fora, mãe, isso é muito chato. — Com isso, ele nos deixou, batendo a porta ao sair.

— Que grosseria! — exclamou tia Clare.

— Não é mesmo? — emendou Charlotte, alegremente.

— Ah, ele está *impossível*! — continuou tia Clare. — Penelope... Harry é completamente apaixonado por Marina Hamilton há um ano.

— Ah — disse eu, sendo educada. Conhecia Marina, claro, mas só das fotografias nas colunas sociais. Ela e Harry me pareciam uma combinação muito pouco provável.

— Eles não combinam — disse tia Clare. — Os pais de Marina são aquele horrível casal americano que comprou a linda Dorset House dos FitzWilliam.

— Ah. Claro. — Eu conhecia a Dorset House e os FitzWilliam eram um casal sem graça e velhos conhecidos de minha mãe.

— Só Deus sabe o que eles fizeram com o lugar. É muito assustador pensar a respeito — disse tia Clare.

— Eu tenho um gosto espantoso para interiores. Acho que eu ia amar — suspirou Charlotte.

— Não seja ridícula, menina — disse tia Clare, bruscamente. — De qualquer forma, na semana passada, Marina ficou noiva de George Rogerson, que é um rapaz enorme, coitado, mas que dizem ser muito bom e muito rico... então Harry está tendo de admitir a derrota, que não é algo que ele goste de fazer, na maioria das vezes.

Eu ri.

— Ele vai sair para jantar com o feliz casal esta noite e, em 3 de dezembro, eles darão uma festa de noivado na Dorset House, *naturellement*, o que eu acho medonho demais para falar. Harry nunca conseguiu aceitar rejeição, o que é muito cansativo para todos nós. Eu só gostaria que o pai dele estivesse aqui para colocá-lo no caminho certo.

Ficou claro para mim que tia Clare era a influência por trás do jeito de falar de Charlotte. Ambas falavam de um modo que, apesar de completamente natural, tinha estilo. Charlotte gemeu.

— Ah, eu gostaria que Phoebe se apressasse com o chá. Estou quase morrendo de fome.

— Ela só pensa em comida — informou-me tia Clare. — Mas e você, menina? Que emoção conhecer uma amiga de Charlotte, e uma moça tão atraente! Conheço seus pais? — Ela limpou a garganta e fez uma pausa de uma forma que um romancista descreveria como dramática. — Você... você parece incrivelmente com... com... Archie Wallace — disse ela.

Fiquei quase sem fala pela segunda vez.

— Ele é... era meu pai — consegui dizer. — Ele... ele morreu. A guerra... — Eu gaguejei e abaixei o olhar para minhas mãos, horrivelmente desconfortável. Tia Clare ficou pálida e, por um momento apavorante, temi que ela não soubesse que Papa tinha morrido.

— Eu sei — disse ela depois de um tempo. — Eu sei. Sinto muito. Li sobre Archie. Fiquei muito triste. — Ela pressionou a mão no peito. — E você, pobrezinha. Filha dele. Santo Deus!

Havia algo na forma como ela disse essas palavras que me fez ter vontade de consolá-la, de dizer que estava tudo bem, que sim, Papa tinha morrido, mas que eu nunca o conhecera realmente. Os olhos dela escureceram, de repente mortos, e por alguns segundos o escritório mergulhou em um silêncio pesado de novo. Ah, alguém me ajude, pensei. Ela vai chorar.

Mas ela não chorou. Em vez disso, após uma pequena pausa, disse:

— Claro, ele e Talitha se casaram antes de saírem das fraldas. — A escuridão se afastou.

— Hum... acho que não entendi — disse eu.

— Eles eram crianças ainda.

— Ah, entendi. Sim, acho que eles eram. Minha mãe tinha 17 anos quando nasci — expliquei para Charlotte.

— Dezessete? Que romântico! — exclamou Charlotte.

— Ah, Talitha Orr era a mais bela — disse tia Clare. — Cuidadosamente educada, apesar de ser irlandesa, coitada. Cabelo glorioso e sempre vestida para os homens, não para as mulheres. Esse era o segredo de seu sucesso, sabe?

Eu ri. Não pude evitar.

— Isso é a pura verdade. Ela não gosta muito de mulheres.

— É um traço comum em mulheres bonitas — disse tia Clare, animada.

— É? Eu *adoro* mulheres. Suponho que isso signifique que não sou bonita — disse Charlotte, pesarosa. Tia Clare riu com desdém da sobrinha e virou-se contra ela.

— Não seja boba! Seu problema é que você confia demais nas pessoas.

Charlotte levantou as sobrancelhas para mim, e tia Clare tossiu e me lançou um olhar levemente inconveniente.

— Você tem um irmão, não tem?

— Inigo. Ele é quase dois anos mais novo do que eu.

— Ele se parece com você, querida?

— Acho que não. Ele se parece com minha mãe. Ele deveria estar em regime de internato em Sherbourne, mas sempre consegue fugir para casa nos finais de semana.

— Bem! Imagine isso, Charlotte. Você o conhece?

— Não, tia.

— Como você é informal, Charlotte. Isso realmente não fica bem. Deve pedir a Penelope para apresentar você ao irmão. Ele parece brilhante.

— Charlotte e eu não nos conhecemos há muito tempo... — comecei.

— Tia, nós nos conhecemos em uma festa duas semanas atrás, mas já somos grandes amigas — disse Charlotte, lançando-me um olhar de advertência.

— Que festa? — perguntou tia Clare.

— A festa de casamento de Harriet Fairclough — disse Charlotte, sem perder a pose.

— Mesmo? Como você foi esperta, Charlotte, conhecer uma pessoa tão bonita e interessante quanto Penelope em um evento tão enfadonho — disse tia Clare.

— Não é mesmo? — concordou Charlotte.

Eu engoli em seco. Cinco segundos depois, fomos interrompidas pela entrada de Phoebe e sua bandeja de chá.

— Ah, esvazie a mesa — instruiu tia Clare. — Pode colocar tudo no chão.

Sendo um tipo de pessoa acanhada, fiquei muito impressionada pelo fato de ela não sentir necessidade de desculpar-se pela bagunça espetacular à nossa volta. Phoebe serviu o chá e me entregou um prato com uma torrada com geléia como se estivesse me fazendo um favor tão grande que eu nunca seria capaz de começar a retribuir. Tenho de admitir que o bolo estava excepcional, os pãezinhos derretiam na boca de forma deliciosa e o chá estava misteriosa mas deliciosamente fumegante. Charlotte comeu como se não visse comida há semanas, se esticando sobre todos para pegar os pãezinhos, enchendo a boca de bolo como uma criança e tomando o chá como se fosse cerveja, quase arruinando a elegância que adquirira ao usar meu casaco.

— Nunca tomamos chá assim em casa — suspirou ela, a boca quase cheia.

— Como você sabe? — peguei-me perguntando. — Nunca *fica* em casa, não é?

Tia Clare deu uma gargalhada.

— Isso é verdade, Penelope querida.

— No entanto, o que faria sem mim, tia Clare? — perguntou Charlotte.

— Levaria a vida muito bem, tenho certeza.

— Não levaria nada. O que faria sem mim para ficar de olho no seu filho tão instável?

— Sabem, meninas, Harry me preocupa — murmurou tia Clare, distraída, me entregando um baralho de cartas em vez do leite. — Nunca achei que fosse ter um filho que *apostasse*! Quero dizer, é perfeitamente aceitável se você pode justificar as apostas conhecendo bem os cavalos, mas Harry não faz *idéia*. Fico acordada à noite pensando no que pode ser feito em relação ao comportamento dele.

Ela fungou de novo. Infelizmente para tia Clare, ela possuía olhos claros, pele sem rugas e expressão brilhante de quem dorme por nove horas ininterruptas depois que encosta a cabeça no travesseiro. Lutei contra a vontade de rir.

— Ele precisa de ajuda — admitiu Charlotte. — Ninguém pode negar isso.

Tia Clare serviu-se de um pedaço de bolo.

— Estava tudo bem enquanto era criança — disse ela, pesarosa. — Nós costumávamos rir de Julian, o Pão, naquela época.

— Julian, o Pão? — perguntei, confusa.

— Ah, ele mantinha um pedaço de pão em uma gaiola porque eu me recusava a comprar um coelho para ele. Se Julian era branco, integral ou de fôrma, esqueci. Harry ficou um tanto aborrecido quando o pai insistiu para que ele parasse de se comportar de forma tão ridícula. Mas devo dizer que todos nos afeiçoamos ao tal pão.

— Harry sempre foi igual — disse Charlotte, colocando outro pãozinho na boca. — Cheio de idéias. Um inventor.

— Ah! *Sempre* inventando. Mas eu realmente gostaria de ter acabado com isso enquanto podia. Eu devia saber desde o início, claro. Afinal de contas, não existem muitas crianças cuja primeira palavra seja "criado-mudo". — Tia Clare pareceu aflita e eu engoli em seco para evitar o riso.

— Ele está treinando para ser mágico — explicou Charlotte. — Ele é mesmo muito bom.

— Que tipo de mágico? — perguntei.

— O tipo comum. Ilusionista. Tirar coelhos da cartola ou talvez pães — disse Charlotte, rindo. — Aparentemente, ele tem muito talento.

— Ah, é impressionante mesmo — disse tia Clare com irritação. — Muito divertido para todos, menos para a mãe dele. Que futuro há em iludir pessoas? E como ele esperava conquistar uma moça como Marina Hamilton sem renda fixa, eu não sei. Ele deve estar completamente louco.

— Ah, tia! — disse Charlotte de forma aérea. — Está exagerando. De qualquer forma, é um absurdo conversar sobre tais assuntos na frente de Penelope, que não pode ajudar mesmo. — Charlotte limpou migalhas da gola do meu casaco. Senti-me momentaneamente magoada pela rejeição dela, sendo que ao me recordar dessa parte da conversa mais tarde naquela noite, reconheci um tom desafiador no que Charlotte tinha dito.

— Como está sua mãe? Você a viu ontem? — perguntou tia Clare a Charlotte, mudando bruscamente de assunto.

— Ela está indisposta no momento. Uma gripe horrível que não consegue curar.

— Bom, bom — pensou tia Clare em voz alta. — E sua irmã?

— Ainda fora.

— Santo Deus, ela está longe há muito tempo. Entretanto, dizem que Nova York é um lugar para se ficar.

— Ela está em Paris há dois meses, tia.

— Está? Que fútil! Deve ser por causa de algum francês, não?

— Não, um inglês que mora em Paris.

— Cada vez pior — disse tia Clare, alegremente. — Não há nada mais deprimente do que um inglês tentando ser francês. Eu deveria saber.

Nem eu nem Charlotte nos arriscamos a perguntar como ela deveria saber, mas pelo menos eu não duvidava do conhecimento dela no assunto. Eu comi mais torrada e analisei Charlotte. Eu nunca tinha visto um rosto que se alterasse tanto com o movimento. Quando ela falava, seu rosto assumia uma expressão levemente lasciva, divertida, e quando estava parada e escutando, tinha os olhos arregalados e parecia inocente, como se um pensamento impuro nunca tivesse passado por sua cabeça. Ela escutou muito (como imagino que seja comum para qualquer pessoa que tome chá com tia Clare), mas, diferente da maioria das pessoas, que fingia escutar e mostrava ter esquecido tudo dois minutos depois, Charlotte realmente parecia absorver tudo, quase como se tivesse uma prova em que seria testada depois. Tia Clare era incapaz de permanecer no mesmo assunto por mais de trinta segundos, embora a conversa voltasse, repetidamente, para Harry, como se estivessem em um jogo em que o nome dele tinha de ser mencionado a cada três minutos. Depois de quase meia hora tentando manter as boas maneiras, decidi que já passara tempo suficiente para ser perfeitamente aceitável eu voltar para casa.

— Eu realmente tenho de ir — disse eu. — Tenho de pegar o trem para casa.

— E onde é a sua casa? — perguntou tia Clare.

— Wiltshire, perto de Westbury.

— Milton Magna Hall — disse tia Clare. — Claro. — Ela pronunciou o nome quase em um sussurro. Embora eu estivesse acostumada ao fato de as pessoas conhecerem a casa, havia algo no tom de tia Clare que me deixou inquieta.

— Milton Magna Hall! — disse Charlotte. — Que nome!

— Dizem que é a construção mais magnífica em West Country — disse tia Clare, recuperando sua voz.

— Talvez tenha sido — disse eu. — Está em um estado ruim no momento. Quero dizer, ela não se recuperou da guerra. Fizeram muitos estragos quando foi requisitada. Os soldados a trataram muito mal... — Eu parei nesse ponto, meu coração batendo forte. Eu nunca tinha falado sobre os problemas que Magna enfrentava com ninguém, nem mesmo com minha mãe. O assunto me deixava mais nervosa do que qualquer outra coisa no mundo.

— Assistir a uma casa grandiosa perecer é uma tragédia terrível — murmurou tia Clare. — Uma *das* grandes tragédias conhecidas pelo homem. Deus sabe, conheci muitas que já desapareceram. Olharemos para essa época com horror, sabem, meninas? Daqui a cinqüenta anos, ninguém vai acreditar que tantas casas lindas foram destruídas.

— Estamos lutando para mantê-la viva — murmurei eu, produzindo um som ao tomar meu chá para disfarçar o quanto estava comovida com as palavras dela.

— A casa fica gloriosa no Natal? — perguntou Charlotte, percebendo meu desconforto.

— Fica encantadora. Embora terrivelmente gelada.

— Adoro o frio! É tão inspirador. Acho que vamos todas desmaiar de calor nesse escritório. — Tia Clare levantou-se, cruzou o cômodo e atiçou o fogo. — Harry adora uma casa quentinha — disse ela, ressentida. — Ele não tem energia alguma.

— Ele tem um coração quente — observou Charlotte. Tia Clare riu com desdém. Ah, Harry, pensei. Sempre voltávamos ao rapaz.

— Então me diga, Penelope. O que você faz? Trabalha muito? Também tem a idéia fixa de ter uma carreira, como Charlotte?

— Trabalho uma vez por semana em um antiquário em Bath — disse eu, agarrando a chance de provar meu valor. — O dono é um homem chamado Christopher Jones, que era um grande amigo do Papa na escola. Ele sabe mais sobre arte do que qualquer pessoa que eu conheço. Aprendo sobre coisas bonitas o tempo todo — acrescentei, de forma pouco convincente.

— Com Christopher? Duvido muito — disse tia Clare, gentilmente. — Ele é um fofoqueiro ultrajante.

— Ah! Você o conhece?

— Conheço. — Tia Clare sorriu com afabilidade. — Conheço — disse ela de novo.

Charlotte levantou o olhar para mim com uma expressão que dizia: "Não pergunte."

— Penelope, você já se apaixonou? — perguntou tia Clare com naturalidade, como se quisesse saber se coloco açúcar no chá, mudando de assunto mais uma vez. Fiquei muito vermelha. (Você já deve ter percebido que coro com facilidade, uma característica que acredito ter herdado de meu pai, que tinha sardas e a pele clara, como eu. Ouvi dizer que mexer os dedos dos pés quando estamos em um momento de forte constrangimento ou humilhação pode distrair o cérebro da tarefa de corar o rosto. Bem, passei a vida inteira mexendo os dedos dos pés, mas nunca notei nenhuma diferença em meu rosto quente.)

— Deus, não! — disse eu, finalmente. — Na verdade, não conheço muitos rapazes. Bem, meu irmão tem colegas no colégio, suponho, mas eles me parecem terrivelmente jovens e bobos.

— Que encantador ter um irmão mais novo com amigos bonitos — suspirou Charlotte. E como eles a achariam encantadora, pensei.

— Muito útil para jogar tênis — comentou tia Clare, de forma desconcertante.

Então, no momento certo, e exatamente quando eu estava me preparando para sair dali, a porta se abriu de novo e Harry estava lá. Apesar da conversa de tia Clare sobre a insônia e a fúria dele, ele parecia longe de ter problemas: olhou para todas nós quase com pena, com um leve sorriso no rosto, seu cabelo caótico quase escondendo seus extraordinários olhos. Conhecer suas habilidades como mágico parecia completamente apropriado: eu nunca tinha conhecido antes uma pessoa que parecesse capaz de transformar homens em sapos e sapos em príncipes. Charlotte sorriu para ele.

— Já está de volta?

— Não saí ainda. Fiquei preso na cozinha com Phoebe — disse ele em voz baixa.

— Ah, que pena — disse Charlotte. — Por que não toma um chá?

— Não, obrigado.

— Você está com muito medo desta noite? — continuou Charlotte com a voz suave e cheia de preocupação.

— Não particularmente — disse Harry. — Eu a amo, ela o ama. Não é exatamente a história mais original do mundo, é?

Tomei um gole do meu chá frio para esconder meu espanto. De onde eu vinha, ninguém falava assim, muito menos na frente da família. Harry acendeu outro cigarro com seus dedos elegantes e aproximou-se do fogo.

— Esta casa é sempre muito fria — disse ele. — E eu gostaria que você parasse de falar de mim com qualquer pessoa que entre por aquela porta, mãe.

Presumi que ele estivesse se referindo a mim, apesar de ter me perguntado quem eram as outras pessoas. Talvez Charlotte fizesse isso toda semana? Talvez eu fosse a última de uma longa fila de pessoas misteriosas que eram convidadas para tomar chá com tia Clare?

— Penelope não é qualquer pessoa, ela é minha amiga — corrigiu Charlotte.

— Então acredito que os pontos de vista dela não diferem muito dos seus.

— Não sei de nada disso — disse eu, sendo perfeitamente verdadeira. Charlotte pegou outro pedaço de bolo. Por um segundo, captei o olhar de Harry, mas desta vez, longe de me fazer corar para diversão dele, ele olhou diretamente através de mim, como se eu não estivesse lá.

— Percebe o que quero dizer? — perguntou tia Clare de forma triunfante depois de ele nos deixar pela segunda vez. — Ele não tem a habilidade do pai de ficar quieto e não fazer nada. — Ela levantou-se. — Meninas, me dêem licença, tenho de falar com Phoebe. Encantada, Penelope.

Fiquei de pé.

— Ah, obrigada por um chá tão gostoso. Adorei — disse eu, percebendo de repente que realmente adorara. Tia Clare sorriu para mim.

— Querida — disse ela. — Venha nos visitar de novo em breve. — Enquanto ela saía do escritório, parou e sussurrou algo em meu ouvido. — Faça Christopher se lembrar de mim. Apenas mencione Roma, setembro de 1935, certo? — Ela piscou, sorriu e saiu.

Saí da casa logo depois. Charlotte me levou até a porta.

— Você foi maravilhosa — disse ela, tirando meu casaco e me entregando. — Tia Clare disse que tenho de devolver isso para você agora. Ela notou na mesma hora que eu tinha pedido para trocarmos de casaco. Ela me acha demoníaca.

— De forma alguma.

— E *sinto* muito por saber sobre seu pai. O meu também morreu, sabe? Infarto, o que é muito menos romântico do que morrer por seu país, não é?

— Não vejo nada de romântico na morte — disse eu.

Charlotte olhou para mim, incrédula.

— Mesmo? Você obviamente não está nem no meio de *Antônio e Cleópatra*.

Não parecia haver resposta para isso.

— Não tenho como lhe agradecer por dividir o táxi comigo e tomar chá conosco — continuou ela. — Realmente faz uma *diferença* enorme ter um convidado para o chá. Nem Harry resistiu a aparecer e dar uma olhada em você.

— Não acho que ele estivesse dando uma olhada — disse eu. Entreguei a Charlotte seu casaco verde, sentindo-me subitamente tola e me perguntando o que dizer em seguida. — Bem, adeus, então — disse eu, tensa. — Espero que nos encontremos de novo algum dia.

Charlotte riu.

— Que coisa para se dizer! Claro que vamos nos reencontrar.

Eu ri.

— Como você está certa disso! Por que acha que vamos nos reencontrar?

— Nós todos já adoramos você — disse Charlotte, beijando-me no rosto. — Nenhum de nós a deixará ir agora. Boa viagem para casa.

Enquanto eu me afastava, Charlotte me chamou.

— Ei! — gritou ela. — Penelope!

Eu me virei.

— Oi?

— Você gosta de música?

— O quê?

— Música. De que tipo de música você gosta?

Eu parei. Charlotte me parecia uma fã de jazz e eu odiava jazz. Como eu poderia dizer a ela que eu era apaixonada por Johnnie Ray? Mas como eu poderia *não* dizer a ela?

— Ah, um pouco disso e daquilo — respondi, constrangida.

— Como o quê? — insistiu ela.

— Ah, as coisas normais, um pouco de jazz, um pouco de...

— Ah, jazz! — reclamou Charlotte, a voz cheia de decepção. — Que terrivelmente chato! Engraçado, não percebi que você era *dessas*. Harry é viciado nisso, nunca é suficiente. Pessoalmente, me deixa completamente fria.

Houve uma pausa.

— Acho que jazz é muito importante — disse eu com pompa, mas Charlotte não disse nada. *Posso contar a ela*. Pensei. *Ela vai entender*. Respirei fundo. — Mas eu... eu prefiro, bem, na verdade, sou completamente apaixonada por... por... Johnnie Ray — admiti.

Pronto. Eu dissera. Charlotte fingiu desmaiar.

— Graças a Deus! — disse ela. — Acho que ele é o homem vivo mais adorável!

— Acha?

— Claro. Como alguém pode não achar?

— Você acha que ele pode vir a Londres e se casar conosco?

— Ele seria louco se não fizesse isso — disse ela, sem qualquer ironia.

Cantarolei "If You Believe" por todo o caminho até a estação. Era como se eu tivesse assistido a uma peça e não tivesse percebido como era boa até a última cena. No caminho para Magna naquela noite, eu senti falta, sim, realmente *senti falta*, de Charlotte, tia Clare e Harry. Levou apenas duas horas para eles modificarem minha vida, mas eu ainda não sabia o quanto.

Foi apenas quando embarquei no trem que senti algo estranho no bolso do meu casaco, que não estava lá quando o entreguei a Charlotte no táxi. Era uma pequena caixa de veludo verde. Abri a caixa e encontrei um pedaço de papel dobrado dentro dela. Desdobrei o papel. Nele estavam escritas duas palavras, com tinta azul. *Muito obrigada!*

Gostei do ponto de exclamação. Charlotte, pensei, era única.

Capítulo 3

PATO PARA O JANTAR

O trem saiu a toda velocidade de Londres. Encontrei um lugar para me sentar à janela e pedi um chá com leite enquanto pensava no que tia Clare tinha dito sobre meus pais e Magna. Ela estava certa, meus pais se casaram antes de saírem das fraldas. É claro que eu só começara a entender que minha mãe era jovem demais quando estava com uns 8 anos e comecei a prestar atenção na aparência das mães das outras meninas. Lembro-me de estar almoçando em Magna em uma tarde chuvosa de agosto e contar a ela que era aniversário da mãe da minha melhor amiga, Janet.

— E ela vai fazer 30! — comentei. Parecia terrivelmente velha. — Quantos anos você tem, Mama? — perguntei.

— Vinte e cinco, querida. Vinte e cinco e feliz por estar viva... Ah, Penelope, por favor, não suje seu vestido com geléia... Tarde demais.

Agora devo dizer algumas coisas sobre Magna, ou melhor, sobre Milton Magna Hall, a casa que tia Clare admirava tanto. Falar apenas de sua beleza seria esquecer sua força. Falar apenas de sua força seria esquecer seu caos. Na verdade, eu sequer deveria me referir à casa como Magna, é como falar apenas "castelo" ao se referir ao castelo de Windsor, mas quando eu e Inigo éramos crianças, a palavra Magna parecia mais fácil para nós, provavelmente porque parecia muito com a palavra "mama", e Mama era, afinal de contas, o centro do nosso universo. Quando comecei a trabalhar com Christopher, ele destacou nosso erro. Preferi ignorá-lo.

Meus pais se conheceram em Magna, em um coquetel em junho. Não preciso dizer que a versão de minha mãe para os eventos é sempre passível de debate, mas aparentemente ela conheceu meu pai e soube "em cinco minutos" que ele era o homem com quem estava destinada a se casar. Minha mãe, na época com 16 anos e prestes a começar a estudar ópera por três anos no Royal College of Music, não tinha sido oficialmente convidada naquela noite, mas estava acompanhando uma amiga nervosa que a convidara para ir junto à festa. Parece que essa amiga nervosa, a lendária Lady Lucy Sinclair, estava completamente apaixonada por meu pai e tinha esperanças de laçá-lo naquela noite. É claro que você pode imaginar o que aconteceu quando ela apareceu com Mama. Eu sempre me perguntei como Lady Lucy pode ter sido tão inacreditavelmente ingênua de levar minha mãe com ela. Será que honestamente acreditava que alguém *olharia* para ela enquanto uma moça como Talitha Orr estivesse presente? Minha mãe nunca se cansava de dizer, para mim e para Inigo, o que estava vestindo naquela noite: um vestido fino de seda e cetim cor-de-rosa da Barkers de Kensington. Anos depois eu o encontrei no armário onde ficava guardado, tirei com cuidado as camadas de tecido e o experimentei. Ficar em frente ao espelho de corpo inteiro de minha mãe usando seu vestido rosa fez com que arrepios de animação e pesar subissem pela minha espinha. Quando os soldados saíram de Magna depois da guerra, o espelho estava quebrado, mas o vestido ainda estava intocado no fundo da gaveta. Algumas coisas são feitas para sobreviver. Acho que nem mil guerras poderiam destruir aquele vestido.

O pai de mamãe era médico e a mãe, uma irlandesa de uma beleza que marcou as duas filhas, Talitha e Loretta. Acho que os pais de minha mãe, nem em seus sonhos mais loucos, imaginaram que uma de suas filhas acabaria morando nos Estados Unidos e a outra em uma casa como Magna, mas isso só mostra aonde a beleza pode levar a vida de alguém. Em todos os aspectos, Mama é tremendamente bonita. Quando ela chegou à festa em Magna, tinha passado poucos momentos fora de Londres. Com apenas 19 anos, Archie não era particularmente alto, nem convencionalmente bonito, mas tinha muitas terras e, mais importante, muito *estilo.* Seu cabelo era grosso e louro e seu nariz arrebitado era salpicado de sardas. Ele estava sempre rindo. Ah, sei que as pessoas costumam dizer isso daqueles que amam, mas no caso dele essa era a absoluta verdade. Uma vez Mama reclamou que não tinha uma lembrança exata do rosto de meu pai. Ela disse isso com uma voz desesperada, o que achei confuso na época, mas agora acho que entendo. Quando Archie a viu deslizando pelo gramado, dizem que desmaiou. Quando voltou a si, um minuto depois, Mama estava segurando sua mão. Ela disse: "Olá, prazer em conhecê-lo. Achei que era *eu* quem deveria desmaiar."

Eles se casaram cinco meses depois de seu primeiro encontro, na capela de Magna. Os pais de Archie fizeram de tudo para dissuadi-lo de se casar com Mama, que eles consideravam preocupantemente linda e muito jovem e inexperiente para dar conta de uma casa tão grande; contudo, os protestos deles entraram por um ouvido e saíram pelo outro. Sua noiva realmente correu para os seus braços, pela nave da igreja, com seus olhos verdes, seus cabelos louros e vestida em renda cor-de-rosa, grávida de mim e já havia três meses. Era o ano de 1937. Mama, cheia de alegria, levou seus poucos bens de Londres para Wiltshire e esperou o nascimento de seu primeiro filho. Ela estava convencida de que esperava um menino, então acabei sendo um choque. Na época, eu era, e continuei sendo, muito parecida com meu pai, o que parecia sucessivamente agradar e irritar minha mãe, que ficou feliz pelo fato de que eu nunca iria competir com sua beleza, mas um pouco enciumada pela ligação instantânea entre pai e filha. Tudo isso a fez parecer egocêntrica, difícil e caprichosa, o que ela realmente era, mas tinha apenas 17 anos. Às vezes tenho de me lembrar disso.

Por vários anos depois que meu pai nos deixou para lutar, minha mãe comemorava a data do primeiro encontro deles sentando-se nos degraus que levavam aos jardins dos fundos e bebendo uma taça de licor de sabugueiro. Uma vez, eu devia ter uns 13 anos, juntei-me a ela e sugeri que brindássemos o primeiro encontro deles com champanhe. Ela ficou horrorizada.

— Mas eu estava bebendo licor de *sabugueiro* na noite em que nos conhecemos!

— Mas podíamos fazer um brinde apropriado. Podíamos *comemorar* o encontro de vocês — insisti. Não sei por que insisti, podia ver que ela estava ficando chateada por ter seu ritual interrompido assim.

— Penelope, você às vezes é terrivelmente moderna.

— Foi apenas uma sugestão, Mama.

— Sente-se ao meu lado — convidou ela, e eu me sentei, sentindo o degrau de pedra quente sob minhas coxas no final da tarde de sol. Rocei meus dedos em um galho de alecrim e recostei-me, escutando o burburinho hipnótico das vespas em seu ninho na velha pereira. O jardim era o centro do universo e dentro de seus muros estava o mundo inteiro. Paradisíaco. O que mais importava fora dos muros de pedra de Magna?

Olhei para meus estranhos companheiros de viagem e me perguntei se algum deles tivera uma tarde tão extraordinária quanto a minha. Sentia-me tão inquieta que tive de sentar-me sobre as minhas mãos por medo de explodir de vontade de falar sobre tudo. Tia Clare, mais do que todas as pessoas que eu conhecia, parecia instintivamente entender que morar em uma casa como Magna era uma faca de dois gumes. Quando se tem apenas 18 anos e se está desesperado para alguma coisa acontecer com você (e alguma coisa de *forma alguma* tem a ver com rapazes e roupas novas), uma casa como Magna tende a dar uma reputação à pessoa antes mesmo de ela abrir a boca. Mas não era apenas a idade do lugar (a maior parte da casa foi construída em 1462 por um empregado real fiel chamado Sir John Wittersnake), mas seu *tamanho* que fazia os olhos das pessoas brilharem. Vista da estrada, através de uma fenda nos muros da propriedade ou de uma falha nos arbustos, Magna assentava-se como uma safira entre as árvores: parte bolo de aniversário, parte navio oceânico, parte escultura, parte esboço: um magnífico e pomposo pilar de história, imediatamente definindo aqueles que viveram dentro daqueles muros com os mesmos adjetivos.

Mesmo em uma escola como a minha, era difícil fazer as pessoas acreditarem que não éramos ricos. Infelizmente, antes de eu completar 8 anos, tudo que tinha algum valor já tinha seguido o mesmo caminho de todas as outras coisas:

a casa de leilões Christie's. As pessoas que vinham para ficar não podiam acreditar que, na década de 1950, alguém pudesse morar em um lugar tão divertidamente medieval. Se você quisesse grandeza, tinha o Grande Salão, se quisesse ruínas, tinha a Ala Oeste, se quisesse fantasmas... bem, só precisava morar ali. O maior cômodo da casa inteira estava fechado com tábuas, destituído, inutilizado e cheio de aranhas. Antes da guerra, havia quarenta empregados. Agora havia dois: uma empregada e um jardineiro. Mesmo assim, nada conseguia diminuir a extravagância da *idéia* de Milton Magna Hall. Era quase frustrante.

Em Westbury, saltei do trem e procurei Johns, que costumava vir me pegar com o velho Ford, mas para meu alívio encontrei Inigo em seu lugar, encostado no capô do carro, fumando um cigarro e parecendo estar farto. Inigo, tendo apenas 16 anos, gostava de se vestir como um Teddy Boy sempre que possível, o que não era com tanta freqüência quanto gostaria, visto que Mama tinha ataques quando ele penteava o cabelo no estilo Duck's Arse (conhecido como DA).*

Tendo acabado de sair da escola para o final de semana, ele ainda estava usando seu uniforme, o que teria deixado qualquer outro rapaz sem graça, mas não Inigo. Várias garotas na plataforma olhavam para ele, riam e se cutucavam, o que ele fingia não perceber, mas eu sabia que ele tinha percebido. Ele não deveria estar dirigindo, já que não passara no exame, mas ele é, na verdade, o melhor motorista que conheço.

— Rápido! — murmurou ele, entrando no carro. — *Grove Family.*

Inigo é viciado em *Grove Family*, uma novela, mas não temos televisão, então ele tem de ir assistir na casa da Sra. Daunton, no povoado. Ela fala durante a novela toda e Inigo a ignora. Um acordo que parece se adequar muito bem a ambas as partes.

Voltamos correndo para casa, chegando no povoado em menos de sete minutos. Minha mente se concentrava em Christopher e no comentário preciso de

---

*Teddy Boys eram rapazes que, na década de 1950, se vestiam no estilo eduardiano, porém com um componente mais agressivo, com jaquetas de veludo, e sendo influenciados pelo rock'n'roll. Usavam o cabelo penteado para trás com brilhantina, formando um "rabo de pato" (Duck's Arse — DA). As pessoas geralmente relacionavam esses rapazes a confusões e brigas. (*N. da T.*)

tia Clare sobre a habilidade dele para fofocar. O que será que acontecera entre ele e tia Clare em Roma? Eu ficaria muito acanhada em perguntar diretamente para ele. E tia Clare não era *casada* até o ano passado? Eu estava tão perdida em pensamentos que nem percebi que Inigo parara o carro na parte de baixo da alameda de entrada.

— Se você saltar aqui, ainda consigo pegar o início do programa — disse Inigo. Eu abri a porta do carona.

— Que gentileza. Está uma noite muito agradável — gritei, enquanto o vento afastava as palavras da minha boca.

— Não está?

Olhei para meu irmão, mas ele apenas sorriu para mim, e me afastei antes que ele visse que eu também estava sorrindo. É impossível ficar com raiva de Inigo por muito tempo. Na verdade, eu estava com vontade de caminhar.

De fato, a alameda de entrada era a minha parte favorita de toda a propriedade, embora subir até a casa em uma noite tempestuosa pudesse ser um pouco assustador. Naquela noite, eu fiz a curva em que se tem a primeira visão apropriada da propriedade e imaginei o que Charlotte acharia de Magna. É uma casa com personalidade dúbia. Uma vez que se tenha entrado na excitação da construção medieval, existe a parte extra, que foi acrescentada à casa em 1625: uma grande ala introduzida na lateral da casa, onde paredes forradas renascentistas substituíam pedra e mármore substituía carvalho. Minha tia-avó Sarah registrou em seu diário, comentando sobre a Ala Leste, que era como se o amigo visionário de alguém tivesse chegado a Magna com uma nova pena, um pedaço de papel em branco e instruções para "iluminar um pouco o lugar". Acho que ela acreditava estar sendo engraçada, afinal de contas estava se referindo a Inigo Jones, xará de meu irmão. Só quando eu tinha 14 anos, percebi o quanto ele tinha sido famoso, o quanto seu trabalho era importante. Até então, tios, tias, historiadores, empregados, inquilinos e visitantes, todos tinham opiniões sobre Magna que asseguravam que a casa era mais importante que seus moradores.

Esta é uma das coisas mais estranhas em se morar em uma casa com o tamanho e a reputação de Magna: todos sentem que têm o direito de expor seus pontos de vista sobre o lugar. Realmente inspira as questões mais estranhas de pessoas que deviam ser mais espertas e não perguntar. Nunca vou me esquecer de minha professora de arte no primeiro ano me perguntando sobre o notável quadro de Stubbs do escritório e se eu sabia precisamente em que ano ele tinha sido pintado. *Ah, o pônei empinado com patas engraçadas?*, perguntei, brilhantemente. *Foi vendido no ano passado para pagar o telhado.* O rosto magro da Srta. Davidson empalideceu e eu percebi que talvez esse fosse o tipo de informação que eu devesse guardar para mim mesma.

Oito anos depois, havia pouca coisa de valor sobrando em Magna. A única forma de pagar pelos estragos feitos pelo exército, que requisitou a casa durante a guerra por longos quatro anos, era vender o que fora deixado no *interior* para pagar o *exterior.* Quando Papa morreu, deixou os relógios da casa batendo com uma frieza extra: até as famílias dos que morreram como heróis tinham de pagar pelo inventário. Eu não entendia isso na época; apenas achava estranho ter de abrir mão de dinheiro justamente quando tínhamos perdido Papa. E Mama era impossível com dinheiro — ela nunca deixava de encontrar formas de perdê-lo.

Eu abri a porta da frente e estremeci. O Grande Salão de Magna é a primeira coisa que alguém vê ao chegar à casa, e a gente demora um pouco a se acostumar. Sempre que alguém novo entra, tenho de me lembrar que provavelmente vai levar alguns minutos para a pessoa se acostumar ao ambiente. Inabalavelmente medieval e opressivo pela escuridão, com painéis de madeira e janelas baixas, o salão é dominado por dez figuras de madeira em tamanho real com braços estendidos para apoiar o teto. Aparentemente, elas foram esculpidas para representar os pedreiros que construíram Magna; na realidade, uma equipe multirracial. Inigo sempre diz que o salão é o tipo de lugar que qualquer fantasma com respeito próprio evitaria a todo custo. Armaduras chamam a atenção em todos os cantos e, onde não há mais lugar para retratos de família, um conjunto de chifres está pendurado com orgulho. Um enorme tapete de pele de urso cobre o chão em frente à lareira, dentes expostos, olhos arregalados e congelados. O urso foi um presente de meu tataravô para sua futura esposa (minha mãe dizia: "Não é de admirar que ela tenha morrido cedo"), e suas longas garras costumavam me assustar tanto que eu não conseguia ficar sozinha no salão, com medo de ele ressuscitar apenas para me pegar. Como resultado do medo, quando instalamos um telefone no salão, Mama certificou-se de colocá-lo bem perto do urso para me encorajar a terminar rápido minhas ligações. Ela não estava errada. Havia, espalhados pelo salão, outros animais empalhados: um urso polar perto das escadas e uma pele de zebra na porta de entrada, fazendo com que o salão não fosse exatamente um lugar agradável, nem um lugar fácil de se esquecer. O efeito era harmonizado por uma enorme lareira: cinco crianças poderiam ficar de pé dentro dela no verão, ainda que no inverno, apesar de estar constantemente acesa, parecesse incapaz de gerar muito calor.

Fiquei parada no salão e gritei que estava em casa. Ninguém respondeu com algum interesse, então aticei um pouco o fogo até perceber que, se não me apressasse, não teria tempo de mudar de roupa antes do jantar, algo pelo qual Mama era fanática. Subi correndo as escadas, dois degraus por vez, e entrei na Ala Leste. "Graças a Deus por Inigo Jones", Mama costumava dizer para nós, e eu tinha de concordar com ela. Na Ala Leste, ninguém se sentia como se houvesse fantasmas ouvindo pelos buracos das fechaduras, cada uma de suas palavras. Pelo menos, se *houvesse* fantasmas, era provável que estivessem bem vestidos e elegantes tendo em vista as lindas pinturas.

Jogando água fria no rosto, perguntei-me se deveria mencionar minha tarde peculiar à minha família peculiar. Melhor não, decidi. Não queria que minha mãe dissesse que tia Clare era uma "mulher horrível". Todas as mulheres eram horríveis na opinião de minha mãe, e aquelas que ela não conhecia (ou que não se lembrava de conhecer) *pareciam* horríveis. Os homens eram "muito sem graça" ou "devastadores" e não havia nenhum meio-termo. Vesti uma saia limpa, coloquei um pouco do perfume que tio George trouxera para mim de Paris e passei batom vermelho em meus lábios e bochechas. Minha mãe gostava de me ver maquiada.

— É pato — gritou Inigo do lado de fora do quarto —, então espere o pior.

Eu gemi. Sempre há uma cena quando tem pato para o jantar.

Desci para a sala de jantar. Essa sala é tão medieval quanto se pode imaginar: filas de gárgulas pendendo do teto e esse tipo de coisa, mas é surpreendentemente clara, com janelas altas que foram colocadas à força nas paredes com quase três metros de espessura quando os cercos de guerra saíram de moda. Os silêncios pesados dos jantares em que havia pato não se adequavam de forma alguma à sala. Sua atmosfera lembra o som de canecas brindando, música alegre saindo dos alaúdes e pessoas gritando à mesa enquanto roíam os ossos de um suculento porco. Encontrei Mama já sentada à mesa. Usando o vestido de que menos gostava, longo, de lã cinza, que a pinicava e dava brotoeja. Ela fora bem-sucedida em parecer pálida e entediada. Afundei em minha cadeira (terrivelmente desconfortável; não era de admirar que ninguém nunca se demorasse em Magna) e sorri para ela.

— Temos pato hoje — anunciou ela de forma rude.

— Por que, Mama? Alguma coisa errada?

— Além do perfume horrível e barato que você está usando? Não consigo nem começar a *pensar* enquanto estou envolvida nesse cheiro de alfazema!

— Na semana passada, você disse que gostava.

— Não seja ridícula.

Inigo entrou, a camisa abotoada só até a metade e o cabelo preto caindo sobre seus olhos. Eu me preparei.

— Que noite agradável — disse ele, beijando minha mãe no rosto. — Essa época do ano não é encantadora?

Ele puxou sua cadeira e sentou-se. Inigo é o tipo de pessoa que transforma tarefas simples em grandes representações, exagerando cada movimento até que aqueles que estão no mesmo cômodo que ele se perguntem quando vai terminar. Naquela noite, ele escolheu alongar a ação de pegar o cigarro, de tal forma que quando terminou a proeza, eu já estava exausta só de assistir. Quando acabou de fazer isso, passou para a também teatral tarefa de colocar o guardanapo em seu colo, desenrolando-o de suas caprichadas dobras, abrindo-o no ar, depois espalhando-o cuidadosamente sobre suas calças. Assistimos a tudo isso com irritação (Mama) e risos contidos (eu). Quando ele terminou, nossa empregada Mary já tinha nos servido o pobre pato, naquele dia combinado com batatas cozidas e cebolas assadas. Mary sabia que pato para o jantar significava problema e voltou para a cozinha o mais rápido que sua artrite permitiu. Eu não estava com fome, mas sabia que quanto mais rápido acabasse o jantar, mais rápido eu poderia me preocupar com o importante assunto de pensar em Charlotte, tia Clare e Harry. Pensei em pesquisá-los no guia genealógico Debrett's antes de ir para a cama. Onde será que estava nosso exemplar do Debrett's? Os jantares em que havia pato eram terrivelmente chatos, pensei. Contudo, esta noite eu tinha certeza de que nada que minha mãe dissesse poderia ter muito impacto sobre minha confusa imaginação.

— Como foi sua aula hoje, Penelope? — perguntou-me Mama, sua voz calma e firme. Olhei-a nos olhos, o que costumava deixá-la nervosa nessas situações.

— Suportáveis, obrigada, Mama. Acho que estou começando a lidar com tudo isso.

Mama não disse nada, mas espetou um pedaço de cebola com seu garfo.

— O que quero dizer é que estou começando a entender o que ele está tentando dizer — acrescentei.

— E o que ele está tentando dizer? — perguntou ela, distraída.

— Em *Antônio e Cleópatra*, acho que ele está nos dizendo que o amor vence tudo. O medo, a morte, a guerra, a idade... tudo se ajoelha, se humilha, perante o amor. — Senti Charlotte me aplaudindo.

— Que disparate você está falando, Penelope. Não sei de onde você tirou isso — disse Mama, olhando para seu prato e colocando sal, deliberadamente, sobre ele.

— Na verdade, eu gosto disso — comentou Inigo.

Mastiguei uma batata cozida. Uma corrente de ar passou com força por meus pés, fazendo-os se apertarem dentro dos sapatos. Pensei, melancolicamente, no escritório abafado de tia Clare. Mama respirou fundo.

— Levei seus sapatos hoje para a cidade e mandei consertar, Inigo — disse ela.

— Obrigado.

— E encomendei para você, Penelope, duas fronhas novas para combinar com os lençóis que lhe dei de aniversário. Na Harrods, tem em xadrez verde e branco e rosa e branco. Qual você prefere?

— Qualquer um dos dois, Mama.

Ela encarou suas batatas, ofendida.

— Acho que talvez o verde e branco — acrescentei logo. — Vai combinar com minha camisola.

Inigo riu com desdém. Então minha mãe abaixou a faca e o garfo, provocando um ruído, e mordeu o lábio inferior. Olhei para Inigo, que assentiu de leve. Estava vindo: a razão do pato para o jantar. Prendi a respiração.

— Johns passou a tarde no telhado consertando os danos em cima da Longa Galeria — disse Mama. — Parece que a tempestade causou mais estragos do que imaginávamos. Ele disse que vai tentar fazer os reparos sozinho, mas é impossível. Tudo é impossível.

Este era o assunto do jantar de hoje. Suponho que eu o deveria estar esperando, mas, mesmo assim, ele me deixava alarmada. Dinheiro. Ou a falta dele. É claro que já tínhamos escutado a esse respeito antes, mas nunca como assunto de um jantar com pato. Isso era algo bem diferente. Exigia uma reação apropriada.

— O que quer dizer? — perguntei, como se fosse idiota.

Ela olhou para mim, seu rosto de repente calmo e cheio de uma emoção que eu reconhecia vagamente como pena.

— Querida, não temos dinheiro — repetiu ela. — Como posso fazer com que fique mais fácil para você entender isso? — Como a curiosa pausa que acontece antes de o sangue sair de um corte no dedo, todos ficamos quietos, imóveis, ouvindo o vento fazer os galhos mais baixos da cerejeira baterem na janela, esperando o inevitável acontecer. Ela fungou e tirou um lenço da manga de lã.

— Não chore, não chore. — Inigo não suportava vê-la descomposta. Pessoalmente, eu achava estranhamente encorajador. Na verdade, ela raramente chorava. Ele arrastou sua cadeira para mais perto da dela e a envolveu com seus braços. Uma grande e silenciosa lágrima escorreu do olho dela, caindo sobre seu intocado pato. Ela torceu o lenço.

— Sinto saudade dele — murmurou ela. Acho que Inigo não a escutou, mas eu escutei. Nesse momento, o amor que sentia por ela fez meu estômago dar cambalhotas: minha mãe linda, ridícula e confusa. Arrastei minha cadeira para trás e ajoelhei-me do outro lado dela, puxando-a para mais perto.

— Está quase no verão — disse eu, a voz trêmula. — Aí não precisaremos nos preocupar com o frio, e o jardim ficará maravilhoso. Podemos fazer outra festa aqui, não podemos? Ou uma gincana? Todo mundo não disse que a gincana do ano passado foi um sucesso? Magna não nos deixará morrer de fome.

— Ela está certa — disse Inigo. — Magna não nos deixará morrer de fome.

Minha mãe beijou minha mão.

— Minha querida filha — disse ela. Então, beijou a testa de Inigo. — Meu querido filho.

Agarrei-me a esse momento por tanto tempo quanto pude. Se fechar meus olhos agora, ainda consigo nos ver, três pequenas figuras agachadas, tão minúsculas na enorme sala de jantar, ocupando tão pouco espaço em volta da comprida mesa, diminuídos pelo teto alto e pelos compridos e ruidosos vidros da janela da sala de jantar. Imaginei meu pai entrando pela sala e nos vendo ali: seus filhos perdidos sem ele e sua querida Talitha levantando o olhar como se soubesse o tempo todo que ele ia voltar para ela. Eu criara o hábito de visualizá-lo como uma espécie de cruzamento entre James Stewart e James Dean, em um paletó muito bem cortado, vestido para uma festa maravilhosa, sapatos engraxados, um cigarro em uma das mãos, um copo de whisky na outra, mesmo sabendo que a imagem estava errada, pois Papa nunca fumou. A campainha estridente do telefone pegou-nos desprevenidos. Inigo derramou a taça de vinho de minha mãe e ela endireitou-se, ficando ereta, os olhos verdes faiscando. Ela acha que é ele, pensei, assim como todos nós.

Um momento depois, Mary anunciou que havia uma moça ao telefone chamando a Srta. Penelope. Inigo levantou uma sobrancelha para mim.

— Posso atender a ligação, Mama?

— Quem será que está ligando a esta hora?

Mas eu já tinha saído da sala de jantar.

— Alô? — Eu estava no salão de novo, rangendo os dentes de frio e de curiosidade. *Quanto mais frio o salão, mais curta a ligação* era um dos mantras favoritos de minha mãe.

— Alô? Penelope? É Charlotte. Charlotte Ferris. Nós tomamos chá juntas hoje, você veio comigo...

— Sim, eu sei quem você é.

— Ah, que bom. Desculpe ligar tão tarde. Estava fazendo alguma coisa?

— Não importa.

— Importa sim. Estava jantando, não estava?

— Estava. Mas tudo bem, mesmo.

— O que você estava comendo?

— Pato.

— Ah.

Houve uma pausa, então Charlotte falou de novo, sua voz clara e calma, como fora no ponto de ônibus.

— Tia Clare acha que você é a melhor coisa que já me aconteceu. Só quis telefonar para contar-lhe isso. É sempre bom sabermos que causamos uma boa impressão, não é?

— Deus, acho que sim. — Não consegui pensar em mais nada para dizer.

— Bem, então é isso. Só queria agradecer-lhe de novo. Você sabe... por dividir o táxi, por tomar o chá, por tudo. E me desculpar por Harry ter sido difícil. Nós o pegamos em uma tarde complicada.

Eu podia ouvir os saltos da Mama batendo no chão da sala de jantar e de repente me senti desesperada. E se eu desligasse o telefone e nunca mais falasse com Charlotte? Respirei fundo.

— Por que você não vem e fica comigo? No outro final de semana, talvez. Será... será... divertido.

Houve uma pausa.

— Em Milton Magna Hall?

— Claro.

— Deus, Penelope, nós adoraríamos.

— Nós? — perguntei estupidamente.

— Ah, Harry adoraria. É exatamente o que ele está precisando para tirar o casamento de Marina da cabeça. Seria *perfeito* se pudéssemos ir juntos.

— Vocês dois estão convidados — disse eu com firmeza, afastando meu medo. — O trem de sexta à noite chega a Westbury às 17h29. Mandarei Johns para encontrá-los. Procure um Ford velho.

— Ah, que empolgante!

— Ah, e Charlotte...

— Sim?

— Como você sabia meu nome? Esqueci de perguntar quando nos despedimos.

— Estava bordado em seu casaco. Vi quando trocamos. *Penelope Wallace. Escola Secundária.*

— Ah. — Algo em mim ficou decepcionado por haver uma explicação tão lógica.

— Eu gostaria de ter ido para um colégio interno. Você não faz idéia de como era chato ir à escola em Londres. Sempre quis fofocar no dormitório e organizar festas no meio da noite em volta da piscina.

— Você tem lido muito Enid Blyton. Não era nada parecido com isso.

— Pelo menos me anima — suspirou Charlotte. — E, por favor, me diga o que devo levar.

— Doze pares de meia. Está mais frio do que no Pólo Norte nesse momento — disse eu, lembrando-me do que tia Clare tinha dito sobre a resistência de Harry.

— Meias. Doze pares. Estou anotando. O que mais?

A pele de urso estava me encarando com maldade, e Inigo, que era quase tão barulhento quanto Mama, estava rondando a poucos metros de mim.

— Nada. Apenas vocês.

Despedi-me, desliguei e dei um sorriso torto para Inigo. Falar ao telefone em Magna sempre me deixava um pouco desequilibrada. Mama estava usando o espelho rachado do salão para passar pó em seu nariz vermelho. Chorar fazia o rosto todo dela inchar, como se ela fosse alérgica às suas próprias lágrimas. Eu tinha certeza de que ela choraria mais se não fosse tão desagradável esteticamente.

— Quem era? — perguntou Inigo na mesma hora.

— Uma amiga. Ela se chama Charlotte Ferris. Eu a convidei para passar o próximo final de semana aqui com o primo.

— Quem é essa menina, Penelope? Nunca ouvi falar dela antes.

— Ela é uma nova amiga. Inigo sempre faz novos amigos. Não sei por que eu não posso, para variar.

— Bem, você está certa, querida — disse Mama, os olhos cheios de suspeita.

Tomamos nossos lugares na sala de jantar de novo. Inigo começou a cortar a batata em pedaços minúsculos.

— Sabe, você deveria ter me perguntado antes de convidar estranhos para nossa casa — disse Mama, suspirando como se fosse uma vítima.

— Sei que vai gostar deles — disse eu, aparentando mais confiança do que sentia.

— Onde vocês se conheceram?

— Ah, por aí — disse eu, constrangida. Mama ficaria horrorizada se eu contasse a verdade, não apenas porque ela nem morta seria vista em um ponto de ônibus, mas também porque desaprovava aceitar convites para o chá, agarrando-se logo à teoria de sua mãe de que chá só deveria ser tomado com pessoas da família e com ninguém mais. As exceções eram os casos de inválidos, que mereciam visitas para o chá, já que era "pouco provável que fossem infecciosos naquela hora tranqüila do dia".

— Por aí? Que estranho! — comentou ela.

— Eu a conheci com alguns amigos da minha aula de literatura — continuei, sentindo aquela vermelhidão covarde subir por meu rosto de novo. Deus, eu era uma péssima mentirosa. Mama serviu-se de outra taça de vinho.

— Bem! Charlotte Ferris. Onde ela mora?

— Não sei exatamente.

— O que *você* sabe? Na verdade, não consigo imaginar o que você tem para conversar com alguém, Penelope.

Inigo acendeu outro cigarro.

— Ela deve ser como todas as amigas de Penelope — disse ele. — Bonitinha e muito burra.

— Querido, você sabe que está sendo injusto — protestou minha mãe, animadamente, visto que nada dava a ela mais prazer do que escutar o sexo feminino sendo criticado. Infelizmente, o que Inigo dissera sobre minhas amigas era a pura verdade, mas gostei de imaginar o queixo dele caindo, pasmo, ao ver Charlotte pela primeira vez. Ele ficaria seduzido e desarmado ao mesmo tempo: uma combinação letal.

— Ela é diferente — disse eu com cuidado. — Muito divertida, para falar a verdade.

— *Divertida*? — perguntou Mama. — *Eu* julgarei isso. E a prima dela? É outra pessoa espirituosa?

— Na verdade, é um primo. Ele está treinando para se tornar mágico. Parece que ele costumava manter um pão como um animal de estimação em uma gaiola.

— Que coisa sem graça — comentou minha mãe, estremecendo.

— Sem graça! Isso é muito bom — disse Inigo, rindo. — Agora só falta você me dizer que ele não é maluco!

Xinguei-me por trazer o assunto de Julian, o Pão, à tona. Era muito absurdo, fora dos limites do escritório de tia Clare.

— O nome dele é Harry — continuei. — A mãe dele se chama Clare Delancy e ela disse que conhece você, Mama, e o Papa também — acrescentei, meu coração disparado, como sempre acontecia quando falava de meu pai.

— Clare Delancy. Clare, Clare, Clare, *Clare Delancy*. Deixe-me pensar.

Era o passatempo favorito de minha mãe: tentar lembrar quem, o quê, quando e onde tinha conhecido as pessoas que diziam conhecê-la. Era raro ela lembrar de alguém, eu já tinha escutado várias vezes a pergunta "Quem é esta mulher *horrível*?", que ela geralmente fazia quando já tinha encontrado a pessoa em questão pelo menos umas cinco vezes. Ela segurou o rosto para ajudar a pensar no assunto. Inigo bebeu seu vinho até a última gota e aproveitou a chance para dar seu pato para Fido.

— Como ela é? — perguntou Mama. Descrições detalhadas faziam parte do jogo.

— Bem... alta e bem grande, mais grisalha do que loura, mas, por incrível que pareça, muito bonita. Muito mais velha do que você, Mama — acrescentei logo.

— Grande e bonita? Não seja ridícula.

— O marido dela morreu no ano passado. Parece que uma estante de livros caiu e o matou.

Mama riu.

— É o que todos dizem.

— Ela mora em uma espécie de apartamento em Kensington e parece saber tudo sobre Magna. Acho que ela não é o tipo de pessoa de quem se esquece.

— Parece *exatamente* o tipo de pessoa de que alguém poderia se esquecer facilmente. Uma viúva acima do peso, com muito tempo sobrando. Agora você vai me dizer que ela cria gatos.

— Ela tem um gato. — Eu suspirei.

Minha mãe olhou para Inigo querendo dizer: "Eu não falei?"

— Nunca confie em alguém que crie um gato em um raio de 30 quilômetros de Londres. Significa pouco cuidado com a casa. Sem mencionar o cheiro e os pêlos...

— Mas Fido dorme na sua cama! — protestamos eu e Inigo ao mesmo tempo.

— Fido é um *cachorro*. O cheiro e o pêlo são completamente diferentes.

— Muito piores, você quer dizer — disse Inigo, fazendo carinho em Fido com o pé.

— Com gato ou sem gato, não me lembro de já ter encontrado essa mulher. O que ela disse sobre mim?

— Ela disse que você era de uma beleza sensacional.

— Hummm. Bem...

— Ela sabia que você e Papa tinham se casado cedo e disse que falaram para ela que Magna era maravilhosa.

— Ela é bem-vinda.

— Ah, não diga isso, Mama. Não está falando sério.

— Acho que posso traduzir as palavras dessa Clare da seguinte forma — disse Mama. — Francamente, ela está jogando o filho perturbado dela para cima de você, na esperança de que ele se case com você ou com alguma de suas primas ricas e maduras. Bem! Não há muita esperança: sem dinheiro, a casa se decompondo e sem nenhuma prima rica e madura. É uma pena. — Mama soltou uma gargalhada inesperada.

— Eu faria qualquer coisa por uma prima rica e madura — disse Inigo com sentimento.

— Frederick e Lavinia? — sugeriu minha mãe, referindo-se aos filhos da irmã de Papa, que tinham aproximadamente a nossa idade.

— Freddie é um sonho, mas Lavinia é horrível — disse Inigo, com desdém. — E a peguei armando uma ratoeira no quarto dela na última vez em que veio aqui. Ela disse que não conseguia dormir sabendo que eles estavam ali. Eu disse que sentia a mesma coisa em relação a saxofonistas.

— Os ratos estavam terríveis no ano passado — concordou Mama.

— Claro, se nós tivéssemos um gato...

Percebi que a conversa estava mudando de curso, como costumava acontecer quando minha mãe e Inigo estavam envolvidos. Brinquei com meu pato, comi as batatas e as cebolas e bebi três copos de água, enquanto Inigo tomou três taças de vinho. (Ainda faltavam umas duas semanas para eu começar a apreciar um bom vinho.)

Mary trouxe pão recheado com passas, o que alegrou minha mãe, e Inigo fumou enquanto eu tomava uma xícara de chocolate. Tirei meus sapatos e me sentei em cima dos pés para aquecê-los. Perguntei-me como o pobre Harry ia lidar com esse tipo de frio. Após tomar meu chocolate, anunciei que ia dormir e me levantei para dar um beijo de boa-noite em minha mãe. Tão rápida quanto uma caixa de surpresas, ela estava de pé também. Era outra de suas distintas características, essa necessidade de estar na cama antes de todos. Acho que isso vinha de seus dias de saídas teatrais, quando ela e Papa tinham acabado de se casar. Uma vez ela me disse que era vital se recolher aos seus aposentos cedo para permitir que aqueles que ficavam pudessem falar sobre quem não estivesse, de forma lisonjeira, na frente de seu amado.

— Boa noite, querida — disse ela, bocejando. — *Sinto* muito pelo pato, mas, realmente, esta noite foi suportável, afinal de contas. Sua misteriosa tia Clare foi uma distração maravilhosa.

Sorri e beijei-a no rosto. Minha mãe gostava de estar no quarto às 22h30, mas acho que ela não dormia antes da meia-noite. Observei-a subir com Fido, depois fui até a cozinha pegar um copo de água. Quando voltei para a sala de jantar, Inigo estava estudando a capa de um novo disco.

— Guy Mitchell — disse ele.

— Deixe-me ver.

— Você deveria escutar a música. A voz dele... — Inigo balançou a cabeça, maravilhado, o cabelo preto caindo sobre seus olhos. — Eu devia estar nos Estados Unidos. Qualquer um com bom senso devia estar nos Estados Unidos.

Eu ri.

— Não antes do próximo final de semana.

— Não. Acho que não. Vou ficar aqui e fazer algumas perguntas estranhas aos seus novos amigos. — Ele sorriu para mim.

— Que jantar com pato estranho esta noite.

— Muito estranho. Temos de falar com Johns sobre organizar outra gincana. Eu até que gostei de assistir às hordas de meninas de 10 anos de idade montando pôneis velhos e destruindo o parque. Talvez este ano devamos cobrar mais para assistir.

Acho que, mesmo naquela época, sabíamos como tais eventos eram fúteis. No fundo do meu coração, eu sabia que Magna precisaria ter uma gincana todos os dias do ano, durante a próxima década, para continuar existindo. Afastei esses pensamentos da minha cabeça, dei boa-noite para Inigo e decidi esquadrinhar pela porta de minha mãe, para ver se ela tinha se recuperado do jantar com pato. Atravessei o corredor do primeiro andar, imaginando minha mãe escrevendo em seu diário, na escrivaninha, sua mão esquerda rapidamente enchendo a página. Quando eu era criança, costumava descer na ponta dos pés as escadas dos fundos e entrar no quarto dela em busca de palavras de conforto e de uma olhada rápida no famoso diário de capa de couro preta· Quando eu era pequena, ela não se incomodava que eu lesse — acho que ela não fazia idéia da leitora avançada que eu era —, mas logo depois do meu aniversário de 11 anos, começou a escondê-lo, trancando-o com um cadeado e uma chave, e ele passou de um livro que eu amava e reverenciava a algo que eu odiava. Não pensaria no diário de minha mãe esta noite, decidi, isso apenas me deixaria deprimida.

Do lado de fora do quarto dela, bati na porta suavemente e, como não obtive resposta, entrei no quarto.

— Mama? — Eu podia ouvir o som de água correndo que vinha do banheiro da suíte. Aberto e repousando na mesa-de-cabeceira dela, junto com uma fotografia alegre de meu pai que me lembrava que ele não se parecia em nada com James Stewart e muito comigo, estava o bendito diário. Eu hesitei. Ela não me escutara entrando. Não sei o que me fez prosseguir e esticar o pescoço pela entrada naquele dia, mas eu fiz isso, e não há por que dizer que não o fiz.

16 de novembro de 1954. Penelope convidou uma moça chamada Charlotte Ferris para passar o final de semana aqui. Ela tem uma tia chamada Clare e, embora não tenha dito nada a meus filhos, acho que sei exatamente quem é Clare. Estranha a reaparição dela agora que...

Fugi e mergulhei na cama, o coração acelerado, perguntando-me se o nariz de minha mãe tinha detectado o cheiro de alfazema. Eu nem podia ir procurar no Debrett's, já que o vira segurando, heroicamente, a janela do quarto dela, deixando o ar gelado de novembro entrar.

Capítulo 4

SENHORITA UM METRO E OITENTA, PONTO FINAL

Eu meio que esperava que Charlotte fosse telefonar de novo antes do final de semana. Os dez dias que tinha de preencher antes de ela e Harry chegarem escancaravam-se à minha frente, intermináveis. Eu estava ansiosa para chegar terça-feira, o meu dia na loja com Christopher (quando eu planejava mencionar sutilmente tia Clare e Roma na conversa), mas, para minha decepção, ele telefonou na segunda-feira dizendo que ficaria fora até depois do ano-novo, buscando novo estoque para a loja.

— Vou esperá-la em janeiro — disse ele.

— Você vai a Roma? — perguntei, falando sem pensar.

— Roma? O que a faz pensar que eu poderia ir a Roma?

— Ah, nada. Achei que estivesse acontecendo uma grande conferência de cerâmicos lá nessa época — disse eu, precipitadamente.

— Cerâmicos? Deus, Penelope, não me deixe nervoso, por favor! — Escutei o som de papéis. — Ninguém me mandou *nada* sobre uma conferência de cerâmicos em Roma — murmurou ele. — Ah! A não ser que você esteja se referindo àquela feira ridícula organizada por William Knightly. Ele não saberia distinguir uma peça de arte nem que ela estivesse debaixo de seu nariz.

— Ah, deve ter sido isso. — Tentei não rir. — Hã... você *já* esteve em Roma, Christopher? Talvez na sua juventude turbulenta? — Corei por minha coragem.

— Claro que já estive em Roma, sua bobinha. Como eu poderia fazer o que faço se nunca tivesse ido a Roma?

— Até o ano que vem — disse eu, apressadamente. Christopher podia ser um tanto intimidador quando queria.

— Não espere mais dinheiro — avisou ele.

Passei muitas horas na biblioteca de Magna. Tinha dois exames para prestar no verão e dezenas de ensaios para concluir até lá. Três meses atrás, Mama e eu tínhamos concordado que eu deveria estudar, por um ano, literatura inglesa, história da arte e italiano, antes de passar seis meses com velhos amigos de Papa na Itália, onde se presumia que eu finalmente aprenderia a falar tal língua enquanto viajasse entre Roma e Florença (Mama era inexplicavelmente receosa a respeito de Veneza e Milão). Havia muitas moças da minha idade com os mesmo tipos de planos, o que me deixava ao mesmo tempo aliviada e entediada, mas desde que eu conhecera Charlotte, o fator alívio fora inteiramente substituído por frustração. Eu não conseguia imaginar uma garota como ela seguindo a multidão nem por um momento, e ela me acharia extremamente chata por fazer isso. Eu não conseguiria fingir para ela que estava gostando dos meus estudos. Eu chegara a querer fazer o curso de inglês, mas logo achei a interminável dissecação e análise dos livros completamente destrutiva. Eu queria ler, não escrever sobre o que tinha lido. Shakespeare era a maior provação. Eu tinha adorado assistir a *O mercador de Veneza* e *Conto do inverno*, mas não tinha nenhum interesse em falar sobre as minúcias do texto. As minhas aulas de história da arte eram quase tão complicadas. Olhar fotos da catedral de Florença ou do interior da catedral de Salisbury me parecia igualmente irrelevante. Eu precisava sentir o cheiro das construções, escutar o som de meus saltos em seu chão. Minha apreciação das grandes artes era muito literal para se estudar. Eu até ousaria dizer que não conseguiria entender nenhuma arte, a não ser que estivesse perto dela, até que enchesse todos os meus sentidos com sua presença. Uma vez eu disse isso para Christopher. Ele me disse que eu era ingênua para a minha idade, ao que eu respondi que aquilo não fazia sentido. Ele disse que isso provava inteiramente seu ponto de vista.

Nos dias que antecederam a primeira visita de Charlotte e Harry a Magna, o trabalho tornou-se ainda mais difícil do que de costume. Eu não conseguia afastar a sensação de que algo importante, algo vital, estava rondando além do meu alcance, algo que mudaria tudo para sempre. Aceitar tomar chá com Charlotte tirara minha vida de seu curso normal, me afastara das trilhas familiares pelas quais eu viajara por toda a minha vida até então. Eu tentava trabalhar, mas na maioria das vezes acabava tomando chocolate enquanto escutava calmamente Johnnie Ray, com cobertores velhos em volta dos meus joelhos para protegê-los do frio. Na quarta-feira, quase entendi o fato de Cleópatra pedir mandrágora. Repetidas vezes considerei entrar sorrateiramente no quarto de minha mãe para dar outra olhada naquele misterioso registro no diário, mas me detinha pouco antes de fazê-lo. Tinha medo de ser pega, mas mais do que isso, tinha medo do que poderia estar escrito nele. Ela não mencionara nossos hóspedes desde o jantar com pato, mas eu tinha a sensação de que eles estavam em sua cabeça. Estranhamente, percebi que o Debrett's tinha sido tirado de sua janela e substituído por um grande dicionário. Se isso tinha ou não importância neste caso, eu não sabia e não ousaria perguntar.

Fiquei aliviada uma manhã quando Mama sugeriu que fôssemos a Londres para dar uma olhada nos vestidos da nova estação.

— Você precisa ter *pelo menos* dois vestidos novos para as festas de Natal — disse ela, espalhando uma fina camada de marmelada na torrada. — Você é minha filha e *estará* linda.

Ela abaixou a faca e estendeu a mão para mim, seu rosto cheio de compaixão. Ela costumava me olhar dessa forma, mas eu nunca a levei a mal, porque sua pena era muito genuína. Com a estação das festas rapidamente se aproximando, o fato de eu não ter nem uma fração de sua beleza espetacular a angustiava. Acho que não ocorreu a ela que era possível ser admissivelmente bonita sendo alta, com sardas e tendo um sorriso simpático. Para minha mãe, a beleza feminina tinha a ver com olhos grandes e cabelos escuros como os dos ciganos e fazer homens adultos desmaiarem.

— Acho que eu não preciso de roupas novas... — comecei.

Ela balançou a cabeça, frustrada.

— Ah, Penelope, não seja ridícula. Você tem de ter pelo menos um vestido novo, e essa é minha última palavra.

— Mas eles são tão... tão caros — gaguejei. — Você disse que não temos dinheiro para gastar. Tenho certeza de que deveríamos consertar o piano ou a lareira do escritório...

— Johns nos levará até a estação. Poderia colocar uma saia, querida? Rápido!

Saí apressadamente da sala e subi as escadas correndo.

Sempre achei fazer compras com alguém um sofrimento, mas fazer compras com minha mãe era uma experiência arriscada que eu tentava evitar o máximo possível, mas nunca conseguia. Não era apenas o fato de nossos gostos serem diferentes (como toda garota de um metro e oitenta, eu gostava de modelos simples e sapatos modestos, enquanto ela preferia os babados da costura parisiense e saltos de 12 centímetros), mas, mais do que isso, a beleza dela atraía as vendedoras em sua direção, deixando-me a ver navios. Não quero parecer com pena de mim mesma, mas existem poucas coisas mais desanimadoras, para uma menina de 18 anos, do que ser ofuscada por sua mãe de 35. Enquanto vestia uma meia-calça e uma saia preta, ocorreu-me que a empolgação de conhecer tia Clare, Charlotte e Harry provavelmente foi intensificada pelo fato de minha mãe não ter participado.

Ah, como eu queria ser intelectual demais para roupas novas! Empilhados sobre o consolo da lareira do meu quarto estavam cinco convites, elegantemente inscritos em cartões brancos, de garotas que tinham nomes como Katherine Leigh-Jones e Alicia Davidson-Fornby. Eu nunca tinha visto nenhuma delas, mas minha mãe insistiu para que eu aceitasse ambos os convites, jurando que os Leigh-Jones criavam lhamas em Devon e que os Davidson-Fornby tinham a melhor cozinheira de Hampshire. Resisti à tentação de dizer "bem, e o que eu tenho a ver com isso?", mas, enfim, eu resistia à tentação de dizer muitas coisas para Mama. Apesar do fato de ela ser uns trinta centímetros mais baixa do que eu, eu tinha bastante medo dela, muito mais do que Inigo, que era mais novo, mas veementemente dogmático. Como conseqüência, fui pega entre a necessidade de fazer exatamente o que minha mãe queria e o desejo desesperado de desprender-me dela. Mais que nunca, ambos os lados tinham plena consciência do abismo que a guerra provocara entre as gerações, e Mama era mais difícil do que a maioria. O fato de parecer termos tão pouco em comum me amedrontava, e meus anos no colégio interno só intensificaram a suspeita furtiva de que ela era bem diferente das outras mães. Eu me recordo muito bem dos suspiros de admiração quando coloquei a foto de Mama sobre a cômoda, na minha primeira noite fora.

— Que mulher bonita — disse uma menina chamada Victoria, que ficava na cama ao lado da minha.

— É sua mãe? — perguntou Ruth, uma menina com rosto de lua cheia e voz estridente.

— É.

— Ela parece uma estrela de cinema. Quando a fotografia foi tirada?

— Poucas semanas atrás — disse eu, surpresa por todo aquele interesse. A essa altura, todas as 11 meninas estavam em volta da minha cama.

— Ela não se parece com você — comentou Ruth, delicadamente.

— Acho que parece — disse Victoria.

— Não parece não. *Ela tem* cabelo escuro. — Ruth apontou um dedo sujo para o vidro do porta-retrato.

— Elas têm os mesmos olhos.

Não tínhamos, claro, mas Victoria conseguiu perceber meu constrangimento. Sorri agradecida para ela e perguntei se ela queria dividir comigo o leite condensado que eu trouxera de casa (o racionamento ainda estava valendo e eu supliquei pela iguaria). Tornamo-nos grandes amigas daquela noite em diante.

— Penelope! Não queremos perder o trem! — gritou Mama. Escondi minha revista do fã clube de Johnnie Ray dentro de uma velha edição da revista *Tatler* e desci correndo.

No caminho para Londres, pensei em Harry e seu grande amor pela misteriosa Marina Hamilton e no porquê de minha mãe ainda não ter me contado como conhecera tia Clare. Às vezes guardo todos os meus pensamentos para o trem, acho que o ritmo hipnótico dos vagões passando sobre os trilhos, o transforma em um excelente local para a reflexão. Mama leu *The Times* e disse coisas como "não sei *por que* nos importamos" cada vez que virava a página.

Em Reading, um grupo de Teddy Boys fez a maior algazarra ao embarcar no trem. Havia algo a respeito dos Teds que me atraía, embora eu soubesse que eles estavam sempre tendo problemas com a polícia. Nenhum rapaz desse grupo era muito bonito — eram magros, tinham a boca fina e de expressão zangada, e nenhum deles parecia ter mais de 17 anos —, mas eu não conseguia afastar meus olhos do mais bagunceiro do grupo. Ele tirou o pente do bolso não menos do que 15 vezes, *15!*, durante aquela viagem, e as lapelas de sua jaqueta eram de um lindo veludo vermelho. Mamãe me deu um chute por baixo da mesa quando viu que eu estava olhando — ela vivia com um medo desgraçado de eu fugir com um Ted, embora eu achasse que a própria chance teria sido uma coisa legal. A razão principal para ela não gostar deles era que todos tinham manchas, e minha mãe realmente acreditava que pele clara só perdia para mãos bonitas na lista de características físicas importantes para maridos em potencial. Pobre Mama, sua beleza era tanta que os garotos no trem não conseguiram resistir à tentação de fitá-la e de se cutucarem quando ela se levantou no fim da viagem. Ela estava usando uma saia xadrez cinza e branca, um casaco de lã elegante e um pouco de batom vermelho; seus minúsculos tornozelos e formosas panturrilhas estavam protegidos por uma meia-calça da melhor seda. Quando se vestia para ir a Londres, ela ficava tão gloriosa quanto qualquer estrela de Hollywood.

— Bobos, bobos, bobos — disse ela, irritada, quando eles assoviaram para ela na plataforma. — Pelo amor de Deus, pare de sorrir, Penelope, você os está encorajando.

— Eles não estão olhando para mim — disse eu, sendo perfeitamente honesta.

— Acho que devemos ir à Selfridges primeiro — disse Mama, quando o táxi partiu.

— Podíamos ter pego um ônibus — comentei.

— Com esses sapatos? Ora, vamos, querida!

— Você deu uma gorjeta enorme para o carregador, Mama.

Ela me ignorou, mas eu realmente não a culpava. As árvores do Hyde Park brilhavam prateadas na vaga luz do sol de novembro, e eu me odiava por fazê-la lembrar-se do nosso dilema no jantar com pato. Encolhi-me em meu casaco e desejei ter trazido as luvas Fair Isle. Minha mãe abriu a bolsa e pegou o batom e o pó.

— Acho que Inigo está certo sobre a gincana — disse ela, levantando as sobrancelhas ao ver seu reflexo. (Ela tinha sobrancelhas maravilhosas.) — Foi *tão* bom para Magna no último verão.

De forma irracional, senti uma onda de irritação. Fora eu, não Inigo, quem dera a idéia de fazer outra gincana em Magna. Nunca havia nenhum traço de despeito nas palavras de minha mãe, mas sua suposição intrínseca de que qualquer sugestão razoável viesse de Inigo, não de mim, me deixava louca.

— As pessoas ficaram tão agradecidas — continuou ela. — Dá assunto para elas conversarem, não é? A Sra. Daunton, da loja, não se cansava de falar sobre quantos bolos vendeu. Ela ficava dizendo: "Só sobraram três bolinhos, Sra. Wallace, e só uma panqueca."

Caí na gargalhada, a despeito de mim mesma. Minha mãe sabia imitar as pessoas soberbamente. Ela também riu. Notei o motorista do táxi olhando pelo retrovisor para sorrir para nós, e no momento seguinte ele caiu em um buraco na rua, fazendo Mama levantar do assento e meu chapéu voar da minha cabeça. Bem, isso acabou conosco, completamente. Quando minha mãe começava a rir, não havia esperança para ninguém: ela era tão contagiosa quanto sarampo.

— Uma panqueca — repetiu ela, pegando o lenço e enxugando os olhos. — Oh, socorro, já estamos quase chegando. Recomponha-se, Penelope!

Ela deu uma gorjeta exagerada para o motorista também.

Havia algo lindamente teatral em Selfridges, com seus cheiros intoxicantes de pó e perfume e filas de vendedoras com unhas afiadas e sorrisos de tarde de quinta-feira. Era impossível imaginar alguma coisa ruim acontecendo com qualquer pessoa em tal lugar e, como sempre, senti minha intelectualidade enfraquecer. Eu queria tudo, tudo, *tudo*. De fato, me senti completamente envolvida por minha necessidade de consumir.

— Segundo andar — disse Mama, animadamente. — Vamos subir.

Ela chamou uma criatura loura com aparência de burra usando um vestido de noite e colocou-a para trabalhar na mesma hora.

— Qual é o seu nome, querida? — perguntou minha mãe.

— Vivienne — anunciou a criatura com firmeza.

— Mesmo? — perguntou minha mãe em dúvida.

Vivienne arregalou os olhos.

— Bem, Vivienne, vamos precisar de sua ajuda. Minha filha aqui precisa de vestidos novos para a temporada de festas. Nada preto, entendeu? Ela tem pernas maravilhosas e boas maçãs do rosto, está vendo? Temos de valorizá-las ao máximo.

— Boas maçãs do rosto — entoou Vivienne. — Ela é muito alta — acrescentou ela, de forma acusadora.

— Um metro e oitenta — concordou Mama.

— Ela parece ainda mais alta — disse Vivienne.

— Bem, não sou. Tenho um metro e oitenta, ponto final — respondi.

Vivienne pareceu não acreditar em mim, mas me levou para o provador e tirou minhas medidas enquanto minha mãe perambulava pela seção, seus maravilhosos dedos delicados esticando-se para sentir cada vestido que via. Eu podia escutá-la murmurando para si mesma enquanto tirava minha roupa e ficava só com as roupas íntimas. "Linda, *horrível, muito antiga.*" Pensei em Charlotte usando meu casaco e em como ficara melhor nela que em mim.

Vivienne me entregou um vestido vermelho e preto de cetim com barra de renda.

— Essas cores estão em alta nos Estados Unidos — disse ela. — Verdade. Você vai ficar como uma estrela de cinema.

Tinha minhas suspeitas a esse respeito. O vestido parecia minúsculo nas minhas mãos, como roupa de boneca.

— Acho que vai ficar pequeno — disse eu, pisando na bainha.

— Pelo amor de Deus, experimente e veja — mandou minha mãe, sem paciência.

Claro que não consegui fazê-lo subir, nem a infeliz da Vivienne.

— O vestido é muito curto e muito estreito para mim. Sou muito grande para ele, Mama — murmurei, vermelha de tão contrariada.

— Você é o que chamam de ossuda — diagnosticou Vivienne com toda a compaixão de uma menina pequena.

— Ridículo — disse minha mãe. — Pegue o vestido em um tamanho maior para ela.

Vivienne saiu apressada.

— Vivienne uma pinóia! — bufou minha mãe. — Escutei aquela mulher chamando-a Dora. Não sei o que há de errado com as garotas de hoje em dia.

Isso soou cômico vindo de alguém que não parecia mais velha do que a própria Vivienne. Às vezes achava que a juventude de minha mãe a deixava amedrontada. Fazia com que se lembre de quanto tempo mais teria de viver sem meu pai.

— Vou lhe dizer uma coisa — disse Mama. — Por que não experimento esse vestido também? Assim você poderá ver como fica. É a única forma de se ver um vestido realmente. — Ela entrou no provador antes que eu pudesse fazer alguma objeção e saiu um minuto depois com o mesmo vestido vermelho que eu descartara. Vivienne, voltando com o tamanho maior, parou atônita.

— A senhora está absolutamente linda — anunciou ela. — Ninguém poderia dizer que tem uma filha dessa idade — acrescentou ela, assentindo na minha direção. — Parecem mais irmãs.

— Deus, me dê forças — murmurei baixinho.

— É uma cor maravilhosa — concordou minha mãe, girando em frente ao longo espelho para se ver por todos os ângulos, um sorriso nada modesto no rosto.

— Não acha que estou velha demais para esse estilo? — perguntou ela. Não me incomodei em responder, sabendo perfeitamente bem que os suspiros de inveja de Vivienne eram suficientes para anular tal medo.

— Talvez eu devesse experimentar o verde — refletiu Mama.

— Também o temos em um rosa maravilhoso — disse Vivienne de forma encorajadora.

— Deus do Céu, não. Rosa não. Rosa *nunca.*

— Eu gostaria de dar uma olhada pela loja — interrompi. — Prometi a Inigo que tentaria encontrar aquele disco que ele quer.

— Não demore, querida. Ah, e por favor não o estimule comprando alguma coisa boba para ele.

Acho que eu sabia que ia dar de cara com tia Clare. É claro que é fácil dizer isso agora, mas quando a vi preenchendo um cheque no departamento masculino, não fiquei nem um pouco surpresa. Ela parecia grande, como parecera em seu escritório, ainda assim elegante, em um bem cortado conjunto de saia e blusa verde-garrafa. Pela primeira vez, notei como os pés e tornozelos dela eram surpreendentemente pequenos e me perguntei como ela não caía o tempo todo. Fingi estar muito interessada nos manequins de um jogador de críquete com aparência suave e de um risonho jogador de golfe e esperei que ela olhasse em volta e me notasse. Ela certamente não estava com pressa. Para ter uma desculpa para estar ali, peguei o boné do jogador de críquete e olhei a etiqueta. Escutei o final da conversa dela com o vendedor.

— Meu filho vai adorar — dizia ela. — Ele realmente precisa de uma gravata nova. E vinho é uma cor tão *diferente*, não é?

— A senhora fez uma excelente escolha. É um dos nossos designs mais populares desta estação.

— Ah, é? Que decepção.

— Desejo sorte ao seu filho na entrevista. Eu *adoraria* trabalhar no ramo de aviões.

— É emocionante.

Se estou dando a impressão de que costumo escutar a conversa dos outros, sinto muito. Isso não era algo que eu estava acostumada a fazer, e o que aconteceu a seguir foi um castigo pelo meu comportamento. Dói lembrar que perdi o equilíbrio enquanto estava na ponta dos pés e cambaleei para a frente no momento errado, fazendo o infeliz jogador de críquete cair no chão. O assistente de tia Clare entrou em ação.

— Com licença, senhora, mas alguém parece ter incomodado nosso "Homem de Todas as Estações" — reclamou ele, apressando-se para a cena do crime, onde eu estava tentando recolocar o jogador no lugar.

— Desculpe — disse eu com a voz entrecortada. — Perdi o equilíbrio.

— Esses manequins são muito frágeis. Não aconselhamos nossos fregueses a pegaram os objetos usados por eles. — Ele apontou para uma placa que tinha, precisamente, essa mensagem.

— Eu sei — disse, aborrecida.

— Está interessada em alguma coisa que derrubou?

— Bem, eu...

— Claro que está. Levaremos o boné. — Era tia Clare, bem perto da cena. Ela piscou para mim.

— Ah! Realmente não precisa. Eu estava apenas olhando...

— O boné foi levemente danificado — mentiu o assistente.

— Coloque na minha conta — disse tia Clare, rapidamente.

Ele assentiu e saiu, e tia Clare e eu ficamos sozinhas. Fiquei impressionada com o quanto ela parecia diferente fora dos limites de seu escritório, embora fosse difícil dizer exatamente por quê.

— Não precisa comprar o boné. Eu estava apenas olhando. É caro e eu realmente não preciso dele.

— Ah! Não devia ter dito isso. Assim que alguém diz que *não* precisa de alguma coisa, surge a ocasião em que precisa. Se eu não comprar o boné agora, você, quase com certeza, se verá no meio de uma partida de críquete sem um chapéu adequado.

Eu ri.

— Mas eu não jogo críquete.

— Seu irmão joga, suponho.

— Sim, mas...

— Bem, então serve.

— Poderia dar para o Harry.

— Harry? Jogando críquete? É mais fácil um porco voar — disse tia Clare com amargura.

Em todo caso, devia ser verdade, pensei.

— Que prazer revê-la tão rápido — continuou ela, gentilmente, apertando meu braço. — Gostamos de tê-la para o chá. Devo me desculpar pelo comportamento de Harry; ele sabe ser muito difícil. Ainda assim, consegui uma entrevista com um amigo da família que trabalha em uma firma de aviação. Construção de aviões, esse tipo de coisas. Acho que combina com ele.

Pelo meu breve encontro com Harry, não podia imaginar algo que combinasse menos.

— Ele e Charlotte vão passar o próximo final de semana comigo — disse eu, animadamente.

— Claro! — disse tia Clare. Não poderia dizer se ela já sabia sobre a visita deles e de repente me arrependi de ter contado, no caso de haver alguma coisa que Harry não quisesse que ela soubesse.

— Estava indo até o departamento de discos — continuei. — Estou procurando alguma coisa para meu irmão, Inigo. Ele gosta dos novos sons pop, sabe? Bill Haley e todos os cantores americanos...

Tia Clare pareceu horrorizada.

— Que terrível. Você está aqui sozinha?

— Deixei minha mãe experimentando metade da coleção de Christian Dior.

— Ela está aqui?

— Está, no segundo andar.

Por uma fração de segundo, tia Clare pareceu momentaneamente surpresa.

— Mande a ela minhas recomendações. Querida, tenho de ir, só vim aqui para comprar um vaso e parece que vou sair com metade da loja. — Ela me beijou no rosto. — Tome conta de Harry — acrescentou ela.

— Ah, claro que sim.

Observei-a sair da loja, abrindo espaço entre dezenas de compradores ao passar. Eu sabia que não mencionaria esse encontro com minha mãe.

Fomos embora de bom humor. Minha mãe, com o ego nas alturas depois da adulação de Vivienne, e muito disposta a interromper nossa crise financeira, comprara três novos vestidos para si. Vivienne, para seu eterno crédito, encontrara para mim um vestido cintilante verde-menta que combinava com minha coloração "difícil". Ele ficou ao meu lado no trem, embrulhado em tecido branco e guardado como um tesouro em uma enorme sacola preta da Selfridges. O vestido parecia quase ter vida para mim.

Quando chegamos a Magna, encontramos Inigo em estado de êxtase, pois o correio entregara um pacote de tio Luke, que morava na Louisiana, Estados Unidos. Ver os selos americanos era suficiente para deixar Inigo (e a mim também) em frenesi. Tudo que era bom, empolgante e digno de ser objeto de conversa vinha do outro lado do oceano Atlântico, e nós tínhamos sorte de ter um tio americano.

A irmã mais velha de minha mãe, Loretta, se casara com um soldado americano chamado Luke Hanson e se mudara para os Estados Unidos depois da guerra. Agora, oito anos depois, Loretta era quase tão ianque quanto seu marido. Minha mãe gostava de deixar a impressão de ficar horrorizada pela disposição de sua irmã em abraçar um país que considerava extremamente vulgar, mas, em segredo, ela tinha muita inveja. Quem poderia culpá-la? Eu e ela tínhamos fascinação pelas histórias de geladeiras em todas as cozinhas, máquinas de lavar e de secar próprias, drive-ins e Coca-Cola. Inigo, obcecado pela nova onda de música americana, considerava ter um contato na terra prometida um bônus e tanto, e Luke adorava irritar minha mãe alimentando o desejo de Inigo por todas as coisas novas e brilhantes do outro lado do Atlântico. Mal tínhamos passado da porta e colocado nossas bolsas no chão quando ele começou.

— Tio Luke mandou o novo disco de Guy Mitchell para mim! — anunciou ele.

— Ele não é seu tio — suspirou minha mãe.

— Ele é casado com minha tia. Isso o torna meu tio. E ele manda discos para mim, o que o transforma na coisa mais próxima a Deus nas redondezas.

— Inigo!

— Eu quero ver — pedi, largando minhas sacolas no chão.

— Ah, não quer não. Não quero seus dedinhos imundos nos meus discos. Pode olhar, mas não pode tocar.

— Ah, não seja injusto!

— Deixe que ela veja, Inigo.

Ele me lançou um olhar de advertência e me entregou o objeto sagrado.

— Que tamanho engraçado para um disco — disse eu, examinando sua forma pouco familiar.

— É um 45 rotações — explicou ele. — Os velhos 78 estão com os dias contados.

— Não acredito em você.

— É verdade.

— Quem Luke pensa que é? — questionou Mama, que temia mudanças.

— Esperem até eu mostrar isso para Alexander — disse Inigo. (Eu fora mais do que um pouco apaixonada pelo melhor amigo de Inigo até o verão passado, quando ele bebeu demais na minha festa de aniversário e vomitou nos canteiros de aspargo. Você pode imaginar o que minha mãe tinha a dizer sobre *isso*.)

— Como você vai colocar isso para tocar? Com certeza não vai tocar em nosso gramofone — perguntei logo.

— Claro que vai. Apenas toca em uma velocidade diferente, só isso. Quarenta e cinco rotações por minuto em vez de 78. Não poderia ser mais fácil. Já escutei umas vinte vezes esperando vocês duas voltarem.

Mama olhou para mim e levantou os olhos para os céus.

— Ah, vamos, Mama, nós *temos* de escutar o disco. Pense, provavelmente nós somos as primeiras pessoas na Inglaterra a tocar um disco desses!

— Ah, tudo bem — suspirou Mama. Ela hesitou por um momento, depois disse: — Isso me faz lembrar uma coisa, querida. Não estarei aqui no próximo final de semana.

— Não?

— Vou para Salisbury ficar com sua madrinha. Ficarei fora três noites.

— Tia Belinda? Mas nós não a vemos há anos!

— Exatamente. Muito, muito tempo. Você é bem capaz de cuidar dos seus convidados sozinha. Só tem de conversar com Mary sobre a comida.

Nesse momento, o som do novo disco de Inigo explodiu da sala de estar.

— Diga a ele para abaixar, Penelope — reclamou Mama. — Minha pobre cabeça!

Naquela noite, Inigo e eu passamos duas horas escutando o novo disco, depois que Mama já tinha ido para cama. O volume estava tão baixo que era até difícil escutar. Inigo estava em êxtase, examinando a capa, tentando decifrar cada palavra que Guy Mitchell cantava, algumas vezes até tentando imitar sua voz. Ele era notavelmente bom.

Capítulo 5

NEVE E DISCOS DE 45 ROTAÇÕES

Minha mãe manteve a palavra e partiu para a casa de minha madrinha em Salisbury na sexta-feira de manhã. Ela parecia ansiosa para ir embora, nem se incomodando em dar os sermões de costume sobre não falar muito ao telefone, lembrar de levar Fido para passear e lavá-lo, caso ele se enroscasse com alguma coisa que estivesse morta (carneiros eram seus favoritos, e eventuais texugos).

— Mary vai ficar de olho em vocês — foi sua ameaça de despedida. Notei o diário enfiado no compartimento exterior de sua mala. Ela obviamente gostava de ter algo sensacional para ler no trem.

— Quando você volta, Mama? — perguntei, lutando com as emoções conflitantes de pânico e animação que tomavam conta de mim quando ficávamos sozinhos em Magna.

— Ah, domingo à noite ou segunda-feira de manhã. Telefonarei para avisar. Adeus, queridos.

Observamos enquanto ela entrava no carro ao lado de Johns. Em algumas horas, ele sairia de novo para a estação para pegar Charlotte e Harry. Inigo desfilava pelo salão.

— Acho que vou ao cinema mais tarde — disse ele, parando ao meu lado. — Posso pegar o ônibus para a cidade esta tarde e voltar antes do jantar.

— Ah, não, por favor. Preciso que esteja aqui para ajudar quando eles chegarem — implorei.

— Já terei voltado quando eles chegarem.

— Mas e se não tiver? Preciso de você, Inigo.

Ele caiu na gargalhada.

— Qual é o problema dessas pessoas? Nunca a vi tão entusiasmada.

Fiz cara feia para ele.

— *Não* estou entusiasmada. Apenas quero que tudo dê certo, só isso. Ah, e por favor, não coloque seu novo disco para tocar a partir do segundo em que eles entrarem por aquela porta. Pensei que poderíamos colocar jazz depois do jantar para Harry.

— Ah, pare com isso. Essa empolgação está acabando comigo.

Inigo odiava jazz, assim como todos aqueles que gostavam de música popular americana. Eu costumava me sentir dividida entre os dois; parecia muito mais fácil lidar com jazz, já que era muito mais acadêmico, muito menos confrontador. Até que fui com uma amiga do colégio ao cinema para assistir *There's no Business Like Show Business*, e Johnnie Ray penetrou em minha consciência pela primeira vez. É verdade dizer que aquelas duas horas na poltrona de veludo do Odeon Leicester Square mudaram tudo, e eu não me importava com quem sabia disso. Acho que não foi só porque Johnnie me fez desmaiar e me entusiasmar (isso foi apenas sintoma do poder de um homem); tinha mais a ver com o brilho de sua performance, a novidade de seus movimentos. Para mim, ele parecia o homem com quem eu queria me casar, e quando ele abriu a boca e cantou, o mundo inteiro poderia ter parado que eu não notaria. Saí do cinema tonta, desejo e ânsia se agitando dentro de mim pela primeira vez. Nervosa e desorientada pela surpresa, meu estômago dando cambalhotas pelo assalto de adoração a um *homem* de verdade. Nenhum dos amigos de Inigo podia competir com Johnnie, essa visão de beleza, essa encarnação americana do homem perfeito. Levou tempo até eu admitir isso para Inigo, mas nada em minha desanimada coleção de discos de jazz se equiparava a uma noite assistindo Johnnie Ray no cinema. Quando se tratava dele, eu entendia suas emoções, seu sofrimento, enquanto jazz era algo que eu apenas fingia entender. Saber que Charlotte se sentia da mesma forma em relação a ele foi como descobrir que ambas falávamos o mesmo idioma secreto, mas eu tinha bom senso suficiente para perceber que rapazes como Harry não teriam tempo para ele. Tirei o pó dos meus discos de Humphrey Lyttelton e arrumei-os ao lado do gramofone.

Já estava quase na hora do almoço. Mary, que na semana anterior completara 74 anos, estava sentada na cozinha, folheando o exemplar de minha mãe de *The Lady*. Atrás de uma conta ainda não paga do mercado da cidade, estavam as instruções de Mama, escritas com sua caligrafia azul real: *Jantar de sexta-feira: sopa de tomate, presunto cozido e batatas assadas com casca. Consultar Penelope a respeito dos vegetais. Café-da-manhã de sábado: torrada e marmelada (pote novo no armário), ovos cozidos. Almoço de sábado: Sobra do presunto e pão com cebola e tomate. Jantar de sábado: torta de frango com purê de batata, salada de frutas. Café-da-manhã de domingo: ovos cozidos. Pode deixar que peguem um pote de geléia de groselha para passar nas torradas. Almoço de domingo: sopa de frango, presunto cozido e pão, salada de frutas.*

Engoli em seco ao pensar no enorme apetite de Charlotte. Apesar de sua capacidade de cozinhar em uma velocidade incrível, Mary nunca conseguia fazer uma comida com algum gosto. Uma vez minha mãe insinuou a necessidade de temperar os ingredientes quando se está cozinhando. Mary salgou tanto a torta de peixe que fez em seguida que até Fido a rejeitou com nojo.

— Ela fez isso de propósito — disse eu. — Não consegue suportar sua interferência.

— Mas ela é muito querida — disse minha mãe. — Seu pai gostava muito dela. (Mulheres com mais de 65 anos chegavam ao status de "queridas", pois não eram mais vistas como uma ameaça.)

— Ela é uma inútil — falou Inigo. — E cheira a picadinho.

Mas era inútil falar. Enquanto Mary conseguisse pegar em um alfinete, continuaria em Magna. Minha mãe quase teve um ataque quando a moça mais bonita da padaria da cidade perguntou se poderia cozinhar alguma coisa na casa grande. Acho que nem o melhor *chef* da Terra conseguiria tirar Mary de seu trono.

— A Sra. Wallace deixou as instruções — disse ela agora, pegando a lista.

— Eu vi. O racionamento não acabou? — perguntei com atrevimento.

— Não diga isso, menina! A maior parte do povo nem chegou perto de uma torta de frango durante a guerra. E tire as mãos dessas maçãs. Preciso delas para a salada de frutas.

— Mary, podemos fazer um bolo hoje? E talvez biscoitos e pãezinhos? — implorei.

— Eu até faria um pouco, mas não tem geléia. — Ela fechou a revista. — Nesses últimos dias, tenho sentido dores horríveis. Ah, é o frio, sabe? Nunca vi vento assim, não desde antes da guerra.

— *Está* muito frio mesmo.

— A neve está chegando — disse ela, sombriamente. — Johns falou.

— Vou de bicicleta até o mercado para comprar geléia — disse eu, sem paciência. — Precisa de mais alguma coisa? Não poderíamos fazer alguma coisa um pouco diferente hoje? Não sei... um bolo de coco ou outra coisa?

Mary riu.

— E onde você acha que vai encontrar coco por aqui, querida? Eles não caem do céu.

Olhei pela janela da cozinha para o céu pesado e cinza. Dois passarinhos brigavam pela última noz no viveiro, sob os galhos completamente pelados da cerejeira.

— Dois é bom — tagarelou Mary. — Posso fazer uma torta de passarinho, se quiser.

Quando eu e Inigo terminamos nossos sanduíches de queijo na hora do almoço, eu já estava começando a entrar em pânico em relação a manter a casa aquecida e servir aos nossos hóspedes uma comida tão sem graça. Seríamos considerados uma daquelas famílias horríveis que convidam as pessoas para o final de semana e então as observam morrer lentamente de frio em cima da salada de frutas (e quem poderia querer salada de frutas com esse tempo?). Precisávamos de comida quente: torta de maçã e chocolate quente, eu achava. Já estava prestes a subir para colocar cobertores extras nos quartos de hóspede quando a neve começou a cair: grandes flocos cobriram o peitoril da janela da sala de estar em poucos minutos.

— Vai acumular! — disse Inigo, abrindo a porta da sala de estar e se jogando na grama. Fido saiu atrás, latindo de alegria e ficando ridículo como cachorros ficam quando os humanos se comportam como os cachorros. Inigo raspou os primeiros flocos de neve de cima do forcado do jardim que Johns (sem dúvida alguma se esquentando com um brandy duplo na Fox and Pheasant) não se incomodara de guardar. Não consegui resistir a ir para fora também. Olhei para cima, para a neve caindo, até ficar tonta, rindo ao pegar os maiores flocos com a ponta da língua. Em minutos, a monotonia de inverno do jardim e dos campos ao redor estava escondida, e eles ficaram encantadores. *É claro* que continuaria nevando para Charlotte e Harry, pensei, depois comecei a me preocupar com a possibilidade de o trem deles atrasar. Não precisava ter me preocupado.

Eles chegaram duas horas adiantados, algo que minha mãe nunca perdoaria se soubesse. Abri a porta da frente, a cesta de lenha vazia embaixo do meu braço, e eles estavam parados ali, prontos para tocar o sino.

— Já íamos bater — sorriu Charlotte. — Você deve ser médium.

Inadequadamente carregando uma raquete de tênis e uma garrafa de champanhe, ela estava vestindo o casaco verde de novo. Contudo, dessa vez o cabelo espesso e louro estava preso em uma longa trança. Sem as agitadas cortinas de cabelo pesado, o rosto dela ficava consideravelmente diferente. Ela parecia menos Alice no País das Maravilhas e mais a protagonista da peça do último ano do colégio.

— Vocês chegaram mais cedo! — reclamei, usando um tom de voz acusador. — Deus! Estava prestes a mandar Johns ir pegá-los.

— Eu sei. Espero que nos considere espertos. Ouvimos que tinha começado a nevar por aqui, então pegamos o trem mais cedo e depois um ônibus na estação. Ele nos deixou bem na entrada da sua alameda. Só tivemos de segui-la... estávamos escorregando pelo caminho. Olá, Penelope — acrescentou ela, beijando-me no rosto. As pegadas deles pela alameda já estavam quase cobertas. — Isso não é um sonho? Como se fosse Nárnia — suspirou ela.

— Entrem, então — disse eu, constrangida. — A lenha pode esperar, enquanto mostro o quarto de vocês.

Harry, o nariz muito vermelho de frio, não estava usando roupas suficientes. Ele ainda tinha no rosto aquele olhar divertido de "eu já vi isso antes" (uma expressão bem difícil de manter no salão de Magna, devo dizer), e seu cabelo estava amassado por causa do chapéu com aparência suja que estava em sua mão esquerda. Se não fossem seus sapatos (de couro marrom e elegantes, do tipo que os fãs de jazz gostam de usar), ele poderia facilmente ser confundido com um viajante excêntrico, do tipo que ainda tinha quilômetros a percorrer antes de dormir. Eu quase esperava encontrar seu cavalo bufando nas sombras atrás dele.

— Como você está? — perguntei a ele como uma idiota. — Posso pegar seu casaco?

— Não, obrigado — disse ele, entrando no salão. Ele assentiu para Inigo. — Gosto do tapete. Você que caçou?

— Ah, estrangulei com as minhas próprias mãos — respondeu Inigo.

Charlotte riu.

— Próprias mãos — disse ela. — Muito engraçado. — Ela estava olhando para a estante de livros. — *O Grande Gatsby*! — exclamou ela, tirando-o da prateleira. — Ah, meu Deus, é a primeira edição! Meu Deus de novo! Está autografado pelo autor! Harry, está mesmo *autografado*!

— Minha tia-avó conhecia os Fitzgerald — disse eu. Ah, Deus, espero que não esteja me gabando.

Charlotte balançou a cabeça.

— Isso é maravilhoso. Esse não é seu melhor livro de todos os tempos?

— Eu... ele... não o li nos últimos tempos — admiti.

— Ela nunca leu! — revelou Inigo. — Penelope adora livros, contanto que não precise abri-los. Vá rápido pegar lenha, senão meus dedos dos pés vão congelar.

Eu poderia de bom grado tê-lo matado.

— Charlotte e Harry, este é meu irmão Inigo — disse eu, rangendo os dentes.

Harry estendeu a mão.

— Olá — disse ele.

Cruzei os dedos atrás das costas. Por favor, faça com que Inigo goste dele, rezei. (Inigo tinha uma tendência a fazer julgamentos precipitados sobre as pessoas; julgamentos que eram irreversíveis. Ele detestou minha colega de colégio Hannah depois de dez minutos de conversa, apesar ou talvez por causa do amor não correspondido dela por ele. Por outro lado, ele admirava nosso vigário local, mesmo depois de ele ser pego bebendo no gargalo de uma garrafa de brandy na sacristia. "O Senhor age de formas misteriosas", repetia Inigo, o que deixava a mim e a Mama consternadas.)

— Como foi a viagem? — perguntou ele a Harry, querendo começar uma conversa.

— Foi maçante — interrompeu Charlotte — e muito demorada. Não parei quieta a viagem toda, doida para chegar aqui. Todo mundo diz que Milton Magna é uma das casas mais surpreendentes já construídas, e agora posso ver que é verdade. Acho que nunca esperei tanto uma visita como essa.

Nenhum de nossos amigos tinha a tendência de proferir poesias sobre Magna, talvez eles fossem pegos de surpresa, ou estivessem muito acostumados a estar em casas bonitas. O rosto de Inigo se suavizou quando ela terminou seu pequeno discurso.

— Você deve ser Charlotte — disse ele, apertando a mão dela. — Penelope estava certa dessa vez.

— Como assim? — perguntou Charlotte.

— Ah, nada, nada. Vamos, Penelope vai mostra-lhes o andar de cima, e eu vou tentar fazer com que a sala de estar não congele. O que não é uma grande proeza, posso garantir.

Quando ele acabou essa frase, percebi que ele tinha falado mais com Charlotte do que com qualquer outra pessoa que eu já convidara para vir à nossa casa. Ele me lançou um olhar desafiador, como se quisesse dizer: "Viu? Posso ser gentil com as pessoas quando elas merecem!"

— Você vai ficar no quarto azul, Charlotte — disse eu. — Fique quieto, Inigo, e mostre a Harry onde ele vai dormir.

O quarto azul ficava na Ala Leste, no final do corredor, e tinha uma janela com vista para a capela e outra para os patos da Mama. Era um dos poucos quartos da casa que ainda tinha uma aparência razoável depois da guerra, o que significa dizer que o teto não estava prestes a cair e o carpete ainda não estava rasgado. Como era um quarto afastado dos outros, não fora usado pelo exército, o que o poupara dos passos com botas e da prolongada presença dos pesados soldados. Era assombrado, claro, mas isso nunca me incomodou. Abri a boca para dizer a Charlotte sobre como as janelas chocalhavam mesmo nas tardes mais tranqüilas de verão, mas fechei-a. Nunca se sabe como as pessoas vão reagir aos fantasmas.

— Nossa! — disse Charlotte, olhando ao redor. — Por que este é o quarto azul?

Era uma pergunta coerente. O quarto azul, na verdade, tinha as paredes cobertas por papel rosa-claro com flores brancas que Mama escolhera logo depois de se mudar para Magna com Papa, antes de se começar a falar de guerra. Fora o primeiro quarto na casa que ela escolhera para reformar e acabara sendo o *único* que ela redecorara, antes de Papa partir para a guerra e nos mudarmos para a Dower House.

— Era azul na época dos meus avós — expliquei. — Mama tentou fazer com que o chamássemos de quarto rosa, mas isso nunca deu certo, claro.

Charlotte correu para a janela.

— A neve — suspirou ela. — Nunca vai parar.

Realmente, a neve parecia estar caindo cada vez mais rápido; grandes e silenciosos flocos caindo de um céu cinza que parecia pressionar a casa para baixo como um enorme travesseiro.

— Não foi sorte pegarmos o trem mais cedo? Se tivéssemos esperado, não conseguiríamos chegar — disse ela, virando-se para mim, seus olhos verdes brilhando.

Era impressionante como eu me sentia à vontade com ela, apesar de todas as minhas preocupações. Ela era tão familiar para mim, como um personagem de um livro favorito ganhando vida. Juntei-me a ela na janela. O jardim ainda estava sob seu cobertor branco, o que me dava uma estranha sensação de liberdade. Silenciosamente, agradeci a Deus por me dar um descanso temporário do lugar que eu associava com tanta força à noite em que meus pais se conheceram. Virando-me para o quarto para verificar se Mary limpara a poeira da cômoda, notei horrorizada uma das ratoeiras de Lavinia sob a penteadeira. Com pouca misericórdia com o pobre rato, estava toda armada com um pedaço mofado de queijo Cheddar como isca. Charlotte olhou para mim, depois seguiu meu olhar até o chão.

— Ah, os ratos são uma fofura! — disse ela. — Não precisa de uma ratoeira aqui.

— Fofura?

Charlotte sorriu.

— Engraçadinhos, claro. Nunca liguei para ratos.

— Foi minha prima. Ela acha que eles a seguem aonde quer que ela vá.

— É bom pensar que não sou a única com relações estranhas — disse Charlotte, sentando-se na cama. — Não ligue para Harry, está bem? Ele ficou muito feliz por ser convidado para vir.

Quase comentei que fora ela quem o convidara, mas em vez disso, apenas sorri.

— Onde está sua linda mãe? — perguntou Charlotte, olhando em volta, como se esperasse que ela saísse do armário.

— Foi passar o final de semana fora.

— Ah, que pena. Estava ansiosa para conhecê-la.

— Ela foi visitar minha madrinha — disse eu.

— Que estranho, nesse tempo! Deus, sinto-me exatamente como Anna Karenina, você não?

Ri e pensei: *por favor*, não me faça admitir que também não li esse.

— Esta é a casa mais romântica que já vi — continuou ela. — Ah! Olhe! Aquilo é um viveiro? (Pronunciou perfeitamente o "eiro", que era a forma que Mama vivia dizendo ser a correta.)

— É, sim. Na verdade, chamamos de casa dos pombos. Mama adora tudo que tenha asa e penas. Foi o presente de Papa quando ela completou 21 anos.

— Que romântico! — exclamou Charlotte. Ela voltou a atenção para o quarto e analisou os objetos ao lado da cama. Eu pegara algumas rosas de inverno para ela. Pétalas brancas já tinham se espalhado pela mesa. Ela não comentou sobre as flores, em vez disso pegou a revista *Good Housekeeping*.

— Puxa! *Como ser a anfitriã perfeita* — leu. — Parece que você estava estudando isso, Penelope.

Corei. Eu estava estudando. Mudei de assunto.

— Encontrei sua tia um dia desses.

— Ela disse. Na Selfridge's, não foi? Parece que você fez alguma coisa cair e ela a ajudou.

— Na verdade, foi bem engraçado. — Contei toda a história sobre ela comprar o boné de críquete para Inigo.

— Típico dela — disse Charlotte, sorrindo, quando terminei a história. — Nunca houve alguém tão inadequada para ser pobre como tia Clare. Quanto antes ela se casar de novo, melhor.

Não consegui perceber se ela estava brincando.

— Você acha que ela vai se casar de novo?

— Possivelmente. Ela tem muitos admiradores.

Christopher, para citar um, pensei.

— É impossível saber o que ela está pensando — continuou Charlotte. — Ela é tão assustadora às vezes; ela *pensa* como um homem, entende? Talvez seja isso que eles gostem nela, suponho. Deus, nunca tinha pensado nisso antes. — Charlotte franziu a testa.

— Mama também não sabe lidar com dinheiro — confessei. — Ela fica terrivelmente preocupada em economizar energia e não usar muita eletricidade, depois vai para Londres e gasta uma fortuna com vestidos novos Dior.

— Minha mãe só gasta o dinheiro de outras pessoas — disse Charlotte. — Ele saiu com o maestro de novo ontem à noite. Ela tem o hábito medonho de me telefonar toda vez que sai com ele para contar como foi a noite.

— E o que eles fizeram ontem à noite? — perguntei.

— Ele a levou no Sheekey's, sorte dela.

— Ah. — O que e onde era Sheekey's?

— Perguntei a ela o que o Sr. Hollowman estava conduzindo no momento, e ela disse "eletricidade, querida", o que me deixou enojada.

Eu ri.

— Pelo menos, ela está se divertindo. Eu me preocupo com minha mãe. Ela parece tão *perdida* às vezes.

— Pelo menos, se ela estiver perdida, você sabe onde ela está — disse Charlotte, cruelmente. — Minha mãe nunca fica no mesmo lugar por mais de três dias. Deus, Penelope, tenho de fazer xixi.

O quarto azul tinha um banheiro apertado com um pequena janela, mas a banheira era da profundidade de um oceano e tão comprida que dava para esticar as pernas e, ainda assim, não tocar o outro lado. Isso, na minha opinião, compensava pela pia pequena e pelo papel de parede rosa florido, ainda mais descascado. Charlotte olhou-se no espelho rachado.

— Pareço capitã de um time de lacrosse — disse ela com pesar.

— Eu era capitã de um time de lacrosse — disse eu. — É um jogo letal. — Tirei meu cardigã do ombro direito. — Está vendo?

— Ah, Penelope, que horrível! — exclamou Charlotte.

Eu sorri. Gostava de mostrar minha cicatriz para as outras pessoas. Não era muito grande, mas estava ali e tinha doído muito quando Nora Henderson, uma guerreira entre meninas de 16 anos, batera com a ponta de madeira de seu bastão no meu ombro.

— Não sabia que você fazia o estilo esportivo — disse Charlotte. — Como eu disse, para mim foi muito desfavorável não ter ido para um colégio interno. Acho que teria sido ótimo para mim. Teria aparado as minhas arestas e tudo mais. Eu sou do tipo que teria se beneficiado com um pouco da disciplina dos esportes.

Eu pisquei. Charlotte dizia coisas estranhas. Era difícil saber quando era para rir ou não.

— Eu jogo tênis agora, mas não muito. Eu e Inigo costumávamos cavalgar sempre — disse eu.

— Cavalgar? — Parecia que Charlotte nunca tinha escutado a palavra.

— Cavalos. Bem, pôneis, na verdade. Olhe, aquele é Banjo. — Apontei pela janela. Johns, animado pelo brandy, estava conduzindo meu relutante pônei através do pomar, na direção dos estábulos. Com neve em volta deles, e Johns usando seu casaco pesado e chapéu, eles pareciam algo tirado de um livro de Thomas Hardy.

— Ele não é fofo? — comentou Charlotte. — Podemos ir lá dar uma maçã para ele mais tarde? Quero dizer, para o cavalo, não para o homem.

Pouco provável, pensei, me lembrando da salada de frutas de Mary.

— Banjo é um pouco exibido com pessoas que ele não conhece — disse eu. — Ele arrancou um pedaço do twin-set da minha tia na última primavera.

Charlotte pareceu alarmada.

— Devo me trocar — disse eu, consciente do meu estado.

— Ah, não se preocupe comigo — disse Charlotte. — Estou sempre bem.

Eu acreditava piamente nela.

Voltando para meu quarto, passei pelo quarto Wellington, onde Harry ficaria. Hesitei do lado de fora, depois entrei em pânico, achando que ele teria escutado meus passos parando, então decidi bater e ver se ele estava bem acomodado. Ele abriu a porta, ainda vestindo seu casaco.

— Ah, coitado. Sei como pode ficar gelado aqui em cima — disse eu. — Providenciei garrafas de água quente para todos nós, então você conseguirá sobreviver à noite. — Por que ele fazia com que eu me sentisse tão estúpida? Eu só precisava olhar para ele e me sentia como se tivesse 11 anos de idade.

— Por favor, não se preocupe comigo. Não sinto frio realmente. Só gosto de *fingir* que sinto para irritar minha mãe. Tornou-se um hábito.

Devo ter parecido confusa.

— Você gosta de irritá-la? — perguntei.

Harry riu.

— Eu li em algum lugar que só homens muito comuns adoram suas mães.

— Isso é ridículo.

— Mas, por incrível que pareça, é verdade.

— Achei sua mãe maravilhosa.

— É claro que ela é, mas pessoas maravilhosas quase sempre combinam sua grandeza com características que levam os outros à loucura.

Gostei da forma como ele disse "loucura". Ele não conseguia pronunciar os Rs direito. Pode parecer absurdo, mas isso dava a ele uma vulnerabilidade, uma humanidade sob o disfarce de mágico. Ele me olhou pensativamente.

— Posso lhe fazer uma pergunta? — perguntou ele.

— Claro.

— Não quer entrar? — perguntou ele, de repente sério. Segurei a vontade de rir alto.

— Sim, obrigada — disse eu, em vez de rir.

O quarto Wellington combinava com um mágico, já que era escuro, mal-assombrado e cheio de retratos horríveis dos ancestrais mais assustadores. No canto do quarto, havia uma armadura que eu estava convencida de ter visto perambulando pelo jardim à meia-noite uns anos atrás. Normalmente, eu teria acomodado um hóspede em qualquer quarto, menos naquele, mas no caso de Harry, parecia a combinação perfeita. Ele certamente parecia em casa; sua mala espalhara pelo chão de madeira coberto por um tapete ocre desbotado livros pesados, discos de jazz e pedaços de papéis manchados de tinta.

— Espero que goste daqui — disse eu. — É um pouco diferente.

Harry olhou em volta, surpreso.

— Gostar? Parece tirado de um filme de terror, só que um pouco mais assustador. — Ele esticou a mão para tocar as cabeças de morcego esculpidas na lareira. — Eu amei — acrescentou ele, simplesmente. — Que mágico com amor próprio não amaria?

— Sempre achei que os fantasmas de Magna eram amigáveis de um modo geral — disse eu, constrangida. Harry pegou um maço de cigarro, aparentemente do nada, e suspirou. Havia algo distintivamente feminino nele, decidi, embora tivesse certeza de que ele ficaria horrorizado se alguém lhe dissesse isso.

— Você sente muita falta dela? — Fiquei surpresa ao me escutar perguntando. Ah, socorro, pensei dois segundos depois. Não devia ter perguntado. Harry me encarou por um momento.

— Não gosto de ficar sem ela — disse ele, finalmente.

— Sinto muito. Não devia ter perguntado. Não é da minha conta.

— Nem é mais da minha — disse Harry com calma. O olhar fixo dele fora substituído, mais uma vez, por aquele olhar firme de desdém, então eu continuei.

— Você a considera a moça mais bonita do mundo?

Dessa vez, Harry riu.

— Você a conhece?

— Não — confessei. — Mas já a vi nas revistas.

— Ela não é uma pessoa muito legal — disse Harry. — Ela é como uma raposa, mata pelo prazer de matar. É como estar em um terrível acidente de automóvel: nunca imaginamos que algo assim vai acontecer conosco.

— Onde você a conheceu?

— No Jazz Café. — Harry pegou uma caixa de cigarros de prata na mesa-de-cabeceira. — Nossa, está gravada. Que emocionante. *Para minha querida Lindsay com todo meu amor, Sarah.* Quem são?

— Ah, minha tia-avó Sarah — murmurei sem paciência. — Eu não a conheci. — Agora não estava na hora de entrar *nessa* história. — Então você a conheceu no *Jazz Café*? — instiguei-o. *Maconha, café expresso e jazz, meu Deus!*, pensei.

— Ela estava conversando com um amigo meu — continuou Harry. — Eu jamais gostei desse garoto do colégio, mas fui cumprimentá-lo, mesmo assim. Ele me apresentou a Marina e foi isso. O feitiço estava lançado. Por um mês, nos encontramos todas as noites, mas nunca a vi durante o dia. Bem, na época, não me parecia estranho, mas *era*, claro. Precisamos encontrar nosso amor durante o dia em algum momento, não é? De outra forma, a coisa toda permanece como um sonho. Talvez fosse isso que ela queria. — Ele me fitou, como se tivesse acabado de pensar nisso. — Ela era absolutamente apaixonada por mágica — continuou ele — e nunca queria que eu explicasse como tinha feito nada. Ela dizia que mais nada a surpreendia na vida, exceto me assistir. E sou louco por esse tipo de elogio, todo mundo é, não é? Então continuei tentando surpreendê-la. Fiquei viciado na forma como os olhos dela se iluminavam no final dos truques. Ela conhecia tantas pessoas, americanos, condes italianos, princesas indianas, e eles se reuniam em volta da mesa para me assistir. Idiota que sou, acho que me viciei nisso também. No final de toda noite, eu a levava de volta para a casa dos pais. Ela nunca me convidou para entrar.

— Por que não? — perguntei, estupidamente.

— Eu não era exatamente o que eles queriam para Marina. Ela nunca disse, mas não precisava. Mas ela gostava de mim, disso eu sei. Para ela, eu era um território inexplorado.

— Por quê? Porque era mágico?

— Ah, não! — Harry sorriu para mim. — Porque eu era pobre, claro. Meninas ricas sempre passam por uma fase em que desejam homens sem dinheiro. Você não passou?

Corei. A franqueza dele me deixava nervosa.

— Não sou rica — disse eu com insolência.

Harry me olhou como se eu fosse louca.

— De qualquer forma, isso tudo foi há seis meses — disse ele. — Exatamente quando percebi que estava envolvido até o pescoço, ela disse que não podia mais me ver.

— Envolvido em que até o pescoço?

— Amor, querida. Amor.

— Ah, *isso*. Entendo o que quer dizer — disse eu, soando absurda. — Como ela lhe disse isso?

— Ah, como de costume. Chorou muito, como as meninas fazem, e me disse que eu ficaria melhor sem ela, o que é verdade. Então, dois meses depois, peguei o jornal e li que ela estava noiva de George Rogerson, o homem menos mágico do mundo.

— Então, por que ela vai se casar com ele?

— Ele é podre de rico e tem muitos amigos importantes. Dizem que ele é um espanto em um campo de golfe. Irresistível, não acha?

— Então por que você saiu para jantar com eles naquele dia? Não seria mais fácil não vê-la, tentar esquecê-la?

Harry sentou-se na cama e me ofereceu um cigarro da caixa de prata de tia Sarah. Eu tinha enchido a caixa mais cedo naquele dia, então pelo menos eu sabia que eram frescos. Não recusaria um; eu podia ver que Harry queria que eu me juntasse a ele.

— Obrigada — disse eu, pegando o cigarro.

— Eu *tinha* de vê-la com ele — explicou ele, abrindo o isqueiro para mim —, mesmo que fosse apenas para ter certeza de que estava mesmo acontecendo. Ela sentou-se do outro lado da mesa, lançando-me aqueles olhares ímpares. Eu não consegui compreender o que ela estava tentando dizer.

— Você não poderia... não sei... transformar George Rogerson em um sapo ou algo parecido? — perguntei.

— Pensei nisso. Mas então, claro, alguém fez isso antes de mim.

Eu ri.

— Vou consegui-la de volta — disse ele com calma.

— Como?

Harry levantou-se e vagou até a janela. De costas, eu conseguia ver que a bainha da calça dele tinha sido pisoteada pelo salto dos sapatos. Ele parecia precisar de uma sessão na Selfridge's com Mama. Mas apesar de sua aparência amarrotada, continuava peculiarmente elegante. Ele era, como Charlotte, o tipo de pessoa que poderia usar uma caixa de papelão e fazê-la parecer elegante.

— Bem, é assim — disse ele. — Marina tem uma característica que nunca conseguiu esconder quando estávamos juntos: o calcanhar-de-aquiles dela. Quero atingi-la aí, até que quebre. Usar isso até que volte para mim.

— O que é? — perguntei, imaginando Marina gaga ou incapaz de ler.

— Ciúmes — disse Harry. — O monstro dos olhos verdes. Ela nunca conseguia relaxar quando outras mulheres estavam em volta. Ela costumava dizer que se me visse com outra garota, teria um colapso e morreria.

— E você *quer* que ela faça isso? Ela não teria muita utilidade para você morta.

Ele olhou para mim, surpreso por minha insolência, e franziu a testa.

— O que ela quis dizer é que acharia isso muito difícil de suportar — disse ele, como se estivesse falando com uma criança. — Entendeu? Ela precisa achar que eu segui em frente, que encontrei alguém ainda mais fascinante e sensacional do que ela. — Ele tragou bem fundo. — Meu Deus, é cigarro inglês, claro. Que burrice minha. Wills, não é? — disse ele com calma, abrindo a janela e esmagando-o até o fim na neve virgem do peitoril da janela.

— Desculpe — disse eu.

— Tudo bem. Eu nunca teria notado esse tipo de coisa antes de conhecer Marina. Ela me ensinou hábitos revoltantes que eu simplesmente não consigo evitar. Não consigo fumar nada além de Lucky Strike, não consigo dormir sem uma dose de Southern Comfort, chamo os homens de "cara" e tenho a horrível suspeita de que, sem os americanos, não teríamos ganho a guerra. É um inferno, isso eu posso dizer.

Eu ri, embora não tivesse certeza se devia ou não. Harry sorriu e continuou falando.

— Mas o que isso importa? O fato é que, quando Charlotte apareceu com você para o chá, eu soube que você era a pessoa certa. Tudo em você... é perfeito. Sua altura, seu cabelo, sua casa. Todos juntos formam o pesadelo perfeito.

— Espere um minuto! Acho que não estou entendendo — disse eu, explodindo.

— Você pode me ajudar, Penelope.

— Do que você está falando? — perguntei, cheia de suspeita, vendo-me em uma caixa de madeira prestes a ser cortada em duas.

Harry esticou o braço e tirou algo da mala. Era um grande envelope creme com o nome de Harry na frente.

— Abra — disse ele, entregando-o para mim.

Tirei dele um cartão grosso. Era um convite.

O Sr. e a Sra. Hamilton contam com sua presença na festa de comemoração do noivado de Marina e George, li. *Às 19 horas. Dorset House, W1. Transporte ao amanhecer. Coquetel e dança. Três de dezembro.*

— Nossa! É daqui a duas semanas! — Devolvi para ele. — Bem, espero que se divirta.

Harry guardou o envelope de volta em sua mala.

— Você vai fazer isso, não vai? — perguntou ele, suavemente. Ele não olhou para mim dessa vez: ficou olhando para o chão e seu cabelo caiu para a frente enquanto ele esperava minha reação. Levou um tempo até que eu falasse de novo, porque ainda não sabia ao certo o que dizer.

— Então você quer que eu vá com você para que ela perceba como o ama? — perguntei devagar.

— Mais ou menos isso. Você sabe, você é exatamente o tipo de garota que ela *vai* odiar — disse Harry com sensibilidade.

— Encantada — disse eu, friamente. Ainda não estava certa sobre aquele rapaz. Primeiro, o que ele estava sugerindo parecia ridículo. E grosseiro. E emocionante. Segundo, ele pegara seus malditos cigarros americanos no bolso do casaco e estava usando como cinzeiro a taça de prata que eu ganhara aos 9 anos pelo Melhor Ponto de Costura.

— Ela não *suporta* garotas altas e louras como você, e você também é mais nova do que ela. Se alguém pode fazê-la recuar, esse alguém é você. Foi o que pensei quando a vi pela primeira vez. Você é simplesmente perfeita para a tarefa.

Eu abri a boca para dizer que era uma idéia extraordinária e perguntar quem ele pensava que era para vir à minha casa e me pedir para sair por aí fingindo estar completamente apaixonada por ele. Entretanto, fui interrompida pelo grito de Inigo dizendo que tinha um morcego na biblioteca e perguntando se eu podia descer para resolver isso. Saí, deixando Harry sem uma decisão.

Embora eu seja perita em tirar morcegos da casa, levei um bom tempo para tirar aquele da biblioteca. Subindo as escadas correndo e me trocando para o jantar a toda velocidade para evitar morrer de frio, senti-me estranha por saber que Charlotte e Harry também estavam na casa. Eu imaginara o momento da chegada deles desde que desligara o telefone ao falar com Charlotte dez dias antes e me imaginara chique, usando o perfume de minha mãe, descendo as escadas com um vaso de flores ou uma pequena pilha de livros relevantes na mão, enquanto Mary abria a porta para eles dois e pegava seus casacos. Da forma como aconteceu, Mary parecia ter sumido da face da Terra, Inigo me ridicularizara e eu fora pega com um cardigã tricotado com um furo enorme embaixo do braço.

Sentei-me em minha cama e olhei pela janela, pensando em Harry e Marina Hamilton no Jazz Café (para o que era necessário muita imaginação, visto que eu nunca fora ao lugar nem tomara um café expresso) e me perguntando se esse era um daqueles momentos cruciais da vida, em que se tem a chance de fazer algo diferente que significará que nada voltará a ser como antes. Eu me perguntava se ele contara sua idéia para Charlotte. Talvez tivesse sido sugestão dela. Se eu fosse inteiramente honesta comigo mesma, havia uma parte maior de mim que estava lisonjeada e eufórica por Harry ter me pedido ajuda do que irritada pela idéia. Levando a honestidade além, essa empolgação vinha muito mais da possibilidade de ver Dorset House de novo e de participar de uma festa verdadeiramente maravilhosa no estilo americano do que de passar um tempo com Harry. Talvez Johnnie estivesse lá, pensei, depois me repreendi por ser tão boba. Estava começando a escurecer agora; os galhos do limoeiro no topo da alameda pareciam fantasmagoricamente pálidos. A neve alterara a paisagem para nosso final de semana, abrira ainda mais possibilidades, formando lembranças antes do primeiro anoitecer. Eu levaria Charlotte para conhecer Banjo amanhã. Passei um pouco de batom e calcei meus novos sapatos da Selfridge's. Eles eram incrivelmente desconfortáveis. Minha mãe sempre falava sobre "usar sapatos", mas o que ela queria realmente dizer era "ultrapassar a barreira da dor para que se passe a não percebê-la". Imaginei como ela estava e se estava arrependida de sua saída apressada de Magna.

— Neve e mais neve — murmurei para mim mesma.

— Você não vai descer nunca? — gritou Inigo.

Oscilei perigosamente em meus saltos e pensei em quão desperdiçado estaria o efeito, agora que meus hóspedes já tinham me visto na minha pior forma. Parei por um momento, então tirei os sapatos novos e coloquei meus sapatos vermelhos, gastos e sem salto. Descendo a escada de três em três degraus, esqueci de carregar as flores ou parecer intelectual e adulta. Não havia por que fingir na frente de Charlotte. Além disso, pensei, Harry era mágico, então sempre poderia ver através de mim.

Charlotte estava sentada perto do gramofone na sala de estar, usando calça preta e uma blusa branca de malha grossa. Ela puxara as mangas de forma a cobrir as mãos.

— Você atendeu aos meus pedidos — disse ela com um sorriso.

— O quê?

— Neve e discos de 45 rotações.

Eu poderia tolerar Harry, pensei, contanto que isso significasse que passaria mais tempo com Charlotte.

Capítulo 6

COMO FICAR EM CASA E GOSTAR DISSO

Embora eu e Inigo sempre tomássemos vinho com Mama na hora do jantar (ela se recusava a beber sozinha), nenhum de nós nunca tinha consumido a quantidade de álcool que tomamos no primeiro final de semana com Charlotte e Harry. Inigo atacou a adega e despiu-a de suas últimas poucas garrafas de Moët (Mama sempre fingia gostar de champanhe) e Charlotte trouxe uma grande garrafa de brandy que roubara do armário de sua mãe. Tanto ela quanto Harry bebiam como adultos, sem muito rebuliço e sem parecer terrivelmente afetados pela quantidade que estavam tomando. Fiz o máximo possível para me manter sóbria. A sala de jantar, com sua madeira escura e suas esculturas ainda mais escuras, fazia as pessoas se sentirem vinte vezes mais tontas do que realmente estavam.

— Refeições elegantes aqui todas as noites! — exclamou Charlotte, arregalando os olhos para o retrato de uma Isabelle Wallace com rosto inflexível sobre a lareira. — Nossa! Quem é ela? Eu não gostaria de me sentar do lado errado *dela*.

— Era minha avó — respondi. — Não me lembro dela. Mama diz que ela era muito durona.

— Parece mesmo. Nariz bonito, porém.

— Ela costumava chamar nossa mãe de "a Queixosa".

— Do que ela se queixa? — perguntou Charlotte, o champanhe escorrendo por seus dedos enquanto ela completava a taça.

— Ah, de tudo — disse eu. — É mais fácil listar do que ela não se queixa. Na maior parte das vezes tem a ver com a casa, com o jardim, já que não temos ajuda suficiente e a Ala Leste está sem aquecimento e eletricidade.

— Vocês dois não podem fazer nada em relação a isso? — perguntou Charlotte. — Criar algum tipo de "esquema poupança" para guardar dinheiro?

— Engraçado, não tínhamos pensado nisso — disse Inigo, friamente.

— Não? — disse Charlotte surpresa, sem perceber o sarcasmo. — No segundo em que eu terminar o trabalho para tia Clare, estou *fora*. Já tenho tudo resolvido.

— O quê? — perguntou Inigo.

— Vou confeccionar e vender roupas. Alugar uma loja em algum lugar e fazer fortuna.

— O que a faz ter tanta certeza de que as pessoas vão querer comprar o que você vai vender? — perguntou Inigo. Por que parecia que Inigo nunca se preocupava com esse tipo de coisa, apenas dizia o que estava pensando, o tempo todo?

— Ah, as pessoas vão querer compras minhas roupas, com certeza — disse Charlotte. — Só que tenho de ser rápida. Tem um monte de meninas por aí querendo fazer a mesma coisa.

— Tem? — perguntei em dúvida.

Charlotte assentiu.

— Uma menina que eu conheço da escola está montando seu próprio negócio de roupas — disse ela, mordendo um pedaço de pão. — Eu não vou *suportar* se ela vender o primeiro par de sapatos antes de mim.

— Você também vai fazer parte desse império? — perguntei para Harry.

— Pouco provável. — Ele me fitou de forma especulativa. — Então, o que você vai fazer com sua vida? Casar com Johnnie Ray, suponho.

— Perfeito — respondi, embarcando no tom desdenhoso dele. — Mas no caso de ele não se apaixonar por mim, vou para a Itália no próximo verão.

— Fascinante — disse Harry. — Falando de arte, quem pintou a pequena aquarela no corredor do meu quarto, aquela paisagem com neve?

Quase gritei. Ele estava me desafiando, sem dúvida, e eu não gostava nem um pouco disso, principalmente porque (enfurecedora e inevitavelmente) eu não fazia idéia de quem tinha pintado o maldito quadro.

— É um Van Ruisdael — disse Inigo, ansioso para se exibir mais do que para me salvar. — Um dos favoritos da Mama. Ela diz que preferiria vender a alma do que aquele quadro. Acho que foi um presente do Papa.

— Deus, adoro o holandês. Um uso tão emocional da cor — proclamou Harry de forma irritante.

— Por que eu não posso conhecer um homem incrível que me dê quadros? — disse Charlotte, sempre sonhadora. (Devo mencionar que, a esta altura, ela já tomara toda a sopa de tomate e agora estava mergulhando o pão no que sobrara na minha tigela. Ela fez isso com tanta indiferença, que ninguém nem piscou. Esse era o charme de Charlotte. ela conseguia transformar sua falta de modos à mesa em uma demonstração de arte.)

— Não é tão bom se você tem de vender todos os quadros que ganha — comentei.

— Mas é só para saber que existe um homem que pode comprá-los para mim. Isso seria suficiente, eu acho — disse Charlotte.

— Você já teve muitos namorados? — perguntou Inigo.

— Inigo! — disse eu, furiosa. — Pelo amor de Deus!

— Ah, tudo bem — disse Charlotte, sorrindo. — É para isso que servem os irmãos mais novos, não é? Para fazer perguntas assim?

— Não tão mais novo — resmungou Inigo. — Fiz 16 no mês passado.

Houve uma pausa. Notei Harry me lançar um olhar irascível que não consegui decifrar. *Bem, responda a pergunta, Charlotte!*, pensei. Por mais que Inigo não devesse ter perguntado, eu estava tão ansiosa quanto ele pela resposta.

— Sou apaixonada por um garoto chamado Andrew — disse ela com calma. — A., o T., é como Harry o chama. Andrew, o Ted. De acordo com minha mãe e tia Clare, ele é muito inadequado. Acho que é a única coisa sobre a qual elas concordam em anos. — Ela riu alto.

— Por que elas não gostam dele? — insistiu Inigo, e dessa vez eu não disse nada.

Charlotte tomou um grande gole de champanhe.

— Só porque ele é um Teddy Boy, nada mais — disse ela. — Jaqueta de veludo, calça justa, cabelo perfeito ao estilo Duck's Arse, radiando descontentamento. No início, tia Clare achou que estava tudo bem. Ficava dizendo como era bom conhecer garotos que são um pouco diferentes. Depois, então, como eu não mostrei nenhum sinal de estar me cansando dele, ela ficou um pouco preocupada. Fica falando: "Eu saía com um rapaz diferente a cada semana quando tinha a sua idade!" Como se isso fizesse alguma diferença para mim. — Charlotte fitava Inigo enquanto falava. — Todo mundo ficou nervoso porque Andrew, o Ted, não tinha dinheiro nem perspectivas. Coisas padrão, mesmo. No final, acabei me cansando. Acho que eu precisava mais de tia Clare do que dele e nunca fui boa em enganar as pessoas. Disse a Andrew que era inútil, que tínhamos de parar de nos ver, que nunca daria certo. — O cabelo dela caiu para a frente e roçou na lateral da tigela vazia. — Romeu e Julieta sofrendo em silêncio — acrescentou ela com ironia.

Senti uma pontada de pena por Andrew, que imaginei nunca se veria livre do encanto que Charlotte jogara. Também senti inveja: ter um rapaz apaixonado por mim era minha grande ambição. Harry encontrou meu olhar e sacudiu a cabeça de leve. Limpei a garganta.

— Que filmes vocês têm visto no cinema ultimamente? — perguntei para ninguém em particular.

— *Janela indiscreta* — disse Inigo em voz alta.

Aquele primeiro final de semana com Harry e Charlotte em Magna surgiu como uma revelação. Sem a presença esmagadora de Mama, parecia que a casa estava despertando de um longo sono. Pela primeira vez em toda a minha vida, o final de semana realmente significou liberdade. Tivemos três noites com Charlotte e Harry, mas poderiam ter sido trinta. Posso ver a mim e a Charlotte agora, bêbadas de champanhe, dançando com pés cheios de neve na sala de jantar e gritando para nos escutarem por cima do som americano intoxicante de Johnnie Ray. Sempre a América. Eu tinha ficado preocupada que Harry e Charlotte ficassem entediados em Magna, que fossem precisar de distração assim como muitas das minhas amigas do colégio.

Na minha cabeça, eu tinha uma longa lista de distrações para eles: gamão, telefone sem fio, livros. Eu não precisava ter me preocupado. Nenhum disco de jazz passou perto do desejo insaciável de Charlotte pela coleção de rock'n'roll de Inigo. E gamão? Quem precisa de gamão quando se tem um mágico e um baralho?

Depois do jantar, acendíamos a lareira do salão de baile e aumentávamos o volume do gramofone. Charlotte me contou sobre o pai dela, Willie, que lutara na Primeira Grande Guerra e morrera de infarto no início da Segunda, e mais sobre sua mãe, Sophia, e sua série de pretendentes inadequados.

— O maestro é alérgico a tudo — disse Charlotte. — Até a vinho — completou ela —, o que me parece puro egoísmo.

Harry me pediu para pegar uma carta do baralho que eu desenterrara da gaveta da cozinha. Segurei-a em meu peito.

— Faço o quê, agora? — perguntei a ele. — Tenho de dizer a minha cor favorita ou o dia da semana em que nasci para que você possa descobrir?

— Quatro de paus — escancarou Harry. — Poupa tempo.

Coloquei a carta sobre a mesa com um gemido de assombro.

— Faça comigo — pediu Inigo, inspecionando a carta.

Harry, sem expressão como sempre, fez o mesmo truque sete vezes com nós dois. Depois, ele fez um lenço vermelho sumir na frente dos nossos olhos,e o fez reaparecer, dois minutos depois, no bolso da jaqueta de Inigo, do outro lado da sala. Ele era um mágico maravilhoso e quanto mais praticava conosco, mais a tensão parecia se afastar de seu corpo, substituída por um ar de insolência cativante que parecia dizer: *Vou enganá-los de novo, mas só porque gosto de vocês.* Ele parecia muito mais velho do que o resto de nós, e era, mas não era apenas sua idade que me dava essa impressão: a pessoa dele, como um todo, tinha uma dramaticidade antiquada. Outra coisa que o diferenciava do resto de nós era sua capacidade de beber e *não* ficar bêbado. Após apenas metade de uma taça de champanhe, minha cabeça começava a chiar e a rodar. Tudo se tornava histericamente engraçado, nada parecia impossível.

— Como você ainda consegue estar de pé? — perguntei a Harry, depois que ele terminou sua quinta taça.

— Prática — respondeu ele.

Às 5 horas da manhã, Inigo disse que estava com uma vontade terrível de comer pão com ovos com gema mole, mas os deixamos muito tempo na água enquanto Harry nos mostrava um truque em que fez uma colher de sopa desaparecer, e eles acabaram ficando cozidos demais. Tiramos as cascas (algo difícil, visto que todos tínhamos bebido mais que nunca), mergulhamos os ovos no pote de sal, cortei pedaços de pão desiguais e passei manteiga neles de uma forma que Mary teria descrito como generosa. Charlotte preparou para nós canecas de café quente, forte e doce, e Harry me impressionou ao derramar o resto de seu brandy na caneca com um suspiro de desespero. Então, calçamos nossas botas e atravessamos a neve em direção ao banco que tem vista para o lago dos patos, armados com mantas de viagem e cachecóis.

— Que lugar para se morar! — repetia Charlotte. — Quem mora na casa que fica embaixo da alameda de acesso? Passamos por ela quando estávamos vindo para cá.

— A Dower House? Foi onde moramos durante a guerra. Quando voltamos para Magna, nos perdíamos o tempo todo — disse Inigo. — A Dower House não é pequena, mas é possível escutar alguém gritando com você onde quer que você esteja. Em Magna, ficamos praticamente em outro fuso horário quando estamos na Ala Leste.

Charlotte riu.

— Passamos a maior parte da guerra em Essex, na casa da minha tia-avó. Tudo que queríamos era voltar para Londres. Tudo parecia tão animado por lá e estávamos presos no meio do nada.

Murmurei, concordando.

— No final de tudo, me senti traída. Tia Clare ficou na cidade e, pelo que sei, houve um baile. Ela estava sempre almoçando no Fortnum's, com pedras caindo sobre sua cabeça. Ela disse que a guerra era época para se ficar bêbado.

O jardim à nossa frente estava muito quieto, escutando cada palavra, pensei. Quando o amanhecer cinza começou a despontar, corri de volta para casa e coloquei o disco de Johnnie Ray de novo, abrindo as janelas do salão de baile de tal forma que o ar gelado de repente se encheu daquela voz e da América. Ficamos todos sentados, imóveis, sem falar, e me pareceu que mal ousávamos respirar. Estremeci no banco e cerrei os dentes para fazê-los parar de bater. Parecia haver faíscas saindo das pontas dos meus dedos; tudo estava veneravelmente vivo. Minha cabeça zumbia com a cafeína; eu me sentia tonta pela falta de sono e pelo frio da manhã clara e coberta de neve entrando em meus pulmões fumegantes. Uns dois minutos e meio depois que a música acabou, algo ficou diferente. Acho que todos sentimos isto, separadamente, cada um de nós sozinho, com suas próprias razões para o porquê de o equilíbrio da Terra ter mudado.

— É bom, não é? — disse Charlotte.

— Mais do que bom — disse eu.

Quando amanheceu o dia, a luz do sol atravessou as nuvens, e diamantes dançaram na neve. Magna, e tudo à sua volta, brilhou.

Após um final de semana com Charlotte, eu não conseguia imaginar que houvera uma época em que eu não a conhecia. Fiquei ciente da aura de caos que a envolvia (ela só precisava se sentar para derrubar alguma coisa: uma xícara de chá, o pote de marmelada, o açucareiro; e nunca descartava nada em que batesse os olhos, embora esses aspectos de sua personalidade, que em qualquer outra pessoa normal poderiam parecer defeitos, apenas aumentassem seu charme. A razão para ela esbarrar nas coisas era porque gesticulava sem moderação sempre que contava uma história. A razão para ela nunca descartar nada era porque se distraía com facilidade: o pôr-do-sol sobre a Floresta Encantada ou um livro que acabara de notar na biblioteca conseguiam absorvê-la tão completamente que qualquer outra coisa que estivesse fazendo era esquecida. Ela nunca parava de falar e, embora não comesse muito nas refeições, sua boca continuava tão nervosa quanto naquela tarde na casa de tia Clare. Enquanto conversávamos depois do almoço e do jantar, eu sempre percebia que ela monitorava os pesados passos de Mary pela cozinha e pela copa e, assim, uma espécie de jogo entre as duas começou a surgir.

— Penelope, acho que Mary já foi embora. Você acha que podemos ir à cozinha procurar alguma coisa para encher o vazio? — sibilava ela no meio de uma conversa. Ela possuía a perspicácia de um *chef* para o detalhe, fazendo tudo que ia comer dar água na boca de quem estava vendo. A salada de frutas de Mary, depois que Charlotte encheu de açúcar mascavo, espremeu o suco de um limão por cima e afundou sua colher no mel, parecia um manjar dos deuses. A porta da despensa era aberta e fechada a qualquer hora do dia ou da noite. Houve um momento chato no domingo à noite.

— Alguém mexeu na minha torta de abacaxi — disse Mary, ameaçadora. — Ainda tinha metade dela quando apaguei as luzes ontem à noite. Mas era pouco para alguém comer no café-da-manhã.

— Morcegos — disse Charlotte, solenemente. — Eles comem de tudo.

Mary não sabia o que fazer com Charlotte.

Na segunda-feira de manhã, antes de partirmos para a estação, levei Charlotte para ver Banjo. Encontrei dois quadrados de chocolate para chuparmos e nos debruçamos sobre a cocheira dele, de uma forma satisfatoriamente hípica. Charlotte contou-me que não sabia montar direito, mas ela certamente seduziu meu pônei, que costumava ser muito arrogante com estranhos, enchendo-o de cenouras roubadas do estoque de Mary na despensa.

— Não é *maravilhosa* a forma como ele mastiga a cenoura? — disse ela, oferecendo-a a ele como se fosse uma casquinha de sorvete. — Passei toda a minha infância implorando a meus pais por um pônei. Jamais gostei da idéia de montar de verdade, mas que *paraíso* seria poder cuidar dele e enfeitá-lo. Eu tinha de me satisfazer com um cavalinho de balanço, com uma aparência modesta. Não era a mesma coisa.

— Eu mesma costumava fazer minhas rosetas com fitas e cartolina das caixas de cereais — admiti. — Jamais ganhei nada. Banjo era muito forte e travesso. Em uma exibição, uma vez, ele me jogou para fora do picadeiro na hora em que eu faria minha apresentação individual.

— Você não poderia argumentar que era a *sua* apresentação individual?

Eu ri.

— Não posso dizer que tenha tido essa chance. Fui desclassificada.

— Que pena — disse Charlotte. — A *tortura* da infância. Você não fica feliz de ter saído daquele inferno?

— Não sinto realmente que *estou* fora ainda. Naquele dia em que vi tia Clare na Selfridge's e derrubei o manequim, estava me sentindo com uns 12 anos.

— Essa é a beleza de se ter 18. Pode-se colocar a culpa de tudo no fato de não se saber o que se está fazendo. Faço isso o tempo *todo*.

Isso me surpreendeu, já que, para mim, Charlotte parecia alguém que sabia exatamente o que estava fazendo o tempo todo. Ela mordeu a ponta da cenoura que ainda restava.

— Minha mãe acha que eu deveria encontrar um homem rico para me casar. Ela está sempre falando sobre como "vou melhorar" quando encontrar um marido. Ela detesta que eu fique em casa, mexendo nos livros de sua biblioteca e colocando os pés para cima à noite. Ela acha que sou preguiçosa.

— Você é?

— Claro. Qualquer pessoa sensata é. Você não?

— Não sei — disse eu, pensando em meus estudos. — Nunca fui muito bem no colégio, mas gosto de escrever, inventar histórias — continuei com pouca convicção. — Não éramos encorajadas a inventar nada no colégio.

— Colégio não tem nada a ver com nada — disse Charlotte com desdém. Ela soprou as mãos com luvas. — Podemos dar uma volta pelo jardim agora?

O brilho do sol refletido na neve irritou nossos olhos.

Voltamos pelo campo, pulamos a cerca, atravessamos a alameda e entramos no jardim envolto por muros até o que é conhecido como portão de Johns porque às 11 horas de toda manhã ele está sempre ali, fumando seu cachimbo, com Fido aos seus pés, esperando as cascas de seu sanduíche de queijo. Ele tirou o chapéu quando eu e Charlotte passamos.

— Lindo dia! — disse Charlotte, abaixando-se para acariciar Fido.

— Bonito — concordou Johns, assentindo para Charlotte, como Gabriel Oak para Bathsheba em *Far from the Madding Crowd*, ao abrir o portão para nós.

O jardim envolto por muros talvez não seja o que se espera em uma casa com a austeridade de Magna. Ele é todo curvas e romance, especialmente quando há neve. Passamos pelo caminho mais longo, afundando nossas botas na neve.

— Que peculiar — comentou Charlotte. — Encontrar um jardim tão pitoresco aqui. É William Kent?* É, não é?

— Hã, é sim — disse eu, animada. O nome fez um sino tocar, pelo menos. — Nossa, Charlotte, como você sabe todas essas coisas? Você está me envergonhando por saber mais sobre a história de Magna do que eu.

— As pessoas que moram em casas maravilhosas ou sabem tudo ou não sabem nada sobre elas. Vejo argumentos para os dois casos, na verdade. Há algo de muito grandioso em morar em um lugar desse tamanho e não ter nem idéia do ano em que o primeiro tijolo foi colocado.

Paramos perto da pequena estátua de mármore de Apollo, olhando para o jardim. Charlotte colocou as mãos enluvadas nos pés dele.

— Quanto mais se sabe, mais a casa se torna intimidadora, eu acho — disse ela.

— Quando éramos pequenos, tudo que eu e Inigo fazíamos no jardim era nos encher de frutas — contei. — E as árvores e a cerca viva... eram perfeitas para jogos e esconderijos. Não havia lugar no jardim de que não tomássemos posse. — Puxei o galho de uma macieira e um floco de neve deslizou até o chão fazendo um som suave. — As mulheres da Primeira Guerra ficaram aqui durante a guerra toda, colhendo frutas. Mama dava ordens, mas nunca foi muito boa em sujar as mãos. Ela costumava dizer que nenhuma guerra ia transformá-la em uma mulher velha, mal vestida e com mãos grossas.

Eu me senti desleal ao dizer isso, mas, ao mesmo tempo, falar assim era um alívio.

Charlotte se maravilhava com tudo: os galhos serpenteados da macieira e da cerejeira, ainda cobertos de neve; o Marco Antônio, nosso galo, cantando no telhado do galinheiro. Ainda assim, criava o tempo todo uma estranha

*William Kent foi um arquiteto inglês do início do século XVIII. (*N. da T.*)

impressão de ter planejado tudo. O rosto dela combinava com o tempo frio: quando seu nariz ficava vermelho e suas bochechas cor-de-rosa, ela parecia uma modelo das capas de revistas de tricô que Mary estava sempre recebendo.

Tomamos a direção da floresta.

— Nossa! — exclamou Charlotte, enchendo a mão de neve e moldando-a em forma de bola. Abaixamos sob o primeiro conjunto de galhos, depois seguimos o caminho que ziguezagueava através da floresta e acabaria nos levando até o topo da alameda. O mundo estava coberto de branco e prateado, com uma ocasional explosão de cores das cerejas vermelhas dos azevinhos. Eu não teria conseguido planejar uma manhã mais espetacular se tivesse tentado.

— Suponho que Harry tenha lhe mostrado o convite — disse Charlotte, finalmente. — Tentei convencê-lo de que você teria coisas muito melhores para fazer do que ir a alguma festa idiota da Marina com ele, mas ele simplesmente disse que valia a pena tentar e que você era o tipo de garota que causaria ciúme em Marina. O que, diga-se de passagem, é um elogio.

Ri, constrangida.

— Devo admitir que adoraria ver o que fizeram em Dorset House.

— Harry é uma ótima companhia em festas — comentou Charlotte, jogando a bola de neve para cima e pegando-a de novo. — Ele tem uma daquelas raras personalidades que melhoram com a bebida.

— Você acha que ele está perdendo tempo tentando reconquistá-la?

— Quem sabe? Ser tão dedicado a alguém quanto Marina é deixar pouco tempo de sobra para se concentrar em outra pessoa. Mas eu acho que ela o *amava* — acrescentou ela, inesperadamente. — Só os vi juntos umas duas vezes. Ele diz que a fazia rir. As garotas adoram isso, não adoram? — Havia aquele tom de lamentação em sua voz que ela tinha quando falava do misterioso Andrew. Ela limpou a garganta e jogou a bola fora. — Espere até conhecê-la! Harry nunca foi bonito o suficiente para uma garota como Marina — disse ela. — Muito baixo e muito diferente. Não consigo imaginar a família Hamilton recebendo alguém tão assimétrico quanto Harry.

— O que... o que aconteceu com os olhos dele? Ele nasceu assim?

Charlotte gemeu.

— Ah, não! Tinha medo que você me fizesse essa pergunta. — Ela mordeu o lábio e respirou fundo. — Os olhos dele são estranhos porque eu o atingi com um lápis quando eu tinha apenas 2 anos de idade. Ele tinha dois olhos azuis. Depois do meu ataque, um deles ficou castanho. Tia Clare ficou horrorizada e convencida de que ele ficaria cego, o que não aconteceu, embora a visão do olho castanho não seja cem por cento.

Eu me contorci de nervoso.

— Pobre Harry!

— Mas isso não é apropriado para um mágico?

— Ele com certeza tem a aparência certa para a profissão — admiti.

— Sempre digo para tia Clare que ele não poderia ser qualquer outra coisa, porque os olhos dele são muito divertidos para algo razoável. Honestamente, você confiaria em um banqueiro com um olho azul e o outro castanho? Parece tão indeciso, não parece?

— É parecido com a história de Johnnie Ray — disse eu, ansiosa. — O fato de ter caído no chão e perdido sua audição quando era menino só o deixou ainda mais determinado a ter sucesso...

— Como Johnnie Ray, só que não com tanto sucesso — disse Charlotte, secamente. — Tia Clare fica desesperada por causa dele, você sabe. Ela queria que ele fosse o tipo de filho que faria uma fortuna na cidade e compraria para ela uma casa maravilhosa em Mayfair. Ela se considera extremamente infeliz por Harry ter acabado dessa forma.

— Minha mãe morre de medo que Inigo parta para os Estados Unidos, para tentar a sorte como músico — contei. — Ela tem mais medo disso do que de ele ter de servir ao exército.

— Acho que todas as mães morrem de medo pelos filhos — disse Charlotte. — Espero só ter filhas.

— Na maior parte do tempo, minha mãe não pensa muito em mim. Ela não consegue entender por que ainda não estou casada. Meu pai desmaiou na primeira vez em que a viu.

— Não! Mesmo?

— Mesmo. É uma das Grandes Verdades de Mama. Você só deve se fixar a um homem que esteja preparado para desmaiar na primeira vez em que colocar os olhos em você.

— Bastante razoável, se quer saber minha opinião. Andrew nunca desmaiou — disse Charlotte. — Ele nem sonharia com isso. Ainda assim, ele gostava de mim o suficiente para me pedir em casamento.

— Ele *o quê*?

— Ah, sim. Ele queria se casar comigo. — Ela chutou a neve. — Isso arruinou tudo.

— O que você disse? — quis saber.

— Não, claro.

A tranqüilidade da manhã deu ressonância às palavras dela; sua voz pendeu pesada no ar congelado.

— Tia Clare teria ficado doida — disse ela —, e eu não poderia culpá-la. Ele é completa e totalmente errado, em todos os aspectos, menos um.

— Qual? — perguntei, sabendo a resposta.

— Eu era louca por ele — disse ela, simplesmente. — Ainda sou. Louca por Andrew, o Ted. — Então ela mudou de assunto tão rápido que não poderia ficar mais claro para mim que não deveria fazer mais perguntas. — Onde seus pais se conheceram? — perguntou ela.

— Aqui, em Magna. Era meado de junho.

— Junho! É como se fosse outro país! — disse Charlotte.

Mas mesmo no meio do inverno, eu podia sentir a impetuosa fertilidade do verão de 1937. Sob a terra de novembro, dura como diamante, outro verão suave se escondia, com suas velhas promessas, seus profundos caprichos e amor à primeira vista.

— Qual é a sua música favorita de Johnnie Ray? — perguntou Charlotte, mudando de assunto mais uma vez.

— Ah, você não pode perguntar isso! — reclamei. — Eu me sentiria péssima tendo de escolher uma favorita.

Charlotte riu.

— Não seja tão sentimental, Penelope.

Assim que eu e Charlotte voltamos da Floresta Encantada, encontrei Harry na biblioteca, compenetrado, lendo Keats.

— O trem parte em uma hora — anunciei. — Gostaria de comer alguma coisa antes de ir?

— Não, obrigado.

Virei-me para sair, percebendo que ele queria algum tempo sozinho.

— A Longa Galeria — disse ele, de repente. — Poderia me mostrar antes de irmos?

— Ah — disse eu, surpresa e nem um pouco satisfeita. — Está fechada com tábuas.

— E?

— Não podemos entrar.

— Mas você mora aqui!

— Eu sei.

Harry deu de ombros e concentrou-se de novo em seu livro. Hesitei, pálida.

— Tudo bem, então — disse eu, de forma descortês. — Apenas cinco minutos e não venha reclamar comigo se tropeçar em uma tábua e nunca mais andar de novo.

— Como eu poderia reclamar com você se...

— Eu sei, eu sei — interrompi-o, contrariada.

A Longa Galeria é um dos cômodos mais antigos da casa. Originalmente, era usada como uma sala de exercícios para as senhoras que queriam esticar as pernas à tarde, mas não queriam se aventurar do lado de fora, no frio ou na chuva (ou na neve, como deve ter sido o caso). Eu e Inigo costumávamos passar horas a fio ali, pois é o lugar perfeito para crianças: ideal para vários jogos e longe o suficiente para fazermos tanto barulho quanto quiséssemos. Adorávamos a Longa Galeria naquela época. O piso de carvalho preto brilhava com séculos de pegadas que faziam suas tábuas irregulares balançarem. O teto abobadado nos dava a sensação exata de estarmos em um navio e, quando o vento soprava, podíamos quase sentir o barco sob nossos pés, estalando e desviando das ondas.

Mas eu não gostava mais de ficar na Longa Galeria. Estávamos lá em cima, eu e Inigo, jogando uma variação de bola de gude (a variação era que não sabíamos as regras, simplesmente atirávamos as bolas de vidro pelo chão e desafiávamos um ao outro a alcançar o lado oposto da sala sem sair do curso), quando Mary subiu para nos contar que Papa estava morto. A Longa Galeria morreu depois disso, ficou assombrada. Sua porta permanecia trancada. Mama admitiu a derrota e disse que aquele era o único cômodo que ela não conseguia suportar mais. Eu e Inigo ficamos felizes, embora aos 18 anos eu sentisse uma pontada de vergonha sempre que pensava na galeria enlanguescendo no último andar: um cômodo por tantos séculos cheio de vida, tão espetacular, agora deixado para os ratos, aranhas e cupins. Eu me sentia velha demais para ter medo de lá.

— Siga-me — instruí Harry, e ele o fez todo o caminho para cima, quatro lances de escada, ficando mais e mais estreitos a cada andar, até que estávamos do lado de fora da Longa Galeria. Virei a chave enferrujada na fechadura e abri a porta como se Hitchcock estivesse me dirigindo. Eu meio que esperava que o mundo fosse ficar em preto-e-branco naquele momento. Fiquei parada impacientemente à porta enquanto Harry entrava com cuidado no cômodo. Aquele não era o dia para eu superar meus demônios da Longa Galeria. Eu sentia uma raiva além das proporções por essa situação. Naquele momento, odiei Harry por me fazer abrir aquela porta.

E a distância, ele fez a primeira pergunta.

— De que ano data esse cômodo? — perguntou ele, passando as mãos pelas paredes.

— É medieval, como quase todo o resto — disse eu, de forma afável. Ele balançou a cabeça.

— O período medieval é bem longo — disse ele. — Alguma idéia de que década, em que século?

— Mil trezentos e vinte e oito — disse eu, irritada.

Ele deitou no chão e fechou os olhos, o que achei profundamente irritante. Ele estava fazendo isso para me perturbar, pensei.

— Você já passou uma noite aqui em cima? — perguntou ele, ainda deitado. Estava sempre perguntando, e toda pergunta que fazia me parecia uma acusação, pesada com a suposição de que a minha resposta sempre seria errada.

— Não — respondi. — Muito frio e amedrontador.

Ele fechou os olhos de novo, com aquele sorriso irritante de volta ao rosto. *Ele acha que sou patética*, pensei.

— Na verdade, não gosto mais de vir aqui em cima — falei, desafiadoramente. — Eu estava aqui quando soube que meu pai tinha morrido. Não é um lugar que faça eu me sentir muito feliz.

— Que estranho — disse Harry, simplesmente. Odiei-o por isso, e me odiei por contar a história para ele, porque isso me enfraquecia e, mais importante, percebi que só contei para fazê-lo se sentir mal. — Você não deveria desperdiçar um lugar como esse — disse ele, que se levantou, piscou, atravessou o cômodo até uma das janelas e olhou para o gramado coberto de neve. — Que lugar para se observar os planetas!

Senti-me cheia de melancolia e do suave romance dos anos passados: eu podia até escutar os sinos tocando no ar, fazendo com que me lembrasse do funeral de Papa e das lágrimas de Mama.

— É melhor irmos — disse eu, não gostando do som da minha própria voz. — Você não vai querer perder o trem.

Harry virou-se para mim, dando uma gargalhada.

— Mal pode esperar para se ver livre de mim, não é?

— Não, de forma alguma.

— Você sabe o que deve fazer?

— O quê?

Ele puxou o cabelo para trás.

— Venha para Londres. Eu entrei nessa confusão idiota com Marina, mas pelo menos isso me tirou das garras da minha mãe e dos cantos escuros do Jazz Café. Acho que você precisa fazer o mesmo.

Por um momento, eu o encarei. Pelo menos, *acho* que encarei. De uma maneira geral, meus olhares são ineficazes. Inigo diz que eles me fazem parecer como se estivesse sentada em um cacto.

— Você tem 18 anos, pelo amor de Deus — continuou Harry. — Se não sair agora, nunca sairá.

— Sair?

— Sim, sair. Posso imaginar o tipo de atração que uma casa como essa exerce em alguém, mas você nunca encontrará Johnnie Ray lá fora, na floresta.

— Eu com certeza vou com você à festa, se é isso que quer saber — disse eu com insolência.

Harry riu.

— Já é um começo. Ah, e não se preocupe: se ficar entediada, Dorset House está cheia de novos e incríveis quadros. Perfeito para alguém tão interessada em arte como você — acrescentou ele. Ele não conseguiu evitar, pensei com irritação. Preferi manter um silêncio digno enquanto descíamos as escadas.

Se estivéssemos do lado de fora, eu teria jogado uma bola de neve no pescoço dele.

Capítulo 7

EU E A TURMA DA MODA

Se Mama percebeu a mudança que aconteceu em Magna após o final de semana de neve, não demonstrou. Ela voltou de sua estada de três dias com Belinda carregada com a seleção usual de presentes vergonhosos: um pinhão que parecia um porco-espinho, vestido de governanta, para mim; um par de chinelos verde-limão para Inigo; um porta-escova de dente de lã para Mary, e anunciou que nunca se divertira tanto com ninguém quanto com minha madrinha.

— Ela é tão encantadora, mas realmente se transformou em uma mulher comum — anunciou ela, alegremente. — Uma pena. Deus, quando penso nela quando nos conhecemos! Ela era uma moça tão bonita, os cílios mais compridos que eu já vira.

Esse era outro dos conselhos clássicos de Mama: elogiar a beleza que já se foi. Eu sentia pena da pobre Belinda.

— Ela se cerca de homens extraordinários, claro — disse ela. — Todos eles mais próximos dos 70 do que dos 40, mas fascinantes. A comida estava intragável, mas quando *não* foi assim? Todos os homens estavam ocupados demais jogando conversa fora para se incomodarem. Ah! Tenho de falar com Johns sobre a mesa da sala de jantar.

Acho que isso não era verdade. Não acredito que ela precisasse falar com Johns, mas obviamente ela não tinha planos de nos perguntar sobre nosso final de semana. Fiquei tanto aliviada quanto muito irritada. Inigo não pareceu notar. Conversei com ele a respeito mais tarde naquela noite, depois que Mama foi dormir.

— Estranho Mama não ter mencionado Charlotte e Harry — disse eu, atiçando o fogo. — Achei que ela fosse estar morrendo de curiosidade de saber como foi.

— É claro que ela está — disse Inigo, surpreso. — Às vezes, você é *lenta*, Penelope. Ela quer parecer indiferente, mas por dentro está morrendo de curiosidade para saber o que aconteceu. Eu não me incomodaria em contar a ela. Mais cedo ou mais tarde, ela vai perguntar, guarde o que estou dizendo.

— Por que tudo tem de ser tão complicado? — perguntei, contrariada. — Sabe, às vezes tenho a nítida impressão de que Mama está escondendo alguma coisa.

— Em relação a quê?

— Em relação a Clare Delancy.

— De onde você tirou essa idéia?

— Ah, não sei — disse eu. — Só tenho essa sensação, como um pressentimento. — Naturalmente, eu não queria admitir que lera escondido o diário de Mama. — Por que ela não pode simplesmente ser normal? — perguntei.

— Não espere isso de ninguém — disse Inigo, estremecendo. — E não seja boba. Mama é incapaz de guardar um segredo.

Fui para a cama depois disso. Parecia não haver razão para discutir. Mama não perguntou no dia seguinte, nem no outro. Nem perguntou quando Harry me telefonou para combinarmos sobre a festa. Então, no final, é claro, fui eu que cedi sob a pressão.

— Esta noite é a festa de Marina Hamilton, Mama — disse eu. — Todos estão falando a respeito.

— Estão?

— Bem, estão. Acho que sim.

— Se você só *acha* que sim, então não deve haver muito para se falar.

— Ouvi dizer que um *chef* veio de Paris para preparar omeletes ao amanhecer — disse eu, determinada.

— Que revoltante.

— Parece que a própria Marina desenhou seu vestido.

— Se ela for parecida com a mãe, seria mais correto dizer que ela desenhou sua própria tenda. Tania Hamilton se parece com a figura da proa de um navio pirata.

Lancei meu trunfo.

— Bem, de qualquer forma não estarei em casa esta noite. Vou ficar na casa de Clare Delancy depois da festa.

— De quem? — perguntou Mama, parecendo genuinamente confusa.

— Ah, Mama. Falei sobre ela no nosso último jantar com pato. Ela disse que conhecia você e... Papa. Ela é tia da minha amiga Charlotte...

— Ah, sim. A tia de Charlotte. A amante de gatos.

— Entre outras coisas. Ela também gosta de bolos, de escrever. Ela é...

Mas Mama precipitou-se.

— Sim, sim — disse ela, irritada. — Lembre-se de dizer a Johns a que horas quer que ele pegue você na estação amanhã. Ah, e Penelope, pelo amor de Deus, prenda o cabelo. Não pode deixá-lo caído em volta de seu rosto esta noite, como orelhas de um cocker spaniel. E peça a Mary para limpar seus sapatos antes de você ir.

— Sim, Mama.

Eu não tinha mais dúvidas de que ela sabia, exatamente, quem era tia Clare.

Naquela tarde, peguei o trem para Londres e passei a viagem toda preocupada: meu cabelo ficava *mesmo* melhor preso? E se eu não tivesse nada para conversar com ninguém? Assim, quando o trem parou na plataforma em Londres, a minha vontade era correr para as montanhas. Em Paddington, encontrei Charlotte, com seu casaco verde, carregando uma gaiola.

— Periquitos — disse ela, virando os olhos. — Harry vai dá-los a Marina como presente de casamento. Imagino que ele veja alguma ironia oculta nisso. Acho que está apenas sendo cruel. Estava pensando em soltá-los no Hyde Park. O que você acha?

Eu ri.

— Harry nunca a perdoaria.

— Fico me perguntando se realmente me importo. Venha, vamos pegar um táxi para Kensington Court.

Phoebe, ainda mais antipática do que da última vez em que nos vimos, nos levou ao escritório de tia Clare, onde Harry estava lendo o jornal. Ele se levantou em um pulo quando entramos.

— Seus pássaros chegaram — disse Charlotte com ironia, equilibrando a gaiola de forma precária em cima de um livro chamado *Animais selvagens que conheci*, sobre a mesa de tia Clare. Um deles piou tão alto que eu dei um pulo.

— Penelope, você parece uma princesa — disse Harry, bocejando.

— Ainda não me vesti.

— Não foi isso que eu disse. Quer beber alguma coisa? Pedi para Phoebe abrir uma garrafa de champanhe para nós antes de sairmos.

— Onde está tia Clare?

— Lá em cima, ao telefone — disse Harry. — Ela está encantada consigo mesma por ter recusado o convite para hoje à noite. Acho que é o primeiro convite que ela não aceita desde o início do ano.

— Estou surpresa por ela não ir, mesmo que fosse apenas pela bebida grátis — disse Charlotte. — Aparentemente, eles vão servir coquetéis americanos. Há tantos boatos circulando sobre essa festa que vai acabar sendo a maior decepção.

— Nada que Marina faz é uma decepção, infelizmente. — Harry examinou os passarinhos. — Eles precisam beber alguma coisa.

— Nós também — disse Charlotte. — Phoebe está cada vez mais incompetente.

No momento certo, Phoebe entrou no escritório com uma garrafa e algumas taças com aparência empoeirada. Ela era a garota mais triste que eu já vira, conseguindo até mesmo fazer a rolha da garrafa de champanhe soltar um som melancólico. Tomei um gole enorme, e meus olhos se encheram de água.

— Está quente — estremeceu Charlotte com repulsa. — Nada pior. Acho melhor me poupar para os daiquiris desta noite.

— Os daiquiris? Eles não são aquele casal distinto que cria terriers? — A voz veio da porta. Tia Clare entrou no escritório. — Penelope, querida, que prazer. — Ela me beijou no rosto. — Como vão suas habilidades como jogadora de críquete?

— Ah... o boné. Nossa, ainda me sinto péssima por causa daquilo.

Ela piscou para mim.

— Não se sinta, querida. Nunca se sinta culpada por nada... é uma perda de tempo. Agora, vou tomar um pouco de champanhe. Por favor, Phoebe. Misericórdia! O que aqueles pobres pássaros estão fazendo em cima da minha mesa? — Ela apertou as mãos no peito.

— Eles vão à festa conosco, tia. Eles fazem parte da campanha *Marina, Não Faça Isso*.

— Não é de admirar que sejam verdes.

— Doentes como periquitos. — riu Charlotte.

Phoebe levou-me ao meu quarto para eu me trocar. Era um bom quarto, limpo e simples, com um fogo bruxuleando na lareira, e alguém colocara flores sobre a cômoda. Lavei meu rosto e rapidamente coloquei meu vestido de veludo verde da Selfridge's. Presas e soltas, presas e soltas, ficavam minhas orelhas de cocker spaniel, enquanto eu lutava para arrumar meu cabelo. Por que, ah, por que eu não podia ser uma dessas mulheres naturalmente elegantes, como Mama ou Charlotte? Depois de vinte minutos, bati à porta de Charlotte para perguntar o que fazer.

— Mama diz que devo prender.

— O que, é claro, você deve fazer. Venha. — Charlotte agarrou minha escova de cabelo e alguns grampos. Ela estava linda, da forma mais simples possível. Apenas penteara o cabelo e colocara um vestido de seda azul, mas sua elegância natural significava que ela poderia ter vestido qualquer coisa e pareceria certo. A altura dela era um grande alívio para mim também. Eu passara a maior parte dos meus anos no colégio encurvando-me ao lado de garotas de um metro e meio, constrangida por minha notabilidade. Charlotte era apenas uns dois centímetros mais baixa que eu e se erguia, completamente sem vergonha.

— Gostei do seu vestido — disse ela.

— Está um pouco apertado — admiti. — Mama se recusou a comprar o tamanho maior. Estou um pouco nervosa, Charlotte.

— Está? — perguntou ela, surpresa. — Sorte sua. Nervosismo é a melhor maneira de encarar uma festa.

— Não sei como devo agir — admiti, humildemente.

— Não faça nada, a não ser sorrir e parecer que está se divertindo — ensinou ela.

— Eu mal conheço Harry. Tudo isso é extremamente estranho.

— Você sabe o nome dele, e ele sabe que você tem um Van Ruisdael pendurado no corredor do seu quarto em Magna. Acho que esse fato, sozinho, já seria suficiente para tirar Marina de órbita.

— O Van Ruisdael ou o fato de Harry saber que ele está lá?

— Ambos. — Charlotte fez uma careta enquanto se concentrava no meu cabelo. — Para ser franca, estou cansada de toda essa saga de Marina Hamilton — disse ela, a boca cheia de grampos. — Ainda assim, eventos que levam meses para se desenvolver à luz do dia podem se resolver em poucas horas na festa certa. Espero que Harry supere tudo: a raiva, o desespero e a humilhação... e que se sigam a revelação, a esperança e, finalmente, o triunfo. É a mistura de cigarro e bebida que faz isso. Aqui está você, exatamente como sua mãe pediu. — Ela me virou para eu me olhar no espelho.

— Aaaah, está lindo! — E *realmente* estava. Charlotte deu uma pancadinha com a esponja do pó no meu nariz, passou um pouco de rouge em minhas bochechas e deu um passo atrás para admirar sua obra.

— Muito bom, se me permite dizer. Não que você precise de muita coisa. Eu daria qualquer coisa por suas sardas. — Ela fez uma careta para seu rosto pálido no espelho. — Quando eu era pequena, costumava pintá-las em meu nariz com tinta marrom que roubava da melhor caneta de mamãe.

— Ah, até parece.

— Ela me achava maluca, como de costume, pobre mamãe. Tia Clare achava engraçado, o que a irritava ainda mais.

Mas agora eu tinha algo, algo que Charlotte me dera enquanto prendia meu cabelo e me fazia ficar com a aparência que eu sempre imaginei que poderia ter. Pela primeira vez na minha vida, eu ia sair com uma qualidade que até agora me tinha faltado. Eu tinha tomado uma grande dose de autoconfiança.

— Idiotas! — disse Charlotte, baixinho, quando um monte de fotógrafos apontou suas lentes para nós. — Será que algum deles percebe que a construção atrás deles é muito mais fascinante do que qualquer um dos tolos que estão lá dentro?

Apesar da chuva, uma multidão se juntara atrás das grades de Dorset House para assistir aos convidados chegando para a festa, esperando ao menos ver de relance a princesa Margaret, eu supunha. Quando saímos do táxi, um ou dois fotógrafos gritaram o nome de Charlotte e perguntaram o que ela estava carregando.

— Periquitos — respondeu ela, solenemente. Um momento depois, um homem com aparência de eficiente pegou a gaiola de Charlotte.

— Ah, eles são um presente! — reclamou ela.

— Para a Srta. Marina? Ela saberá quem deu?

— Duvido.

O homem pegou uma caneta e um cartão e os entregou a Charlotte, que os entregou a Harry. *De mim*, escreveu ele, e a chuva manchou a tinta.

— Como ela saberá quem é "mim"? — perguntei a ele, levemente irritada.

— Porque ninguém mais dará a ela nada que não possa ser vestido, borrifado, comido, bebido ou em que se possa sentar.

Eu estava extasiada por ver Dorset House de novo com olhos de adulta. Percebi, com uma onda de surpresa, que agora ela me parecia italiana, uma *villa* romana com seus três andares de longas janelas em forma de arco e telhado de pedra clara longo e pouco inclinado. O pórtico estava iluminado por tochas e um quarteto de cordas tocava bravamente sob seu abrigo.

— Não fica romântico na chuva? — suspirei.

— *Qualquer coisa* fica romântica na chuva — observou Charlotte.

— Exceto gramado de críquete e táxis ocupados — disse Harry.

Quando eu era pequena, Mama costumava me levar a Dorset House para tomar chá com Theodore FitzWilliam, que era dois anos mais nova que eu e muito sem graça.

Nesta noite, não havia nada da atmosfera fria daquelas infelizes visitas infantis. A primeira coisa que notei foi o calor do lugar: todos os ambientes tinham sido apropriadamente *aquecidos* (algo que teria matado o velho lorde FitzWilliam, se ele entrasse ali); e a nobreza oprimida e desgastada dos anos de guerra tinha desaparecido, substituída por um glamour americano brilhante e exaustivo.

— Traga uma bebida para mim — pediu Charlotte.

Como todos os outros, chegamos elegantemente atrasados. Todos à nossa volta atravessavam o glorioso saguão tirando seus casacos e chapéus e enchendo a casa com um ruído ensurdecedor de conversa, enquanto à nossa frente uma multidão animada enchia a enorme escadaria com toda a glória de seu mármore branco recém-restaurado. De minha infância, eu me lembrava que as grandes colunas que se estendiam até o corredor do primeiro andar pareciam amedrontadoras e fantasmagóricas, como se pudessem cair a qualquer momento. Agora elas davam a impressão de terem sido mergulhadas na luz do sol californiano. Meus ouvidos captavam várias conversas fascinantes.

Bem, como você está? Parece encharcada até a alma, coitada. Claro, esse tempo tem sido um choque terrível para Vernon, ele cresceu acostumado com as temperaturas de LA... Não acredito que não a vejo desde o Baile do Governador!... Peguei os brincos emprestados, mas não o cordão. A família Asprey, pessoas tão generosas... Ah, recebi flores de Marilyn na semana passada com um cartão em que estava simplesmente escrito "alegria"... Eu a achei tão encantadora, uma atriz tão talentosa e tão vulnerável.

Charlotte e eu rimos e, durante meio minuto, achei que deveria ter calçado sapatos melhores, depois percebi que todo mundo estava preocupado demais com sua própria aparência para se importar com a minha. Seguimos a multidão escada acima até o salão, e pensei em como era estranho: sempre que alguém voltava a um lugar em que tinha estado na infância, tinha a impressão de ele ter encolhido, mas Dorset House parecia dez vezes maior do que antes. Automaticamente, Harry foi atraído para a longa fila de janelas.

— Típico — disse Charlotte. — Aqui estamos nós em um dos saguões mais espetaculares do país, e tudo que ele quer é olhar para fora. Ah, sim, quero um desses, obrigada! — acrescentou ela, roubando um canapé de salsicha de um garçom que passava.

— Esteja à vontade, senhorita — disse ele, arqueando a cabeça, seu rosto tão sério quanto o de um cirurgião.

O salão *não* fora arruinado pelos Hamilton, percebi, e sim ressuscitado com extrema consideração. Eles tinham dado atenção a coisas que eu nunca notara antes: as ninfas e os unicórnios que brincavam na curva do teto, e os cinco candelabros que iluminavam o salão com aquele tipo de brilho que torna as pessoas vinte vezes mais sedutoras do que realmente são. Charlotte leu meus pensamentos.

— Cuidado com a boa iluminação — avisou ela, tão cheia de conselhos sábios quanto eu esperava. — É quase tão perigosa quanto o álcool.

Harry voltou da janela e ficou bem perto para dar a impressão de estar conosco, mas ele parecia conhecer uma quantidade enorme de pessoas, e todos pareciam muito satisfeitos em vê-lo. Às vezes, no meio de uma conversa, ele olhava na minha direção e sorria. Porém eu achava que tudo era parte da encenação, para enganar Marina, se ela aparecesse. Charlotte também conhecia muitas pessoas, incluindo as infames gêmeas Wentworth, Kate e Helena, que me pareceram bonitas e assustadoras demais. Elas fumavam cigarros finos e nunca deixavam de estar nas páginas de fofocas. Kate era a capa deste mês da revista *Tatler*.

— Como *vai*, Charlotte? — perguntou Helena.

— Sendo mais direta, como vai sua adorável tia? — perguntou Kate.

Naquele momento, Hope Allen, a garota menos elegante de minha turma de italiano, com a pele de um rinoceronte, me viu e atravessou o salão para me cumprimentar. Ela estava usando uma anágua creme desfavorável, havia brotoejas subindo por seus ombros roliços, e eu teria sentido pena dela, se não fossem duas coisas que a tornavam insuportável para mim. Primeiro, ela pegara meu dicionário de italiano emprestado no ano anterior, deixara cair na banheira e me devolvera com páginas amassadas e faltando toda a letra Z. Segundo, ela tinha um hábito horrível de fungar durante as aulas. Ela nunca levava lenço.

— Penelope! O que *você* está fazendo aqui? — gritou ela, colocando em palavras a mesma coisa que eu estava me perguntando sobre ela. — Você está diferente. É o seu cabelo, não é?

Assenti, meu coração afundando de vergonha. Por que a única pessoa que eu conhecia na festa tinha de ser Hope Allen? Ela olhou em volta e seus olhos acenderam-se ao ver Charlotte, envolvida na conversa com as gêmeas Wentworth.

— Meu Deus! Não olhe agora, mas aquelas são Charlotte Ferris e as gêmeas Wentworth — sibilou ela, virando as costas para elas. — Li alguma coisa sobre Charlotte no *Standard* do mês passado. Eles diziam que ela é a única moça em Londres que pode usar um Dior, identificar um bom vinho *e* conversar com os Teds — acrescentou ela em um daqueles sussurros que saem mais altos do que a voz normal. Eu queria que o chão encerado do salão me engolisse. E eu tinha minhas dúvidas sobre o *Standard.* A única coisa que eu já tinha escutado Charlotte dizer ao consumir vinho era "hummm".

— Ela é minha amiga — disse eu com tanta dignidade quanto pude reunir.

— Não! Há quanto tempo vocês se conhecem? — perguntou Hope, ofegante, realmente me deixando sem fôlego com o insulto de seu espanto.

— Umas duas semanas. Viemos à festa juntas.

— Ahhh! — disse Hope devagar. — Agora o cabelo faz sentido... — Ela parou e agarrou meu braço. — Ah, que *divino*, Harry Delancy também está aqui. Sempre o achei terrivelmente atraente daquela forma latente que só os homens baixos conseguem ser.

— Latente? — repeti sem entender, tentando afastar-me de Charlotte.

— Isso. Eles têm de se esforçar mais, sabe, os baixinhos. Mas em conseqüência, se tornam excelentes maridos. Vale a pena se lembrar disso.

— Certo.

Em uma onda de sorte, essa penosa conversa foi interrompida por um gesto frenético de uma mulher com um penteado enorme do outro lado do salão.

— Ah, tenho de ir — suspirou Hope. — Aquela ali é minha mãe, está vendo? Conversando com a mulher de dourado?

— Estou vendo.

— Ah, você tem de me apresentar a Charlotte mais tarde — continuou Hope. — Eu já a conheci antes, com meu primo George, mas ela não vai se lembrar de mim, claro. Pessoas desse tipo nunca se lembram.

Primo George. Hope era prima de George Rogerson. Não era de admirar que estivesse ainda mais satisfeita do que o usual consigo própria aquela noite.

— Quem era aquela criatura infeliz? — perguntou Charlotte, quando Hope se afastou.

— Hope Allen. Ela disse que já a conheceu.

— Impossível. Eu me lembraria de uma monstruosidade como ela.

Eu ri.

Mas pensei no que Hope falara sobre Charlotte e o *Standard.* No que me dizia respeito, a descrição era tão precisa quanto a imprensa costuma ser. E será que ela era *mesmo* desse tipo, o tipo raro que se dá ao luxo de escolher exatamente de quem se lembra e de quem se esquece? Prometi que eu mesma seria assim até o final da noite.

Harry se aproximou de nós com o copo vazio.

— Vocês deveriam experimentar um desses — disse ele. — Depois de beber três, fique parado lá no canto do salão e olhe para o Hyde Park. Foi o mais perto que já cheguei da sensação de voar... — O rosto dele ficou tenso, e eu e Charlotte seguimos seu olhar.

— E lá surge ela! — sussurrou Charlotte. — A sogra dos sonhos de Harry.

Resplandecente em um vestido prateado enfeitado com pérolas e uma tiara combinando, Tania Hamilton estava cumprimentando os novos convidados com um ar presidencial. Ela parecia um navio de guerra de bolso, ainda mais larga e mais baixa do que Mama sugerira, mas tinha o indesculpável ar de uma mulher que aproveita a vida ao máximo. Ela avançou em nossa direção, segurando sua taça de coquetel à sua frente como se fosse uma tocha.

— Bem! Sr. Delancy, que *prazer*! — exclamou ela e, na mesma hora, meus ouvidos detectaram o sedutor sotaque americano. — *Corajoso* de sua parte vir; George vai adorar. E quem são suas amigas? Que pena que sua mãe não pôde vir esta noite. — Ela sorriu exultante, seu alívio pela ausência de tia Clare palpável. Harry foi poupado de responder por Kate Wentworth, que se aproximou furtivamente e vedou seus olhos com as mãos.

— Adivinhe quem é? — gemeu ela.

— Princesa Gisele da Espanha? — sugeriu Harry. Kate caiu na gargalhada.

— Que festa maravilhosa, Lady Hamilton — disse Charlotte, ignorando seu primo. — Sou Charlotte Ferris, prima do Sr. Delancy. Esta é minha... é amiga de *Harry*, Penelope Wallace.

Lady Hamilton apertou a mão de Charlotte.

— Claro! Charlotte! Que prazer. Já ouvi falar muito de você.

— Ah, querida — disse Charlotte, com um sorriso pouco modesto. Tentei não rir.

— Adoro sua casa — disse eu, animadamente. — Minha mãe conta que eu costumava vir aqui quando era pequena, quando os FitzWilliam moravam aqui.

Maldição!, pensei no momento em que as palavras escapuliram de minha boca. Ela não vai gostar nem um pouco desta informação.

— Acredito que esteja pensando que despimos a casa de seu velho charme e a deixamos *grotescamente* americana. — Lady Hamilton riu, nem um pouco preocupada. — Meu marido me disse que eles iam derrubar a casa se não a tivéssemos comprado. Então, realmente foi o caso dos ianques entrarem em cena e salvarem o lugar, mais uma vez o ha, ha, ha. Vocês três já experimentaram todos os coquetéis? Sou apaixonada por Brandy Alexander, tão intoxicante. Ah, vocês me dão licença, meninas? Acho que a princesa está chegando. — Ela sumiu na multidão.

— Achei-a uma graça — disse Charlotte. — Gostei de seu senso de humor.

— Ela não tem senso de humor — disse Harry, que tinha se desvencilhado de Kate Wentworth. — Tomem — acrescentou ele, pegando dois drinques cremosos e coloridos de outro garçom com cara de fantasma — e não me perguntem o que tem nisto.

Só posso dizer que estava uma delícia e, tomado através de um canudo, tinha gosto de coco e açúcar e de países com nomes que eu não sabia soletrar. Cada uma de nós tomou um, e então Charlotte sugeriu experimentarmos um coquetel diferente. Exatamente quando íamos para o quarto drinque, o rosto de Harry endureceu, visto que, parada do outro lado do salão, conversando, exatamente como ele a tinha descrito para mim, estava Marina Hamilton. Ela era muito mais baixa do que eu esperava (como as muito glamourosas sempre são), *e* mais magra e dez vezes mais atraente. Usando um vestido rosa com uma deslumbrante pulseira de diamantes no pulso direito e um anel de rubis arrasador no dedo médio da mão esquerda, ela parecia valer um milhão de dólares. Como Harry podia esperar que ela ficasse preocupada com a *minha* presença, eu não conseguia imaginar. Rindo, bebendo, fumando e brilhando, ela se movia como se fosse *alguém*. Mesmo de longe como estávamos, a famosa voz dela sobressaía sobre a música e as conversas. Levou dez minutos até ela localizar Harry e, mesmo então, ela simplesmente virou os olhos em nossa direção e levantou o copo. Então é isso, pensei.

— Ela está vindo — sibilou Charlotte.

E estava. Desvencilhando-se de um grupo de garotas, Marina estava vindo na nossa direção. Observei-a, atônita. Seu vestido rosa era pura Cinderela e não combinava com seu cabelo ruivo, preso para cima, ainda mais porque ela andava como Marilyn.

— *Achei* que fosse você — disse ela para Harry, inclinando-se e beijando-o lentamente no rosto. — Papai insistiu nessa iluminação maluca para esta noite. Ela faz com que todos pareçam estar encarando todos quando o que querem é apenas saber quem são os garçons. Olá, Charlotte. É um prazer que tenha vindo. Ah, e você deve ser Penelope. Foi esperta em encontrar um vestido simples.

— Selfridge's — gaguejei.

— Combina com seu Mai Tai. Tome outro.

Por um momento, fiquei desconcertada, depois percebi que Marina estava se referindo ao meu drinque. Deixando de lado o encanto de seu sotaque, sua voz era como sua gargalhada: rica de fumaça e jazz.

— As receitas de coquetéis de Trader Vic são as melhores — continuou ela, passando as unhas vermelhas pelo pulso coberto por diamantes. — Meu Deus, que homem incrível ele é! Você sabia que quando ele inventou o Mai Tai no Havaí, dois anos atrás, foi um sucesso tão grande que acabou com os estoques de rum do mundo em um ano? Acho isso fabuloso. Você tinha de ver o restaurante dele em Los Angeles, Charlotte. Vamos lá nas noites de domingo no verão e bebemos Screwdrivers. É a melhor diversão que podemos ter vestidos — acrescentou ela, os olhos brilhando de forma travessa. — Recomendo ficarem tão bêbados quanto puderem, queridos. A bebida está tão boa esta noite que amanhã ainda estaremos altos. E se tomarmos os drinques com rum, nem sentiremos. Confie em mim.

Houve uma breve pausa.

— Adorei seu vestido — falei, sem pensar.

— Ah, George comprou para mim — disse Marina, acendendo outro Lucky Strike. — Eu vi na Harrods ontem à tarde e ele comprou para mim em segredo. Ele é assim.

— Cheio de segredos? — perguntei, animadamente. Charlotte riu e Harry sorriu com desdém. Marina gemeu.

— Ah, não! Ele não costuma fazer as coisas em segredo, longe disso! O que quis dizer é que ele não consegue resistir a me mimar, entende? E, meninas, ele é *engraçado*! Sabem, em agosto passado estávamos em uma festa no Sporting Club de Monte Carlo, e Ari... vocês conhecem Ari Onassis? Não? Bem, Ari não conseguia parar de rir com George. Ele o achou hilariante. Sabem, eu não poderia *ficar* com um homem que não me fizesse morrer de rir. — De repente, ela tossiu, um som seco, pouco feminino, e seus olhos se encheram de lágrimas. — Nada como um homem engraçado — disse ela, ofegante no final. — Isso é *importante*, não é, meninas?

Ela continuou e nós escutamos, sob uma névoa de Mai Tai e jazz. Ela citou nomes famosos incessantemente, não fez nem uma pergunta sobre nós e foi muito rude com vários garçons. Mesmo assim era impossível não gostar dela. Eu poderia escutar suas histórias por horas, pelo menos pelo fato de ela ser a primeira pessoa da minha geração que eu conhecia cuja vida não era limitada à Inglaterra. Será que ela *realmente* conhecia essas pessoas? Será que eu realmente estava ao lado de alguém que tinha conversado com Marlon Brando? Enquanto ela continuava a falar (sobre sua vida nos Estados Unidos, em Londres, qual era melhor? ah, ela não sabia, eram tão diferentes, mas o clima em Los Angeles era sublime), eu tive uma boa chance de analisar seu rosto. Nem um de seus traços era individualmente notável, os olhos muito juntos, o nariz muito arrebitado e a boca muito grande. Ainda assim, juntos eles formavam uma beleza perfeita, coerente, como a de uma raposa. Para esse dia, não sei dizer exatamente como ela conseguiu isso, exceto sugerir que tinha a ver com sua coloração, seu cabelo invejável e sua pele clara como leite, exceto por uma mancha encantadora azul-clara sob seus olhos confirmando seu gosto pela vida noturna. Eu podia facilmente entender como Harry ficara enfeitiçado. Ele ficou ao meu lado, observando-a falar, mas, pelo que eu podia perceber, sem escutar uma palavra.

— Vocês têm de ficar para o café-da-manhã — concluiu Marina, piscando para Harry por uma fração de segundo. — Omeletes e champanhe.

— Que delícia. Seus pais certamente sabem como dar uma festa — disse Charlotte.

A esta altura, um homem com cara de palerma disparou para cima de Harry, com um gemido de satisfação e o levou na direção da banda.

— Quem era aquele? — perguntou Marina. (Saber quem estava em sua própria festa obviamente não era necessário.)

— Horace Wells. Ele estudou com Harry — murmurou Charlotte. — Gagueira horrível.

— Ah, *Harry!* — disse Marina. — Meu Deus! Ele deveria ter se casado com Lavinia Somerset, afinal de contas. Bom para ele!

— Não faço idéia — disse Charlotte.

Marina soltou sua gargalhada maliciosa e fumegante.

— Não somos ridículas? Escutem o que estamos falando! Estamos parecendo nossas mães, fofocando sobre quem, onde e quando!

Senti um frisson momentâneo de lisonja por Marina ter se referido a nós três juntas, que foi substituído rapidamente pelo horror do que ela estava dizendo. O rompante de autoconsciência da parte dela foi admirável, mas certamente ela podia ver que eu e Charlotte éramos tão diferentes dela quanto os cigarros americanos dos ingleses? Ela esvaziou seu copo.

— Sabem, meninas — disse ela de forma conspiratória, inclinando-se sobre mim e Charlotte. — Eu disse a George que não queria um grande casamento, não mais do que quinhentas pessoas. Tentamos cortar convidados, mas foi *impossível.*

Eu mal ousei olhar para os lados, temendo os risos.

— Vocês formam um casal perfeito — disse Charlotte. Marina suspirou e pareceu, eu achei, não muito satisfeita com isso.

— Bem, George é um tipo de homem tradicional. Ele quer que tudo seja feito da maneira certa. Vocês sabiam que ele me pediu em casamento no dia do meu aniversário?

— Que lindo da parte dele! — exclamei.

— Um brinde, eu acho — disse Charlotte com um sorriso travesso. — À felicidade inimaginável.

— À felicidade inimaginável — repetimos todas, mas eu vi Marina olhando à sua volta para não perder Harry de vista.

— Escutem — pediu ela, acenando para nos aproximarmos, para escutar seus sussurros, e nos mergulhando no cheiro de seu Chanel nº 5 e laquê. — Odeio a idéia de que Harry tenha levado isso a mal — murmurou ela. — Vocês me conhecem, muito volúvel — continuou ela, esquecendo-se de que não a conhecíamos nem um pouco. — Harry *pensa* muito. Ele certamente pensa muito em *mim* — acrescentou ela com sinceridade no rosto. Então, disse: — Cuidem dele, certo? — deixando-me sem palavras, mas Charlotte riu.

— Ele pensa mesmo? Nossa, essa é uma teoria interessante. Penelope não é da nossa família, não é mesmo?

Houve um breve silêncio enquanto Marina absorvia a novidade. Eu quase conseguia escutar a mente dela funcionando enquanto tentava descobrir exatamente o que isso me tornava.

— Eu pensei... pensei que ela fosse sua irmã — disse ela, finalmente.

— Penelope? Quem dera — disse Charlotte. — Não, ela é minha amiga. Ela é a... amiga de Harry também. — Ela deixou a palavra "amiga" pairar de uma forma ambígua ali entre nós. Corei.

— Amiga? — perguntou Marina. — *Amiga*? Achei que fossem todos parentes.

— Ah, nos conhecemos recentemente — disse eu, logo. — Na verdade, muito recentemente.

Marina abriu a boca para falar alguma coisa, mas foi interrompida por sua mãe, que veio em nossa direção trazendo uma moça que tinha traços de cavalo e estava usando cetim verde.

— Marina? Os Garrison-Denbighs estão aqui! Olhe os rubis de Sophia, não são soberbos?

Marina demonstrou irritação.

— Estou conversando, mãe — sibilou ela, lançando um olhar para a pobre Sophia Garrison-Denbigh que chegou perto do detestável.

— Tudo bem, Marina, nós já monopolizamos você por muito tempo — disse Charlotte, suavemente. Eu sorri para Sophia. — Seu colar é lindo — disse Charlotte a ela, sendo sincera.

Puxei Charlotte para longe e anunciei que devíamos ver o que os Hamilton tinham feito na galeria.

A Galeria de Quadros saía do salão e tinha sido totalmente abandonada na época dos FitzWilliam. Lembro-me de Mama me contar sobre as paredes com tecido vermelho desbotado que foram cobertas por padrões retangulares em vermelho mais escuro de onde cada pintura fora tirada e vendida. Eu ri alto quando vi como os Hamilton tinham coberto cada uma dessas infelizes áreas com novos quadros, pinturas feitas com cores brilhantes com linhas ousadas de um tipo que eu nunca vira antes. No centro da galeria, havia uma escultura espantosa que parecia um homem com uma cabeça quadrada protegendo os olhos do sol. Várias pessoas circulavam por ali comentando sobre ela e usando palavras como "inteligente", "inestimável" e "ousado", enquanto, no canto, uma banda de jazz tocava.

— *New York Movie, 1939.* Ela se parece um pouco com você, Penelope — disse Charlotte, olhando o quadro à sua frente de uma mulher loura parada em seu próprio cinema.

— Quem pintou? — perguntei.

— Um homem chamado Edward Hopper, aparentemente. — Os Hamilton tinham tomado a liberdade de colocar legenda em suas peças de arte, como se estivéssemos em um museu. Eu nem ousava imaginar o que Mama ou tia Clare diriam sobre isso.

Os olhos de Charlotte se iluminaram com a tela seguinte.

— Agora *essa* é notável. Mark Rothko. — Consistia em um quadrado laranja com um pouco de laranja mais escuro em cima e embaixo. Algo nela me deixava nervosa. Não tenho certeza se a entendi, mas achei difícil afastar os meus olhos.

— É surpreendente o que as pessoas consideram como arte hoje em dia — comentou o bonito homem que estava ao nosso lado.

— Acho brilhante — disse Charlotte, rapidamente.

— Meu filho de 9 anos poderia ter pintado.

— Ah, mas ele não *pintou*, pintou? Essa é a questão, não é?

O homem riu e levantou o copo para Charlotte.

— Você está certa, sabe? *Absolutamente* certa.

— Você realmente gosta? — perguntei a ela quando ele já estava longe.

— A única coisa que sei é que quero pensar o oposto do que *ele* pensa — disse Charlotte, séria.

— Você o conhece?

— Ah, conheço. Patrick Reece, antigo namorado de tia Clare, por volta de 1947. Ele levou a mim e ao Harry ao teatro umas duas vezes. Lembro que, no intervalo de *Blithe Spirit*, ele nos perguntou se queríamos experimentar maconha. — Charlotte balançou a cabeça. — Você *acredita* nisso? Que desfaçatez! Harry teve a presença de espírito de roubar toda a maconha que ele tinha na segunda parte da peça e vender para outro admirador de tia Clare no dia seguinte. — Ela franziu a testa ao se lembrar. — Graças a Deus ele não me reconheceu sem meu uniforme do colégio.

— Você usa essas coisas?

Charlotte olhou para mim, surpresa.

— Não, má sorte. Ah, olhe lá!

Era Harry. Ele estava sentado em uma cadeira com assento duro bem atrás da banda, seus olhos meio fechados, todo o seu ser absorvido pela música. Moças com lábios vermelhos, cabelo perfeito e perfumes inebriantes riam em volta dele, rapazes bebiam em volta dele. Um homem com um bonito terno risca-de-giz jogou cinza de cigarro na cabeça de Harry sem nem mesmo notar. Charlotte pegou mais dois drinques com o garçom mais próximo.

— Esses são Sidecars, aparentemente — disse ela. — E se alguém tentar me dizer onde eles surgiram, sou capaz de matar.

— Com um Screwdriver? — sugeri, tomando um grande gole.

— Ela não é inacreditável? Sobre o que você acha que ela e Harry conversavam?

— Talvez ela se deliciasse com as histórias de Julian, o Pão?

— Muito improvável. Ah, olhe ali. A princesa está usando ainda mais rubis do que a infeliz da Sophia.

— Devemos ir conversar com Harry?

Charlotte riu alto. Já tendo bebido muito rum, abri caminho pela multidão e atravessei o salão até a cadeira de Harry. A princípio, ele não me viu, então estiquei a mão e toquei de leve em seu ombro.

— Olá — disse eu, animadamente. — Quer outro drinque?

Ele olhou para mim, um cigarro pendendo de sua boca. Luz de vela e jazz combinavam com Harry. Seus olhos estranhos, com grandes cílios, o diferenciavam, sua magra constituição física era alongada pelo terno preto amarrotado.

— Hã? — disse ele. — Ah, é você, Penelope. Pegue. — Ele tirou o cigarro da boca e me entregou. Dei um trago. Tinha um sabor e um cheiro estranhos que me deixaram ainda mais tonta do que eu já estava.

— Você está bem? — perguntei, sentindo-me tola. O que Harry tinha que sempre fazia com que eu me sentisse tola?

— Vamos jogar Dead Ringers? — perguntou ele, puxando uma cadeira ao seu lado. — Sente-se. Vou ensinar.

Deixei-me cair na cadeira ao lado dele.

— Termine esse — disse ele, entregando-me seu cigarro de novo. Traguei mais três vezes e joguei a ponta no copo vazio dele.

— Certo — disse eu, vagamente. — Como se joga?

— A idéia é apontar pessoas que se pareçam com gente famosa e o outro tem de descobrir em quem você está pensando. Você logo vai entender. — Ele se inclinou sobre mim. — Vou começar. — Os olhos dele examinaram o salão.

— Aquela... aquela mulher do lado esquerdo de Charlotte, usando vestido verde e branco.

Pensei por um momento.

— Fanny Craddock? — Eu ri.

Harry riu.

— Absoluta e completamente certa. Sua vez.

— Certo, certo. — Meus olhos sondaram o salão. Essa realmente era a festa mais linda. Ficar sentada ali com Harry, olhando tudo e todos, me dava a sensação de estar no cinema.

— Aquele homem lá, tocando trompete, na banda — disse eu baixinho.

— Louis Armstrong?

— Isso! — exclamei. — E não é engraçado que ele também esteja tocando trompete?

— Penelope — disse Harry, rudemente —, aquele *é* Louis Armstrong.

— Ah, meu Deus! — exclamei e caí na gargalhada. Mesmo, não pude evitar.

— Você é uma daquelas meninas que fica boba depois de um trago, não é? — suspirou Harry.

— Um trago de *quê*?

Um homem robusto com sorriso de menino e cabelo louro penteado imaculadamente estava se aproximando de nós. Harry se levantou com esforço.

— George! — disse ele, estendendo a mão. — Grande festa!

Então esse era George, pensei um pouco confusa. Ele era mais gordo, mais baixo e mais feio do que eu esperava, mas, como Marina, ele transpirava riqueza e autoconfiança suficientes para deixá-lo curiosamente atraente. Fiquei sentada quieta e bati palmas quando a banda terminou sua última música.

— Como está, Delancy? E quem é essa? — George sorriu para mim, e eu vacilei um pouco.

— Muito prazer. Sou amiga... hã... dele, de Harry. — Sorri para Harry, perguntando-me por que eu via três dele. Os rostos deles formavam uma série de grandes sorrisos.

— Ahh! — disse ele devagar. — Entendo! *Muito bem*! — Ele caiu na gargalhada e olhou para Harry com respeito renovado. — Sabe, Marina se preocupa muito com você, Delancy — disse ele em voz baixa. Acho que ele pensou que eu não conseguiria escutá-lo, mas ser criada pela Mama me treinou muito bem no departamento de escutar às escondidas. — Fica insistindo que você sofreu com a notícia de nosso noivado. Ela me aconselhou a não o convidar para esta noite, acredita? Agora vejo que ela não tinha nada com que se preocupar. — Ele me lançou um olhar divertido. — Linda ela, não? — acrescentou ele com a voz fraca.

— Penélope tem um metro e oitenta — disse Harry, claramente. — Isso faz com que ela seja quase oito centímetros mais alta que você, não é, Rogerson?

George ficou lívido por um segundo, depois riu.

— E uns dez mais alta que você, cara — disse ele, rindo. — Bem, aproveitem o resto da festa. Já souberam? Omeletes ao amanhecer. — Ele fez uma boa mímica de alguém virando uma panqueca, deu mais um tapinha nas costas de Harry e sumiu.

— Omeletes ao amanhecer — repetiu Harry em uma imitação brilhante.

Lutei contra outro acesso de risos e levantei meu copo para Hope Allen, que estava sendo rodada na pista de dança por Patrick Reece. Quando a banda fez uma pausa, ela veio em minha direção.

— *Tão* bonito, não acha? — perguntou ela, sem fôlego, pegando o coquetel da minha mão. — Paddy Reece. Mente brilhante. Eu o conheço desde que tinha 12 anos. — Ela se debruçou sobre mim com outro de seus sussurros ensurdecedores. — Costumava me levar ao teatro e me oferecer cocaína no intervalo.

— É mesmo? — Eu ri.

Ela tomou o resto do meu Sidecar.

— Obrigada — disse ela, entregando-me o copo vazio e lançando um olhar significativo para Harry. — Estou fora. Aparentemente, alguém está tocando gaita de foles na escada. — Ela saiu cambaleando na direção errada.

— Cretino! — murmurou Harry. — Ele só nos ofereceu erva uma vez. E *nunca* mais. Eu podia ter feito uma fortuna com um pouco de coca.

Apesar de já estar alta por causa dos coquetéis, eu estava verdadeiramente chocada. Drogas eram impensáveis para mim, algo sobre o qual eu nunca tinha falado — e certamente nunca experimentado.

— Nossa, Harry. Você não tem vergonha? — perguntei, sendo pudica.

— Claro que não.

Nesse momento, a banda começou a tocar os primeiros acordes de "Shake, Rattle and Roll" e o salão todo tremeu e explodiu à minha volta. Charlotte foi agarrada por um rapaz bonito de cabelo ruivo (um primo de Marina, talvez?), e Harry virou-se para mim de forma desafiadora.

— Quer dançar? — Acho que ele esperava que eu recusasse.

— Claro!

— Vamos, então. E, pelo amor de Deus, tire os sapatos.

Eu tirei, e nós rodamos pela pista de dança, Harry me segurando bem perto, o que era bom, porque se ele me soltasse eu poderia ter caído. Foi a minha melhor dança, e Harry, por mais que fosse baixo, magro e estranho, era o melhor par que eu já tivera. Tudo bem, ele era praticamente o *único* par que eu já tivera, mas que importância tinha isso? Dorset House, novamente rica e fervilhando de juventude, parecia estar rindo com todos nós. Modelos, atores, realeza, beleza — e eu e Harry — colidindo por três minutos de uma alegre devastação no chão da Galeria de Quadros. Os quadrados de Mark Rothko nadavam na frente dos meus olhos. Pareciam quase sagrados para mim.

Fechei os olhos e imaginei que Harry era Johnnie Ray.

Capítulo 8

TODO O MEL

Depois da meia-noite, mais comida apareceu e, vorazes como lobos, eu, Charlotte e Harry sentamo-nos para tomar um café-da-manhã parisiense. Conforme a noite ia se transformando em madrugada, Harry foi ficando mais agitado a respeito de Marina e George. Ele apagou seu cigarro no prato de Charlotte.

— Ela poderia ao menos ter me poupado a indignidade de assisti-la casando com alguém tão gordo! — reclamou ele. — Olhem para ele! Já é o seu décimo *vol-au-vent*!

— E você está *contando*? — disse Charlotte, parecendo enojada.

Pensei em meu tio Luke, cujas calças pareciam sempre apertadas demais e que nunca resistia a uma barra de Mars.

— O que importa se ele é gordo? — perguntei. — Você não deveria julgar as pessoas assim, Harry. Ele não pode evitar ter aquele peso. — Arrependi-me dessas palavras assim que elas saíram de minha boca, mas algo tinha de abrir caminho para os dois omeletes.

— Não seja idiota! — respondeu Harry. — Ele é gordo porque nunca pára de comer. Se ele estivesse tão apaixonado por Marina quanto deveria, não conseguiria comer nada na presença dela.

— E você está falando por experiência própria? — perguntei.

— Infelizmente, sim.

— Ela comia na sua frente? — perguntou Charlotte, curiosa. Harry lançou um olhar penetrante para ela.

— O tempo todo — respondeu ele. — Ela é americana, eles comem assim.

— Marina está me olhando de forma sinistra na última meia hora — disse eu com esperança. — Você acha que ela está sentindo as primeiras ondas de aversão e ciúme?

— Provavelmente não. Imagino que ela esteja pensando sobre a infelicidade de seu vestido desde que você sentou naquele cinzeiro.

— Você não deveria tê-lo deixado na cadeira!

— Você deveria ter *olhado* antes de sentar como qualquer pessoa normal!

— Pessoa normal! Você não é o garoto que mantinha um pão na gaiola?

— Julian não tem nada a ver com isso!

— De qualquer forma, o que lhe importa se meu vestido está destruído?

— Não está destruído. Qualquer boa lavagem a seco vai tirar as cinzas do veludo — disse Charlotte, suavemente.

O que ela dissera mais cedo sobre uma boa festa ser o lugar ideal para toda emoção imaginável era verdade. Eu tinha passado da vontade de que minha dança com Harry continuasse para sempre à vontade de sair do salão e mandá-lo para o inferno.

— Ela não deve ver vocês discutindo — continuou Charlotte, dando um conselho.

— Por que não? Achei que tudo que os namorados fizessem fosse discutir — disse Harry. As mãos dele estavam fechadas, e ele quase deve ter mordido o lábio inferior por causa da tensão de estar no mesmo salão que Marina e George.

— Você quer ir embora? — perguntei de repente. Charlotte levantou os olhos de forma questionadora para Harry.

— Não tem mais por que ficar agora que já serviram os omeletes — disse ele. De repente, ele pareceu arruinado, e meu coração se despedaçou por ele. Deixamos a Galeria de Quadros e seguimos para a saída, passando pelo salão e descendo as escadas. Olhei sobre meu ombro antes de sair da casa. Era como Dorset House devia ser, pensei, e como as pessoas eram tolas em pensar o contrário. Era uma casa *feita* para festas. Qual era o objetivo de morar em um lugar com uma escadaria tão bonita, tão romântica, se não o enchesse com princesas, políticos e borboletas? Uma mulher mais velha, com um rosto bonito e um colar de pérolas em volta do pescoço digno de se olhar, estava parada no final das escadas, esperando seu casaco. Ela sorriu quando me viu.

— Gostou da festa? — perguntou ela, jogando sua pele sobre os ombros.

— Foi a melhor festa de todos os tempos — disse eu, sendo sincera.

— Os americanos são muito generosos — disse ela.

— Não é mesmo? — concordei. E até mais generosos do que eles sabiam, pensei, acenando um adeus com um sorriso. Eu e Charlotte tínhamos pego uma taça de coquetel como souvenir.

Não me lembro com muita clareza de nossa volta para casa. Sei que Harry discursou sobre Patrick Reece e falou pouco sobre Marina e também que ele pagou o motorista quando chegamos. Lembro-me de cair na cama e estar consciente do fato de que o quarto estava rodando, e de acordar na manhã seguinte, às 8 horas, com uma sensação esmagadora por todo meu corpo, xingando Marina por suas mentiras a respeito de bom álcool reduzir as chances de uma dor de cabeça agonizante. Já ouvira falar dessas dores de cabeça antes, mas nunca tivera uma. Uma ressaca parecia para mim algo completamente exótico e adulto. O que Mama diria? Lavei o rosto, me vesti, bebi três copos da água que estava ao lado da minha cama e me senti um pouco melhor. Podia ouvir a voz de tia Clare dando ordens na cozinha. Olhei-me no espelho, pálida como um fantasma e com olhos inchados e vermelhos.

Charlotte estava tomando café-da-manhã e lendo o jornal na sala de jantar, sem sinal algum de todo o sofrimento que eu estava experimentando.

— Tome uma tigela de mingau — disse ela quando entrei na sala. Ela prendera o cabelo em um rabo-de-cavalo baixo e estava usando a blusa de malha grossa branca que ela usara quando ficara em Magna. Apesar das poucas horas de sono, o brilho de seus olhos era indestrutível, sua costas estavam eretas e seus longos dedos, firmes.

— Ah, não sei se consigo — disse eu, sentando-me e servindo uma xícara de chá.

— Não seja boba. Sempre tomo mingau depois de festas. É a única coisa razoável para se comer, não é, tia?

Tia Clare entrou na sala carregando uma pilha de papéis.

— O que é isso? — disse ela, vagamente. — Charlotte, temos muito trabalho a fazer hoje. Espero que esteja pronta na máquina de escrever em vinte minutos. Ah, bom dia, Penelope, querida. Espero que tenha dormido bem.

— Dormi sim, obrigada.

Charlotte colocou mingau em uma tigela para mim e jogou uma colher de mel por cima.

— Tem mais se você quiser — disse ela e continuou lendo o jornal.

O mingau *era* bom, grosso e feito com creme de verdade, não algo aguado e encaroçado como o de Mary. Tia Clare fez apenas uma pergunta sobre a festa, mas Charlotte contou-me depois que isso era porque ela concordava com Oscar Wilde sobre o fato de que só pessoas chatas são brilhantes no café-da-manhã.

— Tania Hamilton estava usando pêssego? Ela sempre usa pêssego! — foi tudo que ela perguntou, e quando respondemos juntas negativamente, ela apenas revirou os olhos e voltou a comer sua torrada. Comi duas tigelas de mingau e então me senti tão cheia e quente que decidi que tinha de sair de Kensington Court, pelo menos para respirar ar fresco.

Charlotte ficou no topo das escadas e despediu-se de mim.

— Harry ainda está dormindo? — perguntei a ela para ter algo a dizer.

— Ah, Deus, não. Acho que ele ainda não voltou.

— Voltou?

— Ele foi a algum bar de jazz em Notting Hill depois que você foi dormir — disse Charlotte. — Pegou sua caixa de mágicas e saiu. Ele ganha a maior parte de seu dinheiro fazendo shows tarde da noite. Ou de manhã cedo, se for o caso.

— Meu Deus — disse eu. — Que vigor.

Quando me virei para ir, Charlotte colocou nas minhas mãos uma revista com Johnnie Ray na capa.

— Algo para ler no trem — disse ela. — Acredito que já tenha visto, mas fala de Londres e do quanto ele ama se apresentar aqui.

Olhei para o rosto perfeito de Johnnie na capa de *Melody Maker.*

— Temos de ir assisti-lo quando vier a Londres — disse Charlotte. — Não me interessa quem teremos de agredir para conseguir o ingresso.

Com Charlotte, nunca se sabia se ela estava brincando ou não.

De volta a Magna, encontrei Mama folheando o *Tatler* e bebericando um chá fraco. Como tia Clare, ela fez poucas perguntas sobre a festa, mas no caso da Mama, achei que era menos por causa do protocolo e mais por ressentimento por ter sido eu e não ela a voltar a Dorset House. Bem no fundo, Mama teria feito de tudo para ver a casa sob os cuidados de seus novos donos americanos, mesmo que apenas para se desesperar com os novos quadros. Eu queria fazer comentários sobre a generosidade dos americanos, o vestido cor-de-rosa de Marina, Louis Armstrong, os omeletes, os coquetéis, Patrick Reece e Mark Rothko, mas sabia que era melhor não forçar Mama a falar de coisas que ela *temia.* Em vez disso, tentei começar uma conversa sobre a diferença entre Egito e Roma no ato um de *Antônio e Cleópatra*, e à tarde ajudei Mary na limpeza, que é uma tarefa árdua em uma casa como Magna. No jantar, não conseguia mais suportar e decidi que, pelo menos, traria à tona o assunto sobre Charlotte e Harry e veria a reação que isso provocaria em Mama. Já desesperada, enquanto passava rouge em meu rosto pálido, perguntei-me de que adiantava ter uma mãe se eu não podia conversar com ela sobre nada que me interessava. Sentia-me morta, como se vivesse com uma sombra, às vezes. Vivendo com outro fantasma.

Mas Mama, imprevisível como sempre, estava um passo à minha frente. Sentamo-nos juntas para jantar (só nós duas, visto que Inigo tinha voltado para o colégio), e ela esperou até que Mary nos tivesse servido vegetais e sopa de cevada para tocar no assunto.

— Querida, acho que você deve convidar seus novos amigos para virem para cá na noite de ano-novo — disse ela, calmamente. Eu engoli em seco.

— Charlotte e Harry?

— Isso. A menina e o primo, aquele que mantinha uma pilha de panquecas na gaiola do coelho, ou seja lá o que for. Eu gostaria de conhecê-los.

— Era um pão — disse eu. — E não achei que você gostaria de convidados para a noite de ano-novo.

— Geralmente não gosto — disse Mama, tranqüilamente, molhando o pão na sopa. — Mas acho que esses dois merecem uma mudança de comportamento. Acho que eles vão se dar muito bem com tio Luke e tia Loretta. Você poderia telefonar para eles depois do jantar e ver se eles gostariam de vir e dormir aqui.

— Ah, Mama, não quero que se sinta... pressionada — disse eu. — Não precisa...

— Penelope, já me decidi. Eu *gostaria* que eles viessem. Agora não vamos mais falar nisso ou você começará a me deixar nervosa. — Ela tomou um gole de vinho para enfatizar.

— Obrigada, Mama — disse eu baixinho.

Qual era a intenção dela, eu não fazia idéia. Terminei de comer e corri para o salão, a fim de telefonar para Charlotte, tropeçando na pele de zebra e quase caindo.

— Cuidado, querida! — reclamou Mama, irritada.

Tia Clare atendeu ao telefone.

— Ah, olá, tia Clare... quero dizer Sra. Delancy — disse eu, sem fôlego. — Aqui é Penelope Wallace falando.

— Boa noite, Penelope Wallace Falando. Como você está esta noite? — disse a voz divertida de tia Clare.

— Ah, muito bem. Mais uma vez, obrigada por sua maravilhosa hospitalidade — disse eu logo. — Amei o café-da-manhã de hoje e dormi muito bem esta noite. Nós nos divertimos bastante em Dorset House.

Longe da mesa do café-da-manhã, tia Clare claramente achou que podia sondar um pouco mais.

— E Harry? — perguntou ela baixinho. — Como ele ficou? Espero que não tenha feito papel de bobo.

— Ah, não, de forma alguma — respondi. — Havia a melhor banda de jazz que eu já escutei para distraí-lo. Louis Armstrong estava tocando com eles.

— Fico feliz que ele a tenha convidado para a festa — continuou tia Clare, que obviamente não se interessava por jazz. Também ficou claro para mim que ela não conhecia a parte do plano de Harry para reconquistar Marina me usando como isca. — Você é muito mais bonita do que Marina. Muito melhor para Harry — continuou ela.

— Ah, não sei — disse eu, constrangida. Deus, a última coisa de que eu precisava era tia Clare achando que Harry realmente se *encantara* por mim!

— Eu soube, no momento em que entrou em meu escritório, que você era a pessoa que resolveria os problemas dele — continuou ela.

— Ah, de forma alguma. Sra. Delancy... será que eu poderia falar com Charlotte? — perguntei, desesperada para fazê-la mudar do assunto Harry e eu.

— Ah, querida, ela não está. Foi ao cinema com uma amiga do colégio.

Quem?, me perguntei contrariada.

— Poderia ser com meu filho? — acrescentou tia Clare, fazendo-se de cupido. — Tenho de falar com Phoebe antes que ela saia. Ele está aqui, querida.

Que horror!, pensei. Será que Harry escutara tudo que ela estava dizendo?

— Hum... — Tarde demais.

— Como está, amorzinho? — Harry parecia divertido e nem de longe constrangido

— Sua mãe acha que você está se apaixonando por mim? — perguntei baixinho.

— Provavelmente. Isso faz com que ela não perceba a verdade.

— Para você poder se concentrar em reconquistar Marina sem se preocupar que ela pense que você perdeu o juízo?

— Exatamente. Ela a considera maravilhosa, o que torna a minha vida muito mais fácil. Adivinhe o que ela falou para mim esta tarde? "Que bom que você recobrou o juízo e percebeu que Penelope é muito melhor para você do que a americana." — Harry riu. Parecia que ele ainda estava bêbado.

— E como você explicará o fato de não estarmos noivos em um ano? — perguntei. — E o que ela vai pensar se o plano funcionar e você voltar correndo para Marina no final?

— Ah, não se preocupe com isso — disse Harry, tranqüilamente. — Ela tem pouca fé em mim; já está convencida de que eu vou estragar as coisas. Quando eu fizer isso, ela não se surpreenderá.

— Maravilha — disse eu, ironicamente.

— Ganhei quarenta libras na noite passada.

— Quarenta libras! — exclamei, cheia de admiração por um momento.

— Isso mesmo. Foi aquele pequeno truque com um pedaço de barbante e um passaporte que conseguiu isto. Inacreditavelmente simples, mas as pessoas conseguem ser *muito* burras e estar *muito* bêbadas. Devo levá-la para jantar fora para agradecer por sua atuação estar funcionando até agora.

— *Até agora*? — perguntei, esquecendo-me de manter a voz baixa. — Não sei se isso vai mais adiante.

— De qualquer forma, por que está telefonando? — perguntou Harry, preguiçosamente. — Quer nos convidar para o ano-novo?

— Bem... na verdade, sim. Como você sabia?

— Adivinhei. E nós adoraríamos ir. Não se preocupe com minha mãe, ela viaja para Paris todo ano-novo para ficar com meu tio Cedric. Pelo menos é o que *ela* diz. — Ouvi o som de tia Clare voltando para a sala. — Preciso ir, amorzinho. Passarei seu convite a Charlotte.

— Acho que você não deveria ficar me chamando... — comecei, mas ele já tinha desligado.

Quando desliguei o telefone, Mama estava endireitando o tapete de zebra e tentando parecer que não estava escutando.

— Tudo resolvido, querida? Eles vêm para dormir?

— Sim — disse eu com dificuldade. — Eles vêm.

— Tenho de ligar para a Fortnum's amanhã. Precisamos de todos os tipos de coisas se vamos ter hóspedes. — (Pode-se pensar que esse tipo de conversa sugere que nunca deixamos de comprar nesse lugar, mas, na verdade, acho que Mama não pedia comida de lá desde antes da guerra. Eu queria dizer que nós não podíamos nos dar a esse luxo, e perguntar qual era o problema com o armazém do povoado e as tortas da Sra. Daunton, mas não consegui. Tudo que distraísse Mama de nossa medonha crise financeira era uma coisa boa, mesmo que isso significasse gastar mais dinheiro que não tínhamos.)

Minha mãe, quando queria, tinha instinto para decoração e um olho perspicaz para o detalhe. Desde que Papa nos deixara, seus esforços para criar um ambiente festivo em Magna tinham sido desanimados, e frases como "Estou com a maré baixa, queridos" ou "Simplesmente não tenho energia" ecoavam ainda mais pela casa durante o mês de dezembro do que nas outras épocas do ano. Todos sofríamos e a casa ficava silenciosa, triste e deprimente. Mas o final de 1954 teve uma história bem diferente. Na manhã seguinte ao telefonema, Mama mandou Johns cortar muitos azevinhos da Floresta Encantada e no outro dia escolheu a árvore que queria para o salão. Uma semana depois, Inigo voltou do colégio, cheio de energia e pegando no pé de todo mundo.

— Coloque alguma música alegre no gramofone, Inigo, enquanto enfeitamos a árvore — mandou Mama, e algum espírito de boa vontade deve ter tomado conta de Inigo para ele escolher uma gravação arranhada de *HMS Pinafore** em vez de seu novo disco de Bill Haley.

— *Isso* é música — suspirou Mama. O vento entrou por baixo da porta da frente e a noite escura despejou granizo contra as janelas; Buttercup se lamentou e os marujos gemeram: era como se Magna estivesse em alto mar. Furei meu dedo em um espinho do pinheiro e pensei em todos os outros homens que, como Papa, nunca mais veriam suas famílias decorando uma árvore de Natal e discutindo sobre discos. Papa nunca escutaria Johnnie Ray, pensei, e esse fato, por razões que não ficaram claras para mim, me chocou muito.

Mama limpou o presépio para colocar na mesa do salão.

— Lembro-me do segundo ano em que estávamos casados, a avó de vocês morrendo de preocupação porque o anjo Gabriel caiu e quebrou a auréola — disse Mama com aquela voz alta que ela guardava para contar histórias que ainda a chateavam. — Ela fez com que eu me sentisse tão pequena quanto uma criança levada. Ouvi quando ela disse para Archie: "Bem, claro, você se casou com uma criança, então esse tipo de coisa tem de acontecer." Ela nunca superou isso.

— Mulher boba — disse eu, automaticamente.

— Mas ela nunca soube que quem quebrou foi *Penelope* — continuou Mama, pegando minha mão. — Eu nunca poderia ter dito isso a ela. Não podia suportar a idéia daquela voz horrível e condescendente brigando com a *minha* filha.

**HMS Pinafore* ou *The Lass that Loved a Sailor* é uma ópera cômica em dois atos que estreou em Londres em 28 de maio de 1878. Buttercup é um de seus personagens. (*N. da T.*)

— Não, Mama, só você podia fazer isso — disse Inigo.

Houve um silêncio. Não sei de onde aquelas palavras vieram, tendo em vista que normalmente a história de assumir a culpa pela auréola quebrada enchia o coração de Inigo com adoração por Mama, a linda e desajustada jovem condenada pela falta de cuidado de seu bebê. Contudo, neste ano ele mudou o script, e Mama parecia confusa, mais do que qualquer outra coisa, pela resposta inesperada dele.

— Querido, espero que você não esteja entrando em uma daquelas fases estranhas sobre as quais li na *Vanity Fair* deste mês.

— Se está na *Vanity Fair*, espero muito estar entrando nessa fase.

— Você precisa de uma boa noite de sono, querido. Obviamente está muito cansado.

— Não estou cansado.

— Ah, Inigo, não me deixe exaurida com essas suas respostas.

— Não estou respondendo.

Houve uma pausa, então Mama disse algo que fez subir um nó em minha garganta.

— Engraçado. — Ela riu suavemente. — Agora eu sinto falta dela.

Mary, entrando no clima das coisas com um bom humor pouco característico, pendurou uma guirlanda na porta da frente. Ela até fez uma fada com expressão aflita para colocar no topo da árvore usando limpador de canos e uma folha de prata. Na noite de Natal, vi as pernas dela cobertas por meias cinza subindo cuidadosamente na escada de abrir na entrada da sala de estar.

— O que você está fazendo, Mary? — perguntei, a curiosidade me forçando a largar meu exemplar de *Housewife* no meio de um artigo chamado "A Mãe Está Sempre Errada?" (Sim, freqüentemente, na minha opinião.)

— Sua mãe quer isso aqui em cima — anunciou Mary, sacudindo os braços cheios de visgos para mim. — Johns trouxe um monte de Hereford na semana passada, aquele Romeu. Segura a escada para mim? — pediu ela.

— Quem você gostaria de beijar embaixo de um visgo numa noite de Natal, Mary? — impliquei.

— Marlon Brando — respondeu ela prontamente, seu rosto corando enquanto lutava com os galhos.

— Mary! — Eu estava verdadeiramente espantada.

— Bonitos braços — disse ela. — É bom ver um homem com braços bonitos.

Houve uma pausa enquanto ela se concentrava em amarrar o visgo nos chifres de cervo comidos por traças que ficavam em cima da porta.

— Muito bem dito — comentei, e acho que vi um sorriso nos lábios finos de Mary.

No dia de Natal, eu e Inigo demos os braços para Mama e caminhamos pelo jardim até a igreja. Era um daqueles raros dias de dezembro com céu azul sem nuvens e luz do sol clara, quando a grama estalava congelada embaixo dos pés. Os sinos da igreja ressoavam, parecendo realmente trazer boas novas de muita alegria para todo o mundo e especialmente para nós, em nosso canto do mundo, nosso pequeno pedaço de Inglaterra. Sendo propensa ao romantismo, sempre gostei de ir à igreja, mas desde a guerra, o banco da igreja (tão desconfortável agora como deve ter sido ao ser esculpido em 1654) parecia grande demais para nós três apenas. Senti uma saudade repentina de Papa, um anseio pela presença de um homem para nos proteger.

— Feliz Natal para vocês — veio uma voz baixa do banco atrás do nosso e virei-me para ver a Sra. Daunton, rosada com o frio matinal, sorrindo para mim e para Inigo. Ao lado dela estava sentada a bonita filha do vigário, que para mim parecia estar usando muita base e muito batom cor-de-rosa para uma missa de Natal. Ela me deu um pequeno sorriso que pareceu nos unir em algo que eu não conseguia explicar, mas provavelmente tinha alguma coisa a ver com sermos mais novas do que as outras pessoas. O pai dela falou de João Batista e de como ele preparou as pessoas para a chegada de Cristo, e eu me esforcei para não pensar em roupas, música e todas as outras coisas que pareciam surgir na minha cabeça na hora errada. Cantamos "O Come All Ye Faithful", e eu e Inigo nos cutucamos durante o verso "agora com a carne em exibição", pois a maneira como fora escrito fazia parecer que era como se Jesus estivesse estrelando um filme. Mama ficou olhando para suas mãos durante a missa. Percebi que ela estava pensando em Papa e me perguntei se tia Clare também estaria pensando nele. Quando saímos para o pátio da igreja, uma hora depois, Mama parou e conversou com pessoas sobre o povoado, a gincana e a proposta de expansão das lojas da localidade. Não havia como negar, a qualidade de estrela de Mama era seu grande dom. Ela era famosa no povoado e havia uma grande compaixão das pessoas por ela estar na casa grande, perdida como um cego em tiroteio, como uma vez escutei a situação dela ser descrita.

— Penelope acha que outra gincana é uma idéia maravilhosa, não acha? — disse Mama, dando uma deixa para eu começar uma longa conversa com a irmã de Mary, Lucy, que era 15 anos mais nova que ela e não tinha a mesma visão deplorável de mundo que a irmã.

— Não tivemos sorte com o tempo no ano passado? — começou ela. — Não sei o que teríamos feito se tivesse chovido...

Assenti, sorri e tentei não escutar a conversa de Inigo com Helen Williams, que incluía palavras como "cinema" e "Marlon Brando" e finalmente "Palladium" e "Johnnie Ray". Quando nos despedimos e voltamos para Magna meia hora depois, eu estava morrendo de curiosidade para saber o que Helen Williams sabia que eu não sabia.

— Ela disse que Johnnie vem a Londres de novo no ano que vem — disse Inigo de forma casual.

— Acho que não deveria ficar conversando sobre John Ray na igreja — reprovou Mama.

— Johnnie, Mama, *Johnnie*! — corrigi, exasperada.

— E não estávamos na igreja, estávamos do lado de fora — disse Inigo, irritante como sempre.

Durante todo aquele Natal, o jantar com pato do mês anterior pairou sobre nós três, e com isso a noção incompreensível, impensável de que não tínhamos mais recursos para ficar onde estávamos. De que não tínhamos mais nada para oferecer a Magna, exceto nós mesmos. E que utilidade tínhamos? Bem no fundo, eu achava que estávamos sendo cruéis com a casa; ela estava sofrendo por causa da nossa falta de dinheiro e das nossas convicções românticas de que tudo daria certo no final. Uma noite, peguei Mama esquadrinhando uma caixa de sucata no armário do quarto azul. Por um momento irrefletido, me perguntei se ela estava procurando alguma coisa de Charlotte, visto que ela fora a última a dormir ali.

— O que está fazendo, Mama? — perguntei.

— Procurando algum tesouro escondido — disse ela sem o menor sinal de ironia.

Eu queria dizer a ela que não fosse tão burra e perguntar o que ela esperava encontrar, mas não tive coragem. E, claro, sempre havia a esperança dentro de mim de que talvez a resposta às nossas orações se revelasse no meio de uma caixa de cobertores comidos por traças, de jornais velhos e de brinquedos quebrados. Também poderia haver um urso de pelúcia que valesse milhares de libras. Ou um colar guardado por um ancestral há muito esquecido. Nós sonhávamos, mas eu tinha plena consciência de que os sonhos não estavam nos levando a lugar nenhum.

Uma semana mais tarde, depois do almoço, Luke e Loretta chegaram. Eles tinham embarcado nos Estados Unidos logo após o Natal e, após cinco dias no mar, estavam em nosso salão, nos encantando. Eu e Inigo não poderíamos estar mais extasiados se eles tivessem vindo de Marte.

— Meu Deus! — exclamou Luke com seu delicioso sotaque sulista. — Quem são esses dois, Lolly? — (Mama não gostava que ele chamasse sua irmã de "Lolly"; os apelidos deviam ser evitados a todo custo, o que faz com que eu me pergunte por que ela me deu o nome Penelope.) — Vocês dois cresceram muito!

Eu e Inigo adoramos tio Luke, que tem quase dois metros de altura e um rosto largo e sorridente com enormes olhos verde-amarelados; o tipo de homem que parecia sempre aproveitar todas as oportunidades. Seria desleal com minha mãe e minha tia dizer que Loretta era uma versão mais fácil, mais doce e menos bonita da Mama, mas eu achava isso, mesmo assim.

— Ela é *igual* a Archie, não é, Luke? — murmurou ela, balançando a cabeça, maravilhada.

— Igualzinha! — concordou Luke, envolvendo-me em um abraço de urso. — Seu pai foi o melhor homem que eu já conheci — continuou ele. — E eu só o encontrei três vezes, não foi, Lolly? O homem mais engraçado que já conheci. O maior pé de todos. — Papa nunca parecia mais real do que através das lembranças de Luke.

— E você, rapazinho? — continuou ele, dessa vez falando com Inigo e seu cabelo estilo Duck's Arse. — Nossa! Você me parece um jovem Elvis Presley.

— Quem? — Eu ri.

Charlotte e Harry chegaram duas horas depois. Mama recebeu-os na sala de estar e Charlotte a encheu de presentes: um pernil enorme, uma caixa de bombons de violeta da Harrods, um frasco de óleo de banho de lavanda da Swan and Edgar, que eu tinha a intenção de usar assim que possível, e um bolo de frutas quase tão pesado quanto Mary.

— Que maravilha! — exclamou Mama. — Você é brilhante. Ah, Penelope! Guarde o laço do pernil, é lindo demais para se jogar fora.

Querida Mama. Ela estava usando calças novas creme com uma suéter preta de gola alta. Com seu cabelo preto preso em um perfeito coque, ela parecia o epítome da elegância, embora a sala em que estava envergonhasse a todos nós. As cortinas pendiam tristes como lágrimas, rasgadas e desbotadas, além de qualquer elegância; o papel de parede lilás, que não era trocado desde a época de minha bisavó, descascava miseravelmente em volta do outrora bonito retrato de Inigo Jones. O teto estava manchado de amarelo por causa dos anos e da umidade, e Mary não tirara um balde que enchera de água de um vazamento sério no andar de cima uma semana antes. Sensível às reações dos meus amigos à minha mãe, percebi que o queixo de Charlotte caiu e o rosto de Harry ficou estranhamente atento. Eu sabia precisamente o que eles estavam pensando: "Sabíamos que ela era jovem, mas não esperávamos que ela fosse *tão* maravilhosa. Por que ela não faz alguma coisa em relação à casa?"

— Penelope, leve Charlotte e Harry aos aposentos deles — disse Mama com um leve sorriso. — Que *maravilha* ter a casa cheia de lindos jovens. É assim que deveria ser, sabem?

Eu queria ranger os dentes, mas não sabia como, então deixei que ela continuasse.

— O jantar será às 20h — disse ela. De repente, ela pareceu cansada. — Não sei se tenho energia para ficar acordada até meia-noite, mas vocês, jovens, podem celebrar. Minha irmã Loretta e seu marido Luke chegaram dos *Estados Unidos*. — Ela fez uma pausa para permitir que a força de seu desprezo penetrasse. — Eles estão descansando antes do jantar. — Os olhos dela encontraram o balde de Mary no chão. — Ah, Deus — disse ela com calma. — Eu pretendia me livrar disso.

Dei um passo à frente e o peguei.

— Eu e Charlotte estaremos nos estábulos à tarde — disse eu. Mama pegou um cigarro da caixa de prata que Papa lhe dera em seu décimo oitavo aniversário.

— E você, Harry? — perguntou ela. — Sabe cavalgar? — Ela fez a pergunta com inocência, mas soou tão evocativa que ele corou.

— Não — admitiu ele, finalmente.

— Ah, bem, ouvi dizer que você é mágico.

— Espero ser, um dia.

Houve um breve silêncio, depois uma coisa estranha e assustadora aconteceu. Harry olhou para o teto e as luzes da sala de estar piscaram e apagaram, e nós teríamos ficado na total escuridão se não fosse o brilho âmbar que vinha das brasas já fracas da lareira. Mama respirou ofegante e pressionou a mão no peito. Eu e Charlotte gritamos ao mesmo tempo e nos agarramos daquela forma instintiva, porém indigna, que as meninas agem quando esse tipo de coisa acontece. Cortes de energia eram normais em uma casa como Magna, mas o momento desse pareceu apropriado demais para ser verdade.

— Harry! Pare com isso! — falou Charlotte, seu rosto lívido com as sombras dançantes e, milagrosamente, as luzes voltaram e o fogo pareceu frio e pequeno outra vez.

— Não fui eu, pelo amor de Deus — disse Harry com ar de inocência —, embora eu fique muito feliz por acreditarem que eu consigo realizar proezas como essa. Isso só pode ser bom para a minha reputação.

— Bem! — disse Mama devagar. — Isso foi *um tanto* admirável. O que podemos esperar a seguir? Livros voando das prateleiras? Armários pegando fogo espontaneamente?

— Ah, por favor, não — lamuriei, alarmada.

— Não faço nada disso — disse Harry. — Na verdade, sou um tipo de mágico mais tradicional.

— Parece uma contradição — disse Mama. Ela não parecia mais cansada, gostava dessas coisas.

— Gostaria que eu desse uma olhada na caixa de luz, Lady Wallace? — perguntou Harry.

— Ah, você poderia? E, por favor, me chame de Talitha.

No minuto seguinte, Inigo entrou na sala sacudindo a pá de lixo e a vassoura.

— Quando a luz apagou, deixei isso cair da mesa do salão e quebrou a moldura. — Na mão dele estava a fotografia de Papa uniformizado. Preparei-me para as lágrimas de Mama que costumava considerar esse tipo de coisa um mau presságio. Mas, em vez disso, ela sorriu para Inigo.

— Bem, não podemos evitar. Deixe a fotografia para Johns; ele pode levar para a cidade para colocar outra moldura.

— Só isso? — perguntou Inigo, achando suspeito.

— O que você quer dizer, querido? Acidentes acontecem.

Não por aqui, pensei.

Minha mãe era dinamite sob a luz de velas; ela usava isso como uma atriz para realçar sua aura de mistério, seus olhos verdes como os de uma cigana e sua vulnerabilidade de estrela de cinema; com o pano de fundo da sala de jantar e toda a sua glória medieval, ela parecia ainda mais encantadora. Ela sentou-se à mesa entre Harry e tio Luke. Mary, com a expressão contrariada pelo esforço de cozinhar para mais do que nós três, serviu nossos coquetéis de camarão, e eu imaginei que podia ler os pensamentos de Harry se perguntando por que não servir algo reconfortante como sopa em uma noite fria como aquela.

— Então você é mágico? — perguntou Loretta a Harry. Lá vamos nós de novo, pensei.

— Estou treinando — explicou Harry. — É um longo processo. É o tipo de coisa em que não se pode ser bom pela metade.

— Posso imaginar — disse Mama. — Não é bom fazer uma pessoa desaparecer e não saber como trazê-la de volta!

— Não sei — murmurei para mim mesma.

— E você, Charlotte? E você, Penelope, querida? O que meninas como vocês fazem hoje em dia? — perguntou Loretta, virando os olhos na minha direção.

— Bem, essa é uma boa pergunta — suspirei.

Charlotte parou e olhou em volta da mesa para avaliar de quem tinha a atenção. Esse tipo de comportamento dela me deixava um pouco nervosa. Charlotte ainda era um mistério para mim, alguém capaz de dizer quase qualquer coisa. Mastiguei com força um camarão que parecia de borracha e esperei que ela não fosse muito ultrajante.

— Meninas como eu — disse ela, devagar. — Bem, a maioria de nós passa alguns meses na Europa aprendendo a falar perfeitamente francês ou italiano. Então, quando voltamos para a Inglaterra, vamos a várias festas divertidas, onde esperamos e rezamos para que algum rapaz bonito e rico nos veja perto da pista de dança. Acredito que depois nos casamos com ele e temos filhos. — Ela lançou um sorriso radiante para mim. — Bem, isso foi o que ouvi dizer. É a moda entre as meninas com quem estudei. Pessoalmente, isso me parece muito frio. Quero ganhar meu próprio dinheiro. Tenho a intenção de ganhar muito dinheiro. Talvez, depois, me casar com Johnnie Ray, se Penelope não fizer isso antes.

Tio Luke caiu na gargalhada.

— Penelope vai para Roma em setembro — disse Mama logo. Acho que ela ficou um pouco surpresa de alguém, além dela mesma, ser capaz de ser o centro das atenções. — Desde quando me lembro, ela quer desesperadamente conhecer a capela Sistina.

— Verdade — disse eu, automaticamente, mas me peguei pensando: é *mesmo*? Era difícil voltar meu pensamento para uma época em que eu queria desesperadamente outras coisas que não Johnnie, música, festas e batata frita. Mas Mama estava certa: alguns anos atrás, depois de ler um romance medonho passado em Roma no século XVII, eu ansiara por conhecer a Itália.

— Adoro pensar na Itália — disse Charlotte com um ar sonhador. — Minha tia se recusa a me deixar ir. Ela acha que vou me apaixonar por um estrangeiro e que nunca mais vou voltar.

— Ela está absolutamente certa — disse Harry.

— E eu poderia saber qual é o problema de se apaixonar por um estrangeiro? — perguntou Loretta, fingindo estar chocada. — Graças a Deus eu me casei com um!

— Tio Luke não é estrangeiro, é americano! — disse Inigo, indignado. Luke jogou a cabeça para trás e gargalhou. Um ribombar de som alto com grasnidos agudos estranhos liberados à vontade, e fez com que todos também ríssemos, embora eu não visse o que era tão engraçado.

— Não consigo ver Penelope se casando com um italiano. Ela é muito apaixonada pela Inglaterra — disse Harry, despreocupadamente.

— O que é uma pena — disse Mama.

— O que quer dizer com isso? — perguntei a Harry, mas meu coração estava batendo mais rápido, porque não era comum as pessoas dizerem coisas sobre mim que eu mesma não tivesse percebido até aquele momento.

— Nunca conheci alguém tão inglesa quanto você — concordou Charlotte. — A sua aparência, para começar, algo tirado de uma história de Enid Blyton. Deus, suas sardas foram colocadas com tanta perfeição que depois do nosso primeiro chá, apostei com Harry que você as tinha desenhado com lápis.

— Então foi por isso que me disse que...

— Exatamente.

— Ainda não entendo por que isso me torna tão inglesa. Só o fato de ter sardas...

— Ah, mas não é só isso, é? — disse Charlotte. — É a forma como você fala, o que diz, as coisas que a deixam chocada, como o que Marina estava falando naquele dia, as coisas que não a deixam chocada, como entrar em um táxi e tomar chá comigo e com tia Clare sem nem me conhecer...

— Hã, hã! — tossi alto. Mama ainda não sabia como eu tinha conhecido Charlotte.

— Não tenha vergonha disso — disse Harry. — Acho isso uma coisa muito, muito boa. Gostaria de ser como você.

— Você é o *pior* — disse Charlotte. — É um inglês excêntrico. Nada mais cansativo.

— Trinta e um de dezembro de 1954 — anunciou Inigo, que adorava proclamar tempos e datas. — Faltam apenas dois minutos de 1954. Adeus, bom racionamento — acrescentou ele com alegria.

— Conseguem acreditar nisso? — perguntou Harry.

— É estranho — disse Mama —, mas quando ouvi que a carne não ia mais ser racionada, senti uma espécie de vazio. Com medo de que talvez começássemos a esquecer, acho. Ah, estou sendo boba, desculpem. — Ela pegou sua taça e sua mão estava tremendo, e eu soube que ela não tivera realmente a intenção de dizer o que acabara de dizer. Papa era o único assunto que ela nunca usava para impressionar. Luke estendeu a mão e tocou em seu braço.

— Não tem nada de bobo nisso — disse ele, calmamente. — Sei como você se sente. — Ele sorriu para mim e para Charlotte. — Vocês, jovens, têm dias de mel pela frente. Graças a Deus, por isso.

— Amém — disse eu.

— Que o novo ano nos traga todo o mel que pudermos comer! — acrescentou Charlotte.

— Todo o mel! — repetimos e levantamos nossas taças, e Inigo correu até o gramofone e colocou Frankie Laine. Quando o relógio do vovô soou triste no salão à meia-noite, senti sua surpresa e seu ressentimento por ter sido trocado pela música americana que saía do salão. Inigo pegou a minha mão e a de Charlotte e dançamos pela sala de jantar, tirando nossos sapatos e deixando escorrer champanhe por nossos dedos.

Capítulo 9

RAPAZES MODERNOS E PORQUINHOS-DA-ÍNDIA

O dia primeiro de janeiro de 1955 foi a primeira vez que me lembro de sentir calor no salão. Calor de dançar e dar gargalhadas, calor do tremor, da estranha antecipação do novo ano. Inigo correu até o andar de cima, desceu com seu violão e tocou junto com cada disco que colocamos. Frankie Laine, Guy Mitchell, Johnnie, claro: ele sabia todas elas e, embora eu e Charlotte cantássemos junto (como as fãs que éramos), era Inigo quem tinha cada sulco do vinil gravado em seu ser. Ele abordava a música pop como um estudioso, xingando a si mesmo nas raras ocasiões em que Luke lhe fazia alguma pergunta que não sabia responder. A matemática das gravações o encantava tanto quanto as músicas: Qual era a cor do selo? Quantos minutos e segundos, precisamente, cada música durava? Então, à 1h30 da manhã, Luke subiu e voltou trazendo dois discos de um selo que nenhum de nós nunca tinha visto antes.

— Acho que vão gostar desses — disse ele. — Esse rapaz está ficando grande no lugar de onde viemos. Meu amigo Sam o contratou para seu selo. Nós o vimos se apresentando uns dois meses atrás no Louisiana Hayride. O público ficou enlouquecido com ele, sabem? Sam acha que ele é a melhor coisa que já viu. Acho que vocês, jovens, vão adorar esse disco. — (Eu adorava o sotaque do tio Luke.)

— Quem é ele? — perguntou Charlotte, jogando-se na cadeira ao lado da minha.

— Ele é um rapaz branco, embora ninguém acredite ao escutá-lo. Ele é um caipira engraçado, do tipo excêntrico, mas, *cara*, ele é bom. Loretta diz que é um rapaz bonito. Eu não sei, mas acho que ela está certa. — Luke deu uma gargalhada.

Ele colocou o disco. Quando escutamos pela primeira vez o caipira de tio Luke cantando "Blue Moon of Kentucky", a única coisa que me lembro de pensar foi que não acreditava, nem por um momento, que ele era branco. Certamente, a voz era outra coisa, e escutar novos discos dos Estados Unidos era sempre empolgante, mas duvido que eu tivesse dado muito mais atenção a isso, naquela noite, se não fosse por Inigo.

— Coloque de novo! Vire! O que tem do outro lado? — perguntava Inigo. — Posso ficar com isto? — O rosto dele estava branco como vela, como se ele tivesse levado um choque terrível.

— Sabem, eu devia ter colocado o outro lado primeiro — disse Luke, sorrindo. — Essa é *realmente* impressionante.

Quando conto para as pessoas sobre a primeira vez que escutei Elvis cantando "Mystery Train", elas não acreditam em mim. A não ser que Sam Phillips tivesse outros amigos de Memphis que viajaram para a Inglaterra, no final de dezembro, carregando discos de seu minúsculo selo, o que sinceramente duvido, Elvis não apareceu em nosso país antes do início de 1956. Ainda assim, ali estávamos nós no salão de Magna, nas primeiras horas de 1955, escutando o homem que ficaria conhecido como "o Rei". Eu gostaria de poder dizer que eu sabia, desde aquele momento, que Elvis iria mudar tudo. Eu gostaria de poder dizer que tive algum pressentimento extraordinário de que algo novo e importante estava acontecendo, mas não posso. Gostei das músicas e fiquei intrigada com o som do cantor branco, mas naquela noite meu julgamento estava vago por causa do champanhe, e eu sentia um enjôo causado pelos bombons de violeta e a dança. Somente após Luke e Loretta terem ido embora, um dia depois, e de Inigo ter martelado as músicas na minha cabeça de tanto colocar e recolocar o disco, percebi que ele era um pouco diferente, embora, para mim e para Charlotte, Johnnie ainda fosse a estrela mais brilhante no firmamento, insubstituível, intocável. Inigo foi mais rápido do que nós. Para ele, o Messias tinha chegado. Era quase como se ele não soubesse o que fazer consigo mesmo. A revelação de Elvis e do novo som foi tão importante para Inigo, que de boa vontade ele teria atravessado o Atlântico nadando só para conhecê-lo. Daquela noite em diante, ele ficou possuído.

Apenas meia hora depois de Elvis ter debutado em Wiltshire, Inglaterra, Mama mandou que o tirássemos do gramofone e colocássemos jazz.

— Não é possível dançar com a música desse rapaz branco — concordou Harry. — Queremos algo com o qual possamos nos mexer. — Ele estalou os dedos rapidamente, um gesto que teria feito qualquer outra pessoa parecer absurda.

— Se você não consegue se mover ao som do caipira, não consegue se mover com coisa alguma — comentou Luke, e eu pensei em como seria bom tê-lo por perto o tempo todo, só para estar à mão para fazer comentários como esse com seu encantador sotaque sulista.

— O que vocês acham de Elvis, meninas? — perguntou Loretta. — Ele é muito bonito ao vivo, posso garantir.

— Ele certamente tem um bom som — disse eu, educadamente.

— Não pergunte a elas, são obcecadas por Johnnie Ray — disse Inigo, sem interesse.

— São? — perguntou Luke. — Vocês preferem escutar o Sr. Emoção ao meu rapaz, Elvis Presley?

Charlotte ficou pensativa.

— O Johnnie nos comove — disse ela, simplesmente. — É por isso que gostamos tanto dele.

— Que nós o amamos — corrigi, automaticamente.

Luke começou a rir.

— "A Lágrima de Um Milhão de Dólares"? — disse ele, enxugando os olhos da graça disso. — Sabem, meninas, não tenho certeza se ele é o tipo de cara que corresponderia ao amor de vocês, se é que me entendem. Hee hee haa haa hee!

Eu não entendi, *realmente* não entendi, mas sorri e fiz uma expressão de quem tinha entendido.

— Tiro o chapéu para vocês — disse Luke. — Mas acho que estariam mais na moda com o jovem Presley. Ele tem alguma coisa que nunca vi antes.

— É a forma como ele se *mexe* — disse Loretta.

— Não se espera isto de um rapaz como ele. Mas quando canta, ele se mexe como se tivesse perdido o controle de si mesmo. Conte para elas, Loll.

Loretta nos lançou um olhar malicioso.

— Observamos as garotas assistindo a ele quando tocou no Hayride. Nunca vi nada parecido, realmente algo extraordinário. Ele simplesmente colocou fogo no lugar.

Inigo estava atento a cada palavra.

— Ele canta de uma forma rústica — disse Luke. — Músicas rápidas, não aquele sentimentalismo de seu ídolo, Johnnie. Se eu fosse vocês, ficaria de olho, vale a pena.

Eu tinha as minhas dúvidas. Acredita? Tinha minhas dúvidas.

Enquanto tínhamos essa conversa, Harry tomara para si a tarefa de mudar o disco e, de repente, o salão estava tomado por Humphrey Lyttelton e jazz.

— Sintam isso! — disse Harry. Ele ficou parado no meio salão, braços magros e soltos ao lado do corpo, cigarro pendendo delicadamente entre seus dedos, fumaça envolvendo-o como um fantasma. Iluminado pelas velas restantes no candelabro, à vontade em seu terno e sapatos combinando, ele pareceu, de repente, muito adulto. Senti-me a um milhão de quilômetros dele.

— Dança comigo, Penelope? — perguntou ele. Olhei para Mama.

— Vá, dance, então — disse ela, sendo um tanto rude. — Com certeza aquelas aulas de dança que teve no ano passado devem ter lhe ensinado alguma coisa, Penelope.

— Ah, Harry, desculpe — disse eu, ficando vermelha. — Não sei dançar jazz — admiti de forma pouco convincente.

— Como não sabe dançar jazz? — perguntou ele, quase rindo. — Você é ridícula. *Todas* as garotas com menos de 20 são ridículas.

— Provavelmente é porque Johnnie odeia jazz — interrompeu Inigo. — Ela não se interessa por nada que o Sr. Ray não considere digno de se notar.

— Venha cá. — Harry puxou-me para si e me girou.

— Não! — Eu me afastei, amedrontada na frente de Mama.

Harry riu.

— Não seja tão boba.

— Feliz ano-novo para você também — murmurei, odiando-o de novo.

— Acho que ela está linda — disse Mama, sucintamente. Lancei um olhar de gratidão para ela. Às vezes, e sempre nos momentos em que menos esperava, Mama realmente me defendia. Acho que era porque ela levava críticas a mim como insultos a ela.

Harry apenas riu.

Charlotte estava conversando com Loretta sobre ficção americana.

— Sou louca por Salinger — ouvi-a dizer.

Balancei a cabeça, de repente com calor.

— Acho que preciso de ar puro.

— Você leu *O apanhador no campo de centeio*? — perguntou Charlotte. — Achei delicioso.

Saí furtivamente do salão, passando pela sala de jantar e pela cozinha e saindo pela porta dos fundos. Estava uma noite horrível. Nuvens cinza e sombrias deslizavam na frente da lua fria e pálida, e embora eu conseguisse ver a teimosa forma da Ursa Maior, não havia ordem alguma no resto do firmamento. As estrelas pareciam desordenadas e soltas para mim, como se não houvesse nada para impedir que caíssem sobre a Terra a qualquer momento.

Instinto e champanhe fizeram com que eu e meu lindo vestido fôssemos atraídos para o gramado de veludo negro e através da porta no muro que levava ao jardim dos fundos. A esta altura, devo acrescentar que eu nunca tinha tomado tanto champanhe antes, o que teve a útil conseqüência de afastar o medo em uma espécie de deliciosa onda de desatenção. Não tenho medo de escuro!, pensei e gritei alto, para o caso de haver algum texugo ou coruja interessado.

— Mil novecentos e cinqüenta e cinco! — disse eu. Então, mais alto: — MIL NOVECENTOS E CINQÜENTA E CINCO! — Eu ri. O ano a seguir era uma página em branco, e com certeza tudo que alguém podia querer eram páginas em branco. Virei-me, sentindo-me pequena, balançando e afundando meus pés na lama, para encarar Magna, imaginando os séculos voltando no tempo até o dia em que a primeira pedra fora colocada para sua criação. Nada, nem a dedicação de Inigo Jones, nem os anos de trabalho duro daqueles rostos austeros pintados nos quadros que enfeitavam as paredes da sala de estar e do salão, me causou coisa alguma, a não ser a pessoa mais importante a morar em Magna, aquele que entendeu e amou a casa o máximo possível. Eu quase podia ver a casa respirando de onde eu estava, e fechei meus olhos e me senti terrivelmente moderna. Como já disse, também estava terrivelmente bêbada. Comecei uma conversa com Johnnie.

"Ah, Johnnie", suspirei. "Será que algum dia vou vê-lo cantar de novo?" Fechei os olhos para obter uma resposta. Imaginei-o ao meu lado, falando em um microfone, um banda posicionada atrás dele pronta para começar a qualquer momento.

"Venha ao Palladium!" Escutei-o dizer. "Vou cantar para você, vou chorar por você, Penelope. Posso chamá-la de Penny?"

"Ah, prefiro que não, Johnnie. Ninguém me chama assim." Senti-me contrariada comigo mesma por fazê-lo perguntar coisas idiotas como essa. Estiquei a mão. Queria tocá-lo, saber que ele me conhecia, que me entendia da forma que eu achava que ele entenderia...

— Penelope! Onde está você?

Era Mama. Johnnie e sua orquestra sumiram com um sorriso pesaroso e um aceno, e vi Mama puxar o casaco em volta de si e dar pequenos passos com seus sapatos Christian Dior em direção ao jardim dos fundos. Fido seguiu-a, saltando na frente, o nariz no chão.

— Onde você está, Penelope? Pelo amor de Deus, você vai pegar uma gripe.

— Estou aqui, Mama.

— Ah! Deus, você me assustou! Com quem você estava falando? — perguntou ela, os olhos brilhando como tochas perto da cerca viva.

— Eu estava falando com Johnnie.

Ela parecia nervosa, assim como deveria estar. O espaço sagrado dela para contemplação do Papa não era o lugar para se jogar conversa fora com pop stars.

— Entre. As pessoas vão achar que você é maluca.

Andamos de volta até a porta da cozinha e me peguei segurando a mão dela

— Gostou de dançar com Harry? — perguntou-me ela.

— Não mesmo. Ele é muito grosseiro comigo, Mama. Tenho certeza de que ele teria preferido dançar com você.

Mama respondeu bruscamente.

— Você bebeu muito, querida. Isso não é atraente. Vai acabar como a sua avó, se não se cuidar.

Por incrível que pareça, esse comentário foi suficiente para me deixar completamente sóbria.

Quase todos caíram na cama depois disso. Inigo queria continuar escutando Elvis, mas Mama disse que teria de tirar o gramofone da casa se ele não desse um descanso.

— Bem, boa noite a todos — disse Luke, os braços em volta de Loretta. Por alguma razão, vê-los subindo as escadas juntos, cansados mas felizes, e prontos para começarem sua viagem de volta para casa no dia seguinte, me sufocou de forma insuportável. Magna precisava da estabilidade de pedra de pessoas como Luke e Loretta. Sem pessoas como eles, a casa oscilava, enlouquecia.

Charlotte me levou para a biblioteca e fechou a porta em silêncio. Tirando seus sapatos vermelhos, ela se jogou em uma poltrona e começou a tirar grampos de seu cabelo em uma velocidade impressionante. Os cômodos ganhavam vida quando Charlotte estava dentro deles, e a biblioteca não era exceção. A vitalidade dela dava um glamour curioso às filas de primeiras edições cobertas de poeira; seu conhecimento e sua insaciável sede de leitura de alguma forma justificavam o cigarro sem cinzas balançando perigosamente perto da pintura a óleo feita pela boa e velha tia-avó Sarah: *O Lago, Milton Magna, em uma Noite do Verão de 1890.*

— Harry parece feliz esta noite — disse ela, enfatizando a palavra feliz. — Ele parece ter esquecido completamente a americana.

— Marina?

— Claro, Marina, de quem você acha que eu estou falando? Ava Gardner?

Eu ri.

— Não vai durar — suspirou Charlotte. — Ele só consegue esquecê-la por breves períodos de tempo. Depois volta, pior que nunca.

— Como deve ser cansativo — disse eu — estar apaixonado. Sempre fui levada a acreditar que seria a coisa mais maravilhosa do mundo.

— Quem lhe disse isso? — perguntou Charlotte, admirada. — Nunca soube que isso era algo diferente de tortura.

— Andrew? — perguntei baixinho.

Ela torceu o cabelo em volta de um dedo, algo que percebi que tendia a fazer quando não se sentia à vontade. Andrew e Charlotte permaneciam um mistério para mim. Eu tentara falar sobre ele, para descobrir quando fora a última vez em que Charlotte o vira, com que freqüência pensava nele, mas era uma situação delicada. Ela o mantinha para si mesma a maior parte do tempo; ele era um pedaço dela do qual eu sentia que nunca seria capaz de me aproximar. Ela resguardava seu tempo com Andrew e o que dizia sobre ele parecia minuciosamente planejado, selecionado com cuidado, para que eu soubesse o suficiente, mas não demais. Naquela noite, pareceu que ela não conseguiu resistir a falar sobre ele.

— Ele é simplesmente muito *bom* — admitiu ela.

Eu ri. Não pude evitar.

— De todas as coisas que você poderia ter dito sobre ele! — disse eu. — Nunca poderia esperar que você dissesse que ele era *bom*.

— É difícil encontrar rapazes bons — disse Charlotte, triste. — Às vezes sinto tanta saudade dele. Chega de repente, do nada. Patético, realmente. Eu me sinto desesperada por uma dose dele. — Ela franziu a testa. — Agora, onde eu coloquei minha taça de vinho? — acrescentou ela, logo. E foi isso. E acabou que ela derrubou a taça de vinho no tapete aos seus pés, mas como era impossível distinguir de que cor o tapete deveria ser originalmente, achei que não tinha muita importância. Ficamos deitadas conversando até as 5 horas da manhã. Eu nunca passara tanto tempo na biblioteca nos 18 anos que morava em Magna. Na hora em que subimos para ir deitar, eu me sentia diferente em relação à biblioteca. Charlotte tirara livros das prateleiras e lera para mim trechos de seus autores favoritos. Aquela não foi apenas a primeira noite em que ouvi Elvis cantar, também foi a primeira noite em que ouvi Coleridge. Por sua vez, Charlotte me pediu para contar as histórias por trás dos rostos vigilantes dos meus ancestrais. Quando todos os rostos pareciam misturados em um só e eu não conseguia lembrar quem eles eram ou o que tinham feito que os tornava grandes ou terríveis, eu inventava. Eu tinha a sensação de que Charlotte não se importava muito com o que era verdade e o que não era. O que importava para ela era uma boa história.

Na manhã seguinte, uma hora antes do horário marcado para Charlotte e Harry pegarem o trem de volta para Londres, bati à porta do quarto Wellington e a abri. Encontrei Harry resmungando para si mesmo, um chapéu grande demais e com as abas viradas para cima nas mãos. Ele olhou para mim quando percebeu minha presença.

— Rápido! — sussurrou ele. — Coloque sua mão aqui dentro!

— O quê?

— No chapéu! — sibilou ele, sem paciência. — Feche os olhos!

Obediente, fechei os olhos, coloquei a mão rapidamente dentro do chapéu e senti algo macio. Dei um gritinho, que acho que Harry já esperava, porque quando abri os olhos, ele estava sorrindo e parecendo orgulhoso.

— Olhe — disse ele. Com cuidado, olhei dentro do chapéu e fiquei sem fôlego quando vi o menor dos roedores, não maior que a minha mão. Era totalmente branco, exceto por uma mancha preta no nariz.

— Ah, Harry! — exclamei. — É *lindo*! É um *hamster*!

— É uma porquinha-da-índia — corrigiu-me ele.

— Mas como você conseguiu...

— Não faça perguntas bobas que sabe que não vou responder — disse ele, logo. — Pensei em dá-la a você. — Ele afastou uma mecha de cabelo do olho castanho. — Para agradecer por me convidar — acrescentou, um pouco triste.

— Mas...

— Coelhos estão fora de moda — disse Harry, rapidamente —, mas porquinhos-da-índia são criaturas tão amáveis quanto os coelhos. Pode ficar com ela dentro de casa, se quiser. Parece um pouco cruel prendê-la em uma gaiola lá fora quando está acostumada ao luxuoso interior de um chapéu como esse.

— Mas Harry, é um animal vivo, não um pedaço de pão — disse eu, lembrando-me da lenda de Julian. — O que devo fazer com ela?

— Não deve fazer nada — disse Harry. — Ela só precisa de água, cenouras e um pouco de atenção. — Ele tirou a criatura do chapéu. — Ela tem alguma coisa de Marina. Acho que devia se chamar Marina, não acha?

Eu ri.

— Bem, acho que devo agradecer-lhe — disse eu. — Ninguém nunca me deu uma porquinha-da-índia antes.

— Espero que não — disse Harry.

Luke e Loretta foram embora meia hora depois de Charlotte e Harry. Como de costume, me despedir dos hóspedes em Magna me deixou mais triste do que me despedir de pessoas em qualquer outro lugar do mundo. Era uma tarde cinza e úmida, com o tipo de vento eficiente e enfurecido que encorajava as gralhas a vozearem e gritarem em volta da capela como pilotos de aviões de guerra; até Banjo estava se movimentando em um galope determinado, com o rabo levantado, pelo campo. Fiquei parada no abrigo da porta da frente sem sapatos, observando Luke colocar as malas no carro. Mama rondava próximo a ele, sem realmente ajudar, mas querendo deixar a melhor impressão que pudesse. No fundo, eu sabia que sempre a aborrecera o fato de Luke só ter olhos para sua irmã mais velha, embora fosse ficar horrorizada se fosse diferente.

— Tome conta de sua mãe — sussurrou Loretta, pisando no cascalho e me beijando no rosto. — Não se apaixone e nem deixe esse lugar sem ter certeza de que ela esteja um pouco mais feliz.

— Não tenho intenção de fazer nenhuma das duas coisas — disse eu com indignação. Loretta riu.

— Harry estava certo — disse ela. — Você é muito inglesa às vezes. Não mude, viu?

O carro desceu pela alameda e nós acenamos até perdê-lo de vista, rindo quando Luke buzinou e espantou os coelhos para dentro da cerca viva. Vê-los me fez lembrar de Marina, a porquinha-da-índia, e subi para o meu quarto, onde Harry a instalara em uma caixa de papelão forrada com o *Telegraph* da semana anterior. (Ironicamente, as páginas de fofoca apresentavam uma grande notícia sobre a festa dos Hamilton, e tive de tirar Marina, a roedora, de cima da foto de Marina, ser humano, para poder ler. Havia um bom pedaço falando da filha de um membro do Parlamento, de quem eu nunca escutara nada a respeito, sumindo com um pianista da banda de jazz, o que me surpreendeu, já que o músico citado tinha uns 90 anos e era desdentado. Mas o que eu sabia?) Quando finalmente terminei de ler, estava com o pescoço duro, e Marina, a roedora, tinha escapado para debaixo da minha penteadeira. Levei vinte minutos para conseguir pegá-la de novo. Talvez quando o tempo melhorasse, eu pudesse soltá-la no jardim, pensei, cheia de esperança. De onde será que ela viera? Com certeza, não aparecera simplesmente no chapéu de Harry. Depois que ele e Charlotte foram embora, a casa parecia mortalmente silenciosa. Mesmo a chiadeira e os ruídos da Rádio Luxembourg entrando e saindo do ar no rádio sem fio de Inigo não reduziam o véu de silêncio deixado pela partida deles. Naquela noite, coloquei uma cenoura na caixa de Marina, vesti meias grossas e fui para a cama. Através das cortinas cor-de-rosa e cinza do meu quarto (acho que elas não eram lavadas desde antes da guerra e que provavelmente se desintegrariam ao contato com água e sabão), tive a impressão de uma lua brilhante. Pensei em Harry, em Johnnie, nas luzes bruxuleantes, na porquinha-da-índia, em Luke e Loretta em Magna. Pensei no ano de 1955 e em como eu estaria me sentindo no final desse ano. Pensei em Mama e tentei imaginar como teria sido se Papa não tivesse morrido.

Capítulo 10

CINCO DA TARDE E DEPOIS

Uma semana depois, eu e Charlotte estávamos sentadas em um banco no Hyde Park, comendo bolinhos de queijo. Minhas aulas tinham terminado mais cedo, e a tarde se estendia à nossa frente, fria e azul, sob a luz do sol de inverno. Eu tinha abandonado as amigas que fizera em meu curso e estava começando a entender por que Charlotte preferia ficar comigo do que com as meninas com quem crescera. Nós cruzávamos com elas regularmente: moças bonitas, perfumadas, com sorrisos brilhantes; mas depois Charlotte sempre comentava como elas a deixavam deprimida e como seus anéis de noivado as haviam tornado sombras do que eram quando estavam na sexta série. Na semana anterior, ela me mostrara a garota que tinha sido a mais famosa na escola um ano acima dela.

— Lá vem Delilah Goring — disse ela triste, enquanto uma moça com uma estola de pele de raposa e um chapéu creme atravessava a rua de braço dado com um homem alto e ruivo. — Ou melhor, o que foi Delilah Goring.

Naquela tarde no parque, Charlotte estava mais quieta que de costume, e eu a conhecia bem o suficiente agora para entender a diferença entre a Charlotte Sonhadora e a Charlotte Curiosa.

— Alguma coisa errada? — perguntei. Charlotte jogou uma casca para um pombo que passava.

— Por que deveria haver? — perguntou ela.

Eu não disse mais nada. Sabia que a melhor forma de fazer Charlotte falar era fingir falta de interesse. Com bastante segurança, ela tirou algo do bolso e me entregou.

— Leia — instruiu ela. — Chegou esta manhã.

A caligrafia era horrível, a ortografia, cruel, mas o tom era byroniano. *Tenho que ver você*, era como terminava (e *tenho* estava sublinhado). *Se encontrasse você mais uma vez, acho que eu poderia superar e aprender a esquecê-la e o que aconteceu entre nós. Vou esperar você do lado de fora do café na T. Court Road, sexta-feira, às 17h. Sempre fielmente seu, Andy.*

— Engraçado — disse Charlotte. — Não quero que ele aprenda a me esquecer.

— Nossa, ele vai estar lá em uma hora — disse eu, olhando o relógio.

— Eu sei. — Charlotte mordeu o lábio. — Eu vou — disse ela. — Você também vem?

— Ah, Charlotte, acho que não fui convidada.

— Eu estou convidando. Você pode garantir que eu saia em meia hora. Se eu for sozinha... — Ela vacilou.

— Claro que vou — disse eu. — Estou ansiosa para conhecer Andrew, o Ted.

Então atravessamos a Tottenham Court Road até chegarmos ao café. Mama teria morrido. Eu estava nervosa porque estava ficando escuro, estávamos em um lugar fora do meu caminho costumeiro e a postura de Charlotte mudara completamente.

— Vamos esperar aqui — disse ela. — Ele sempre chega alguns minutos atrasado. Isso preserva a sua dignidade. — Não estava especialmente frio, mas ela batia os dentes. — Ali está ele — murmurou ela. — Deus me ajude.

Andrew apareceu muito de repente, um cigarro entre os dentes, as mãos nos bolsos da jaqueta. Tinha um cabelo bonito: preto, grosso e brilhante e formando um perfeito DA, sua perfeição lustrosa enfatizando a fragilidade esculpida em seu rosto. Ele não era especialmente bonito, mas era assustadoramente atraente e, para minha satisfação, ele refutava a teoria de Mama sobre todos os Teds terem pele ruim: seu rosto era branco como porcelana e sem nenhuma mancha. Ele aproximou-se com cautela, os olhos verde-acinzentados em Charlotte. Ela era mais alta que ele, mas seu nervosismo era tão intenso que parecia pequena e tímida de uma forma fora do comum.

— Tudo bem? — disse ele.

— Tudo. Esta é minha amiga Penelope.

Andrew assentiu para mim.

— Oi — disse eu.

— Chá? — disse Andrew com calma.

Charlotte balançou a cabeça.

— Quero um cigarro e algo mais forte que chá — disse ela. Andrew sorriu.

— Ouvi dizer que Babycham é a última moda entre as mulheres atualmente. — Ele abriu a porta do café.

Muitos Teds estavam sentados ali dentro, fumando e rindo. Um deles assentiu para Andrew quando entramos; dois olharam com interesse para Charlotte e para mim.

— Ignore-os — aconselhou Andrew.

O ar estava pesado de fumaça, e as mesas estavam engorduradas. Alguém colocou um disco, era uma música dançante que eu nunca escutara antes.

— C... como você está, Andrew? — perguntou Charlotte, as pernas balançando embaixo da mesa. — Tudo bem em casa?

Andrew acendeu um cigarro e o entregou a ela.

— O que você acha?

— Seu pai?

— Ainda bebendo. Ainda gritando. Quebrou dois discos novos meus na semana passada sem motivo algum. Quebrou meu braço no mês passado quando tentei impedir que batesse em Sam.

Suspirei horrorizada. Andrew me lançou um sorriso zombeteiro.

— Cretino. Era o novo disco do Bill Haley and His Comets. Tinha acabado de conseguir — acrescentou ele com rancor. Seus olhos se iluminaram por um momento. — Você deveria escutar, Charlie.

Charlotte me chutou embaixo da mesa, o que interpretei como se fosse para ignorar seu apelido. Ela começou a picar seu guardanapo.

— E trabalho? — perguntou ela. — Ainda trabalhando duro?

— Fui despedido na semana passada. Entrei em uma briga.

— Ah, Andrew — lamentou Charlotte.

— Não foi culpa minha — disse ele, contrariado. — Nada nunca é culpa minha. Só sou bom em levar a culpa.

— Eu sei — concordou Charlotte. — Está certo.

Andrew inclinou-se para a frente e pegou a mão dela. Primeiro, pareceu que Charlotte a puxaria, mas ela não conseguiu.

— Você está mais bonita do que as palavras conseguem descrever — disse ele. Era como se eu não estivesse ali. Os olhos de Charlotte encheram-se de lágrimas.

— Não — disse ela, sem forças.

Socorro, pensei, e me ocupei lendo o cardápio.

— Mas é a verdade, menina. Só a verdade. — Ele puxou a mão e pegou o pente no bolso. — Então, como está aquela sua tia? — perguntou ele. — Ainda preparando você para o maldito príncipe Charles? — Mas não havia amargura em sua voz agora. Charlotte sorriu, dessa vez mais parecida com ela mesma.

— Ah, nossa, não — disse ela. — Ele não está nem perto de ser rico e sofisticado o bastante.

Ficamos sentadas com Andrew por quase uma hora. Ele era engraçado e charmoso, atencioso e doce, e se ele se importou por Charlotte ter me levado junto, não demonstrou nenhuma vez. O lugar se encheu à nossa volta com rapazes usando jaquetas com gola de veludo, concentrados em seu mundo próprio, conversando sobre discos, roupas e tumultos nas ruas. O que mais me surpreendia era como todos eles eram *jovens.* Quero dizer, onde estavam suas mães? As pessoas passavam pelo café e nos olhavam, o que fazia com que eu me sentisse em perigo e em segurança ao mesmo tempo. Era uma sensação boa, entusiasmante, uma sensação que eu nunca experimentara com nenhum dos rapazes chatos com quem eu estava acostumada. Queria que todos me vissem, queria que Hope Allen pensasse que eu também podia conversar com Teds. *Isso é viver!*, pensei orgulhosa.

Logo depois de nossa chegada, dois amigos de Andrew chegaram e se apertaram em nossa mesa.

— Soubemos que ele ia encontrar você, Charlie — disse o primeiro, um rapaz bonito com olhos vermelhos.

— Tínhamos de vir dar um "oi" — disse o outro.

— Digby, Ian... como vocês estão? — perguntou Charlotte, satisfeita. — Essa é minha amiga Penelope.

Eles me olharam de cima a baixo. O que se chamava Ian viu meu caderno saindo da bolsa.

— Prefiro ver filmes do que ler livros — disse ele, sabiamente.

— Você... você viu algum bom ultimamente? — gaguejei.

— Um ou outro. — Ele deu de ombros. — Brando. Gosto de Brando.

Talvez ele admirasse os "bons braços" de Brando, como Mary, pensei.

— Gostei da sua jaqueta — disse eu, admirada.

— Só uso o melhor.

— Meu irmão iria adorar.

Ele ficou pensativo por um momento.

— Provavelmente seu irmão poderia comprar. Espere. — Ele procurou nos bolsos da jaqueta e jogou os itens encontrados na mesa à sua frente: uma lâmina de barbear enferrujada, um saco de tabaco, dois pentes, um tubo de brilhantina, uma corrente de bicicleta e três papéis de chocolate apareceram antes do toco de lápis. — Tem alguma coisa em que possa escrever?

Peguei na minha bolsa o dicionário de italiano que Hope Allen estragara.

— Escreva na última página.

— Italiano? — perguntou Ian, incrédulo. — Agora você está se gabando, menina.

Eu ri, zonza com a atenção que ele estava me dispensando.

— Pegue — disse ele, escrevendo rápido. — Este é o endereço da garota que consegue as jaquetas para nós todos. É ótima. Trabalhava em Savile Row. Ela nos cobra um quarto do que cobrava dos figurões. Diga para seu irmão falar para Cathy que Ian Sommersby o mandou. Cathy vai conseguir o melhor material de Londres para ele. Certo? Ian *Sommersby*. Não se esqueça do meu nome. — Ele passou os dedos pelo DA e pareceu muito sério. Quase ri.

— Obrigada — disse eu, guardando o endereço no bolso.

— Como ele se chama, seu irmão? — perguntou Digby.

— Hã, Inigo.

— *Indigo*? — Digby caiu na gargalhada, seu rosto enrugado com a graça disso tudo.

— Nome esquisito esse — observou Ian.

— Acho que sim.

Andrew assentiu para mim.

— Charlie sabe se vestir — disse ele. — Para uma pessoa rica, ela tem suas manhas.

— E para alguém sem classe, sem emprego e sem dinheiro, você até que está bem — disse Charlotte, secamente.

Andrew riu alto.

— Vá se danar — disse ele, sem maldade.

Perdi a cor. Nunca ninguém tinha mandado eu *me danar*, muito menos um rapaz, de brincadeira. Charlotte apenas sorriu.

Meia hora depois, ela decidiu, com relutância, que devíamos ir embora. Andrew agarrou-a, deu-lhe um beijo e alguns rapazes assobiaram.

— Quer um? — Ian sorriu.

— Hã, estou bem, obrigada — murmurei.

— Ele não é elegante o bastante para você, é? — Digby riu.

— Não. Quer dizer, sim, quer dizer... — Senti-me quente e idiota.

— Ah, deixe-a em paz — mandou Andrew, sem vigor.

Já estava escuro quando deixamos o lugar. Andrew sumiu com Ian e Digby, e eu e Charlotte decidimos ir andando para casa. Charlotte não falou, e eu não quis forçá-la. Eu estava bastante feliz; queria tempo para pensar. Então, quando nos aproximamos do Marble Arch, um rosto saiu da janela de um Jaguar, acenando para nós e mandando o motorista parar, ao que ele obedeceu, para descontentamento do motorista do ônibus atrás dele. Eram Kate e Helena Wentworth. Charlotte foi forçada a abandonar seu silêncio quando elas saíram para a calçada.

— Achamos que era você! Ninguém mais em Londres tem pernas tão longas e cabelo tão cheio! — exclamou Helena. — Acabamos de sair de um almoço agora, acredita? Estávamos no Claridge's desde o meio-dia. Aniversário de Sophia G-D. Possivelmente a experiência mais enfadonha que já tive até hoje.

— A Sophia dos rubis — lembrei. — Nós a vimos na festa dos Hamilton, Charlotte. Marina foi terrivelmente rude com ela. — *Ouça só o que estou dizendo*!, pensei, rindo.

— Ah, nós mesmas só a vimos umas duas vezes — disse Kate, logo. — Ela parece uma pessoa agradável. Um rosto infeliz, coitada. Ela ficou tão satisfeita por termos comparecido que foi até constrangedor. Marina estava lá, resignada e bebendo como um gambá. George também estava, parecendo enorme. Mas foi seu primo Harry quem conseguiu transformar o sacrifício em algo suportável — disse ela, corando de leve.

— Mesmo? — perguntou Charlotte, de forma sombria.

— Ele foi a nossa diversão depois do almoço. *Que* truques! Nossa, ele melhorou desde a primeira vez em que o vi, no baile de debutante de Clara Sanderson, no ano passado. Eu estou doida para saber como ele faz aquele truque maravilhoso do cigarro e a nota de dez, mas assim que o almoço acabou, ele escapou, dizendo alguma coisa sobre ter de encontrar um sujeito chamado Julian Alguma Coisa.

Charlotte bufou.

— Ele é *tão* talentoso! — continuou Kate com veemência. — Eu poderia assisti-lo se apresentar por horas a fio. Ele fez uma coisa fofa com o guardanapo: dobrou-o na forma de um rato e o fez correr para os braços de todo mundo. Foi *muito engraçado*!

Acho que Kate tem uma queda por Harry, pensei surpresa. O que mais podia ser?

— Então, o que vocês duas fizeram essa tarde? — perguntou Helena, sorrindo para mim de uma forma muito simpática (ser vista com Charlotte não apenas uma vez, mas duas, merecia crédito).

— Vão jantar fora? Estávamos pensando em ir direto para o Sheekey's, para jantar — disse Kate.

Sheekey's! Charlotte era apaixonada pelo lugar, eu sabia, pois ela falava nele sempre que estava com fome. Percebi que ela estava considerando a parte ruim da sugestão de Kate, passar mais umas duas horas com as meninas Wentworth, e comparando com a boa, um prato de linguado Dover, pelo qual ela provavelmente não teria de pagar. Ela não demorou a tomar sua decisão.

— Nossa — disse ela, decidida —, adoraríamos nos juntar a vocês.

— Maravilhoso! — disse Helena, satisfeita. — Entrem!

— Para o Sheekey's, Bernard! — mandou Kate.

Então partimos para a St. Martin Lane, Kate e Helena falando pelos cotovelos. Charlotte entrando suavemente em seu modo fofoqueiro, que eu vira durante a festa dos Hamilton. Ela não mencionou que meia hora antes nós estávamos sentadas em um café em Tottenham Court Road com Andrew, o Ted, e companhia; na verdade, comecei a me perguntar se aquilo realmente tinha acontecido. Ficar sentada no Sheekey's, tomando Pol Roger e escutando, de olhos arregalados, as gêmeas falando me deixou zonza. Será que era a mesma cidade, eu me perguntava. Será que eu era a mesma pessoa com essas garotas? Será que Charlotte era? As pessoas olhavam para a nossa mesa e se cutucavam; reconheciam Kate e Helena e, de vez em quando, ficavam quietas e tentavam escutar o que elas diziam, o que não era difícil, já que nenhuma das duas se incomodava em manter o volume da conversa restrito à nossa mesa. Charlotte fez várias perguntas, várias das quais ela já sabia a resposta, então não precisou falar muito e pôde se concentrar no que estava pedindo e comendo. Ela era esperta, enfim: lançava pedaços de fofocas escandalosas apenas para manter nosso objetivo e fazer as gêmeas terem a sensação de que o dinheiro estava valendo a noite, então voltava para o peixe e para as batatas *sauté*. Saímos pouco antes da meia-noite. As meninas foram muito simpáticas comigo, principalmente depois de Betty Harwood, que escrevera o Diário de Jennifer para o *Tatler*, vir me cumprimentar e mandar lembranças para Mama. Eu poderia tê-la abraçado.

De volta a Kensington Court, Charlotte tirou o casaco e os sapatos e se jogou no sofá. Tia Clare já tinha ido para a cama e Harry não estava em lugar nenhum.

— Provavelmente ainda ressuscitando pessoas na festa de Sophia Garrison-Denbigh — disse Charlotte. — Nossa, o Sheekey's é bom. Eu poderia repetir aquelas panquecas umas três vezes.

— Foi estranho? — perguntei sem pensar. — Rever Andrew?

Achei que ela não responderia, mas ela acabou respondendo.

— É uma coisa tola, não é? Andrew não é bom para mim porque é comum demais e pobre demais. Marina não é boa para Harry porque é rica demais e vulgar demais. Será que algum dia já houve uma condição tão patética quanto a de figurões sem um centavo?

— Pior de todos os mundos — disse eu sem animação. — Fracassados, todos nós.

— Pelo menos você tem Magna para lhe dar uma imagem de riqueza.

— Não basta, quando existe a possibilidade de o teto cair sobre a cabeça de todos os potenciais pretendentes.

Charlotte lançou um esboço de sorriso.

— O que vamos fazer? — Ela enterrou o rosto nas mãos.

Eu estava horrorizada, porque nunca vira Charlotte tão desarmada assim antes.

— Andrew, o Ted, ele *foi* amável. Você estava certa ao dizer aquilo sobre ele — disse eu. — E *é muito* bonito. Não consigo imaginar por que tia Clare é tão contra. Com certeza...

— Você escutou o que ele disse sobre os pais? — perguntou ela, expressivamente.

— Ouvi, mas...

— Não é justo com tia Clare — disse Charlotte, lentamente. — Ela esperou a vida toda para me ver casar com o homem certo. E ela está certa sobre uma coisa. Não duraria. Andrew, o Ted, é o tipo de garoto por quem você se apaixona antes de seu *verdadeiro* herói aparecer. Ele é muito novo para mim, também. Percebi isso hoje. Preciso de alguém mais velho, alguém para me manter na linha.

— Isso é o que você pensa ou o que tia Clare pensa?

— O que importa? Ele vai servir o exército no próximo ano. Esse tipo de coisa muda um rapaz como Andrew. Não sei se eu ia querer ficar com ele depois disso.

Eu não disse nada, mas não estava convencida, e nem ela.

Ficamos sentadas em silêncio por um tempo, escutando o tiquetaque do relógio. Charlotte olhava para a frente, franzindo a testa e juntando os dedos. Foi a primeira vez que senti frio no escritório de tia Clare. Eu acabei falando.

— Mary acha que Marlon Brando tem bons braços.

Charlotte me olhou como se eu fosse louca. Então começou a rir, e de repente estávamos bem de novo.

Harry chegou logo depois. Ele levou um susto ao ver que Charlotte e eu ainda estávamos de pé.

— O que vocês duas estão fazendo? — perguntou ele. — Esperando por Godot?

— Não, só por você — disse Charlotte. — Ficamos sabendo por fontes confiáveis que você estava divertindo os novos-ricos.

— Bem que eu gostaria — respondeu ele. — Foi um dia difícil. Fiquei preso com as gêmeas Wentworth por mais tempo do que é saudável para qualquer homem.

Charlotte olhou para mim e sorriu.

— Acabamos de jantar com elas.

— Jantaram? Bem, então é o castigo de vocês por serem gulosas.

— Gulosas, com certeza — disse Charlotte. — Fomos ao Sheekey's.

— Elas pagaram?

— *Naturellement.*

— Bem, acho que isso é alguma coisa. Não sei o que essas duas têm, mas em todas as festas a que fui no último ano, tive de me sentar ao lado de uma delas. As pessoas obviamente acham que temos algo em comum.

— Kate parece gostar bastante de você — disse eu, sendo maliciosa.

— Não — disse Harry, friamente.

— Ela é muito bonita — comentei.

— Até ela abrir aquela boca, que mais parece uma caixa de correio.

— Você fez bastante dinheiro para justificar a terrível experiência? — perguntou Charlotte.

— Mais ou menos. Vou trabalhar em mais dois almoços esta semana, então não foi tão ruim. — Ele de repente pareceu cansado.

— Então você faz isso não apenas por diversão? — perguntei, um tanto surpresa. — Sempre achei que o dinheiro viesse em segundo plano.

— Dinheiro nunca vem em segundo plano, Penelope — disse Harry, irritado. — Você realmente acha que eu agüentaria garotas como Sophia e Kate só por diversão? Elas deixam qualquer um maluco.

— Então por que você faz isso? — perguntei.

— Porque adoro mágica, sou bom nisso e posso agüentar tudo isso quando sou tão bem pago quanto fui esta noite. — Ele tirou do bolso interno do paletó uma pilha de notas amassadas e as jogou na mesa. Charlotte deu um assobio baixo.

— Bom trabalho — disse ela. — Acredito que já terá acabado amanhã à noite.

— Não terá, não — disse Harry, na mesma hora. Eu nunca o tinha visto tão agitado. Ele olhou para mim e suspirou. — Como está a fundadora do fã clube de Johnnie Ray esta noite? — perguntou.

— Muito bem, obrigada — respondi com firmeza. — Ah, se eu *fosse* a fundadora! Não conseguimos ingressos para o show dele no Palladium. Mama jogou fora minha carta do fã clube antes de eu ler — continuei, consciente da amargura em minha voz. — Poderíamos ter comprado ingressos com desconto, mas acabamos sem nenhum.

— Que pena. — Harry bocejou, pegando o *Country Life* da última semana. Eu queria gritar com ele.

— Suponho que não possamos esperar que você entenda uma tragédia dessa proporção — disse Charlotte, irritada.

— Está certa. Não entendo. Se vocês não tivessem conseguido ingressos para assistir George Melly ou Humphrey Lyttelton, sim, eu poderia sentir algo parecido com pena. Mas para ver Johnnie Ray? Acho que escaparam por pouco.

Charlotte jogou uma almofada nele, que não o acertou e bateu em um pequeno enfeite um tanto feio, de uma mulher ordenhando uma vaca, na mesa de tia Clare. Ele caiu no chão e quebrou. Por alguma razão, isso pareceu deixar Harry muito irritado.

— Pelo amor de Deus! — exclamou ele, pegando os pedaços. — Você não tem mais 13 anos, Charlotte. — Ele olhou para os pedaços, tentando entender como o enfeite quebrara. — Acho que posso tentar consertar...

— Ah, é só sacudir sua varinha mágica — sugeriu Charlotte, casualmente.

Harry fitou-a.

— Quando você vai deixar de ser tão inconseqüente? É bem típico de você não ligar a mínima para as coisas das outras pessoas.

Até fiquei surpresa pela veemência no tom que ele usou. Charlotte logo se recuperou.

— Bem, desde quando você liga para a coleção de porcelana de tia Clare? Já escutei você falando que essa peça era uma coisa horrenda, que ela nunca deveria ter comprado. E quanto a ser inconseqüente! Conte do pote chamando a chaleira...

— Ah, cale a boca. *Cale a boca*!

Harry colocou a peça quebrada em sua cartola e, por um momento, pensei que ele realmente fosse fazer uma mágica para consertar. Em vez disso, ele olhou diretamente para mim aqueles olhos de mágico.

— Você fica bem de preto — disse ele com calma.

— Muda com o humor — disse eu, perturbada.

Ele foi para a cama, levando a cartola e a varinha. Na manhã seguinte, a mulher ordenhando a vaca estava de volta sobre a mesa, sorrindo alegremente, como nova. Eu e Charlotte a examinamos sob a luz e não conseguimos ver nenhuma marca. Tínhamos de tirar o chapéu para Harry. Ele tinha estilo.

Capítulo 11

MINHA LINDA JUVENTUDE

Quando eu tinha 18 anos, passava muito tempo absorta na leitura de revistas. Minhas favoritas eram *Vanity Fair* (que mamãe assinava e eu lia fervorosamente assim que ela acabava) e *Woman and Beauty*, que tinha como público-alvo exclusivamente jovens donas-de-casa. Embora as donas-de-casa representassem para mim um segmento da sociedade tão alienígena quanto os seres de outros planetas dos gibis que Inigo devorava, eu era viciada em ler sobre elas. Eu guardava uma pilha de revistas em meu quarto e outra no andar de baixo, na sala de estar, para folhear enquanto esperava Mama ou Inigo aparecer, e suas páginas exerciam em mim uma magia mais eficaz do que eu mesma tinha consciência. Quando acabei de passar o olho pelo "ABC das Férias Pouco Comuns", estava desesperada por uma viagem de escalada em montanhas na Áustria.

— Veludo xadrez! Veludo xadrez! Em todos os lugares! — Eu me encontrei esquadrinhando as profundezas do velho baú cheio de traças de minha bisavó a procura de um kilt que pudesse adaptar à moda da estação. Eu estava dominada (e bem mais do que um pouco envergonhada) pela minha necessidade de gastar dinheiro. Quando, ah, quando eu seria "livre como um passarinho usando as mais lindas roupas"?

Em meio ao tédio dos meus estudos, fiz tudo que podia para ganhar dinheiro e tentei seguir a rígida regra de dar 50 por cento de tudo que ganhava para Mama e, portanto, para Magna. Assim que a animação do Natal e do ano-novo passou, voltei a trabalhar para Christopher uma vez por semana em sua loja em Bath. A loja ficava entre a New Sounds, a melhor loja de discos de Bath, e o Coffee On The Hill, o melhor café, o que significava que eu freqüentemente ficava com os bolsos vazios antes mesmo de sair do centro da cidade, e muito pouco do dinheiro conseguia chegar a Magna. Inigo, que passava a maior parte do tempo na escola, era ainda pior do que eu. Ele vendia chocolates, gibis e até cigarros para seus colegas mais novos no mercado negro. Um final de semana, perguntei a ele sobre isso.

— Você não acha que deveria parar de gastar tanto dinheiro consigo mesmo e dar um pouco para Mama? — perguntei, me afogando em culpa por ter acabado de gastar cinco xelins em um chá de primeira com uma amiga do colégio no café depois do meu turno de terça-feira.

— Não quero dar a Mama meu dinheiro sujo — disse Inigo, sério. — É dinheiro negro, Penelope; tudo que faço no colégio é ilegal. Não seria certo derramá-lo sobre Magna. Seria como amaldiçoar o lugar.

— Mas gastar consigo mesmo é aceitável.

— Já vendi minha alma ao diabo pelo bem do rock'n'roll.

— Ah, você tem resposta para tudo — disse eu, contrariada.

Uma coisa que eu comecei a fazer nessa época foi escrever histórias e mandá-las para as revistas que eu tanto adorava. Era a única coisa em minha vida que eu fazia sem pensar em pagamento; tudo que eu queria era a emoção de ver meu nome impresso. Eu explorava minha imaginação em busca de histórias românticas de heróis bonitos e mulheres lindas e costumava ficar acordada até tarde escrevendo e comendo biscoitos recheados de chocolate Cadbury (que, como todos os outros, eram mais gostosos depois da meia-noite), com Marina, a porquinha-da-índia, aninhada em meu braço. Recebi respostas de alguns editores simpáticos, todos dizendo que gostavam do meu estilo, mas que não era adequado para suas revistas, e que talvez eu devesse mandar algo para eles quando meu estilo estivesse mais maduro. Na época, fiquei magoada com isso, mas poucos meses depois, quando escrevi uma história que saiu diretamente do meu coração para o papel, percebi como eles estavam certos. Mas estou indo muito adiante.

Eu dizia a mim mesma que estava fazendo diferença para Magna: talvez o dinheiro que eu ganhava fosse para o salário de Mary, ou para uma nova pá para Johns ou para velas novas para a sala de jantar. Era um gesto que fazia com que eu me sentisse melhor, mas não chegava nem perto de resolver os problemas que enfrentávamos. Eu tinha plena consciência do enorme abismo de dívidas em que estávamos mergulhando e me sentia impotente. Desde o nosso jantar com pato, antes do Natal, Mama não mencionara dinheiro novamente. O estranho a respeito de Mama era que ela gostava de se ver como um tipo de pessoa condenada, mas havia um otimismo natural nela que se recusava a ser derrotado, por mais forte que fosse sua queda, e eu sabia que ela nunca perdia a fé completamente. Ela esquadrinhava os porões em busca de um tesouro enterrado e havia o Watteau no corredor do meu quarto e alguns poucos quadros na biblioteca avaliados por um negociante de Londres; talvez a ridícula pintura a óleo do lago de tia Sarah valesse milhões, afinal. Não, disse o negociante, não mais do que 200 libras, e ele estremeceu quando soube que Mama vendera um Stubbs por um quinto de seu valor três anos depois do final da guerra. No fundo, Mama se agarrava à esperança de que Inigo encontraria uma menina rica para se casar. Ela mais ou menos desistira de mim. O destino de outras casas grandiosas também não era bom. Minha infância ressoava com os nomes das casas grandiosas e perdidas. Broxmore, Draycott, Erlestoke e Roundway, todas casas de Wiltshire, cada uma delas reduzida a entulhos por causa dos impostos, de incêndios ou de morte. Casas como a nossa eram uma raridade, mas não raras o bastante. Cada perda atingia Magna como se fosse uma bomba em cima de uma cidade já devastada.

Quando pensava nisso, eu ficava tonta de preocupação, e a maneira mais rápida de esquecer era ir às compras. Eu queria novos xampus e batons (Gala of London tinha a mais deliciosa maquiagem), cigarros (eu não gostava muito de fumar, mas como *coisas* em suas embalagens brilhantes e amassadas, cigarros eram a última palavra em estilo), café e cinema. Após o racionamento, essa nova vida era intoxicante e tinha de ser descoberta antes que fosse tirada de novo.

Obviamente, durante todo esse tempo eu estava pensando em Johnnie, no fato de que ele viria à Inglaterra em abril e em como eu e Charlotte iríamos conseguir ingressos para os shows, que estavam esgotados. Cada vez que eu pensava no simples fato de ele estar na Inglaterra, meus joelhos tremiam; uma vez, quando imaginei estar na mesma sala que ele, tive realmente de me sentar e tomar um copo d'água. Eu colocava os discos dele com tanta freqüência quanto ousava em casa; Mama não fazia tanta objeção quanto Inigo, que mudara para Elvis Presley e achava não ter motivo para voltar a escutar Johnnie Ray. Apesar do fato de eu ainda estar morando em casa (e, claro, não tínhamos dinheiro para tornar nossas vidas mais fáceis do que nos anos anteriores), havia uma sensação de alguma coisa surgindo, uma sensação de um movimento impetuoso que começara nos Estados Unidos e estava chegando às nossas terras. Eu era adolescente e, mesmo se isso não fosse nada além de um rótulo para um segmento da população que sempre existiu, de alguma forma agora parecia significar mais do que um ano antes.

Antes de conhecer Charlotte, eu não fazia nada além de olhar pela janela. Ela não tinha medo da maioria das coisas e pessoas; ela não se importava em não pagar a passagem de trem, mas se certificaria de ter um sanduíche de presunto e uma bomba de chocolate na Fortnum's na ocasião. Se fosse pega, viraria os bolsos para mostrar o mais extravagante almoço embalado que se pode imaginar, na mais elegante bolsa, e o fiscal sempre a liberaria. Eu reconhecia partes de mim mesma nela, e ela encorajava a rebelde que havia em mim. Certamente, eu ficaria feliz em entrar escondida no cinema depois de o filme ter começado. Mas com esses sapatos? Nunca!

Londres nos deixava intoxicadas e, nas primeiras semanas de 1955, sempre que podíamos, eu e Charlotte dávamos um passeio em West End, onde olhávamos lindos chapéus na Swan and Edgar e conversávamos sobre o que venderíamos se tivéssemos nossa própria loja. As cores brilhantes e vitrines cintilantes atraíam Charlotte, e seus olhos eram críticos.

— Eu não teria vestido aquele manequim com aquele casacão sombrio.

— Ah, eu gosto.

— Típico de você. Penelope, deve tentar melhorar seu gosto.

— Meu gosto é impecável, muito obrigada!

— Você é muito conservadora.

— Apenas porque gosto de parecer um pouco respeitável...

— Não use essa palavra na minha presença.

Adotei meu tom de voz de adoração:

— Ah, Charlotte, você é tão *esquisita,* tão *diferente*... como eu gostaria de ser como você!

Sua resposta foi puxar a fita de meu cabelo e sair correndo pela Oxford Street. Era bom implicar com ela, e quanto mais nos conhecíamos, mais brincávamos sobre as nossas diferenças. Minha forma conscienciosa de seguir as tendências complementava a recusa dela em obedecê-las, e uma tirava a outra do sério. Ela também tinha o costume de me dar uma cotovelada violenta quando meninos bonitos passavam por nós. Eles ficavam confusos em relação a Charlotte, com suas roupas excêntricas, sua altura e sua confiança. Ela não radiava a atmosfera feminina digna de um desmaio de Mama. Na verdade, ela lançava outra coisa: sexualidade, acho, e eles não estavam acostumados a ver isso em alguém com tanta classe.

Não quero criar a impressão de que eu e Charlotte passávamos todo o nosso tempo rodando por Londres e comprando roupas, já que além das minhas aulas e intermináveis trabalhos do curso, eu ainda tinha meu trabalho com Christopher. Charlotte gostava de me visitar na loja, e Christopher se tornou defensivo e rude na presença dela, o que, na minha opinião, era um sinal claro de sua fascinação por minha amiga. Como ex-aluno de Eton, ele despertava pouco interesse em Charlotte. Ela dizia que homens que tinham freqüentado colégio interno nunca entendiam as mulheres, mas admirava a forma como ele administrava a loja e gostava de observá-lo conversando com os clientes. Ela constantemente o bombardeava com perguntas (Por que ele colocara aquela tigela específica na janela? Qual era a diferença entre dirigir os negócios no verão e no inverno? Por que ele não colocava música na loja?) até que ele ficasse muito irritado. Eu imaginava o que Christopher diria se soubesse que Charlotte era sobrinha de Clare Delancy. Ainda não tivera coragem de mencionar o nome dela para ele.

Durante a maior parte da semana, Charlotte ficava inteiramente à disposição de tia Clare e de suas memórias. Por todo o mês de janeiro, tia Clare adotou o amável hábito de me convidar para o chá em Kensington uma vez por semana. Esses chás quase sempre eram às 15h30 das tardes de sexta-feira, quando ela e Charlotte já tinham terminado de trabalhar, e nunca se estendiam para além das 17h. Era uma hora e meia de pura fascinação. O próprio escritório dela oferecia uma idéia valiosa da vida de uma mulher que nunca deixava de me surpreender. Um dos aspectos mais curiosos do lugar era como o seu nível de caos, a quantidade de livros, o perpétuo estado de desordem, nunca mudava. Parecia que ninguém nunca arrumava ou jogava nada fora; ainda assim, não parecia haver acúmulo de poeira ou de mais bagunça visível, o que dava a estranha sensação de se entrar no mesmo set de filmagem toda semana. *A origem das espécies* nunca mudara do lugar em que eu o notei na minha primeira visita, e toda sexta-feira meus olhos corriam pelo mesmo cartão-postal para Richard sobre Wooton Basset. Em conseqüência, o escritório parecia preservado em formol, o que seria um tanto perturbador se não fosse pela mudança da atmosfera a cada semana, que variava do entusiasmo pelo término de um capítulo empolgante (*e então começou minha duradoura amizade com a arte de guardar segredos* era o meu favorito) à irritação quando tia Clare não "conseguia encontrar os adjetivos".

— Para se descrever o calor do Oriente, é necessário usar muitas palavras — reclamou ela uma tarde. — Acredito ter esquadrinhado toda a língua inglesa para encontrar cada uma delas.

— Seco, opressivo, sufocante, esmagador? — sugeri, com toda a imaginação de alguém que nunca esteve a leste de Paris.

— Já usei todos esses — disse tia Clare, sem interesse. — Exceto esmagador. *Nunca* me senti esmagada. Talvez devamos fazer esse comentário, Charlotte. *Apesar da intensidade do calor, nunca me senti esmagada.*

Tap, tap, tap, continuavam os longos dedos de Charlotte na máquina de escrever. Ela tinha uma velocidade invejável ao datilografar, muito mais rápido, tenho certeza, do que qualquer garota nos populares cursos de secretárias. E ela raramente cometia erros no manuscrito. *Nunca esmagada*, realmente. Eu podia acreditar nisso, pois quanto mais duro tia Clare trabalhava, mais jovem e brilhante parecia (Charlotte dizia que tudo tinha a ver com a natureza terapêutica de escrever sua autobiografia e que deveríamos tentar também. Eu dizia que gostava bastante da idéia, mas que se alguém a lesse algum dia, eu envelheceria setenta anos por puro nervosismo.)

— Já chega por hoje, Charlotte — dizia tia Clare quando Charlotte começava a cair para os lados. — Cubra a máquina de uma vez, não consigo mais nem olhar para ela, e mande Phoebe trazer o chá.

Ah, chá. Eu ficava tão gulosa quanto Charlotte quando se tratava do chá naquela casa. Havia algo no gosto da torrada com manteiga derretida e geléia de groselha no escritório da tia Clare que nunca poderia ser repetido em nenhum outro lugar. Umas duas vezes Harry se juntou a nós exatamente quando eu estava enchendo minha boca com o segundo pedaço de bolo de chocolate ou pegando o terceiro bolinho de gengibre. Ele parecia nunca notar e nunca comia muito; eu já percebera que os garotos não eram tão fanáticos quanto as garotas por doce. Quanto mais tempo eu passava com Harry, mais novo ele parecia, e eu revi o meu ponto de vista em relação a ele sempre ter parecido um homem. Vinte e cinco anos não parecia tão velho afinal, e embora ele ainda se recusasse a aceitar minha fixação por Johnnie Ray e música popular, percebi que, como Charlotte e eu, ele estava apenas começando a viver. A guerra destruíra a maior parte de sua adolescência, e por esse motivo eu lamentava. Então, em uma tarde de quinta-feira, tia Clare e Charlotte não tinham voltado de um passeio a Barkers para comprar mais fita para a máquina de escrever, e eu e Harry nos vimos sozinhos durante a primeira meia hora de chá. Ele ficou em pé perto da lareira, fumando um cigarro, olhos melancólicos e distraídos como sempre. Às vezes eu me sentia muito à vontade com Harry; outras vezes, me sentia paralisada de vergonha.

— Como vai no novo emprego? — perguntei, constrangida.

— Bastante fácil. É só pegar o ônibus até Oxford Street e andar o resto.

— Não, eu quis dizer...

— Eu entendi. Desculpe.

— O seu chefe é um homem legal?

— Provavelmente.

— O que você quer dizer?

Harry olhou para mim.

— Você consegue guardar um segredo?

— Consigo. — Quem, ao escutar isso, diz não, me perguntei.

— Não fui nem uma vez ao escritório. Liguei no primeiro dia e disse que tinha aceitado uma oferta de outra firma.

— Harry! — exclamei, completamente chocada. — Como você vai esconder *isso* da sua mãe?

— Ah, ela perdeu o interesse em mim agora que acha que estou empregado. Neste momento, ela está tão envolvida em publicar essa hilariante fábula que é a história da vida dela, que acho que nem notaria se crescesse outra cabeça em mim. Não tenho dúvidas de que ela não vai procurar Sir Richard até o Natal. Isso me dá oito meses para fazer decolar minha carreira como mágico. E devo avisá-la que não vou escutar nada do que disser, a não ser que queira me parabenizar por minha perspicácia empreendedora.

— Nada perspicaz em não ter dinheiro — disse eu, com insolência.

— Eu me apresento em vários lugares nos finais de semana. Com isso ganho um dinheirinho. De qualquer forma — continuou ele —, sempre fui ruim em matemática mesmo. Se eu não tivesse desistido, teriam me demitido em uma semana.

— Parece que você já tem tudo esquematizado.

— Sou um mágico; está na nossa natureza ter tudo esquematizado. Mas como você está? Chorando por Johnnie, como sempre?

— Ah, cale a boca. Não implico com a sua obsessão pela americana.

Harry riu.

— *Touché.* Muito pelo contrário, você foi muito útil com a americana. O que me leva a outra coisa... — Ele parou e eu senti uma onda de pavor misturada com uma ponta de excitação.

— Como assim?

— Preciso que me ajude de novo.

— Ah, não. De jeito nenhum. — Balancei a cabeça com vigor.

— Pelo menos me deixe explicar. — Ele jogou a ponta de seu cigarro no fogo. — Depois, você pode tomar sua própria decisão.

— Não estou ouvindo.

Harry sorriu.

— George está organizando uma *soirée* para o aniversário de Marina. Nada exagerado, apenas cinqüenta amigos íntimos para jantar no Ritz.

— Que comedido!

— Não foi? Vai ser no próximo mês, então você tem umas duas semanas para se preocupar.

— Por que eu deveria me preocupar?

— Porque Charlotte foi convidada. E nós dois fomos convidados. E ambos aceitamos.

— Não entendi — disse eu, irada, entendendo perfeitamente. Harry me lançou um sorriso suplicante.

— Pense um pouco, meu bem.

— Marina não vai *me* querer lá...

— Bem, é esse o objetivo, não é? George foi muito incisivo ao se certificar de que você me acompanharia para que Marina entenda o recado, de uma vez por todas, de que eu perdi todo o interesse *nela.* No que diz respeito a ele, uma vez que estou bem e comprometido, ele não tem o que temer. Você devia ter lido a carta que veio anexada ao convite. *Espero que sua amável amiga Penelope possa vir. Marina a achou um encanto.*

— Não dizia isso!

— Dizia, sim!

Digeri isso por um momento.

— Não. Não farei isso de novo. Simplesmente não farei. — Alguma parte de mim estava enfurecida com ele até mesmo por me pedir. Harry não disse nada, então continuei: — Ainda não consigo ver aonde isso vai chegar. Só sei que eu sairei magoada.

— Você anda lendo muitas revistas. Não vai sair magoada. — Harry atravessou o escritório, até onde eu estava, e ficou bem perto de mim. De forma irracional, eu só conseguia pensar em como o cabelo dele estava comprido. Tentei ficar um pouco mais baixa, me apoiando em uma perna só, como um cavalo descansando. Harry, observador como sempre, riu.

— Se você não fosse tão alta — resmungou ele. — É a única coisa que faz com que sejamos incompatíveis.

— Não sei por quê — disse eu na defensiva. — Muitos homens gostam de mulheres altas.

— Ah, não duvido disso nem por um segundo — disse Harry (confirmando que não era um deles) —, mas é muito suspeito uma garota alta se apaixonar por um homem mais baixo.

— Eu não acho — disse eu. — A altura nunca devia ser uma questão frente ao amor verdadeiro.

Harry sorriu.

— Está começando a entender disso — disse ele, provocativo. Então ele colocou as mãos nos meus ombros e abaixou a cabeça, envergonhado. — Pode me chamar do que quiser, mas tenho uma última chance de reconquistá-la — continuou ele, voltando para o assunto principal. — Ela ficou abalada com a sua presença na festa de noivado. Isso pode levá-la ao limite.

— Encantador. Achei que você fosse completamente apaixonado por ela.

— Eu sou! Eu sou! — disse ele, voltando para perto da lareira e pegando outro cigarro. — E se ela se casar com Rogerson, nunca vou me perdoar, nem ela.

— E você acredita honestamente que esse plano vai funcionar?

— Sei como funciona a cabeça dela. Mais uma noite vendo nós dois juntos, e ela vai perder o controle.

— E então? E quando ela retomar o controle?

— Vai voltar para mim, claro.

— E eu?

— Meu bem, não acredito que você ficará com o coração partido por me deixar. Claro, você pode fingir estar; seria muito bom...

— Mas sempre serei vista como a garota pobre trocada pela americana rica.

— Acredito que isso a tornará fonte de muita fascinação para os outros espécimes do sexo masculino. Os homens adoram garotas a quem possam proteger do mal de um antigo amor.

— Garotas com um metro e oitenta não tendem a inspirar proteção — respondi.

— Não seja boba. Você vai parecer uma bebê girafa com a perna quebrada. Eles vão querer cuidar de você até que fique boa.

Lancei-lhe o meu melhor olhar "do que você está falando", que não costumava ser bem-sucedido, mas acho que dessa vez o fiz muito bem, provavelmente porque estava levando a sério de verdade.

— Pelo que posso ver, não vou sair ganhando nada nisso. Na primeira vez, foi por diversão, mas as coisas estão indo longe demais, Harry — disse eu com firmeza.

— Pensei nisso também.

— Como assim?

Ele abaixou um pouco o tom de voz.

— Você precisa de uma pagamento dessa vez, de algo que faça o martírio valer a pena.

Eu estava prestes a abrir a boca e dizer que nada me convenceria de que isso não era uma péssima idéia, mas algo fez com que eu parasse para ouvir o que ele tinha a dizer. Ele tirou algo do bolso.

— Veja.

— O que... o que é isso? — murmurei, mas sabia antes mesmo de acabar a pergunta.

— São dois ingressos para o show de Johnnie Ray no Palladium em abril. Posso lhe dizer que são tão raros quanto porquinhos-da-índia.

— Como você... — sussurrei, o coração acelerado, me esforçando para não gritar.

— Vamos dizer apenas que tem a ver com uma roleta, muitos dry martinis, vários apostadores ricos e um pouco de mágica. Pelo que me falaram dele, o próprio Johnnie Ray ficaria orgulhoso de mim. — Ele sorriu. — Deixarei que você conte a Charlotte.

Depois disso escutamos a porta da frente abrindo, e ambos quase pulamos de susto. Harry enfiou os ingressos de volta no bolso, pressionou o dedo nos lábios e saiu, me deixando muda no meio do escritório. Cinco segundos depois, Charlotte entrou pela porta.

— Penelope, você está aqui. Deve estar morrendo de fome.

Assenti, mas dessa vez chá era a última coisa a passar pela minha cabeça.

— A cidade está uma loucura — disse tia Clare, entrando no escritório e me dando um beijo. — Nunca vi tantas pessoas fazendo compras na minha vida e nunca me senti tão violada pelo poder da propaganda! Eu só queria uma simples fita para a máquina de escrever, mas voltei para casa com duas saias novas, um frasco de perfume e um livro, que tenho quase certeza de que nunca vou ter vontade de ler.

— Por que comprou então, tia Clare?

— Gostei do título. Temos de pensar em um bom título para o meu livro, Charlotte. Alguma coisa rara e controversa.

— Que tal *Minha autobiografia*? — sugeriu Charlotte, que estava parecendo exausta.

Tia Clare lançou-lhe um olhar seco e caiu em sua poltrona.

— Essa necessidade de comprar todas as coisas sobre as quais lemos é assustadora — disse ela. — Ainda assim, Harry está trabalhando agora; devemos ser gratos pelas pequenas graças. Deus, Sir Richard é *mesmo* um amigo.

Eu mal sabia para onde olhar.

— Eu não ficaria *tão* tranqüila, tia — avisou Charlotte. — Nunca se sabe com Harry.

— Ah, ele se sentirá em casa com a contabilidade. Ele sempre adorou gráficos — disse tia Clare, distraidamente. Charlotte levantou a sobrancelha para mim e eu sufoquei um riso.

Infelizmente, naquela tarde não tive a oportunidade de conversar com Charlotte sobre Harry e sua sugestão ultrajante. Como de costume, o chá terminou às 5 horas, mas Charlotte teve de sair dez minutos mais cedo para o aniversário de sua mãe.

— O maestro está dando uma festa para ela — disse ela, melancólica. — Tenho quase certeza de que ele fugiria num piscar de olhos se soubesse que ela está completando 53 e não 43.

Tive esperança de que Charlotte me convidasse para acompanhá-la. Ela não convidou, claro.

Como ela saiu antes, peguei o trem mais cedo para casa e decidi me dar ao luxo de pegar um assento na primeira classe. Isso era algo que eu nunca faria antes de conhecer Charlotte e foi uma daquelas decisões importantes feitas sem a menor percepção de sua relevância. Estava chovendo a tarde toda, e o vagão tinha o doce odor de roupas úmidas, jornais molhados, tabaco e chá da British Railways. Escutei o ruído reconfortante das rodas nos trilhos e olhei pela janela enquanto saíamos de Londres em direção às estações calmas e simpáticas que caracterizavam a viagem de volta para Magna. A chuva parou depois de um tempo e a noite ficou linda, de uma forma quase primaveril. Pela primeira vez, tive consciência da luz prolongada, da despedida do inverno.

Quando saímos de Reading, o homem sentado à minha frente levantou o olhar do *Financial Times* pela primeira vez desde que tínhamos saído de Londres e sorriu para mim. Fiquei sem fôlego, pois ele tinha o rosto mais surpreendente que eu já vira. Não era apenas sua beleza, que era óbvia como a de um astro de cinema mais velho (acho que devia ter uns 45), mas seus olhos, enormes, castanho-claros e cheios de bondade, me pegaram de surpresa. Eu nunca tinha achado que glamour e bondade podiam ser bons companheiros, mas os traços daquele homem estavam me provando o contrário. Ele nem precisava se mexer em seu assento para eu perceber que destilava autoconfiança de uma forma distintamente não-inglesa.

— Tempo estranho — disse ele e, que alegria!, havia o inconfundível sotaque americano.

— Estranho mesmo, não é? — concordei.

Ele sorriu de novo e voltou a atenção para o jornal. Notei como suas mãos eram bonitas, feitas por uma *manicure*!, pensei, surpresa. Queria escutá-lo falar de novo.

— Mas já estamos acostumados a isso aqui na Inglaterra.

Ele riu.

— Claro que estamos — disse ele e, sorrindo, voltou para o jornal.

— Você... você mora aqui na Inglaterra? — perguntei, hesitante.

— Uma parte do tempo — respondeu ele. — Na verdade, a maior parte do tempo.

— Nossa — disse eu. — Você é americano, não é?

— Droga, achei que tinha deixado o sotaque no aeroporto de Londres — disse ele, brincando, com os olhos divertidos. Não aquele olhar arrogante e zombeteiro de Harry. O dele parecia *real* para mim. Ele voltou para seus interesses, então guardei minhas perguntas, olhei pela janela e pensei na proposta de Harry. Johnnie e uma noite no Ritz pareciam uma chance boa demais para deixar passar. E ainda...

— Parece que tem alguma coisa preocupando você — disse o estranho. Lancei-lhe um olhar indagador.

— O que você faria — perguntei a ele — se alguém quisesse que você fizesse algo que não tem muita certeza se quer fazer?

— O que é essa coisa terrível?

— Um elegante jantar de aniversário — murmurei.

— Para começar, *todos* os bons jantares devem fazê-la sentir-se estranha e deslocada — disse o estranho, animadamente. — A combinação de bom vinho e pessoas bonitas derruba a maioria das pessoas. A pergunta é: você consegue se levantar para a ocasião? Consegue virar o jogo e fazer a noite ser boa para você?

Encarei-o, boquiaberta.

— Não sei — respondi com sinceridade. Pensei em nosso sucesso em Dorset House e na irritação de Marina com a minha presença. — Acho que posso tentar — disse eu.

Ele riu alto.

— O que você preferiria estar fazendo — perguntou ele — se pudesse estar em outro lugar que não fosse esse jantar? Dançando com o pobre e velho Johnnie Ray, suponho.

Arregalei os olhos e, como de costume, meu coração disparou simplesmente ao ouvir o nome de Johnnie. Falado por um americano, soava ainda mais delicioso.

— Como você sabia sobre Johnnie? — perguntei. — Você é vidente!

— Não exatamente — disse o estranho, apontando para a revista que Charlotte tinha me dado. Sempre a carregava comigo no trem. — Sinto dizer que não tem chance. Ouvi dizer que ele hipnotiza meninas como você. Deus sabe que ninguém pode culpar o homem.

Senti que estava ficando vermelha.

— Gosto dos novos sons — admiti. — Meu irmão é viciado nisso.

— Ainda vão ganhar muito dinheiro com isso — disse o estranho. — Muito dinheiro mesmo.

Então o fiscal apareceu e uma coisa terrível aconteceu: eu não conseguia, de jeito nenhum, encontrar minha passagem.

— Sei que está aqui, em algum lugar! — afligi-me, virando os bolsos do meu casaco para fora e mostrando um bolinho de gengibre meio comido que eu embrulhara em um pedaço de papel para comer na viagem para casa. Por que eu não podia ser como Charlotte, que sempre mantinha a calma em situações como essa? O fiscal, que era um homem com a cara zangada e tinha uma tosse seca, parecia pronto para matar.

— Não tenho dinheiro suficiente para outra passagem — murmurei.

— Terá de desembarcar na próxima estação — disse ele, satisfeito consigo mesmo.

— Não, trago o dinheiro amanhã! — implorei. Ainda estávamos a uma meia hora de Westbury e a chuva recomeçara. Meu herói americano colocou a mão no bolso do casaco e tirou uma carteira de couro.

— Olhe aqui, camarada — disse ele, assim como fazem em filmes —, vou pagar a passagem dela.

— Está viajando como essa jovem senhorita?

— Agora estou. Quanto ela deve?

— Dois xelins e oito pence — disse o fiscal, de mau humor.

— Aqui está. Se minha acompanhante encontrar sua passagem antes de chegar ao seu destino, podemos esperar que o dinheiro seja devolvido, não?.

— Certamente, senhor — disse o fiscal, saindo com um acesso de tosse.

— Muito obrigada — disse eu, ofegante. — Preciso de seu endereço para que possa mandar-lhe o dinheiro assim que chegar em casa. Eu *comprei* uma passagem, sabe? Sou uma pessoa honesta e não costumo passar por esse tipo de constrangimento.

— Que decepção — disse meu novo amigo com um sorriso travesso. — E é claro que *não* precisa me mandar o dinheiro. Eu tomaria isso como um insulto terrível.

— Ah, por favor, vou me sentir péssima se não me deixar pagar. Pelo menos, me dê seu endereço para que eu possa escrever, agradecendo.

Ele cedeu a esse pedido, e uma brilhante caneta de tinta preta apareceu do nada, e ele escreveu alguma coisa atrás de um ingresso. Eu queria ver onde ele morava, mas achei rude ler enquanto ele estivesse olhando, então guardei o ingresso no bolso com o infeliz bolinho de gengibre.

— Minha mãe ficaria horrorizada se soubesse que aceitei a passagem de um estranho — disse eu.

— Ela não precisa saber — disse ele, piscando.

Achei que ele já tinha tido bastante problema causado por mim, então agradeci de novo e enterrei minha cabeça na revista enquanto ele analisava várias páginas datilografadas, soltando pequenas exclamações e riscando partes com as quais provavelmente não concordava. Na parada seguinte (em Didcot, um lugar pouco animado), ele arrumou seus papéis e se levantou. Era mais alto do que eu esperava, o que só aumentava seu terrível glamour.

— Bem, eu fico aqui — anunciou ele. — Prazer em conhecê-la, senhorita misteriosa sem passagem. Espero que o Sr. Ray goste de você. Tenho uma intuição engraçada que me diz que vai perder tempo com ele.

Agradeci de novo, desejei boa-noite e observei-o sair do trem. Um homem usando luvas e uniforme recebeu-o e pegou sua pasta. Um minuto depois, achei que estava vendo coisas quando o vi entrar no assento do carona do mais belo carro prateado com encanamento preto nas laterais.

— Nossa! É um Chevrolet novinho! — exclamou um garoto de uns 13 anos sentado uns dois bancos atrás de mim, a animação fazendo os óculos caírem de seu nariz, e na mesma hora todos os rostos que conseguiram foram à janela dar uma olhada.

— Eu sabia que ele era americano — disse o garoto num tom convencido. — Dava para perceber pela forma como falava.

— Americano rico — disse o homem ao lado dele.

O carro era a coisa mais exótica que eu já tinha visto, principalmente em um lugar como Didcot. Vários meninos se juntaram em volta do carro, desconcertados de admiração, esperando que fosse ligado, o que aconteceu com um ronco alto e aplausos da multidão. Meu amigo até colocou a mão para fora e acenou para eles. Eles adoraram.

Mama foi me buscar em Westbury, o que não era comum.

— Johns pediu a tarde de folga — disse ela, engrenando o carro (Mama era uma boa motorista, o que sempre me surpreendia, por não combinar com sua personalidade). — Se pelo menos você conseguisse encontrar um homem rico para casar com você, Penelope! Todos os nossos problemas estariam acabados — suspirou ela.

— Não seja boba, Mama — disse eu, automaticamente. Mas coloquei a mão no bolso e senti o endereço do estranho e, assim que chegamos em casa, corri para o meu quarto e tirei-o do bolso para analisá-lo. Era um ingresso da apresentação da semana anterior de *La Traviatta*, em Covent Garden. Camarote, percebi, admirada, e quase desmaiei quando vi o preço. Virei-o para descobrir onde ele morava. Isto foi o que ele escreveu:

Não devo perder a cabeça por causa de cantores. Devo ser eu mesma em jantares elegantes. Com amor, Rocky.

Gemi e apertei o ingresso em meu peito. Não devo perder a cabeça por causa de estranhos no trem de Paddington das 17h35, sussurrei. Fui para cama aquela noite com os dedos ainda sujos de tinta preta.

Capítulo 12

INIGO *VERSUS* O MUNDO

Eu queria desesperadamente contar a Charlotte sobre meu encontro com Rocky (será que esse era *realmente* seu nome?), mas não ousei telefonar para ela até as 18h do dia seguinte, quando finalmente Mama desapareceu para tomar seu banho, e eu pude ter certeza de que não estaria escutando. Mama tinha ouvidos de morcego, e os assuntos a serem discutidos aquela noite eram especialmente delicados. Se Mama me escutasse contando a Charlotte que um homem estranho (ah, e americano também) pagara minha passagem para casa e que eu estava planejando ir assistir Johnnie no Palladium em troca de fingir ser namorada de Harry, acho que ela não ficaria nem um pouco satisfeita.

— Charlotte! — falei baixinho.

— Ah, oi, você demorou a ligar hoje.

— Precisamos nos encontrar amanhã. Tenho assuntos urgentes a discutir.

— Posso ir a Magna. Tia Clare me deu o dia de folga. — Charlotte se esforçou para afastar a alegria de sua voz.

— Vou trabalhar na loja até a hora do almoço. Podemos almoçar juntas em Bath?

— Perfeito.

— Meio-dia e meia no Coffee on the Hills? Você pode pegar o trem mais cedo, não pode?

— Ainda mais despesas — disse Charlotte, alegre. — Claro que posso.

— Ah, e tenho dois trabalhos para terminar amanhã à noite — disse eu. — Terá de me ajudar.

— Do que estamos falando?

— Tennyson.

— *A maldição caiu sobre mim* — citou Charlotte.

— O quê?

— "The Lady of Shallot", o poema. Penelope, você não tem jeito mesmo.

— Vai me ajudar, então?

— Certamente posso imitar a sua letra. Estou ficando muito boa nisso. Quais são os assuntos urgentes que precisamos discutir afinal?

— Não posso dizer agora — disse eu, mas estava queimando por dentro de vontade de contar sobre Rocky, Johnnie Ray e a proposta de Harry.

— Harry está todo convencido hoje — disse Charlotte, lendo meus pensamentos. — Não tem nada a ver com ele, tem?

— Pode ser. Contarei amanhã.

— *Penelope*! — A voz de Mama veio de trás de mim.

— Essa é a minha deixa — murmurei. — Amanhã nos vemos.

— Você está misteriosa demais. Não combina com você, Penelope — reclamou Charlotte.

Inigo chegou do colégio naquela noite, e Mary preparou um cozido sem gosto para o jantar.

— Tão acolhedor em uma noite fria — disse Mama com determinação, enchendo seu prato. No entanto, mais cedo eu notara os primeiros narcisos do ano perto da porta da cozinha e gritara de prazer. Narcisos traziam uma gloriosa energia para Magna, aqueles luminosos e confiantes sucessores dos delicados flocos de neve que se acumulavam à beira da alameda, seus cabos inclinados para a frente no final de janeiro. Eu os amava pela confiança que traziam; suas flores balançando com o vento pareciam zombar da idéia de que Magna não conseguiria sobreviver. O inverno estava sendo gradualmente substituído pela primavera (encantadora primavera!), e naquela noite eu a senti à nossa volta, encolhendo-se nos bastidores, esperando para invadir e derrubar as noites escuras.

— A semana foi boa no colégio? — perguntei a Inigo automaticamente.

— Terrível. Fui advertido.

Mama deixou o garfo cair em seu prato com um estrépito. Ela sempre exagerava em suas reações às desventuras de Inigo, e ele tinha um estranho prazer em relatá-las para ela.

— Por quê?

— Por escutar rádio depois de apagarem as luzes.

— Você é um idiota — disse Mama com raiva. — Por que foi pego?

— Foi aquele chato do encarregado, Williams-May. De qualquer forma, escapei só com uma advertência. Thorpe foi pego fazendo a mesma coisa ontem à noite e foi preso antes do café-da-manhã.

— Qual é o problema de vocês dois? — perguntou Mama. — São sempre tão *descuidados*. Seu pai ficaria horrorizado!

— Você está sempre nos dizendo como Papa era radical no colégio! — reclamou Inigo, arrastando um pedaço de cebola para a beirada do prato. Ele odiava cebola; enquanto eu o observava, ele discretamente cuspiu outro no guardanapo.

— Mas ele nunca foi *pego*! E ele era capitão de todos os times! — A voz de Mama foi ficando mais e mais alta.

— Menos de hóquei — falamos em coro, eu e Inigo.

— Menos de hóquei. E quem quer jogar hóquei?

— Não consigo imaginar, Mama. Eu só quero tocar violão. — Inigo se levantou, afastou a cadeira e atravessou a sala até a janela. Mama olhou para mim com uma expressão no rosto que queria dizer "viu como eu sofro?"

— Sente-se — suspirou ela, mudando de curso.

Inigo andou um pouco de um lado para o outro e acabou se sentando no banco perto da janela, fitando a noite.

— Penelope, me passe o isqueiro. — Ele procurou no bolso e tirou um maço amassado contendo apenas um cigarro, de aparência péssima.

— Não vai se sentar conosco e terminar seu cozido, querido? — perguntou Mama, em tom reprovador. Ela não gostava de se aborrecer com Inigo, e eu podia sentir sua inquietação. Ela não estava preparada para suportar qualquer cena que não fosse instigada por ela própria.

— Não, obrigado — disse Inigo. — Achei o cozido de Mary indescritivelmente deprimente.

Houve um silêncio, e eu tive vontade de cair na gargalhada e soluçar ao mesmo tempo.

— Você costumava adorar cozido — disse Mama com uma voz vacilante. — Costumava ser um banquete, algo que todos esperávamos...

— Durante a guerra, quando também esperávamos Papa voltar para casa — disse eu.

— Mas ele nunca voltou para casa, não foi? — terminou Inigo, esfregando a mão na parte de trás da cabeça como sempre fazia quando falava de Papa.

Está feito, pensei, esperando pelas lágrimas, mas dessa vez Mama não chorou. De repente pareceu exausta, mais velha, acabada. Então seu rosto endureceu e ela atacou Inigo.

— Suponho que você acredite que vai ficar rico tocando violão. Que salvará Magna dos impostos. Que pagará para reabrir a Longa Galeria. Acredita que cantando manterá essa casa de pé? Acha que...

— *Sim, eu acho!* — gritou Inigo. Ele levantou-se e sacudiu as mãos exprimindo sua frustração. A cinza de seu cigarro flutuou calmamente até o chão. — Eu *acho*! — repetiu ele. Mama me lançou um olhar desesperado, mas eu correspondi com um olhar cheio de triunfo, já que acreditava em tudo que Inigo dizia.

— Veja, Mama! — disse eu. — Ele está pensando em Magna! Ele cantará e tocará por Magna! *Sei* que vai fazer isso!

Inigo correu até Mama e caiu aos seus pés.

— *Por favor,* Mama — disse ele. — Tem de acreditar em mim.

— Quantas pessoas você conhece que conseguiram gravar um disco? Como você faria isso? — perguntou Mama, mas pude perceber que ela estava se acalmando um pouco. Inigo levantou-se de novo.

— Eu poderia ir para Memphis, procurar o amigo do tio Luke, Sam Phillips. Eu poderia ficar no estúdio dele por um ou dois dias. Poderia começar lá, que nem Elvis Presley...

— Em primeiro lugar, como você chegaria a Memphis? — perguntou Mama.

— De avião.

Mama riu, sem entusiasmo.

— E suponho que você tenha juntado dinheiro suficiente vendendo bebidas e cigarros para fazer isso, certo? Pagar uma viagem de avião de ida e volta para os Estados Unidos?

— Eu não preciso voltar.

Mama começou a soluçar. A casa parecia tão silenciosa ao redor dela que quase odiei o lugar por não produzir mais barulho, uma forma de nos distrair do mais horrível som. Eu me senti enraizada no mesmo lugar, uma espectadora assistindo ao meu próprio drama. Queria muito ajudar Mama, mas havia uma parte de mim que a odiava por chorar, que a odiava por querer manter Inigo e a mim junto dela, aprisionados como ela estava.

— Como isso aconteceu? Deve ser culpa minha! Eu devo ser o problema! — lamentou ela.

Tudo, até a obsessão de Inigo por música, tinha de ter alguma coisa a ver com ela.

— Eu devo ser o problema! — repetiu ela. — Sou uma péssima mãe! Sou uma pessoa horrível! — Ela procurou alguma coisa para enxugar as lágrimas, mas, infelizmente para todos, escolheu o guardanapo em que Inigo cuspira o pedaço de cebola. Com olhos obscurecidos pelas lágrimas, ela aproximou o guardanapo do rosto e assoou o nariz com força, amassando a cebola em seu delicado nariz. Nos poucos momentos seguintes, ela hesitou na iminência de mais lágrimas, mas, sendo Mama, logo achou impossível fazer algo, a não ser jogar a cabeça para trás e começar a rir. Acho que às vezes ela se esquecia de seu senso de humor, visto que era algo incontrolável, que tendia a interromper perfeitamente a tristeza. Ela não fazia idéia do poder que sua gargalhada tinha sobre mim e Inigo. Quando Mama ria, realmente ria, nada mais no mundo importava.

Mais tarde naquela noite, depois de Mama ir para a cama, eu e Inigo jogamos buraco na biblioteca.

— Você estava falando sério? — perguntei. — Sobre ir para os Estados Unidos?

— Para Memphis? — disse Inigo. — Gravar um disco? Claro que estava falando sério.

— Mas *você*? Com apenas 16 anos? Gravar um *disco*? Nos *Estados Unidos*? Não conhecemos ninguém que grave discos. Isso não é possível, é?

— Elvis Presley grava discos.

— Mas nós não o *conhecemos*. Ele é apenas um cantor que tio Luke conheceu!

— É o suficiente para mim.

— O que ele tem de tão maravilhoso?

— Tudo. Você só está assustada porque ele é ainda melhor que Johnnie, e você sabe disso.

— *Claro* que não é.

— Desculpe, Penelope, mas ele é.

— Então, por que não o escutamos no rádio? Por que ele não vai tocar no Palladium no mês que vem? — Percebi que minha voz estava ficando histérica, mas Inigo apenas sorriu para mim de forma enfurecedora e reorganizou suas cartas.

— Quando Elvis Presley fizer isso, vai tirar todos os outros de cena — disse ele, sem nem se incomodar em levantar a voz. — É simples assim.

— Mostre-me uma fotografia e julgarei — respondi. — Ele não pode ser mais lindo que Johnnie.

— Ele não precisa usar um aparelho auditivo, se é o que quer saber. Tio Luke vai me enviar fotos dele.

— Tio Luke disse que ele é esquisito.

— Esquisito é sempre uma coisa boa. — Inigo bocejou.

— Ah, você é *impossível*!

— De jeito nenhum. Apenas consigo ver que existe vida após Johnnie Ray.

— Mas quem vai se lembrar de Elvis Presley em vinte anos? — questionei. — Ninguém! Mas *todo mundo* vai lembrar de Johnnie! Você só escutou Elvis cantando quatro músicas!

— Pode acreditar no que quiser — disse Inigo —, mas eu sei que Elvis Presley tem alguma coisa diferente. Simplesmente sei. Não posso dizer por que nem como. Apenas sei.

Jogamos a partida seguinte sem conversar.

— Não estou dizendo que não gosto dele — admiti de má vontade enquanto subíamos as escadas para ir dormir. — Ele apenas não é como Johnnie.

— Ele certamente não é como Johnnie — concordou Inigo. — Ele não se parece com ninguém. Ele é apenas Elvis Presley. Isso basta.

No dia seguinte, saí para o trabalho antes de Mama aparecer para o café-da-manhã. Ela dizia não gostar do fato de eu ter um emprego na cidade, alegando que detestava a idéia de alguém que ela conhecesse entrar na loja e me ver atrás do balcão, embora no íntimo eu achasse que ela ficava feliz em me ver fora de casa por algumas horas. Ela às vezes ficava tão perdida em si mesma, tão completamente imersa nas memórias do Papa e de sua juventude que, em certas ocasiões, eu me sentia fora de sincronia com ela; eu parecia pertencer a uma época da qual ela não queria fazer parte. Talvez eu fosse moderna demais para ela, e se tinha uma coisa que Mama não queria compreender, era a modernidade.

Era uma daquelas manhãs de fevereiro extraordinariamente quentes que nos fazem pensar que o inverno acabou da noite para o dia. Fui pedalando a Golden Arrow, minha velha mas confiável bicicleta, até a estação e peguei o trem para Bath. Quinze minutos depois, cheguei à loja, tirei o casaco e a suéter e sentei-me no banco atrás do balcão, balançando as pernas e pensando em Rocky enquanto esperava Christopher chegar. Eu gostava dos momentos que passávamos na loja. Conversávamos em pormenores sobre coisa alguma em especial — ficávamos apenas sentados tomando um refrigerante de limão Robinson, que ele dizia ser bom para a alma. Eu gostava dele porque era um pedaço de Papa que eu podia alcançar e tocar, e ele gostava de mim pela mesma razão. Naquela manhã, enquanto escrevíamos preços em etiquetas para quatro novos aparelhos de chá que tinham chegado na véspera, eu sabia que era uma questão de tempo até Charlotte passar a ser o assunto de nossa conversa. Eu também me prometera que hoje seria o dia em que perguntaria a ele sobre tia Clare e Roma.

— Coloque o preço tão alto quanto ousar — aconselhou-me Christopher. — As pessoas estão bebendo chá como se fosse sair de moda a qualquer momento. — Ele fingiu estar concentrado em recarregar sua caneta. — Charlotte gosta de chá?

— Gosta.

— Gosta? — repetiu Christopher. — Bem, certo, então. Talvez você pudesse oferecer-lhe o aparelho verde e branco que está na vitrine. Ela não gostaria dele? Poderia comprar por metade do preço. Sempre achei que verde era a cor dela... não me pergunte por quê. Talvez seja por causa daquele casaco medonho que ela está sempre usando.

— Gosto do casaco dela.

— Ah, então o problema sou eu. Estou velho demais.

— Nunca! Ah, me ajude, esqueci quantas etiquetas já fiz.

Christopher olhou para mim com curiosidade.

— Está muito distraída esta manhã. Alguma coisa errada?

— Não, nada — respondi. — Estava apenas pensando.

— Bem, então não pense, querida. Temos muito a fazer.

Fomos interrompidos pelo toque do sino quando a porta da frente se abriu e nossa primeira cliente, uma senhora carregando uma cesta de costura, entrou na loja.

— Gostaria de ver o aparelho de chá verde e branco que está na vitrine, por favor — disse ela, tirando o chapéu.

— Ah, que pena. Sinto muito, mas já está reservado — disse Christopher, satisfeito. — Tire-o da vitrine, por favor, Penelope.

A mulher virou-se para sair, mas Christopher estava um passo à frente.

— Mas uma senhora assim — disse ele, levando-a de volta para a loja — deveria tomar chá em um aparelho violeta.

— Violeta?

— Ou de porcelana azul — considerou Christopher —, para combinar com esses maravilhosos olhos.

— Ah! — exclamou ela.

Ri para mim mesma. Christopher foi bem-sucedido porque acreditou em cada palavra que disse. Embrulhei o aparelho verde e branco em jornal e me prometi oferecê-lo a tia Clare, não a Charlotte.

— Claro, coberturas de chaleiras vitorianas são encantadoras — estava dizendo Christopher com ar de quem estava discutindo a mais recente coleção de Chanel. — Simplesmente não consigo quantidades suficientes delas.

Observei-o atravessar a loja em direção ao que eu chamava de armário das bugigangas. Para um homem que passara tantos anos na força aérea, Christopher ainda era muito bonito: seu rosto não tinha rugas e suas mãos eram tão macias que era impossível imaginá-lo fazendo algo ao ar livre. Ele se vestia de uma forma quase afetada (parando pouco antes de chegar a gravatas cor-de-rosa) e não era nada menos do que obcecado por sapatos, embora tivesse igual interesse por mulheres bonitas, nunca deixando de comentar a aparência de todas as que entravam na loja. Em uma noite do último verão, Mama admitira para mim que ele fora muito corajoso durante a guerra, mais corajoso do que podíamos imaginar, mas ela não gostava muito de vê-lo agora, dizendo que ele a fazia se lembrar de Papa. Como absolutamente tudo na vida fazia com que se lembrasse de Papa, eu achava um tanto bobo da parte dela ignorar Christopher, cuja *joie de vivre* e otimismo inabalável sempre faziam com que eu me sentisse melhor em relação a tudo. Assim que ficamos sozinhos de novo, respirei fundo.

— Então você já esteve em Roma? Há muito tempo?

Ele me lançou um olhar sagaz.

— Já, como você sabe, estive em Roma. E antes que você continue com essa investigação pouco sutil, devo lhe dizer que sim, eu adorei Clare Delancy durante os dez dias em que estive com ela; e, sim, eu sei que ela é tia de Charlotte.

Eu estava surpresa.

— Como você sabia?

Christopher tirou os óculos.

— No momento em que Charlotte entrou pela primeira vez nesta loja, fez com que eu me lembrasse de alguém, e passei os dias seguintes tentando descobrir quem era. Então descobri. A encantadora Clare Delancy. Roma, 1935.

— Nuvens cobriram seus olhos. — Sempre achei que Clare tinha o cabelo mais glorioso que eu já vira. E aquele nariz *perfeito*! Charlotte é a única outra mulher que conheci com aquele perfil romano perfeito. Logo desconfiei que fossem parentes. Quando a escutei falando sobre tia Clare na semana passada, juntei dois e dois. — Ele pareceu orgulhoso. — Bom trabalho de detetive para você. — Ele imitou uma reverência. — Pode me chamar de *Dixon of Dock Green*.*

Eu ri.

— Bem, a tia de Charlotte me pediu para mencioná-la para você — disse eu.

— Pediu? — Ele ficou tão surpreso que parou de se mexer por um segundo, e isso era tão pouco comum nele que fiquei alerta. — Estou pasmo que ela tenha alguma lembrança da minha existência. — Ele estava se esforçando para não parecer muito satisfeito. — No dia seguinte àqueles em que voltei para Londres, ela começou a sair com um conde austríaco. No mês seguinte, me falaram que estava saindo para jantar todas as noites com um oftalmologista de Bristol. E ela estava sempre casada com algum homem chato e bonito, com pé torto. Mas ela era tão divertida, tão rara e tão linda, que não é possível culpá-la.

— Você acha que alguma vez ela já ficou com o coração partido? Sabe, em pedacinhos *mesmo*.

— Deus, Penelope, a sua geração fala tanta besteira. Corações ficam em pedacinhos de verdade.

— Bem, responda à pergunta — disse eu, sem paciência.

Christopher assou o nariz em um grande quadrado de seda azul e rosa. Ele sempre tinha os lenços mais extravagantes.

— Duvido que alguém tenha partido o coração dela — disse ele. — Mulheres como ela se interessam demais por quem e o que está por perto para se afeiçoar a alguém. É neste ponto que eu imagino que a similaridade entre ela e sua querida sobrinha se estende além da mera aparência exterior.

Mas nisso ele estava errado, claro. Eu me lembrava de como Charlotte ficara nervosa por Andrew, o Ted, o que me preocupava e me fazia perguntar a mim mesma se algum dia ela amaria de novo.

**Dixon of Dock Green* foi uma popular série inglesa da BBC, exibida de 1955 a 1976. (*N. da T.*)

— Vamos continuar, Penelope — disse Christopher, irritado. — Já nos distraímos muito para um dia.

Eu concordava com ele.

Meia hora depois, Charlotte precipitou-se pela porta. Ela sorriu para Christopher.

— Que dia encantador, não é, Sr. Jones? Vim me encontrar com sua assistente para um almoço vital.

— Achei que fôssemos nos encontrar no Coffee on the Hills.

Eu ainda não tinha me acostumado com o hábito enlouquecedor de Charlotte de sempre chegar adiantada.

— Podemos ir andando até lá agora. Estou doida para saber suas novidades... — Ela parou no meio o que dizia, seus olhos fixos na vitrine. — Ah, que lindo cachecol! — exclamou ela, puxando um xale cor de ferrugem sevilhano de cima de uma velha estante que Christopher nunca conseguira mudar de lugar. — Quanto custa?

— Para você, uma libra — disse Christopher, sem sequer piscar.

— Ora, vamos! Você pode melhorar esse preço! — reclamou Charlotte, arrumando o xale em volta de seus ombros e se olhando no grande espelho que ficava atrás do balcão. Ficou maravilhoso nela, pensei com inveja. Havia alguma coisa que Charlotte não pudesse usar? Eu desejei fervorosamente ter tido a presença de espírito de perceber, duas semanas atrás, quando Christopher trouxe o cachecol para a loja, que não era apenas o "pano velho espanhol" que ele descreveu para mim, já que claramente era uma obra-de-arte, um lindo pedaço de sedução que Charlotte poderia facilmente escolher usar para ir ao show de Johnnie no Palladium. Então ele se apaixonaria por ela e seu exotismo e nem olharia na minha direção...

— Uma libra — repetiu Christopher.

Charlotte suspirou e devolveu o cachecol.

— Muito caro — disse ela, balançando a cabeça.

— Dez xelins — aventurou-se Christopher, sem dúvida alguma odiando-se. Charlotte fixou o olhar nele.

— Nove — disse ela.

— Nove xelins e oito pence.

— Fechado.

Charlotte pegou a carteira e entregou-lhe o dinheiro antes que ele mudasse de idéia.

— Você é uma mulher difícil, Charlotte Ferris.

— Você nem imagina — zombei.

Charlotte dobrou o cachecol e o guardou na bolsa. Assumiu um olhar pensativo.

— Sabe, Christopher, você e eu devíamos pensar em abrir um negócio juntos.

Christopher manteve a calma.

— Eu nunca sobreviveria com você no comando — disse ele. — Não poderia confiar em você.

— Aah! Está sendo rude! — reclamou Charlotte.

— Você pagou sua passagem de trem para cá? — perguntou Christopher, friamente. Ele era *tão* atraente quando agia assim, tipo um diretor bonito que fazia os alunos se sentirem culpados por imaginar coisas maliciosas sobre o que ele fazia quando não estava trabalhando.

— Não, não paguei a minha passagem — disse Charlotte na defensiva. — E o que isso tem a ver?

— Simplesmente prova meu ponto de vista.

— Bem, eu poderia ter mentido para você e fingido que *paguei* — comentou ela. — Em vez disso, escolhi dizer a verdade.

— Grande erro — disse Christopher, distraidamente. — Eu a teria levado mais a sério se tivesse mentido. E, Charlotte — acrescentou ele, bruscamente —, diga oi para sua tia por mim, está bem?

Charlotte não perdeu tempo.

— Claro. Ela fala de Paris com muito carinho.

— Foi em Roma.

— Ah, vocês estavam em Roma? Desculpe, me confundi.

— Você se parece muito com ela, sabe? — disse Christopher.

— As pessoas dizem que me pareço mais com tia Clare do que com minha mãe — disse Charlotte, orgulhosa.

— Não é isso — disse Christopher, pensativo. — É sua postura. Esperta demais.

Charlotte riu e jogou um beijo para ele, e nós saímos para a rua naquele dia ensolarado de fevereiro. Pensei em como seria agradável ter o cinismo de Charlotte. Para mim, parecia tudo que alguém poderia precisar na vida.

Suponho que Coffee on the Hills era o primeiro lugar na cidade em que se compreendia o fato de que agora que a guerra estava definitivamente acabada, era possível fazer dinheiro cozinhando diretamente para a nova juventude. E a nova juventude girava em torno dele, atraída, magneticamente, pelas cores pastéis dos sundaes e pelo cheiro de calor e juventude. Vendiam sanduíches de presunto, torradas com queijo, tigelas de sopa de tomate Heinz com pão branco, cigarros e taças de vinho quente, que eram para nós a última palavra em sofisticação. O tempo todo os discos tocavam, e quando se chegava lá e não estava muito cheio, era possível pedir para a garçonete colocar Johnnie Ray e, dois minutos depois, você poderia escutá-lo cantando enquanto comia. Charlotte e eu gostávamos da mesa do canto na última janela, para que pudéssemos ver toda a colina até a praça enquanto conversávamos, comíamos e fumávamos. Era a melhor mesa para ser vista e a melhor mesa para se olhar para os Teds que se reuniam nos bancos da praça. O rosto de Charlotte ficava tenso quando se tratava de Teds, o tempo todo procurando Andrew, embora eu não soubesse o que ele poderia estar fazendo em Bath. Não havia dúvida de que aqueles rapazes de jaquetas com golas de veludo exerciam um poder sobre Charlotte. Ela mexia mais no cabelo do que de costume quando os víamos; falava em voz baixa, como se eles pudessem nos ouvir através do vidro.

Pedi um prato de batatas fritas e um copo de suco de laranja, e Charlotte, uma taça de sorvete de chocolate e um copo de limonada. Esperei até que ela tivesse comido a maior parte de seu pedido para começar a falar, já que ela nunca conseguia se concentrar de verdade até que seu estômago estivesse cheio. Em volta de nós, as mesas estavam enchendo, a maioria com grupos de meninas risonhas, mas às vezes um casal entrava: um rapaz e uma moça, que se sentavam bem juntinhos, mas falavam pouco, mudos por seu próprio brilho, eu achava. Mudos pela maravilha de se estar junto e longe de casa. Olhar para as pessoas no Coffee on the Hills era emocionante.

— Por que você acha que Christopher não se casou? — perguntou Charlotte.

— Por quê? Quer se casar com ele? — Eu ri.

— Cale a boca. Só estava perguntando. — Ela ficou um pouco corada.

— Ele já foi casado — disse eu. — A esposa dele morreu um ano depois de se casarem.

— Nossa, que horrível. Como?

— Acho que ela caiu de um cavalo.

Charlotte ficou pensativa por um momento, depois mudou de assunto com a mesma rapidez com que trocaria um disco.

— Então — disse ela, lambendo a colher. — Sobre o que você queria conversar comigo?

Eu realmente não sabia por onde começar, mas achava que a oferta de Harry era a melhor opção.

— Sobre Harry — disse eu.

— Não me diga. Você se apaixonou por ele.

Estremeci.

— Não seja ridícula!

— Graças a Deus! Há algumas semanas eu estava temendo isso, sabe?

— Por quê? — perguntei, temporariamente chocada.

— Não sei. Apenas a forma como você olha para ele às vezes. Me deixa nervosa, entende? Como se você estivesse vendo coisas nele que mais ninguém vê. Ah, chame a garçonete. Vamos pedir um bule de café?

— Você está completamente enganada — disse eu. — Eu não poderia estar menos interessada nele. Principalmente neste momento. Ele me colocou em uma situação muito difícil.

Charlotte levantou a sobrancelha.

— Ah, não. Espero que ele não esteja apaixonado por você. Eu nem tinha *considerado* isso. — Ela pareceu horrorizada por um momento. — Desculpe, não quis ser rude, é só porque ele é tão obcecado pela maldita Marina que eu nunca imaginei que ele pudesse...

— Charlotte, será que você pode ficar quieta e me deixar falar?

— Claro. — Ela sugou o resto de sua limonada fazendo um barulho alto com o canudo.

Respirei fundo.

— Harry quer que eu finja ser sua... sua... amiga de novo — disse eu, deixando clara minha desaprovação. — No jantar que George vai oferecer a Marina. Ele disse que você também foi convidada.

— Hum. Fui sim, azar.

— Bem, em troca ele conseguiu ingressos para nós duas vermos Johnnie. Ele acha que minha presença vai irritar tanto Marina que ele vai conseguir tê-la de volta de uma vez por todas. Ele disse que vai ser a última vez, de um jeito ou de outro. Não sei o que pensar. Não consigo imaginar nada pior, mas então fico pensando em Johnnie, e todos os meus medos evaporam.

Charlotte chamou a garçonete.

— Um bule de café, por favor — pediu ela. — Forte.

— Não tão forte — acrescentei, e a garçonete levantou os olhos.

— Agora — disse Charlotte. — Acho que ele está sendo um tolo em acreditar que esse plano vai funcionar. Ele não está competindo com George, está competindo com o dinheiro e as amizades dele, com os quais Harry nunca vai conseguir se equiparar. Então sugiro que você ceda e vá à festa com ele, aja como namorada, consiga os ingressos e corra para o Palladium o mais rápido que puder.

— Mas estou vivendo uma mentira! *Não* sou namorada de Harry! Pior ainda, eu nem saberia como ser a namorada de alguém.

— Não é algo que se aprenda. Vai-se descobrindo, conforme se vai vivendo — disse Charlotte devagar.

— Literalmente, no meu caso.

— Ninguém espera que você faça algo obsceno como passar a noite com ele. — Charlotte gostava de dizer esse tipo de coisa para mim porque eu sempre ficava corada.

— Não é isso — disse eu, mexendo os dedos dos pés freneticamente. — São só as mentiras disso. E se Marina terminar com George, sou eu quem vai ficar de lado com o coração partido.

— Mas você não estará com o coração partido *de verdade.*

— Sei que não... não mesmo... mas todo mundo vai *pensar* que estou. Serei vista como a garota que foi abandonada por Harry.

— Poderia ser pior — refletiu Charlotte. — Os homens adoram as abandonadas.

— Engraçado, foi o que Harry também disse.

Paramos, enquanto a garçonete servia nosso café.

— Você já deve saber o que vai fazer — disse Charlotte. — Deve saber desde o momento em que Harry conversou com você sobre tudo isso. Qual é a sua decisão? Sim ou não?

Tomei um gole do café fervendo. Estava doce e forte e me encheu de coragem.

— Bem, sim, claro.

— Eu sabia — disse Charlotte. — Não vai se arrepender. De qualquer forma, estarei lá para garantir que nada dê errado. Acho que vai ser bem divertido. E vamos poder ver Johnnie — suspirou — em carne e osso! Tenho de garantir que Harry entregue os ingressos antes da festa — disse ela. — Sem ingressos, sem namorada.

— Boa idéia. — Flutuando com o encorajamento de Charlotte e tonta com a dose de cafeína, senti meu coração batendo em minhas costelas. — Ah, e outra coisa...

— Nossa! *Outra* coisa?

Eu tinha planejado contar a Charlotte sobre Rocky, planejado perguntar sua opinião, dividir minha história sobre como nos conhecemos no trem e como ele escrevera seu nome atrás de um ingresso de ópera. Mas de repente as palavras ficaram presas em minha garganta e percebi, para minha surpresa, que Rocky era algo que eu queria manter para mim mesma por enquanto. Ele não era absurdo como os amigos de Inigo, nem jovem e perigoso demais como os Teds do café, nem fora de alcance como Johnnie Ray: ele era um homem real, alguém que me escutara e me fizera pensar.

— Não tenho roupa para usar na festa.

Quando cheguei em casa naquela noite, calcei minhas galochas e caminhei até o cercado de Banjo com uma maçã. Banjo mastigou-a e cuspiu a maior parte, seus dentes já inúteis por causa da idade. Abracei-o, cheirei aquele belo pônei e olhei para Magna, que, a distância, não parecia maltratada, mas alta e forte, como um navio fantasma no horizonte. Um nó subiu para minha garganta quando pensei em Inigo nos deixando e indo para os Estados Unidos, em Mama se acabando ainda mais sem ele, em Papa nunca voltando para casa, e percebi como tudo era terrivelmente frágil. Fechei bem os olhos e rezei para que algo nos salvasse. Quando abri os olhos de novo, Banjo babara os restos da maçã na minha blusa. Pensei em como a vida é diferente dos livros e no absurdo de Charlotte ter imaginado que eu poderia estar apaixonada por Harry. A única razão para ele ter me convencido foi porque esfregou os ingressos para ver Johnnie na minha cara. Voltei vagando para casa, derrubando urtigas com um galho, cantando Johnnie Ray e me perguntando se algum dia veria Rocky de novo. Pensei que os rapazes não valiam os problemas que causavam. Realmente, as pessoas podem se apegar aos livros quando vêem o herói chegando.

Capítulo 13

A LONGA GALERIA

Charlotte me telefonou para dizer que Harry lhe mostrara os ingressos para o show de Johnnie, mas que ele não os entregaria até que acabasse o jantar.

— Você os viu mesmo? — perguntei em um sussurro alto, já que Mama estava rondando.

— Claro — disse Charlotte. — Eles são verdadeiros, sim. Ele deve ter mexido alguns pauzinhos para consegui-los.

Lembrei-me do que Harry falara sobre roleta e apostadores ricos.

— Tem absoluta certeza de que são reais?

— Nunca tive tanta certeza. Vinte e cinco de abril de 1955, Johnnie Ray no Palladium. Os portões abrem às 19h30.

Estremeci incontrolavelmente de empolgação por tudo isso.

— A festa de George será na sexta-feira às 20h — continuou Charlotte. — Ah, e seu acompanhante quer que se vista com discrição.

— Ah, ele quer? — perguntei, séria.

— Eu disse para ele que você sempre se vestia com discrição e perguntei quem ele achava que você era. Se eu fosse você, procuraria um espartilho e suspensórios. Ah! Espere um minuto, querida, ele está agarrando...

— Alô? Alô? — Harry parecia alegre e levemente bêbado.

— Oi? — disse eu, tão friamente quanto pude.

— Estou feliz que vá comigo, meu bem. Teremos uma noite maravilhosa. Apenas relaxe e deixe que cuidarei de você.

— Não sei por que essas palavras não me enchem de confiança.

— Escute, você se importaria se chegássemos separados? Acho que poderíamos fazer uma cena muito melhor se você chegasse depois de mim, quando todos estiverem sentados para jantar. *Meu rosto se suaviza ao ver a minha querida amada.*

Eu podia escutar Charlotte reclamando.

— Mais alguma coisa? — perguntei com cinismo. — Um beijo no final de cada prato?

— Perfeito.

Segurei o riso. Ele estava sendo ridículo.

— Ah, Penelope?

— O quê?

— Meu bem, você é muito alta para usar salto. Eu ia lhe dizer isso da última vez, mas me distraí com a americana e esqueci de falar. Vamos nos encontrar no Ritz. Estarei lá às 20h e esperarei por você às 20h20. Lembre-se: discreta, mas encantadora. Farei o resto.

— Quem mais estará lá? — perguntei, de repente em pânico.

— Ah, todo mundo que você já viu nas colunas sociais esse ano, mas ninguém que realmente conheça.

Fiquei em silêncio, imaginando o horror disso tudo.

— Penelope? — Percebi a voz de Harry suavizar. Não conseguia deixar de gostar da forma como ele falava meu nome. Ele se demorava mais no "el" no meio, principalmente quando tinha bebido um pouco mais de vinho.

— O quê?

— Se for muito ruim, posso transformar todos eles em ratos.

Permiti-me rir.

— Pena você não poder me dar uma fada madrinha também.

— Não posso? Veremos. Escute, vou dormir na casa de um velho amigo de escola depois de amanhã. Ele mora a uns cinco quilômetros de você.

— Nome?

— Loopy Turner. Bem, Lorne Turner, na verdade. Fala muito alto, tem uma linda irmã chamada Isobel.

— Sei de quem está falando. Eles moram em Ashton St. Giles. Ele é baixinho, não é? — Engoli em seco logo depois de falar isso, percebendo que provavelmente ele era um pouco mais alto que Harry.

— Para você, todos os homens são baixinhos. O que diz do meu plano?

— Ah, tudo bem — consenti. — Podemos nos ver na quarta-feira de tarde?

— Encontro você às 15h — disse ele.

— Muito bem. Ah, e Harry, só para que saiba... Isobel Turner é uma garota medonha. Ela estudou em Sherbourne uns dois períodos. Ela comia giz.

— Do jeito que eu gosto — suspirou Harry.

Desliguei o telefone e passei por Mama, que estava, convenientemente, arrumando alguns narcisos no salão.

— Sobre o que estavam falando, querida?

— Ah, nada demais. Vou a uma festa com Harry na sexta-feira. Ele virá aqui na quarta para fazermos os planos.

— Planos? — perguntou Mama, e eu praguejei por falar demais.

— Ah, apenas conversar sobre a noite. É um jantar elegante — disse eu, apressadamente.

— O que você vai vestir?

— Não sei. Encontrarei alguma coisa. Talvez o vestido que usei na festa dos Hamilton. — Mas eu sabia que não poderia encarar Marina com a mesma roupa.

— Você devia usar alguma coisa nova — disse Mama. — Algo novo e sensacional. Como espera que alguém a note se estiver sempre usando o mesmo vestido? Não tem problema. A aquarela de tia Sarah deve servir.

— Ah, Mama! Não vale a pena! — protestei.

— Valerá se você encontrar um marido adequado — disse Mama, séria.

— Ah, pelo amor de Deus! — disse eu, começando a perder a paciência.

— Não sei porque me incomodo — disse Mama. — Se quer parecer uma desmazelada, tudo bem. Não estarei presente para consolar você quando chegar aos 30 sem se casar.

— Só porque você se casou antes de sair das fraldas!

— O que disse?

Eu teria chorado se não tivesse sido engraçado ao mesmo tempo. Vi Mama torcer os lábios, mas não quis dar a ela a satisfação de me ver rindo.

— Chegou a encomenda de Inigo que tio Luke mandou — anunciou Mama. — Fotografias de Ellis Presley. Não acho certo ele ficar mandando essas coisas. Incita a rebeldia adolescente sobre a qual tenho lido nos jornais.

— Elvis Presley — corrigi. — Você não acha que Inigo merece um pouco de rebeldia, Mama? Nossa, acho que todos precisamos.

Balancei a cabeça e deixei-a ali no salão segurando um narciso em seu peito. Pobre Mama, pensei. Como tantas outras mulheres de sua geração, ela não estava preparada para os adolescentes. Ainda faltavam três anos para ela chegar aos 40 e, olhando para trás, ela estava mais bonita agora do que no dia de seu casamento, apesar de ter perdido tanto, sofrido tanto e de isso ter envelhecido sua alma.

Inigo veio da escola para casa no dia seguinte e abriu a caixa marrom que continha suas desejadas fotografias. Havia cinco delas e, em quatro, Elvis estava sorrindo, ao lado de tio Luke e de seu amigo Sam Phillips, e até brindando com uma garrafa de cerveja com Loretta. Ele tinha um cabelo maravilhoso, castanho-claro, brilhante como os das propagandas de xampu, e os mais lindos olhos, que pareciam sorrir para a câmera, cheios de luz e vida. Mas a quinta fotografia era diferente. Ele estava no palco, o violão pendurado no pescoço, e suas pernas formavam ângulos estranhos. Havia ironia em seus lábios, e o simples ato de olhar para a foto me deixou inquieta; havia algo desconcertante mas excitante no fogo dos olhos dele que fazia com que eu tivesse a sensação de que ele estava me encarando e de que a qualquer momento poderia sair da fotografia e me beijar. Inigo colocou o novo disco que tio Luke mandara, e comemos um saco de maçã analisando Elvis cantar.

— Quero parecer com ele — anunciou Inigo quando o disco acabou. — Poderia ficar parecido com ele se tentasse.

— Seu cabelo é diferente.

Inigo levantou-se e penteou o cabelo para trás, no estilo dos Teds, pendurou seu violão no ombro e assumiu a pose de Elvis, a perna direita virada na sua frente. Eu ri.

— Parece que você está sentindo dor — disse eu.

Inigo me ignorou e tocou alguns acordes da música que tio Luke nos mostrara primeiro, "Blue Moon of Kentucky". Fui forçada a parar de rir, já que ele imitava perfeitamente. No final do primeiro verso, ele rodou pela sala, fazendo sons incompreensíveis como se estivesse possuído pelo espírito do estúdio de gravação de Sam Phillips. Bati as mãos na mesa da sala de jantar no ritmo da música e bati com os pés, o meu salto produzindo um som maravilhoso no chão de madeira. Levei a vida inteira, até aquele momento, para perceber que, sem barulho, Magna poderia ter desmoronado e sobrado apenas pó. Sem juventude, a casa era apenas uma concha, uma sombra. Podíamos não ter o dinheiro para mantê-la da forma que merecia, mas tínhamos energia para lutar por seu legado com toda a nossa força. Foi muito engraçado quando Inigo parou de tocar e houve um silêncio de cinco segundos seguido por um estrondo ensurdecedor quando um vaso roxo e feio e uma pilha de partituras que estavam balançando numa aliança infeliz, em cima do piano, caíram, atingindo várias teclas desafinadas em sua longa queda até o chão. Rindo loucamente, eu e Inigo corremos para juntar os pedaços de vidro quebrado e as páginas de Cole Porter e Beethoven.

— Espero que não tenha nenhum valor — disse eu, embrulhando um caco do vaso no *Sunday Telegraph* da semana anterior.

— Provavelmente tinha — disse Inigo. — Mas era horrível. Então, quem se importa?

Mama apareceu cinco minutos depois com as mãos nos ouvidos.

— O que era toda aquela algazarra pavorosa? — reclamou ela. — Estou com os nervos em frangalhos, crianças. E Penelope, Mary acabou de me contar que você está criando um roedor em seu quarto. Realmente, não é de espantar que este lugar esteja desmoronando.

— É uma porquinha-da-índia, Mama — disse Inigo, em um tom de voz digno.

— E não quero ouvir nada contra ela — acrescentei, alegremente.

Marina, a roedora, certamente continuava prosperando no confinamento do meu quarto. Ela realmente era a mais afável das criaturas e se acostumara ao som da minha voz. Ela produzia um "ronrom" estranho quando estava com fome e soltava gritos quando estava com medo. Mary, embora desaprovasse, tinha de admitir que Marina pelo menos era um animal de estimação limpo. Acho que ela ficava secretamente feliz por ela morar no andar de cima, e não em algum lugar perto da cozinha. Mama foi mais difícil de convencer.

— Ela não está prejudicando ninguém, Mama — disse eu. — Quando o tempo melhorar, ela poderá ir lá para fora, vou arranjar um amigo para ela!

— Não quero esses animais se reproduzindo por toda a propriedade, Penelope.

— Eles não vão procriar. Vou garantir que seja outra fêmea!

— Não seja boba! Nunca dois porquinhos-da-índia são do mesmo sexo. Até *eu* me lembro disso da época de colégio.

Esse deve ter sido um dos poucos assuntos em que Mama provou estar inteiramente certa.

No dia da visita de Harry, Mama decidiu passar a tarde em Bath.

— Certifique-se de oferecer uma bebida adequada quando ele chegar, querida — disse ela. Eu estava surpresa por ela estar me deixando sozinha com ele. Ela não costumava ser tão informal, mas supus que ela tinha a sensação de que não havia perigo de Harry se apaixonar por mim e que mesmo que isso acontecesse, ele estava fora de questão porque não tinha dinheiro. Era uma tarde trovejante e a casa estava envolvida por pesadas nuvens negras. Mama pegou seu cachecol e amarrou-o embaixo do queixo.

— Estarei de volta para o jantar — disse ela. — Lembre-se de dar comida a Fido e se o tempo piorar, não deixe que fique sozinho. Você sabe como ele se assusta com trovões.

Eu também, pensei.

Fiquei feliz quando Harry chegou, porque o céu ficara tão escuro e violento que eu estava nervosa sozinha. Magna fazia isso com as pessoas, às vezes. Não era tanto a idéia de fantasmas, mas sim a sensação de poder ficar presa ali dentro para sempre por causa de uma tempestade e ainda ter um cachorro que não podia me proteger do tempo infernal, pensei contrariada. Assim que a tempestade realmente começou, Fido correu para debaixo da mesa da sala de jantar e não saiu mais. Primeiro, não escutei a campainha, porque a chuva começara a martelar nas janelas do salão, e eu estava cantando bem alto para não ter medo. Quando finalmente a escutei, levei um susto. Imaginei-me abrindo a porta para um demônio, ou um monstro ou alguma outra criatura fantástica, mas, para meu alívio, quando olhei para o lado de fora, encontrei apenas Harry. Um pouco molhado e parecendo muito com um mágico em seu sobretudo preto, mas, mesmo assim, apenas Harry. Seus olhos maliciosos brilhavam em contraste com a escuridão da tarde.

— Tempo perfeito para uma partida de golfe — disse ele, me entregando um punhado de frésias.

— Entre — disse eu, fazendo uma reverência.

A porta da frente bateu atrás de nós como em um filme de terror.

— Nossa! — exclamou Harry. — Essa é realmente a melhor forma para se ver esse lugar, não?

— Odeio esse tempo. — Estremeci. — Gostaria de uma xícara de chá?

— Que tal brandy e depois subirmos para a Longa Galeria? — disse Harry na mesma hora.

— Por que precisamos ir até lá?

— Porque você precisa superar sua tolice sobre aquele lugar, e eu gostaria de olhar para o jardim e para a tempestade. Tenho dois novos truques para experimentar.

— Você sempre consegue fazer as coisas do seu jeito?

— Nem sempre. Olhe para mim e para Marina.

Hesitei.

— Não me incomodo de irmos para lá se levarmos o gramofone.

— E isso significa escutar Johnnie Ray a tarde toda?

No fim, preparamos um engraçado lanche de meio de tarde para levar para a Longa Galeria. Na despensa, encontrei um presunto quase no fim, que fatiamos para comer com pão e um pouco das conservas de Mary feitas em casa. Coloquei tudo em uma bandeja, junto com as sobras de um pudim de ameixa e biscoitos recheados de chocolate. Fervi água para o chá, e Harry pegou uma garrafa de brandy em seu carro. Mama ficaria horrorizada, pensei.

Quando subimos, o céu tinha mudado de cinza-escuro para um violeta ameaçador. A chuva batia com violência nas janelas e o vento rasgava as paredes. Paramos no topo das escadas que levavam à Longa Galeria. Desta vez, Harry virou a chave.

— Todos a bordo — disse ele, entrando.

Ele estava certo. A luz amarela e azul das nuvens da tempestade refletindo no chão de madeira irregular dava ao lugar o resplendor de um navio fantasma no oceano. Com cuidado, entrei e estremeci. Harry arranjou um lugar para o gramofone, e eu me ocupei escolhendo um disco para tocar. Poucos momentos depois, a voz de Johnnie encheu a sala; 1955 estava se esforçando para afugentar o século XIV.

— Quer ver uma coisa? — perguntou Harry. Ele caminhou até o meio do cômodo e parou na frente da maior janela.

— Um truque? — perguntei, esperançosa.

Harry tirou a capa preta e pareceu estar se concentrando.

— O que você está fazendo? — sussurrei, mas o som do vento nas paredes impediu Harry de me escutar.

— Venha até aqui — instruiu ele. Fui até ele. Ele agora era tão bom que quando estava se apresentando, parecia ascender sobre mim, como Gandalf, apesar de sua estrutura pequena. — Só tentei isso umas duas vezes — admitiu ele, baixinho —, mas precisava de um lugar assim para conseguir realizá-lo apropriadamente.

— Conseguir realizar o quê? — sussurrei, com medo de quebrar o feitiço.

Harry fechou os olhos e de repente a capa se movimentou.

— Voem! — mandou ele. — Voem!

Três pombos brancos, com as penas amassadas e completamente confusos, abriram as asas no ar. Um deles voou até o alto do cômodo e pousou em cima de um retrato de Capability Brown. Harry abriu os olhos.

— Nada mal — disse ele.— Precisa de treino.

— Não me diga — reclamei. — Tire-os daqui, pelo amor de Deus! De onde eles vieram? Ah, não, eles não são do viveiro lá de fora, são? Mama vai ficar completamente doida se alguma coisa acontecer aos pássaros dela! — Eu estava realmente irritada e ao mesmo tempo surpresa pela beleza do truque. Harry se movia com tanta fluidez e tanto estilo enquanto estava se apresentando, que era impossível não ficar animada.

— Eles não são os pássaros de sua mãe — disse Harry, recolhendo sua capa e dobrando-a habilmente. — Mas achei que poderia deixá-los aqui por enquanto. Ela não vai se importar, vai? Diga a ela que são um presente meu para agradecer a hospitalidade dela.

— Hospital será a palavra se não os tirarmos daqui logo. Mama vai me matar. Nós nem deveríamos estar aqui em cima, para começar...

— Eles aumentam o clima, não acha? — interrompeu-me Harry, tirando uma pena branca do meu cabelo.

— Ah, isso é muito Arca de Noé. Talvez devêssemos convidar um casal de carneiros para ficar aqui em cima também, não acha? — perguntei.

Harry não disse nada, mas deu um assobio baixo, e os três pombos vieram em sua direção.

— Agora só falta acalmar a tempestade.

Harry sorriu.

— Ensaiei com esses três por um bom tempo — disse ele.

— Como fez com que eles chegassem aqui? — perguntei, curiosa.

— Mágica — disse Harry, automaticamente.

Preferi não perguntar mais.

— Bem, pode ficar com eles aqui em cima até terminarmos nosso piquenique — concedi —, já que você parece ter tanto controle sobre eles.

— Piquenique! — disse Harry. — Precisamos de uma toalha para isso. — Ele tirou o sobretudo e o esticou para nos sentarmos nele. Começamos a comer o presunto e as conservas. — Você acha que somos os últimos de uma longa linhagem de pessoas que se sentaram aqui durante uma tempestade e se sentiram como se a casa fosse desmoronar?

— Provavelmente. Sei que meu pai costumava... ficar sentado aqui em cima — disse eu, sem pensar. Maldição! Não acho que eu quisesse falar sobre Papa.

— Costumava? — perguntou Harry, tomando um gole de brandy da garrafa.

— Ele... ele tinha medo do pai dele, então usava a Longa Galeria como uma espécie de refúgio. Ele sempre sonhou em ser o capitão de um navio e costumava fingir que estava no comando do *Cutty Sark*.

— Não é engraçado? — disse Harry. — Você tem uma casa tão incrível quanto esta à sua disposição, mas mesmo assim sonha em sair daqui. Isso serve para nos mostrar, não? Nem sempre conseguimos o que queremos. Vamos fumar?

— Prefiro comer seu biscoito de chocolate — confessei.

Harry deitou no chão e fumou.

— Deite-se — instruiu-me ele. — É possível sentir a tempestade balançando o navio.

Hesitei.

— Não se preocupe, não vou pular em cima de você — disse Harry, maliciosamente.

Corei.

Os fenômenos da natureza nos cercavam furiosamente e quando fechávamos os olhos, não estávamos realmente em Magna, mas em algum lugar distante no Atlântico.

— Conte-me uma história — pediu Harry.

— Uma história?

— Isso. Conte. Você quer ser escritora, não quer?

Era outro desafio. Com a cabeça deitada sobre o casaco de Harry, nossos pés estavam quase se tocando. Algo pairava no ar entre nós, algo tão delicado que parecia que qualquer coisa além de ficarmos deitados ali, imóveis como estátuas e sussurrando, poderia ameaçar. O que era? Eu não sabia. Respirei e senti o cheiro, agora familiar, da colônia de Harry misturado com a doçura do brandy em seu hálito.

— Você tem um cheiro bom — admiti.

— É Dior Pour Homme — sussurrou ele com um sotaque francês de brincadeira. — Não é simplesmente algo que fisga as mulheres?

Não respondi.

— Conte-me sobre sua tia-avó Sarah — disse Harry, e ele estava sussurrando tão baixinho agora que eu mal conseguia escutá-lo. — Aquela que pintou a aquarela que todos vocês detestam tanto.

— Tudo bem — respondi, e naquele momento Johnnie começou a cantar "Walking My Baby Back Home", e eu suspirei com a doçura de sua voz.

— Ela era barulhenta — comecei — e, aparentemente, muito assustadora. Ela amedrontava as pessoas porque tinha uma voz alta e mancava por ter caído de um pônei quando tinha 7 anos. Ela queria muito ser uma grande pintora, mas parece que se apaixonou loucamente por sua professora de arte, uma ruiva chamada Lindsay Saunders, e decidiu que a única forma de conquistar o coração dela era...

— O quê? — interrompeu Harry. — Coração *dela*?

— Ah, sim — disse eu. — Tia Sarah era... você sabe, daquelas mulheres que... que preferem a companhia de outras mulheres.

— Que excitante — disse Harry. — Acho que vou gostar dessa história.

— Não tem um final muito feliz — disse eu. — Sua amante da arte partiu para a Índia, para estudar lá, e se casou com algum embaixador importante. A pobre tia Sarah nunca conseguiu se recuperar do choque da partida dela. Mais tarde casou-se com um homem chamado Sir John Holland, que sabia tudo sobre seu passado e não a deixava pintar. Ficou arrasada depois disso, tendo perdido a única alegria de sua vida. No final, sua perna ruim piorou cada vez mais. Ela teve uma artrite terrível e morreu jovem.

— Trágico — disse Harry, sério. — Você deve se agarrar ao quadro dela e nunca mais debochar de sua interpretação do lago.

— Sempre achei que ela parecia um tanto interessante — disse eu —, embora não a tenha conhecido. Ela também era muito alta, como eu, tinha sardas e era loura.

— E uma pintora não muito boa — disse Harry à vontade — e engraçada? E estranhamente bonita?

Eu não falei nada, mas escutei a respiração de nós dois. Lá fora, o granizo caía contra a janela e as nuvens tinham se tornado negras de novo, e eu estremeci, um pouco por causa do frio, um pouco por alguma outra razão. Então aquela coisa preciosa e sem nome que crescera ao nosso redor foi quebrada, quando um dos pássaros pousou em meu peito e eu berrei de susto. Harry sentou-se e riu.

— Acho que ele quer o resto do pão — disse ele.

O clima mudou depois disso, e, por incrível que pareça, o tempo também. A tempestade passou, a chuva parou e alguns raios do sol do final da tarde nos pegaram de surpresa. Johnnie continuou cantando, Harry tomou um copo de brandy e o imitou, o que foi realmente engraçado, e conversamos um pouco sobre jazz. Depois ele me mostrou uns três ou quatro truques novos e tentou me ensinar um truque simples com um ás de copas, que eu não consegui aprender. Não voltamos lá para baixo até que estivesse quase escuro e os pombos estivessem achando que uma noite nas calhas da Longa Galeria seria bem agradável. Fido começou a andar de um lado para o outro, e percebi que deveria ter dado comida a ele uma hora antes.

— Tenho mesmo de ir — disse Harry.

— Claro — respondi. — Tem certeza de que não quer ficar para o jantar?

— Ah, não. Disse a Loopy que chegaria por volta das 19h.

— Você não vai demorar a chegar a Ashton St. Giles — disse eu —, já que não há muitos galhos na alameda.

— Posso mencionar seu nome a Isobel? — perguntou Harry. Tive de colocar minha cabeça para funcionar para saber de quem ele estava falando.

— Ah, não — disse eu, horrorizada. — Ela não gosta nem um pouco de mim. Tivemos de formar um par na aula de dança, e eu sempre era o homem e costumava pisar no lindo pezinho dela.

— Gostaria de ter estudado em Sherborne Girls — disse Harry, saudoso.

— Vamos guardar os pássaros antes de você ir — disse eu.

Meia hora e muitas penas brancas depois, nos despedimos, e Harry entrou em seu carro. Ele abaixou o vidro da janela.

— Adorei a tarde — disse ele, de repente. — E será que passou um pouco do seu ódio pela Longa Galeria?

Sorri.

— Acho que sim. — Fiz uma pausa. — Graças a você e à sua mágica ridícula.

— Então, nos vemos no Ritz.

— Ah, sim. No Ritz.

Só depois que Mama chegou de Bath, encharcada mas satisfeita porque encontrara um bonito conjunto de castiçais (caros demais) para a mesa da sala de jantar, percebi que eu e Harry não tínhamos falado a respeito de Marina nem uma única vez.

Capítulo 14

ALGUÉM ROUBOU A GAROTA DELE

A primeira semana de março começou com tempestades violentas e repentinos raios de sol que nos cegavam, enquanto os últimos vestígios do inverno gelado iam embora por mais um ano. Deixei a janela do meu quarto aberta durante o dia e encontrei a primeira abelha desorientada de 1955 voando em volta da minha mesa-de-cabeceira como se estivesse bêbada. Andei pela casa sem fazer nada usando uma roupa velha e fingindo fazer meus trabalhos enquanto folheava revistas novas e desejava ter dinheiro para comprar roupas. Escutei Johnnie e pensei em Harry mais do que jamais achei que pensaria, e isso me deixou perturbada. Às vezes era impossível formar sua imagem na cabeça; outras vezes seu rosto me aparecia claramente e eu pensava, muito aliviada, ah, tudo bem! Eu não o achava atraente, afinal! Ele não era bonito como Rocky! Ainda assim, não conseguia esquecer nossa tarde na Longa Galeria e me peguei imaginando o que ele vinha pensando desde então, ou se Marina tinha ocupado cada um de seus pensamentos. Passei horas em frente ao espelho experimentando roupas para o jantar no Ritz, com resultados desastrosos. Eu não tinha nem o talento criativo de Charlotte nem o gosto de Mama para costura imaculada, e tudo que eu vestia parecia sem graça em vez de discreto. Por mais que eu não quisesse ir ao jantar, também não queria parecer simplória, embora não soubesse exatamente quem eu queria impressionar. Telefonei para Charlotte diversas vezes, mas sempre parecia pegá-la quando tinha acabado de terminar uma sessão particularmente cansativa com tia Clare. E, sendo um membro daquela elite da população que nunca precisava perguntar se estava bem vestida, pois estava sempre notável, Charlotte tinha pouco tempo para os meus dilemas.

— Apenas use algo com que se sinta à vontade, querida — dizia ela.

— Esse é exatamente o problema. Não me sinto à vontade em nada.

— Não use nada, então. Vai ser um choque.

Ainda não existia nenhum lugar mais encantador do que Magna na primavera, e eu e Mama éramos as melhores amigas nas manhãs em que acordávamos cedo, dávamos os braços e caminhávamos do jardim dos fundos até o lago e de volta, nossos pulmões cheios da doçura sussurrada dos viburnos, coração iluminado pelas enormes moitas de açafrão que surgiam regiamente ao lado dos caminhos cobertos por vegetação que se espalhavam pelos limites do gramado dos fundos. Sentíamos o delicado calor do sol em nosso rosto e percebíamos o quanto tínhamos sentido falta disso; eu inalava o cheiro da cerca viva que tinha demarcado nosso caminho pelo pomar durante a guerra e me fazia lembrar dos nossos dias em Dower House quando, no alto verão, ajudávamos as senhoras do Women's Institute a pegar framboesas e cassis. Pensei na noite de ano-novo, e ela me pareceu uma década atrás.

— O jardim está maravilhoso, Mama — eu sempre dizia quando chegávamos de volta a casa.

— Está um caos, querida.

— Gosto do caos.

Na noite anterior ao jantar no Ritz, mais uma coisa extraordinária aconteceu comigo. Na verdade, foi algo tão extraordinário que eu mal consegui conter minha admiração e satisfação e não sair gritando de alegria pela casa. Subi para o meu quarto um pouco depois das 23h, fechei as cortinas e me joguei na cama, preocupada, como sempre, com que roupa usar no dia seguinte. Agora que a hora estava chegando, pensava em desistir de tudo, mesmo que isso significasse sacrificar Johnnie. E, de qualquer forma, pensei, Harry com certeza seria gentil o bastante para me dar os ingressos mesmo que eu não desempenhasse meu papel. Afastei esse pensamento assim que ele entrou em minha cabeça. Harry não era o tipo de homem que aceitaria, sem problemas, ser passado para trás. Ainda havia tempo para uma última espiada em minhas queridas roupas antes do amanhecer. Levantei-me e, então, fiquei imóvel quando algo chamou minha atenção por uma brecha na porta do armário. Não quero soar como C. S. Lewis sobre o que aconteceu em seguida, mas basta dizer que cruzei o quarto, abri a porta do armário e enfiei a mão ali dentro. O que encontrei não foi Nárnia, mas algo ainda mais encantador. Era uma caixa rosa amarrada com fita preta e com uma etiqueta em que estava escrito "Penelope", o que eliminou meus dois segundos de preocupação de que aquilo simplesmente fosse minha mãe cheia de culpa, tirando os pacotes de suas últimas compras de seu campo de visão. Tirei a caixa do armário com um pequeno suspiro de prazer, meu coração acelerado no peito. Desamarrei a fita e levantei a tampa. Dentro havia muito tecido do tipo caro, rosa e branco e, embrulhado dentro desse tecido, algo com uma etiqueta que deixou meu coração ainda mais acelerado. Selfridge's. Como uma criança pegando um presente muito desejado, enfiei a mão e puxei um tecido preto e macio com o mais glorioso brilho. Era um vestido. Um perfeito, adorável, vestido de sonho, do tipo que eu nunca poderia imaginar, mas sem o qual, agora que o estava segurando, não podia imaginar viver. Levantei-me de novo e tirei minha camisola.

— Ah! — exclamei, sem poder evitar. Se algo parecido já aconteceu com você, então saberá exatamente como me senti. O vestido deve ter sido feito sob medida; era discreto na medida certa, mas era a primeira vez que eu vestia algo que fazia com que me sentisse uma mulher. A primeira coisa que pensei quando me olhei no espelho foi que eu seria capaz de participar de uma conversa extremamente sofisticada, e isso me chocou, mas, acima de tudo, me entusiasmou. Encontrei outra caixa, menor dessa vez, mas igualmente deliciosa, contendo um glorioso par de sapatos de salto alto Dior, do tipo que Mama adorava e com os quais eu certamente nunca conseguiria andar. Junto com os sapatos estava uma meia-calça muito elegante e, quase escondida embaixo do último pedaço de papel de seda, uma pequena bolsa de noite contendo um batom Yardley de um elegante tom de vermelho chamado Rose-bud.

Quem tinha feito aquilo? Mama? Simplesmente não era o estilo dela, e ela nunca aprovaria um vestido como aquele. Harry? Tinha de ser, mas como ele entrara em meu quarto? Como *qualquer pessoa* entrara em meu quarto? Lembrei-me, com um arrepio, que mantivera meu quarto trancado o dia todo por medo de Mama mandar Fido para encontrar Marina, a roedora. A chave ficara no bolso da minha calça. Procurei freneticamente por alguma pista, alguma indicação de como ele fizera o mais sensacional de seus truques. Claro que o que encontrei não me disse nada, exceto que Harry era um mágico cada vez melhor. Havia um cartão preso na parte de baixo da caixa e dentro dele havia uma mensagem simples, escrita com tinta turquesa.

Da sua Fada Madrinha.

Quem quer que ela fosse, pensei, tinha um gosto maravilhoso. Embrulhei a roupa, os sapatos, a meia-calça e o batom com cuidado, e os guardei em meu armário de novo. Empurrei as caixas para debaixo da cama, prometendo me livrar delas antes que Mama, Mary ou qualquer outra pessoa as encontrasse. Na manhã seguinte, após uma surpreendente noite de sono profundo, olhei embaixo da cama, imaginando se tudo não tinha sido apenas um sonho. Mas encontrei Marina, a roedora, dormindo dentro da caixa de sapato, como um enfeite no meio do papel de seda cor-de-rosa. Como sua homônima, ela sabia o que era bom, pensei.

Se Harry não reconquistasse seu grande amor, pelo menos a porquinha-da-índia gostava do jeito como ele fazia as coisas.

Eu acordara rezando para o tempo estar bom, pois, embora minha fada madrinha tivesse sido atenciosa o bastante para me dar um vestido maravilhoso e sapatos sensacionais, ela não pensara no que eu usaria para me cobrir se as condições do táxi ao Ritz fossem inclementes. Mama gostava de me dizer que era pouco feminino chegar a qualquer lugar sem um casaco, independente da época do ano, mas nada que eu tinha parecia adequado sobre a roupa nova. No final, escolhi um casaco xadrez de lã Black Watch que minha mãe pegara emprestado com Loretta em um Natal e nunca devolvera. Tinha uma aparência invernal e austera, mas pelo menos tinha a etiqueta da Harrods e um pouco de charme. Deixei Magna com uma sensação de indomabilidade em meu estômago e passei a viagem para Londres exasperada, pensando que Rocky poderia embarcar de novo, o que obviamente não aconteceu. Uma vez em Londres, entrei em um táxi, atravessei a Bayswater Road e desci a Kensington Church Street, chegando à porta da frente da casa de tia Clare antes das 18h. Charlotte atendeu à porta. Seu cabelo ainda estava preso com rolos, mas ela poderia aparecer no Ritz sem tirá-los e ainda assim parecer a garota mais elegante da festa. Ela estava usando um vestido vermelho com sapatos prateados que a deixavam ainda mais alta do que eu. Charlotte não tinha problemas com saltos e em parecer mais alta do que os rapazes. Na verdade, acho que ela até gostava.

— Graças a Deus você está aqui. Harry passou a tarde enlouquecido, convencido de que você ia desistir e ficar lá sentada — disse ela, me empurrando para dentro.

— Fiquei sentada, mas foi no trem.

Ela me deu um sorriso amarelo e empurrou um rolo para trás de sua cabeça.

— Tia Clare está doida para ver você. Ela está cada dia mais impossível, agora que estamos chegando ao final desse maldito livro. Ah, e ela está certa de que Harry está completamente apaixonado por você e de que é por isso que você está sempre indo a festas com ele, então concorde com ela, certo? Pena que você perdeu o chá hoje, tinha bolinho de limão. Eu ia guardar um para você, mas então pensei que precisa estar o mais magra possível para hoje à noite. As pessoas param de comer quando se apaixonam. Pense em mim e Andrew, o Ted, no café e como eu não consegui comer nem sequer uma torrada. — Charlotte balançou a cabeça, confusa com a lembrança.

Tia Clare estava tomando champanhe no escritório.

— Ah! Como está, querida? Charlotte, avise Harry que ela está aqui.

— Olá, tia Clare — disse eu, dando-lhe um beijo e sentindo o familiar cheiro de água-de-rosas.

— Ele está em um estado de nervos, sabe, saltando como um gafanhoto a tarde inteira, preocupado que você fosse desapontá-lo. Deus, não consigo imaginar *o que você* fez com ele, Penelope.

— Ah, nada demais, acho — disse eu, apressadamente.

— Não o vejo tão animado assim desde que o velho rei morreu — continuou tia Clare. — Ele até pediu para Phoebe engraxar seus sapatos esta tarde. Você pode imaginar como isso funcionou bem.

A porta se abriu e Harry entrou no escritório, os dedos envolvendo algo que eu, no meu estado de confusão e ansiedade, achei ser uma varinha mágica. Ufa, pensei, não o quero de forma alguma, nem um pouquinho. Ele parecia mais sujo que nunca, o cabelo eriçado e as roupas amarrotadas.

— Você está usando meias trocadas — disse tia Clare com ar de reprovação.

— Combinam com meus olhos — disse Harry, sorrindo para mim. Ele mostrou o que pensei ser uma varinha. — Canudo de queijo?

— Ah, não, obrigada.

Então, sem nenhum aviso, Harry cruzou o escritório, me abraçou e beijou, cuidadosamente, na boca. Com o rosto queimando de vergonha, afastei-o, chocada demais para responder qualquer coisa além de uma rápida interjeição. O rosto de tia Clare suavizou e acho que seus olhos se encheram de lágrimas, já que pegou um lenço e os enxugou.

— Tenham uma noite maravilhosa, queridos — disse ela. — Sabem, durante a guerra, sempre que escutávamos as sirenes, íamos instintivamente na direção do Ritz. Lembro-me de Chips Channon me dizendo como a guerra parecia uma representação, uma vez que se estava seguro dentro do Ritz, para comer ostras no almoço. Querido Chips, vou escrever para ele esta noite. Anote isso, Charlotte.

Querida tia Clare, se ela já havia tido uma linha de pensamento, estava perdida no momento.

Charlotte me salvou e me arrastou para cima para eu me arrumar.

— Você viu o que ele fez? — perguntei.

— O quê? — questionou ela, procurando um batom em sua bolsa.

— Harry! Ele me beijou!

— Ah, isso. Não se preocupe, faz parte da encenação. Você não se importa, não é?

— Bem, acho que me importo, sim. Isso não estava no meu contrato — acrescentei.

— Seu contrato não estava no seu contrato — disse Charlotte, casualmente. — Olhe, Harry vai sair daqui a meia hora — disse ela. — Ele vai encontrar uns amigos para um drinque primeiro. Ele me pediu para garantir que você chegue depois dele, e depois de *mim*, para ter um impacto maior. — Ela olhou para mim, carinho saltando de seus olhos verdes. — Espero que tenha conseguido algo para usar. Ah, nossa, Penelope! — exclamou ela, vendo o casaco Black Watch. — Com certeza não.

Com certeza não, de fato. Livrei-me do casaco e peguei emprestado com Charlotte um casaco preto justo e modesto, que, por sua vez, ela pegara emprestado com tia Clare.

— Ela nunca vai precisar saber — disse Charlotte, despreocupada. — Ela não o usa há mais de uma década.

Ela ficou encantada e surpresa com meu vestido e meus sapatos.

— Onde você os encontrou? — perguntou ela.

— Minha fada madrinha me deu.

— Ah, sei.

Essa era uma das melhores coisas a respeito de Charlotte. Ela aceitava tudo sem explicação.

Charlotte e eu pegamos um táxi para o Ritz juntas, mas ela entrou na frente.

— Nos vemos em cinco minutos — disse ela, entrando pela porta giratória.

Paguei ao motorista de táxi com as mãos trêmulas e, por um momento, fiquei parada do lado de fora do Ritz, tentando respirar fundo e colocar um sorriso em meu rosto, como dizem que alguém deve fazer quando está se preparando para realizar uma entrada triunfal. Contudo, o porteiro me fez uma reverência e deu um passo à frente para me ajudar a passar pela porta, então não pude me demorar mais. Dentro, o hotel me envolveu com seu charme como uma capa. Vi uma mulher bonita e sofisticada pelo espelho da recepção e percebi, chocada, que era eu. Cambaleei rapidamente em cima dos saltos, endireitei o vestido e sorri para o homem atrás da mesa.

— Vim para o jantar dos Hamilton — disse eu com firmeza. Parte de mim esperava que ele risse, me dissesse para não ser tola, pois eu ainda era uma garotinha, e perguntasse onde estavam meus pais.

— Claro, senhorita.

Ele me guiou por um longo corredor que fez com que eu me sentisse como se estivesse entrando em um cartão de aniversário (precisei de todo o meu autocontrole e da consciência de que eu provavelmente cairia para não sair valsando) e paramos diante de uma porta fechada com uma placa em que estava escrito "Privativo".

— Poderia me dizer seu nome, senhorita?

— Ah. Hã, Penelope. Penelope Wallace. Srta. Penelope Wallace. — O que havia de errado comigo? Eu parecia desconcertada.

Ele abriu a porta.

— Srta. Penelope Wallace! — anunciou ele e em seguida sumiu, deixando-me parada na porta como um fantasma sob os faróis de um carro. Na verdade, ninguém nem escutou o anúncio do meu nome sobre o barulho das rolhas saltando, das conversas sussurradas e do jazz que vinha do piano no canto do salão. *Charlotte*?, pensei, sem esperança. Ela não estava em nenhum lugar à vista. A combinação de luz fraca e fumaça de cigarro fez com que eu me sentisse como uma atriz em uma estréia esperando o resto do elenco me dar a deixa. Dei alguns passos à frente e praticamente agarrei a taça de champanhe mais próxima. George Rogerson, que era (de acordo com Harry) um anfitrião dedicado, me viu e rapidamente se livrou de um grupo de amigos de Marina e atravessou o salão em minha direção. Mas outra pessoa chegou primeiro.

— Meu Deus! Se não é minha amiguinha do trem, bem crescida. Estava preocupado com você.

Quase desmaiei: vindo na minha direção, mais travesso e delicioso do que eu me lembrava, estava Rocky.

Um silêncio seguiu suas palavras, o tipo de silêncio em que se podia escutar os cérebros de todo mundo funcionando enquanto tentavam descobrir quem eu era. Ele me olhou de cima a baixo e passou a mão em meu rosto.

— Você não está linda? — disse ele, sorrindo gentilmente.

— Vejo que vocês dois se conhecem. Que ótimo! — exclamou George, sorrindo.

— Nós nos conhecemos no trem — disse Rocky. — Ela estava preocupada com alguma coisa trivial, não estava, Srta. Wallace? Se devia ou não ir a uma festa, não era isso?

— Eu não teria me preocupado, Penelope. Tanto esforço. — George riu.

— Penelope. Esse é o seu nome? — perguntou Rocky. — Estranhamente adequado.

— O que quer dizer? — Arregalei os olhos, tomei um grande gole de champanhe e quase estraguei minha postura sofisticada derramando um pouco em meu vestido. Graças a Deus, lá estava Charlotte, sentada do outro lado do salão, conversando com as gêmeas Wentworth. Senti uma onda de alívio porque elas estavam aqui; pelo menos eu teria mais duas pessoas a quem cumprimentar.

— Bonitos sapatos — disse Rocky, tentando manter uma expressão honrada enquanto olhava para as minhas pernas.

— São Dior.

— Droga! Achei que garotas que compram Dior pudessem pagar suas próprias passagens de trem.

— Eu podia! — deixei escapulir. — Perdi minha passagem! E tenho a intenção de lhe pagar!

Rocky sorriu e se distraiu olhando uma bela mulher que usava um vestido deslumbrante, amarelo e preto.

— Onde está Harry? — perguntei a George o mais calmamente possível.

— Ah, ele e Marina foram procurar um baralho. Parece que Harry tem alguns novos truques fabulosos na manga. Com saudade dele? Sou assim com Marina também. Se ela sai do salão por mais de um segundo, começo a ficar irritado.

Sabendo o que eu sabia sobre a futura esposa dele, nem me surpreendi. George virou-se para Rocky.

— Penelope e Harry são inseparáveis desde o Natal. Estamos todos nos perguntando quando escutaremos os sinos da igreja tocando.

— Mesmo? — perguntou Rocky, um sorriso divertido nos lábios.

— Ah, não sei...

— Não seja tão modesta, menina. Ele é louco por você. Por favor, me dêem licença, convidados chegando. Ah! Se você quiser falar sobre livros com alguém, tem de conhecer Nancy. Nancy! — George saiu.

Charlotte estava ao meu lado em um piscar de olhos.

— Você está radiante — disse ela. — E eu não vi Rocky Dakota conversando com você um minuto atrás?

— Viu — admiti. — Eu o conheci no trem. Não fazia idéia de que ele estaria aqui hoje.

— Por que, em nome de Deus, você não me disse que o conheceu? — sibilou Charlotte pelo canto da boca. — Ele não é o tipo de homem com quem se esbarra todos os dias, é? Daqui a pouco você vai me dizer que almoçou com James Dean.

Ouvi alguém tossindo de leve atrás de mim.

— Pode sentar-se ao meu lado durante o jantar? — disse Rocky, aproximando-se de mim. — Estou cansado de todos aqui, exceto de você.

— Encantada! — exclamou Charlotte. Ele virou-se para ela na mesma hora.

— Olá. Não acredito que tenha tido o prazer — disse ele, estendendo a mão. Em seus saltos, ela era quase tão alta quanto ele. *Ah, não,* pensei, com o coração acelerado. *Por favor, não deixe que ele se apaixone por Charlotte.*

— Talvez eu possa me sentar entre vocês duas — sugeriu Rocky. — As gêmeas Wentworth me assustam. Sabia que Helena consegue roer as unhas dos próprios pés?

— Isso não é nada — disse Charlotte, rapidamente. — Uma amiga minha estudou com Kate. Parece que uma vez ela foi andando, dormindo, entrou no quarto da diretora, tirou o pijama e deitou-se na cama com ela. As pessoas só descobriram porque o alarme de incêndio soou duas horas depois e Kate saiu do quarto da Srta. Gregory como uma gata furiosa.

— Sorte da Srta. Gregory — disse Rocky, olhando para Charlotte com respeito.

— Elas duas são muito bonitas para o mundo real — continuou Charlotte. — Ter aquela aparência faz com que uma garota se torne preguiçosa. Afinal de contas, quem vai se importar com o que você está falando quando se tem um rosto tão lindo?

— Verdade — concordou Rocky.

Deus, mas a aparência *dele* era algo poderoso. Ele tinha a forma mais divina de fazer alguém se sentir uma menininha e ao mesmo tempo uma mulher totalmente cosmopolita. Eu nunca tinha conhecido ninguém que fizesse com que eu me sentisse assim. Ele estava usando um terno imaculado cinza e preto, com uma camisa de seda verde e rosa da qual nenhum homem inglês, exceto talvez Bunny Roger, escaparia impune. Seus sapatos, percebi surpresa, eram de camurça azul e preta. Charlotte mal conseguia tirar os olhos deles. Nós relaxamos sob o encanto de seu sotaque intoxicante de tal forma que quando finalmente Harry reapareceu, jogando as cartas para o alto com uma das mãos e pegando com a outra, eu já tinha quase me esquecido dele. Também havia bebido três taças de champanhe e estava com o estômago vazio.

— Penelope! — Harry me viu e arregalou os olhos, surpreso, quando viu com quem eu estava conversando. — Você está bem?

— Muito bem, obrigada. — Consegui forçar um sorriso. Se Harry ia ficar correndo atrás de Marina antes mesmo de a noite começar, então eu certamente ia passar quanto tempo pudesse me divertindo.

Rocky estendeu a mão.

— Rocky Dakota.

Harry lançou-lhe um olhar frio e apertou sua mão.

— Prazer em conhecê-lo — disse ele, depois franziu a testa. — Ah! Eu estava procurando por isso! Desculpe! — Ele se inclinou e tirou uma batata de trás da orelha de Rocky. Olhei furiosa para ele, mas Rocky estava rindo.

— Muito engenhoso — disse ele. O silêncio constrangedor que se seguiu foi quebrado por um homem robusto de fraque gritando com Rocky e arrastando-o pelo salão para conhecer sua esposa. Eu e Harry fomos deixados sozinhos.

— Onde está Marina? — perguntei diretamente.

— Não sei. Ela disse que precisava de um pouco de ar. — Uma sombra de desespero cruzou o rosto de Harry. — E por que você não me contou que era tão íntima do maldito Rocky Dakota?

— Não sou. — Corei. — E por que todo mundo menos eu sabe quem ele é?

— Ah, Penelope, você não sabe de nada? — disse Harry de modo enfurecedor. — Ele é agente e produtor. De atores, cantores, esse tipo de coisa.

— Cantores?

— Ele tem mais dinheiro do que consegue gastar. Acabou de comprar uma propriedade para ele em Cadogan Square. Parece que ele mandou vir um Chevrolet de Los Angeles...

— Eu sei! — confessei. — Eu o vi entrando no Chevrolet em Didcot! Nunca vi um carro parecer tão deslocado!

— Ele nunca foi casado — continuou Harry com cinismo.

— E?

— E você não acha isso um pouco estranho?

— De forma alguma — disse eu com firmeza. *Sim, devo investigar mais*, pensei.

Perdi Harry de novo quando Marina entrou no salão. Ela parecia tão determinada e poderosa quanto parecera em Dorset House, o cabelo ruivo preso no alto da cabeça com um pente cravejado de brilhantes, a enorme boca nunca ficava parada. Ela me viu e mandou um beijo.

— Lá está ela — disse Harry suavemente. — A garota que arranca a minha alma.

— Doloroso — comentei. Não sei o que dava a Harry o direito de criticar Rocky quando ele mesmo estava bajulando Marina ridiculamente.

— Você está alta demais, Penelope. Ah, são esses saltos, claro — disse ele, distraído.

Eu gostava da forma como ele não conseguia resistir a fingir que não planejara tudo.

— Minha fada madrinha tem ótimo gosto, não acha?

Por um momento ele me olhou, então não conseguiu se segurar e abriu um sorriso pouco comum: maroto, satisfeito e bem diferente de seu sorrisinho de desdém. De repente, ele pareceu muito jovem; jovem, vulnerável e doce.

— Não pude resistir aos saltos — admitiu ele. — Embora eles me façam parecer ridículo. Sei que disse que não queria que ficasse tão mais alta do que eu, mas, na verdade, acho um tanto sensual.

— Nossa, Harry! — Acho que eu não sabia como reagir a palavras como essas vindas dele. Mudei de assunto rapidamente. — Então, como colocou tudo em meu...

Harry colocou o dedo em meus lábios.

— Sou mágico — disse ele. — Não faça perguntas tolas.

A conversa durante o jantar foi constante, impetuosa e temperada com exclamações notáveis como: *Não! Mas eu a vi na semana passada em Monte Carlo! Ela parecia uma prostituta polonesa, estou dizendo.* E: *Bem, querida, já disse e vou repetir, gostaria de poder morar em uma cabana de barro e parar de me preocupar com decoração!*

Um homem chamado Ivan Steinberg deveria se sentar à minha esquerda, e Harry, à minha direita, mas quando estávamos nos sentando, George reorganizou as coisas e colocou Rocky no lugar de Ivan.

— O avião de Steinberg atrasou — explicou George. — Ele não conseguirá chegar antes do brandy, pelo menos. Pensei em colocar Rocky perto de você já que parecem ser bons amigos.

— Primeira idéia sensata que você já teve, Rogerson — disse Rocky, aproximando-se e prendendo meu olhar. Nós nos sentamos e, no meu desconcerto, derramei um copo de Chablis na mesa e no bonito terno de Rocky.

— Que menina desastrada — disse ele, sem ser rude.

— Ah, Deus! — exclamei. — Desculpe!

— Não precisa se desculpar. A lavanderia do hotel é excepcional.

— Hospedado aqui? — perguntou Harry.

— Claro que sim.

Acho que Harry teria gostado de encontrar alguma coisa engraçadinha para dizer, mas não pensou em nada, então tomou seu primeiro drinque da noite e pegou a garrafa para completar seu copo. Infelizmente, Marina, sentada na diagonal dele, fisgou seu olhar, e ele perdeu a concentração e deixou a garrafa virar.

— O que houve com você, Delancy? — perguntou George, caindo na gargalhada, resgatando a garrafa e colocando um guardanapo sobre a toalha molhada.

— Ele está apaixonado, claro — falou Rocky, assentindo na minha direção. — Não percebeu?

Vi Marina corando.

— Não o deixe constrangido, George — disse ela. — Só derramou um pouco. Sabem, meninos, na semana passada, na corrida, meu prato de camarões escorregou da minha mão e caiu no colo da princesa. Sabem o que ela disse para mim? "Marina, querida, não acredito que pedi moluscos." — Ela fez uma boa imitação da princesa para falar isso, e todos, inclusive eu, caíram na gargalhada. Marina, percebendo a audiência, ficou fora de si. Assim como da última vez, percebi que eu estava fascinada e horrorizada em medidas iguais. Ela era como um doce: irresistível, mas em excesso deixava as pessoas enjoadas. Toda vez que Rocky olhava para mim e sorria, eu ficava nervosa, agarrava minha taça, tomava um gole e enchia a taça novamente. Logo percebi que estava muito bêbada, mas é claro que já era tarde demais.

— ... no dia seguinte, eu o vi revirando o lixo à procura dos diamantes dela! — concluiu Marina.

Todos riram de novo, e uma grande onda de gargalhada invadiu o salão e inundou Marina de elogios. Ela também riu, e seus olhos ficaram um pouco aguados. Senti um inesperado e indesejado acesso de carinho por ela.

— Aqui neste país falamos lixeira, não lixo, meu bem — disse George amorosamente.

— Ah, bem, é tudo lixo para mim — disse Marina de bom humor, mas percebi sua irritação e senti pena de George. Ele era um personagem curioso, como se tivesse saído de um livro. A forma como ele discursava sobre o vinho, a insistência com a qual conversava conosco, a boca cheia com a entrada (um suflê de queijo tão maravilhoso que acho que merecia *algum* comentário) e o jeito como esperava cada palavra que Marina dizia faziam com que fosse difícil levá-lo a sério, mas, apesar de tudo isso, havia nele uma ternura, uma bondade inconsciente, o que o fazia parecer mais um ursinho, um teddy bear, do que um Teddy Boy. Eu não podia deixar de gostar dele. Eu me perguntava se ele era ingênuo demais para notar os olhares ardentes trocados entre sua futura esposa e o ex-namorado dela. Decidi que sim, ele era. Ou talvez não tão ingênuo, mas cego de amor.

— Gosto de George — disse Rocky, como se lesse meu pensamento, quando Marina terminou sua história e todos pudemos conversar uns com os outros de novo. — Ele é bom para ela.

— Também acho — escutei-me dizendo. Harry, nos escutando, fez uma cara feia para mim. Ignorei-o.

— Então — continuou Rocky —, conte-me tudo.

— Sobre o quê? — perguntei, nervosa.

— Ah, você sabe, o que estava fazendo no trem no dia em que nos conhecemos, que filmes gosta de assistir no cinema, quantos anos tinha quando percebeu que sabia cantar...

— Não sei cantar! — falei, apressadamente.

— Não? Aposto que sabe. — Rocky riu.

— Meu irmão é o cantor da família — disse eu. — É tudo que ele quer fazer da vida: cantar e tocar violão.

— Tenho de conhecê-lo qualquer hora dessas.

Ri, porque estava começando a me sentir tonta por causa do champanhe. Rocky adoraria Inigo, pensei. Inigo adoraria Rocky.

Entre as garfadas de suflê, comecei a falar e percebi que, uma vez que havia começado, não conseguia parar. Falei sobre Johnnie e Charlotte, sobre Mama e Inigo e tudo que existia entre esses dois assuntos. Em alguns momentos, Rocky me interrompia com uma pergunta: que atriz eu gostaria mais de convidar para tomar chá em Magna? (Grace Kelly, *naturellement.*) Do que mais senti falta durante o racionamento? (Menti e disse que de meias-calças novas, mas a resposta verdadeira era chocolate Cadbury's.) Se minha mãe tinha mesmo apenas 36 anos? (Sim, e era uma pena, disse, sendo indiscreta.) Então os pratos principais chegaram e senti um onda de medo e náusea. Era pato.

— Finja que é ganso — murmurou Charlotte, sentindo meu desconforto. Sorri agradecida para ela e tomei mais um gole de champanhe. Charlotte estava na minha frente, entre dois rapazes muito bonitos de uns 20 anos. Eles estavam obviamente muito impressionados com ela, disputando sua atenção, contando histórias complexas sobre pessoas que ela conhecia, enchendo sua taça e acendendo seus cigarros. Ela respondia com amabilidade, mas não havia aquele fogo, aquela animação, as pernas bambas, as faíscas que havia entre ela e Andrew, o Ted, no café. Esses rapazes, com seus endereços e carros velozes, e membros do Garrick Club, a entediavam.

— Às vezes acho complicado ter 18 anos — disse eu para Rocky. Os garçons estavam tirando nossos pratos. Fiquei surpresa ao perceber que tinha comido quase todo o pato.

— Não gosta de ter 18? — Rocky parecia divertido, mas não daquela forma constrangida e impaciente de Harry. Rocky estava se divertindo porque podia se dar a esse luxo. — Por que alguém odiaria ter 18 anos?

— Não sei — respondi. — Culpa, acho. Por Papa ter morrido em algum lugar que nem consigo imaginar no meio do Pacífico e, mesmo assim, eu perder tempo pensando em quando vou ver Johnnie Ray ou no que vou usar em uma festa.

— Minha querida Penelope, seu pai não esperaria menos. Ele lutou e morreu para que você pudesse ter pensamentos esplêndidos com cantores pop e perfumes Yardley.

Tive um dos meus momentos estranhos e achei que fosse chorar, então bebi mais e continuei falando.

— Foi difícil durante a guerra. Mama se manteve firme até chegar a notícia sobre Papa. Mesmo assim ela se recusava a acreditar. Eu e Inigo éramos tão pequenos que, quando ela nos disse que ele não voltaria, aquilo não teve muito significado. Nós odiávamos vê-la triste mais do que qualquer outra coisa. Ainda odiamos.

— Acho que o mais estranho sobre a sua geração é que vocês cresceram tendo a guerra como uma coisa normal. Isso é algo que *eu* não consigo imaginar.

— Você está certo — disse eu devagar, porque era a primeira vez que alguém colocava isso em palavras, embora eu sempre tenha sentido isso bem no fundo. — Quando terminou, para mim parecia completamente irreal. Acho que eu estava com um pouco de medo do que aconteceria depois. Não é loucura? Medo da vida sem guerra?

Rocky acendeu um cigarro e entregou-o para mim. Peguei-o com mãos trêmulas, e nossos dedos se tocaram.

— É assustador pensar no que vocês vão fazer com suas vidas — disse ele, balançando a cabeça. — Toda essa liberdade depois de toda aquela privação.

— Às vezes acho que quero fazer algo maluco, ultrajante. Converso com Johnnie o tempo todo e me imagino com ele. Eu e minha amiga Charlotte... acho que nós só queremos ser diferentes. Ela tem muito mais sucesso que eu nesse aspecto: ela não se importa com o que as pessoas pensam; pode usar chapéus estranhos e fazer com que pareçam apropriados; poderia gastar todo o seu dinheiro comprando uma meia-calça de seda nova. Eu nem consigo comer um pacote inteiro de balas sem me sentir culpada!

— Você vai conseguir, querida, você vai conseguir. E se você não conseguir, seus filhos com certeza vão.

Filhos! Deus me livre, pensei, e logo mudei de assunto.

— Então, como conheceu Marina e George?

Rocky se aproximou de mim.

— Ah, essa é uma pergunta interessante. Infelizmente para mim, você é o tipo de garota que faz com que um homem se sinta culpado se não disser a verdade.

Eu não tinha certeza se isso era bom ou ruim.

— O que quer dizer com isso?

— Marina estava fazendo um teste para um filme que produzi.

— Ela era boa?

— Ela era maravilhosa — confessou Rocky. Ah, que ótimo, pensei, querendo gritar de euforia. Sempre imaginei que a única razão para Marina não ser uma atriz famosa fosse porque ela não era boa.

— Então por que ela ainda não participou de nada de sucesso? — perguntei.

— Ah. Essa é a questão. — Rocky balançou a cabeça e abaixou a voz. — Ela é problemática. É uma garota difícil e mimada. E bebe muito.

— Bebe muito?

— Claro. Se a sua vida se resume a uma festa, o que se pode esperar? Não se pode confiar nela, mas acredito que ela vai se acertar um dia. Pode levar mais tempo do que qualquer um de nós possa esperar, mas ela vai acabar acordando para a realidade.

— Então ela fez o teste e vocês se tornaram amigos?

Rocky assentiu.

— Ela é vulnerável e autodestrutiva. Sempre me senti atraído por pessoas assim.

— A... atraído?

— Ah, não, nada disso nunca vai acontecer entre nós — disse Rocky, apressadamente. — Ela é muito cansativa, até para os meus padrões. Mas fui eu quem a apresentou ao George.

— Foi?

— Foi engraçado. Eu cheguei para passar uma semana em Londres e convidei ambos para jantar no Harry's Bar. Não podia imaginar que eles não se conhecessem. Dois meses depois, eles estavam noivos.

— Puxa — consegui dizer. — Marina falou alguma sobre... hã... outra pessoa?

— Ah, não, ela se apaixonou por George no momento em que o conheceu. George me confidenciou que havia uma outra pessoa com quem ela se envolvera no ano anterior, um fã de jazz sem dinheiro. Não sei o que aconteceu com ele.

Charlotte, escutando com atenção, levantou a sobrancelha.

— Coitado — disse ela bem alto. — Quero dizer, do fã de jazz.

— Ah, ele ficará bem — disse Rocky. — Se você gosta de jazz, consegue superar a solidão.

George acreditava plenamente em manter seus amigos por perto e seus inimigos mais perto ainda. Que estranho Rocky não saber que o fã de jazz em questão estava sentado entre Kate e Helena Wentworth naquele momento.

— Eu costumava ler o que diziam sobre mim nos jornais, mas hoje em dia aprendi a ignorar — estava dizendo Helena. — E não se pode confiar em mais ninguém! Na festa de noivado de Marina, conheci uma garota terrível que dizia ser prima de George e que não me deixou em paz a noite toda. Ela ficou atrás de mim o tempo todo: "Quem desenhou seu vestido? O que está achando da festa?", até que eu estivesse prestes a ter um ataque. Sabe, temos um tempo que estamos dispostos a perder com pessoas assim. Disse a ela que nunca falava com a imprensa em festas particulares, e no dia seguinte ela me deu o golpe. *Helena Wentworth fica laranja depois de passar duas semanas comendo cenoura para que o vestido Chanel emprestado pela princesa Margaret servisse* foi o pior. *Evening Standard.* Eu achava que eles tinham coisas mais interessantes para escrever.

— As pessoas sempre dizem isso quando não conseguem imaginar nem por um momento que alguma outra coisa poderia deixar o povo mais animado do que ler sobre elas — sussurrou Rocky para mim.

— ... ela era uma coisa gorda, a voz parecia uma buzina — continuou Helena.

— Hope Allen! — exclamei, cheia de alegria. — Eu e ela estudamos italiano juntas por um tempo. Quando ela tinha 12 anos, Patrick Reece costumava levá-la ao teatro e lhe oferecer cocaína nos intervalos.

Todos caíram na gargalhada. Santo Cristo, pensei horrorizada, o que eu estava dizendo? Mas todos adoraram. Eu tinha dado a eles um escândalo, algo que poderiam usar para deleitar-se com os amigos mais tarde.

— Paddy Reece não é o máximo? — perguntou um homem louro do outro lado da mesa. — Tenho de convidá-lo para o camarote no Lords este verão.

— Era *repolho, não cenoura;* a dieta durou um mês, não 15 dias; e na verdade foi Tania Hamilton quem lhe emprestou o vestido, não a princesa — gritou Kate.

Todos riram de novo. Helena deu um berro e jogou um pedaço de pão na irmã. Harry me fitou, levantou o olhar e sorriu. Rocky cronometrou o olhar.

— Ele a ama — disse Rocky.

— Ah, não. Ele... bem, nós... — gaguejei, sabendo que deveria encorajar Rocky a pensar o que ele pensava. Mas como eu podia, quando tudo que eu mais queria era que ele dissesse que eu era a garota mais linda do salão e que gostaria de me levar para casa? — Não é o que você pensa, eu e ele — disse, debilmente.

Charlotte me lançou um olhar de advertência.

— Eles são loucos um pelo outro — disse ela. — Mas Penelope é muito não-americana, Sr. Dakota. Não vai conseguir tirar nenhuma fofoca dela.

Muito bem, pensei.

A meia hora seguinte pareceu uma névoa, enquanto Rocky falava sobre James Dean, Marilyn Monroe e o filme em que estava trabalhando para um grande estúdio, mas eu não conseguia parar de pensar em Marina e Harry. Acabei levantando.

— Preciso encontrar um banheiro — murmurei. — Por favor, me dêem licença.

Eu estava realmente muito bêbada e precisei de todo o meu autocontrole para atravessar prudentemente o salão e sair para o corredor.

— O toalete feminino é lá embaixo, à esquerda, senhorita — disse o homem na porta do salão particular.

— Ah, muito obrigada.

Agarrando-me ao corrimão, desci a escada com cuidado. Tanta era a minha concentração que não escutei os passos atrás de mim até que estivessem bem próximos. Alguém me agarrou pela cintura e eu uivei.

— Penelope! — Era Harry.

— Harry, me ajude! — pedi, fracamente, caindo sobre ele.

— Você está bêbada e flertando fastidiosamente com Rocky Dakota.

Eu ri.

— Eu não estava flertando. Não sei flertar. Poxa, eu estava flertando?

— Isso não é engraçado.

— Mas você está certo, estou bêbada. Harry, me ajude, o que devo fazer? — Encostei na porta do toalete feminino e, como não era tão pesada quanto imaginei, caí para dentro, meus saltos deslizando pelo chão encerado. Caí na gargalhada e ver a inabalável servente do banheiro, toda sorrisos, só piorou as coisas. Harry me seguiu.

— Senhor, o toalete masculino é na próxima porta...

— Sei disso — disse Harry, pegando uma nota no bolso e entregando a ela. — Arrume um copo de água para ela, por favor.

— Não. Quero voltar para a mesa e conversar com Rocky de novo. — Levantei-me e caí para frente.

— Não nessa vida. Ficaremos sentados aqui até que esteja sóbria.

Eu me joguei em uma cadeira bordada perto da pia, segurando a cabeça entre as mãos.

— Vou passar mal.

— Não vai não — disse Harry, ameaçadoramente.

O tom de voz dele deve ter sido um tanto severo, porque decidi não passar mal. Ficamos sentados juntos no toalete feminino do Ritz por vinte minutos, enquanto eu esperava o mundo parar de rodar e tomava um copo de água. Não consigo me lembrar exatamente sobre o que conversamos, eu e Harry, mas sei que senti um alívio estranho por ele estar comigo.

— Espero que Mama esteja bem — escutei-me dizendo, a propósito de nada.

— E por que ela não estaria?

— Não sei. Ela ficaria horrorizada se me visse agora.

— Assim como a minha querida mãe — admitiu Harry. — Ela acha que você é a criatura mais maravilhosa que já entrou em nossa vida.

— Não sei por que...

— Nem eu — disse Harry, completamente sem humor.

— Muito obrigada! Sou a voz da ração... quero dizer, da razão da sua família — balbuciei.

Ele não precisava responder, mas quando caí para a frente, ele me abraçou por alguns minutos, acariciando distraidamente meu cabelo e suspirando de vez em quando. Fechei os olhos e senti como se pudesse dormir para sempre.

— Então, vamos — disse Harry, depois de um tempo. — Por favor, Penelope, pelo meu orgulho e pelos seus ingressos para ver Johnnie Ray, será que você não pode se esforçar um pouquinho e fingir que tenho pelo menos uma fração do encanto do maldito americano?

— A maldita Marina é uma maldita americana! — exclamei.

Harry balançou a cabeça.

— É melhor voltarmos. — Ele pareceu triste naquele momento, triste e pequeno, mas muito familiar. Estendi-me e segurei sua mão; simplesmente não pude evitar.

— Tudo vai funcionar, você sabe — disse eu, séria. Por um segundo, Harry agarrou a minha mão com tanta força que abri a boca para uivar de dor. Ele me encarou.

— Você realmente acha isso? Acredita nisso?

— Não sei. Eu acho...

— Sou um tolo.

— Mas é um bom mágico.

— Ah, cale a boca.

Quando voltamos, as pessoas tinham começado a se movimentar pelo salão. As vozes eram mais altas; a fumaça, mais espessa; a atmosfera, mais quente. Marina estava sentada no colo de algum rapaz jovem, tirando pétalas de uma rosa. Charlotte estava conversando com Rocky e comendo chocolates de uma bandeja de prata.

— Ele não me quer! — exclamou Marina alto.

— Não acredite nisso, querida — disse o jovem.

Eles olharam para mim e para Harry.

— Bem! — disse Marina. — Onde vocês dois estavam? Já íamos mandar uma comitiva de busca.

— Penelope estava se sentindo um pouco fraca — disse Harry, segurando um bocejo. Caramba, pensei. Ele não pode estar *entediado*. Olhei para Marina, minha antipatia por ela crescendo a cada momento. Ela estava olhando de novo para Harry daquele jeito horrível, desafiador. Os olhos dela zombavam de nós. Eu agora estava no estágio de liberação que vem depois de a sala parar de rodar, mas antes de se recobrar qualquer senso de constrangimento. Olhei no espelho que cobria a parede de trás do salão e vi eu e Harry refletidos. Estávamos à altura do desafio sem valor lançado por ela, pensei. Sentamo-nos juntos e eu servi uma xícara de café para dividirmos.

Charlotte abaixou-se ao meu lado por um momento.

— Muito bem — disse ela, baixinho. — Foi um golpe de mestre sumirem por tanto tempo. Marina ficou um tanto contrariada. Onde vocês estavam?

— Retocando minha maquiagem. — Eu ri. — O que você achou de Rocky?

— O homem menos chato do salão — disse Charlotte, finalmente, e vindo dela, eu reconhecia isso como um grande elogio. — Também é o mais bem vestido — acrescentou ela. — Viu o corte da calça dele? Nunca vi um trabalho tão maravilhoso em toda a minha vida. E a *gravata*!

— Você só sabe falar de roupas?

— Arte, Penelope. O terno que Rocky Dakota está usando é uma obra-de-arte. Estará pendurado e emoldurado em Dorset House daqui a cem anos, ao lado da pintura dos quadrados laranja.

Eu acreditava nisso, absolutamente. Tudo em relação a Rocky devia estar em uma moldura. Harry se aproximou de mim e me entregou outro copo de água.

— Beba isso — disse ele. Comparado a Rocky, Harry, com seu cabelo despenteado e seus olhos estranhos, parecia ainda mais caótico do que de costume. Imagine que você está louca por ele, disse para mim mesma com firmeza. Imagine que ele não é apenas seu amigo.

— Querido — sussurrei —, obrigada por cuidar de mim. — Olhei para Marina que estava fingindo não nos ver. — Chegue mais perto — instruí. — Marina está olhando.

Harry chegou mais para a frente na cadeira e eu coloquei minha mão sobre a dele. Nós nos olhamos e nos esforçamos para não rir. Ele chegou ainda mais perto.

— O que podemos fazer — sussurrei — para deixá-la ainda mais irritada?

Harry sorriu e afastou uma mecha de cabelo dos meus olhos. Por um momento, aquela *coisa* que flutuou entre nós na Longa Galeria voltou e eu não quis afastá-la. Nunca.

— Não sei, meu bem. Estou me perguntando se eu ainda me importo.

— Como assim?

— Acho que se talvez eu a beijar...

Ele não precisou dizer mais nada.

Entrei tropeçando em meu quarto na casa de tia Clare três horas depois e encontrei um envelope em cima da cômoda. Abrindo-o, encontrei meus preciosos ingressos com um bilhete de Harry.

Obrigado. Acho que funcionou.

No andar acima de mim, escutei-o andando em seu quarto. Tirei meus lindos sapatos, meu vestido e a meia-calça e, sendo uma boa menina como eu era, removi a maquiagem com creme. Minha cabeça estava girando de novo. Antes de eu e Harry sairmos do Ritz, Rocky me puxou para um canto.

— Talvez eu deva convidá-los para sair um dia desses. Vocês, jovens ingleses: você, o mágico e sua amiga Charlotte. Quando eu era adolescente nos Estados Unidos, tinha uma idéia muito clara de como os jovens ingleses deviam ser. Vocês chegam muito perto.

Deitei na cama, minha cabeça cheia de Ritz, Rocky, Harry, Marina, champanhe, pé doendo e batom Yardley tirado por um beijo. Encenar fora tão fácil, disse para mim mesma. Não exigira esforço algum, na verdade. Havia outro pensamento que ficava voltando, outro pensamento que eu não conseguia afastar, mas que não compreendi inteiramente até o dia seguinte, na hora do café-da-manhã, quando Harry apareceu, esfregando os olhos e sorrindo. O outro pensamento dizia que encenar era fácil assim quando você não está realmente encenando.

Capítulo 15

MARINA PEGA PELA ARMADILHA

Acho que eu nunca tinha me sentido tão mal como quando acordei na manhã seguinte à noite no Ritz. Às 6 horas da manhã, estava com uma dor de cabeça tão terrível que tinha certeza de que morreria em menos de uma hora. Quando as 7 horas chegaram preguiçosamente e eu ainda estava viva, decidi que tinha de deixar Londres o mais rápido possível. A idéia de ver Harry à mesa do café-da-manhã e de responder à inevitável enxurrada de perguntas de tia Clare mais tarde me enchia de horror. Escovei meus dentes e arrumei minhas coisas, suspirando e enfiando meu lindo vestido na mala da forma que alguém faz depois que algo teve um efeito imprevisível demais. Desci correndo, tropeçando no gato e xingando o rangido das tábuas perto da porta do quarto de Charlotte. Deus, eu estava morrendo de sede. Simplesmente tinha de tomar um copo de água antes de ir embora. Abri a porta da cozinha (engraçado, eu nunca tinha estado na cozinha antes, e ela era muito elegante, moderna e brilhante e não se parecia com o resto da casa; Phoebe certamente mantinha tudo em ordem) e a atravessei. Deixei a água correr em minhas mãos por um minuto, fechei os olhos e me esforcei para não pensar demais na noite anterior. Era muito confuso, muito terrível ter sido usada daquela forma na frente de Marina e, ainda por cima, eu o havia encorajado... Havia mesmo? Gemi, desejando que os acontecimentos da noite anterior se organizassem em ordem cronológica na minha cabeça latejante. Dois copos cheios de água depois, eu estava prestes a me virar e sair da cozinha quando congelei ao escutar o som de passos descendo as escadas. *Por favor, vá embora*, pedi silenciosamente. Os passos se aproximaram. Praticamente sem pensar, abri a porta mais próxima, que por acaso levava à despensa, e me escondi ali dentro. Não sei dizer exatamente o que me fez fazer isso, apenas que o desejo de não ver ninguém pesava mais do que a possibilidade de ser pega em um lugar estúpido. Os passos seguiram a rota precisa pela qual eu passara. Eu podia escutar a torneira sendo aberta, um copo sendo pego e, momentos depois, o conteúdo sendo consumido. Só podia ser Harry, decidi. Charlotte sempre levava água para seu quarto à noite, e tia Clare nunca beberia assim. Por favor, não deixe que ele sinta fome, rezei, muito consciente da torta de maçã acima da minha cabeça. Por favor, ele não pode pensar em abrir a...

— O que é isso? *Penelope*! — Harry quase morreu de susto.

— Estava pegando um pedaço de torta de maçã! — vociferei com a voz rouca, me odiando por me incomodar com meu cabelo embaraçado e minha palidez na frente dele.

— Você estava se escondendo!

— Não! Nem sabia que você estava na cozinha.

— Sua mentirosa!

Saí do meu esconderijo.

— Achei que você fosse Charlotte. Não queria responder a nenhuma pergunta sobre ontem à noite — lamentei. — Mal dormi. Pensei em pegar o primeiro trem para casa.

— Que conveniente.

— O que você quer dizer com isso?

— Ah, não sei. Já está com seus ingressos; acho que a tarefa acabou.

— Bem... acabou. Acho que eu não poderia ter tido uma atuação melhor — comentei, a raiva por ter sido pega na despensa fazendo com que eu soasse mais irônica do que pretendia.

— Verdade. Digna de Oscar, eu diria. Rocky Dakota, obviamente, também acha.

— O que ele tem a ver com isso?

— Eu escutei quando ele perguntou se poderia convidar você para sair um dia desses...

— Qual é o problema? Não mereço me divertir?

Harry refletiu por um momento.

— Não. De qualquer forma, ele é a pessoa errada para você. Vai se livrar de você assim que se cansar.

— Você deve saber — falei baixinho.

— Como assim?

— Marina. É óbvio que ela age usando esta premissa: se cansou, siga em frente...

Harry me lançou um olhar de pura contrariedade, pegou a torta de maçã na despensa e foi em direção à porta.

— Divirta-se no show de Johnnie — disse ele. — Ah, e Penelope?

— O quê? — disse eu, de mau humor.

— Sua blusa. Está aberta.

Consternada, olhei para baixo e vi que Harry estava certo: minha blusa estava aberta quase até a cintura, revelando nada mais que o sutiã preto que eu estava usando sob o vestido na noite anterior. Eu estava irritada demais para pensar em alguma resposta, e Harry saiu da cozinha sem olhar para trás. Ah, como era enervante que ele *sempre* parecesse dar a última palavra.

Dois minutos depois eu estava fora da casa de tia Clare, andando em direção a Paddington. Eu queria muito continuar mal e furiosa, parecia o único sentimento sensato, mas Londres brilhava depois de uma leve tempestade e as primeiras flores estavam aparecendo nas cerejeiras de Westbourne Grove. A Whiteley's acabara de mudar suas vitrines para exibir todos os tipos de coisas deliciosas: um conjunto de copos para suco com triturador de gelo, grandes bolsas de plástico em cores alegres e um rádio portátil Roberts. Você foi beijada, beijada no Ritz, disse para mim mesma enquanto caminhava. Isso me fez sorrir, porque mesmo tendo sido encenado para Marina Hamilton e mesmo que nenhum de nós não estivesse nem um pouco apaixonado pelo outro, ainda assim eu tinha sido beijada no Ritz. Era mais do que a maioria das pessoas poderia desejar, pensei. Mesmo que eu e Harry tivéssemos brigado na despensa e ele tivesse me visto de sutiã.

Quando cheguei em casa, encontrei Magna vazia (Mama deixara um bilhete explicando que tinha ido à cidade com Mary para comprar comida para o fim de semana), então corri para o gramofone e coloquei os discos de Johnnie Ray inúmeras vezes. Eu alternava Johnnie e Rocky nos meus pensamentos: com quem eu preferiria dançar (Rocky), com quem eu ficaria sentada a noite toda falando de poesias e sonhos (Johnnie); ainda assim, o tempo todo o rosto de Harry mexia mais comigo do que eles. Minha excitação por ter sido beijada se transformou em irritação, e uma nuvem preta desceu sobre mim. Como ele ousou, pensei, lembrando e relembrando a forma como ele me beijara, lenta e deliberadamente, na frente de Marina. E como ousei ficar tão bêbada e perdida? Ele fora longe demais e eu deveria ter saído correndo do salão naquela hora. Mas em vez disso permitira que ele me beijasse de novo no táxi a caminho de casa, então — que horror! — me lembrei de tê-lo beijado de novo, na hora em que ele se despediu de mim na porta do meu quarto. Eu era uma garotinha tola, concluí. Quando Mama chegou em casa, já tinha me decidido que nunca mais deveria falar com Harry: ele tinha feito com que eu agisse como uma idiota e sequer tivera a dignidade de se desculpar. Mama, sendo Mama, nem me perguntou sobre a festa até a hora do almoço, quando eu já estava tão cansada que parecia estar prestes a desmaiar em cima dos meus ovos com presunto.

— Acho que você tomou muito champanhe, dormiu pouco e tem muito em que pensar hoje — disse ela, colocando o dedo na ferida com precisão. Mama era surpreendente assim; passei a maior parte da minha adolescência achando que ela não sabia nada sobre mim e todos os meus 20 e poucos anos percebendo que ela sabia tudo.

— Foi uma noite longa — admiti; então, sabendo como ela detestava refeições em silêncio, arrisquei um pouco mais de informações. — O Ritz é lindo e a comida estava divina.

— Bem, nem precisa dizer isso, querida. Será que você não pode me dizer alguma coisa que eu não saiba? Como com quem você conversou e se havia algum bonito jovem presente?

Eu costumava detestar essa linha de questionamento de minha mãe, mas naquela tarde a necessidade de esquecer Harry e falar sobre as fantasias com Rocky eram fortes demais.

— Havia alguém muito interessante — comecei, hesitante. Mama levantou o olhar, surpresa.

— Deus, Penelope — disse ela, admirada. — Quem era ele?

— Ah, um homem — disse eu, corando e sem saber se deveria continuar.

— Muita informação, querida. Não consigo acompanhar.

— Ele é muito bem-sucedido.

— Bom. O que ele faz?

— Ele trabalha na indústria do entretenimento — comecei, hesitante, me arrependendo da minha escolha de palavras na mesma hora. — Filmes de Hollywood, esse tipo de coisa.

Mama franziu a testa e eu pude perceber que ela estava em um dilema, já que ele parecia rico, mas trabalhava em um setor que ela temia, portanto, no final das contas, não era satisfatório.

— Ele escreveu um filme em que James Dean vai participar — disse eu.

— Que ótimo. Ele deve estar muito satisfeito. Onde ele mora?

— A maior parte do tempo nos Estados Unidos.

— Sei. — Mama estreitou os lábios. — Então ele é americano?

— É. Mas, Mama, você o acharia encantador.

— Quantos anos ele tem?

— Ah, não sei dizer. Talvez 40.

— *Quarenta*?

— I... isso.

— Ele já foi casado? Perdeu a esposa com alguma doença?

— N... não.

— Nunca foi casado — confirmou Mama. — Quarenta anos e nunca foi casado. Que bom que você teve o bom senso de me contar sobre esse cavalheiro, Penelope. Você *certamente* não deve vê-lo de novo.

— Mas por quê, Mama?

Ela abaixou o garfo e estendeu a mão.

— Pegue a minha mão, querida. — Ela sabia muito bem que o contato físico tornava praticamente impossível discordar dela. Peguei sua mão, sentindo-a pequena, quente e pesada com a beleza delicada de seu anel de noivado de rubi.

"Existem algumas coisas que eu simplesmente sei. Coisas que despertam meu instinto. A mulher que trabalhou por um tempo na loja do povoado, por exemplo, eu fui a única pessoa das redondezas que vi que ela não era boa. Bem, nesse caso é a mesma coisa. Não confio nesse homem e acho que você também não deveria confiar.

— Não tem nada de errado com ele — murmurei, sentindo as lágrimas ardendo em meus olhos.

— Penelope, ele tem 40 anos e é solteiro. Acredito que isso diga tudo de que precisamos saber. O fato de ele trabalhar no cinema é outro fator que não podemos considerar a seu favor.

— Mas ele é rico, Mama! Achei que você quisesse que eu encontrasse um homem rico!

— Ah, querida — disse Mama, triste. — Não um americano.

— Mas ele só queria me levar para jantar fora — disse eu, fracamente.

Bem alto e no momento certo, o telefone tocou. Mama e eu ficamos sentadas esperando Mary.

— Telefone para a Srta. Penelope.

Saíram faíscas dos olhos de Mama.

— Era um cavalheiro, Mary?

— É a Srta. Charlotte, senhora.

Mama suspirou aliviada.

— Vá atender, querida.

Charlotte mal conseguia falar as palavras rápido o suficiente.

— É Marina! — disse ela, ofegante.

— O que tem ela?

— Ela cancelou o casamento! Ela apareceu aqui na porta uma hora depois do café-da-manhã, ainda usando o mesmo vestido de ontem à noite e fumando como uma doida. Bem, para sorte dela, tia Clare tinha saído para assistir às corridas, então eu a convidei para entrar e dei-lhe chá e bolinhos... comeu tanto aquela gulosa, não podia estar mais desesperada, eu diria... e ela falou sobre como estava sendo tola e como tinha percebido ontem à noite, ao ver você e Harry juntos, que estava cometendo um erro terrível, que não amava George de verdade e que tudo que queria era ficar com Harry para sempre.

— Não acredito! — exclamei com o coração acelerado.

— É tudo verdade, juro. E espere o resto! Uma hora depois, George chegou...

— Não!

— Chegou! Ele estava totalmente sob controle e bem vestido, devo acrescentar, dizendo que só queria conversar com Marina e fazê-la recobrar a razão. Ele foi tão gentil e educado que eu estava prestes a deixá-lo entrar, embora Marina já tivesse comido quase tudo e eu não tivesse quase nada para oferecer a ele. Mas ela nos havia feito prometer que, se ele aparecesse, fingiríamos não saber onde ela estava.

— Não!

— Sim — disse Charlotte, sem paciência. — Ele foi embora dez minutos depois. Escondi Marina, caso ele decidisse entrar à força, como nos filmes. Harry está completamente desnorteado, nem dá para acreditar — continuou ela. — Ele apareceu meia hora depois de ela ter ido embora, escutou as novidades, entrou em um estado de transe e disse que não vai falar com *ninguém* sobre a situação. Se alguma coluna de fofoca ligar, devemos dizer que viajou para passar um mês na Espanha.

Houve uma pausa. Minhas mãos estavam trêmulas, notei. De fato, oportunamente *trêmulas*.

— Deus — disse eu, devagar. — Então o plano realmente funcionou? Ela realmente ficou com ciúme de *mim*?

— Você estava sensacional ontem à noite — disse Charlotte, indo direto aos fatos. — Seria realmente impossível ela não ficar com ciúmes. Marina estava enfurecida com seu "sorriso encantador" e quase caiu de raiva quando

Harry beijou você. Tenho de confessar, *eu* quase caí depois daquilo. Foi tão *Vanity Fair.*

Eu ri, me sentindo muito melhor de repente.

— Você acha?

— Claro.

Houve uma pausa.

— Rocky Dakota não é maravilhoso? — perguntei.

— Um sonho, mas velho demais para nós, apesar de seu bonito terno. Mesmo assim, devemos conseguir marcar uns jantares decentes com ele.

Eu ri.

— Gostou do jeito dele de falar?

— Ele é muito charmoso. Mas por trás de toda aquela conversa, ele acha que somos garotinhas, Penelope. Pelo amor de Deus, tire-o da cabeça.

— Ele é praticamente o único homem que conheci em toda a minha vida que não me tratou como uma garotinha — disse eu, com raiva.

— Ah, esse é seu grande talento. Fazer garotas como nós se sentirem mais velhas e sofisticadas. É muito esperto da parte dele.

— Por que ele se incomodaria em fazer isso?

— Porque somos seu público-alvo, claro! — afirmou Charlotte na mesma hora. Parecia que ela estava muito perto, como se estivesse na sala ao lado. — Somos nós que assistimos aos filmes que ele produz e compramos os discos que ele faz. Não o culpo por seu interesse em nossa vida. Na verdade, acho lisonjeiro. Mas, Penelope, você não deve ter outras idéias a respeito dele. Isso seria indescritivelmente idiota.

Não havia nada que eu pudesse dizer a esse respeito.

— Quando vamos nos encontrar? — perguntou Charlotte. — Estou sentindo os mais violentos sintomas da distância de Magna.

— Venha no sábado. Minha mãe vai viajar para a casa da minha madrinha Belinda de novo.

Eu podia escutar Mama deslizando, barulhenta, pela sala de estar. Essa era uma tática que ela usava com freqüência quando eu estava ao telefone: me fazer pensar que ela estava se acomodando diante da lareira, quando, na verdade, estava se infiltrando no salão para escutar às escondidas.

— Tenho de ir — falei baixinho.

Desligando o telefone, desejei que Inigo estivesse conosco e não naquela escola sombria. Ele era muito melhor que eu em levantar o astral de Mama. Uma de suas melhores táticas era ligar o rádio, já que Mama, mesmo sendo pouco característico de sua personalidade, ficava totalmente seduzida pela BBC. Assim que me sentei com um livro (nenhuma chance de alguma coisa importante me absorver, claro), o telefone tocou de novo. Mama levantou um olhar penetrante.

— Mary não vai querer voltar da cozinha de novo — disse eu. — É melhor atender, Mama. — Eu tinha certeza de que era Rocky, e ele saberia como seduzi-la.

Ela me lançou um olhar suspeito. Observei-a sair nervosa da sala e escutei o delicado ruído de seus pequenos sapatos no chão do salão.

— Alô, Milton Magna... Ah, querido! O que você está fazendo no telefone?... Suspenso!... O que *isso* quer dizer?... *O que* você estava fazendo?... Ah, Inigo... Vou ter de mandar Johns agora e você sabe como ele está difícil no momento... É muita imprudência... mesmo... Por quanto tempo você vai ficar em casa?... Ah, então isso quer dizer que você *poderia* ir ao teatro comigo amanhã à noite, querido. Toda nuvem...

Ela desligou o telefone sem se despedir e escutei-a correndo de volta para a sala de estar. O rosto dela estava corado e animado, os olhos faiscando.

— E? — perguntei.

— Inigo foi suspenso da escola. Ele vai explicar tudo quando chegar aqui. Suponho que ele tenha respondido ao Sr. Edwards de novo.

E eu imagino que ele tenha sido pego de novo escutando rádio, pensei.

— Ele está a caminho de casa, agora — disse ela.

— Você está feliz? — perguntei a ela sem rodeios. Ela mordeu o lábio inferior em uma tentativa de esconder o grande sorriso que estava se espalhando por seu rosto e respondendo à minha pergunta melhor que qualquer palavra.

— Ele é um garoto muito irresponsável — disse ela, alegre. — Vá dizer a Mary que teremos um jantar em família esta noite. Só Deus sabe por quanto tempo ele vai ficar — continuou ela. — Suponho que tenhamos de esperar para ver o que diz a inevitável carta do diretor. Pensei que poderíamos ir todos ao teatro amanhã à noite. Os ingressos para *Salad Days* estão em promoção esta semana. *We're looking for a P-I-A-N-O!* — cantou ela, bem alto.

— Inigo não deveria ficar em casa e pensar em seus erros? — perguntei com malícia. Eu tinha certeza de que se *eu* tivesse sido suspensa do colégio, a reação de Mama teria sido bem diferente.

— Acho que ele sabe que foi longe demais — disse Mama, assumindo uma expressão séria. — Mas se a escola é ingênua o suficiente para achar que mandá-lo para casa é um tipo de castigo...

— Você deveria alimentá-lo a pão e água e obrigá-lo a distribuir comida aos idosos carentes ou coisa parecida — disse eu, um pouco irritada.

— Idosos carentes — zombou Mama. — *Eu sou* uma idosa carente.

Ela acreditava nisso, honestamente.

Inigo chegou em casa pouco antes do jantar, parecendo envergonhado, e com o cabelo penteado no estilo Elvis Presley. Mama tentou ser fria, mas, como se tratava de Inigo, isso durou uns vinte segundos.

— Vou ficar em casa uma semana — anunciou ele, tentando desesperadamente manter a alegria afastada de sua voz.

— Tem certeza de que vão deixá-lo voltar? — perguntei. Não conseguia imaginar nem por um momento que Inigo pudesse contribuir positivamente para a vida acadêmica.

— Claro que vão. Eles precisam de mim para o time de futebol. — Ele deu alguns passos no salão e fingiu lançar uma bola de boliche no retrato do tio-avô John. Eu ri. — O que temos para jantar, Mama? — perguntou ele.

— Torta de peixe.

— Que horrível. Devia ter ficado no colégio.

— Bem, que tal torrada e pasta de anchova e chocolate? — arriscou-se Mama.

— E o rádio! — acrescentei. — Hancock começa às 19h!

— Vá dizer a Mary que pode ir embora mais cedo.

Inigo e eu saímos correndo, e naquele momento todos os pensamentos sobre Rocky, Harry e beijos no Ritz pareciam a quilômetros de distância. Eu me sentia pequena de novo.

Como o resto do país, crescemos escutando rádio, e agora eu sei, assim como sabia já naquela época, que a vida nos tempos de guerra sem a frágil presença de *Listen With Mother* teria sido insuportável. Quando a televisão abriu suas portas, a maioria das pessoas não acreditava nela. Mama, por exemplo, foi relutante em aceitá-la e tinha uma admiração profunda por pessoas como Winston Churchill que diziam que os programas de auditório iriam destruir o tempo em família e a arte da conversação. Como a nossa família já tinha sido destruída pela guerra e nós três raramente conversávamos sobre algo além dos limites de Magna, eu me sentia pressionada a concordar com essa filosofia. Inigo, apressado como sempre, estava determinado sobre o fato de que devíamos assistir à coroação, e conseguiu convencer Mama de que estávamos cumprindo nosso dever com a rainha e com o país indo para a casa da sobrinha da Sra. Daunton no povoado para assistir à coração de nossa nova rainha. Quando todos acabaram de enxugar as lágrimas dizendo: "Não é maravilhoso? Ah, não podia ter sido melhor se estivéssemos dentro da Abadia", Mama já estava quase convertida, mas ainda assim se recusava a permitir que tivéssemos um aparelho de televisão, mantendo-se fiel ao rádio: seu primeiro amor e nosso também. Éramos atraídos toda semana pelo *Hancock's Half Hour* (Mama em particular), e nada poderia ter sido mais gostoso, nem mais confortável, que torradas e rádio. Às vezes, não falávamos por horas a fio, nós três hipnotizados por um programa. Ainda assim dizíamos boa-noite nos sentindo mais próximos do que em noites normais. O rádio fazia parte da família, tão consolador quanto um velho amigo. Naquela noite, não falamos muito, mas escutamos e comemos nossas torradas. Lá fora o céu escureceu. Escutei uma coruja arrulhar e senti aquele calor que vem quando estamos dentro de casa e seguros com a nossa família. Quando finalmente desligamos o rádio, Mama forçou Inigo a confessar por que tinha sido suspenso, dizendo que se ele não contasse, ela teria de descobrir com o diretor.

— Eu estava escutando a Radio Luxembourg quando deveria estar na aula — disse ele. — Já fui pego três vezes. Eles não entendem...

Mas o humor de Mama mudou. Agora que sabia que a suspensão de Inigo tinha a ver com música, ela via a situação por outro prisma. Balançou a cabeça.

— Não *preciso* de colégio — disse ele baixinho. — Quero partir *agora* e ir para Memphis...

— Não. Não vou ouvir isso de novo, Inigo.

— Eu me sinto tão preso, Mama. Não percebe? Tem tanta música dentro de mim; sinto como se fosse explodir. Mas não adianta, não é?

— Ninguém está preso — disse Mama. — Deixe de ser tão dramático!

Ah! Eu tive de me segurar para não gritar coisas sobre panelas e chaleiras quando ela disse isso.

— Mas poderia haver um jeito, Mama — insistiu Inigo. — Poderia haver um jeito de salvarmos Magna...

— Cantando? Você poderia salvar Magna *cantando*? Inigo, não quero mais escutar isso, entendeu? Não quero mais escutar! — Ela se levantou e cresceu na frente dele, algo que eu nunca tinha visto acontecer. — A melhor coisa que você tem a fazer é terminar o colégio sem ser expulso. Tente não ser mandado para casa por fazer coisas idiotas. Tente tirar boas notas e receber um bom conceito no final do ano. Me dê algo de que me orgulhar, pelo amor de Deus!

Ela fez esse pequeno discurso em sua forma menos característica possível. Falou por entre os dentes, a voz firme, os olhos frios como aço. Inigo e eu, que já tínhamos escutado isso antes entre lágrimas e histeria, nos sentimos constrangidos. Era a primeira vez que percebíamos que ela realmente estava falando sério a esse respeito. Ela cruzou a sala e foi até a bandeja de bebidas, serviu-se de um enorme brandy e saiu.

— Eu poderia fazer isso, você sabe — disse Inigo com calma, seu cabelo escuro caído sobre os bonitos olhos. Ele pegou o pente e colocou o cabelo para trás de novo. Meu irmão se tornara tão bom nesses gestos confiantes que eu mal os notava: eles tinham se tornado parte de sua composição.

— Você entende as preocupações de Mama — disse eu.

— Mas que escolha temos? Não consigo ver você se casando com um homem rico nos próximos dois anos. A casa está desmoronando, Penelope. Você está percebendo isso, não está?

— Claro que sim! — proclamei, perto das lágrimas. — Você acha que não vejo? Às vezes, quando estou deitada na cama à noite, imagino que consigo ouvir a casa gemendo, como um paciente moribundo.

Inigo estremeceu.

— Então nenhum marido rico a caminho?

— Não, claro que não. Embora eu tenha tido uma conversa maravilhosa ontem à noite com um americano chamado Rocky Dakota. Ele é...

Inigo arregalou os olhos.

— Rocky Dakota? O produtor de filmes? *Você* conheceu Rocky Dakota?

— Bem, conheci. E por que você tem de parecer tão surpreso?

— Preciso conhecê-lo.

— Por quê?

— Ele é rico e conhece pessoas. Por que outro motivo? — Inigo levantou-se. — Ele poderia me ajudar. Ele poderia *nos* ajudar. Não me diga que não pensou nisso, Penelope.

— Bem, creio que sim, rapidamente. Falei com ele sobre você. Disse que você tocava violão e cantava...

— Tem de me apresentar a Rocky Dakota, Penelope. Leve-me até ele e ganharei dinheiro para reformar Magna umas cinqüenta vezes.

Ele estava muito confiante. Acho que, para mim, não importava se ele estava certo ou errado. O que fazia sentido era que ele acreditava naquilo. Para mim era o suficiente.

— Vou ver o que posso fazer — disse eu.

Nos três dias seguintes, Inigo, Mama e eu vivemos em uma paz relativa. Evitamos certos assuntos: escola, Elvis Presley, o estado do teto de Magna, americanos e produtores de filmes; e nos concentramos no jardim e no rádio. Fomos à igreja, colhemos flores, lemos o jornal, e eu consegui fazer um trabalho sobre Tennyson com a ajuda de Charlotte. Pelo telefone, ela me disse que Marina estava sendo perseguida pela imprensa e que George estava dizendo para todo mundo que lutaria para reconquistá-la, custasse o que custasse. Harry, por outro lado, sumira temporariamente.

— Acho que ele está chocado com o que começou — disse Charlotte. — Tia Clare fica repetindo como é *indigno* ser a terceira pessoa envolvida em uma separação como essa. Ela está convencida de que você está sofrendo, com o coração partido.

— E estou — disse eu, triste. — Rocky não ligou.

Eu pensava nele todas as noites antes de dormir, e ele tomava conta de meus pensamentos desde a hora em que eu acordava. O telefone me torturava, algumas vezes com seu silêncio, outras com a decepção latejante que acompanhava o toque do telefone quando não era ele.

Na sexta-feira à noite, Mama saiu para seu final de semana.

— Cuidem da casa, queridos — pediu ela, imaculada em seu conjunto de lã verde.

— Claro, Mama — respondemos juntos.

No entanto, acabou que quem precisou de cuidados não foi Magna, mas sim a pessoa que apareceu por lá.

Capítulo 16

O INTRUSO

Não consegui dormir naquela noite. Gostaria de poder dizer que foi porque estava preocupada com Inigo, Magna e Mama, mas, na verdade, foi porque não consegui parar de pensar em Rocky, Johnnie e Harry. Johnnie, Harry e Rocky.

"Rocky não é para você, menina", dizia Johnnie para mim, aparecendo em meu estado semi-acordado, olhos transbordando de preocupação, mas sorrindo ao mesmo tempo. "Sou o único homem certo para você."

"Por que odeio Harry pelo que ele me fez na festa? Era tudo parte do plano. Mas me sinto tão... tão usada, Johnnie. E Rocky Dakota? Sei que ele é velho demais para mim, mas só de pensar em seu rosto, me derreto toda."

"Droga, menina, eu não faço isso há anos?"

"Mas ele é *real*, Johnnie. Conversei de verdade com ele, não de faz-de-conta como nós dois fazemos."

"*Faz-de-conta*?"

E assim continuamos. Olhei para o relógio às 3h da manhã e decidi que, como Johnnie só estava me confundindo, deveria tentar mergulhar em Shakespeare. Claro que o que eu realmente fiz foi tirar *Good Housewife* de debaixo da minha cama (não era uma revista interessante para uma garota como eu, mas eu gostava das histórias curtas e falava mais de sexo do que as outras) e me recostar para ler por dez minutos. Fiquei tão encantada com o capítulo final do drama doméstico de Joan Bawden que não escutei a batida na porta, até que fosse acompanhada pelo som da mesma se abrindo e pela figura magra de Inigo aparecendo em meu quarto, o pijama abotoado até o pescoço e usando óculos que o faziam parecer mais o John da história do Peter Pan do que Elvis Presley.

— O que você está fazendo? — perguntou ele, baixinho.

— Lendo revista — respondi, surpresa. — O que você está fazendo?

— Não está escutando?

— O quê?

— O barulho lá embaixo!

— Que barulho?

— Shhh!

— Não estou escutando nada — reclamei, mas meu coração acelerou. Fantasmas eram uma coisa, intrusos eram outra bem diferente.

— Acho que pode ser um ladrão — disse Inigo, confirmando meus medos. — Acho que escutei passos no salão.

— Passos! — berrei.

— Vou ter de descer e descobrir. — Ele puxou o taco de críquete que estava atrás de suas costas. — Sorte eu ter trazido isso para casa. Achei que você poderia jogar comigo amanhã. Preciso praticar um pouco antes do começo da temporada.

— Como você consegue pensar em críquete em uma hora como essa? — perguntei. Inigo era inacreditável às vezes.

— Só estava comentando a sorte de eu ter...

— Ah, cale a boca! E se ele estiver armado? — perguntei.

— Aí eles terão de competir com o meu taco — disse ele, batendo no ar.

— Posso ir também?

— Você fica aqui. Provavelmente me atrapalharia.

— Temos de ter um código — disse eu depressa. — No caso de você se meter em alguma encrenca.

— O código será um grito meu de "Socorro!" bem alto. Aí, você pode chamar a polícia.

— Não deveríamos fazer isso agora?

— Não. Deixe-me cuidar disso. — Inigo estava ansioso para ir.

— Tudo bem. Vou ficar aqui — disse eu.

— Não, desça comigo para que possa me observar de uma distância segura. Se eles nos perseguirem, corra para o quarto Wellington e tranque a porta.

Vesti meu penhoar.

Descemos em silêncio, mal ousando respirar, e Inigo sinalizou que eu deveria ficar onde estava enquanto ele continuava a investigar. Do nosso ponto de vista favorável, podíamos ver que um abajur tinha sido derrubado no salão. O tapete de pele de urso rosnava para nós de forma ameaçadora. Se eu fosse um ladrão, não gostaria de acabar em um lugar como Magna, pensei. Agarrei o braço de Inigo.

— Ali! — sussurrei. — Tem uma luz vindo de baixo da porta da biblioteca.

— Tomara que levem o quadro de tia Sarah.

— Ah, espero que não! — disse eu, alarmada.

Inigo adotou uma expressão determinada.

— Eles não são muito profissionais. Acabei de escutar um deles batendo em alguma coisa e dizendo "ai" como uma garota. Certo, vou entrar — disse ele.

— Vou entrar também — disse eu em tom de lamúria, o medo de ficar sozinha excedendo o medo do que eu e Inigo encontraríamos. Eu adoraria ter nos visto naquela noite, enquanto descíamos furtivamente para o salão, o taco de Inigo levantado à nossa frente, forçando os olhos na semi-escuridão. O salão era fantasmagórico à noite: os rostos familiares dos retratos nas paredes, muito sábios; as janelas escuras com sombras e segredos; as cabeças de animais respirando. Hesitamos na entrada da biblioteca. Inigo colocou o ouvido na porta.

— Estou escutando alguém virando páginas — sussurrou ele, incrédulo. — Que atrevimento! Certo, já basta!

— Não, você...

Mas ele já avançara.

— Certo! O jogo acabou! Entregue o que pegou e não falaremos mais a esse respeito! — ordenou ele, parecendo um adulto. Estremeci do lado de fora da biblioteca, o coração acelerado, as mãos suando...

— Meu Deus, abaixe essa coisa!

Era uma voz de garota. Uma voz americana. Lentamente, coloquei minha cabeça na porta e meus olhos quase pularam de meu rosto. Sentada na poltrona de Mama, segurando um exemplar velho de *The Gardener's and Botanist's Dictionary* de Philip Miller e uma mala ao seu lado, estava Marina Hamilton. Estava bem vestida, como sempre, mas notei que seus saltos tinham espalhado lama pelo chão, sua meia-calça estava rasgada e a saia, amarrotada. Fido estava deitado aos seus pés e nos olhou com uma expressão de: "O que vocês dois estão fazendo aqui?"

Traidor, pensei, achando irracionalmente que Marina não era o tipo de pessoa que se espera que seja boa com cachorros. Mas então, depois desse episódio, acho que eu nunca mais tentaria predizer nada sobre ninguém. Decidi ficar fora de sua linha de visão por um momento. Inigo poderia descobrir o que ela estava fazendo.

— Que diabos você está fazendo?

Marina levantou-se e cambaleou de leve, os olhos rebeldes e contrariados, e percebi, com uma onda de alegria, que ela estava muito bêbada.

— Vim ver Harry — disse ela, desafiadoramente.

— Harry?

— Isso! Não finja que ele não está aqui! Onde ele está? Onde ela está?

— Ela quem?

— Penelope, claro.

— Quando diz Penelope, presumo que queira dizer minha *irmã* Penelope.

Levou um minuto para o significado dessas palavras penetrarem.

— Ah, você é *irmão* de Penelope? Bem, eu nunca teria adivinhado. Deus, mas você é divino! Não tem o nariz de sua irmã, não é? — Ela se levantou e atravessou a biblioteca indo na direção dele, colocando o pé direito no tapete e tropeçando de leve ao fazer isso. — É uma forma pouco comum de se conhecer alguém, mas certamente é um prazer conhecê-lo. — Ela abriu um grande sorriso. Inigo, confuso, apertou a mão dela.

— Quem é você? — perguntou ele. — O que você pensa que está fazendo ao invadir assim? Sabe, eu poderia chamar a polícia...

— Não. Por favor, não. — Marina levou a mão ao peito, os lábios vermelhos de batom tremendo. Era um espetáculo sensacional, e de onde eu estava, atrás da porta, estava começando a me divertir, apesar de tudo.

— Tem um cigarro? — perguntou ela a Inigo com a voz rouca. Ele colocou a mão no bolso do pijama e tirou um maço. Aproximando-se da lareira, ele abriu seu isqueiro e acendeu um para ela. — Ah, muito obrigada. Você é um amor.

Decidi que estava na hora de eu dizer alguma coisa, então saí de onde estava e apareci na biblioteca.

— Ah, Penelope! — Marina cambaleou e quase caiu pela segunda vez.

— Olá, Marina.

— Você conhece essa garota? — perguntou Inigo.

Marina se recompôs e cambaleou em minha direção. Com uma expressão de drama da classe alta que se poderia esperar de uma atriz do calibre dela, ela estendeu a mão e tocou no meu rosto. Suas mãos estavam frias.

— Destruidora de corações — disse ela, suavemente.

Inigo tossiu e ela se virou para ele.

— Estou vendo uma garrafa de whisky naquela bandeja? — perguntou ela.

Inigo já estava servindo um duplo para ela.

— Água? — perguntou ele.

— Não, obrigada. — Ela tomou um gole generoso da bebida, depois voltou cambaleante para a poltrona de Mama. — Onde está ele? Onde está meu amor?

— Seu amor? — repetiu Inigo, olhando para mim confuso e irritado. Marina o ignorou.

— Ah, meus adorados sapatos! — lamentou ela, percebendo a lama pela primeira vez. Ela pegou um lenço e esfregou para tentar limpá-los, mas perdeu o equilíbrio e caiu da poltrona no chão. — Deus! — disse ela, rindo. — Eu caí!

Eu e Inigo a levamos de volta para a poltrona. Poderíamos ficar aqui até o amanhecer esperando uma explicação, pensei.

— Acho que vou querer um whisky, Inigo.

Ele serviu uma dose para nós dois e atiçou o fogo, aumentando-o um pouco, de forma que em cinco minutos estávamos sentados, relativamente confortáveis. Eu me joguei no sofá e enrolei um cobertor velho em meus joelhos.

Apesar (ou talvez por causa) de seu estado ébrio, o cabelo de Marina estava magnífico. Ela parecia uma versão ruiva de Natalie Wood no final de *Juventude transviada.* Suas calças elegantemente cortadas estavam ensopadas e cheias de lama na bainha, mas nada desviava a atenção da estreita curva de sua minúscula cintura. Seus seios fartos saíam pelo decote baixo da blusa vermelha que estava desabotoada em um nível próximo ao indecente, resultando em um efeito geral que, naturalmente, era pura sensualidade. Diferente de Charlotte, cujo encanto vinha de sua marca bem inglesa de caos estilizado e uma empolgação de tirar o fôlego, Marina era a elegância pura e indiscutível de Los Angeles, mesmo depois de muita bebida e uma caminhada noturna na grama cheia de lama. Inigo me lançou um olhar como se dissesse: "Bem, é sua amiga! Você faz as perguntas!" Percebi que ele estava aborrecido por ter sido pego parecendo ter 12 anos, usando óculos e pijama. Mas quem troca de roupa para se confrontar com intrusos? Marina trocaria, supus.

— O que você está fazendo aqui, Marina? — perguntei, sendo sensata. Parecia a forma certa de começar, embora eu tivesse quase certeza de que já sabia a resposta.

— Não soube das novidades?

— Que Eden é o sucessor de Churchill? — sugeriu Inigo. Marina riu alto.

— Você é um doce, não é? Não, *minhas* novidades, bobinho. Está tudo acabado. O casamento. George e eu. Terminei tudo. Fim, fim, fim. Não é ótima a palavra "fim"? Tão expressiva. Tão conclusiva.

— Fim? — repetiu Inigo. Supus que, nesse ponto, seria impossível fazê-lo entender qualquer coisa.

— Então vim encontrar Harry para dizer a ele que toda essa história de noivado foi um terrível erro. — Ela pronunciou ter-rívelll.

— Harry?! — exclamou Inigo.

Ah, socorro, aqui vamos nós, pensei.

Marina carregou seu olhar e o fixou em mim.

— Não suporto mais isso — disse ela.

— O que está acontecendo? — interrompeu Inigo. Marina o ignorou.

— Harry e Penelope! Penelope e Harry! Ah! Até os nomes de vocês soam românticos juntos! — Ela começou a rir de novo, mas era uma gargalhada oca, triste, que me deixou assustada. Ela balançou a cabeça, maravilhada. — Quem poderia imaginar que eu teria ciúmes de alguém como *você*?

Em sua defesa, acho que ela não quis ser tão indelicada. Na verdade, era uma pergunta perfeitamente razoável, e eu meio que admirava que ela dissesse isso em voz alta. Ela se levantou de novo e começou a andar de um lado para o outro, seus pés estalando as velhas tábuas da biblioteca. Senti o fantasma de tia Sarah observando fixamente.

— Não posso me casar com George porque quando a vi com Harry na outra noite, quase morri — disse ela, simplesmente.

— Você e Harry? — balbuciou Inigo, olhando para mim. Fixei o olhar nele.

— A forma como ele ficou olhando para você enquanto conversava com Rocky, a forma como os olhos dele se iluminaram quando você entrou no salão, a forma como saíram furtivamente juntos depois do café, a forma como ele beijou você, ah! — Ela cobriu os olhos com as mãos, como se a cena estivesse sendo reprisada em uma tela à sua frente. — Foi demais para mim. Percebi, então, que se não conseguir reconquistá-lo, vou parar de viver. Você não vai adivinhar o que eu fiz? — acrescentou ela, parecendo um pouco culpada.

— O quê? — perguntou Inigo.

— Soltei os pássaros — murmurou ela, de forma dramática.

— Os pássaros? — Inigo estava desconcertado.

— Ah, meu Deus, os *pássaros*! — lamentei, de repente sabendo exatamente do que ela estava falando.

— Os periquitos que Harry me deu no meu noivado. Não conseguia suportar mais vê-los presos. Soltei-os no caminho da cidade para cá.

— Onde? — perguntei.

— Em algum lugar perto de Richmond. Não sei. Pedi ao motorista para parar onde ele achasse que os passarinhos seriam felizes e simplesmente abri a gaiola e os deixei voar. Primeiro, eles ficaram um pouco confusos, não entendiam que estavam livres. Acho que não estão acostumados. Isso me deixou feliz por uns cinco minutos. Depois, voltei para o táxi e saímos de novo, e pensei: que idiotice! Eles provavelmente não vão durar nem um dia nesse tempo.

— Ah, eu não apostaria nisso — disse Inigo de forma reconfortante. — Quem sabe? Talvez existam milhares de periquitos selvagens na Londres dos anos 1950.

— Ah! — exclamou Marina, pressionando a mão no peito. — Ah! Isso faz com que me sinta tão mais feliz! Você realmente acha que eles podem sobreviver?

— Certamente não — disse eu contundente. Estava irritada com Marina. Aqueles pássaros ficariam incríveis em nosso jardim.

— Ele não me quer mais — gemeu ela vagamente, logo voltando ao assunto Harry.

Abri a boca para dizer a ela que não havia nada com que se preocupar, que ele nunca deixara de amá-la e que eu não tinha sido nada mais do que uma peça no jogo dele, mas não prossegui. Deixe-a pensar que ele me ama, decidi. Era um tanto divertido. Harry se colocara nisso, então poderia dar todas as explicações. Então, em vez de confessar, eu disse:

— Você não acha que está sendo um pouco dramática demais?

Ela me encarou, incrédula.

— Você consegue imaginar o horror de perder o homem que se ama para outra mulher? — questionou ela.

— E como você acha que *ele* se sentiu quando você escolheu George? Você não pode amá-lo tanto se concordou em se casar com outro. — disse eu, indignada.

— Eu estava *cega*! — lamentou Marina, balançando a mão no ar dessa vez. — Cega pelo que eu achava que queria: dinheiro, sucesso, um homem rico, alguém para pagar as contas, abrir a porta e me adorar. George é um doce, mas não é Harry. Ele não brilha como Harry. Não me enche de *paixão* como Harry. Não faz com que eu tenha vontade de arrancar as roupas e *me jogar aos seus pés* como Harry.

Até eu fui pega de surpresa por essas palavras, e Inigo, que claramente não teve problemas para imaginar essa cena, corou até a raiz dos cabelos.

Apesar de meu papel no caso e do fato de eu dever saber a resposta, não pude deixar de perguntar:

— O que Harry tem que você acha tão irresistível?

— Tudo — disse Marina, triste. — Ele é o homem mais sedutor que já conheci. Ele tem aquele quê que poucas pessoas têm. Acho que *eu* tenho, então reconheço nas outras pessoas — acrescentou ela, sem nenhuma ironia. Lá vamos nós, pensei, de volta à velha Marina. — Estou arrasada desde que soube que ele está comprometido com você. Todos comentaram como você era adequada, como era charmosa, como era linda e doce. Bem, pensei, pelo menos ela não tem a minha inteligência. Então fiquei sabendo que você está estudando Shakespeare e que você e Charlotte estão sempre lendo Tennyson! — (*Nossa!* Pensei. Gosto desse boato!) Marina estava tagarelando agora, parando apenas para secar seu whisky. — O pior de tudo foi saber sobre essa casa, Milton Magna. Fiquei sabendo que ele esteve aqui uma tarde e que ele... que ele... se exibiu para você.

— *Se exibiu?*

— Mágica — murmurou Marina. Ela certamente estava se divertindo agora. — Mágica — repetiu ela. — Foi como ele me seduziu. E ele fez isso com você também. Aqui em Milton Magna... o nome dessa casa atormenta minha alma. O lugar onde vocês se beijaram pela primeira vez, o lugar onde riram juntos pela primeira vez. Não conseguia parar de me torturar, então decidi que eu tinha de vê-lo com você de novo, mais uma vez. Garanti que você fosse convidada para o Ritz. Eu precisava me convencer de que ele *realmente* a amava e você a ele. E ele a ama. — Ela se sentou de novo e distraidamente abriu uma caixa de chocolate com menta After Eight que estava perto do abajur de Mama desde o Natal.

— Como George reagiu à notícia? — perguntei.

— Ah, perfeitamente calmo. Ele não quer falar comigo, claro. Em poucos meses, vai estar agradecendo ao seu anjo da guarda por não ter se casado comigo. Eu o teria arruinado — disse ela, simplesmente —, mesmo que não estivesse apaixonada por outro homem. — Ela mordeu um chocolate. Engraçado, pensei, ela mastiga que nem a porquinha-da-índia.

— Você pode explicar por que está aqui? — perguntou Inigo, tirando os óculos e endireitando o cabelo. Marina olhou para as próprias mãos.

— Onde mais eu poderia ir? Essa tarde... Deus, isso foi hoje? Parece em outro século... fui à casa da mãe de Harry em Kensington de novo, e me disseram que ele não estava em casa. Charlotte foi uma fofa; me serviu chá... eu mal consegui comer... e me convidou para passar a noite com ela. Por volta das 23h, Harry ainda não tinha voltado, e eu tive uma visão: concluí de repente que ele estava com você em Milton Magna. Eu disse a Charlotte que ia voltar para Dorset House, mas primeiro fui ao Claridge's, pedi uma garrafa de Moët e bebi tudo. Depois voltei para casa, joguei algumas coisas na mala, peguei os periquitos e chamei um táxi para vir para cá. Custou 14 libras — Inigo assobiou admirado —, e os paparazzi me seguiram quase até sua casa. Meu motorista de táxi, esperto, conseguiu despistá-los perto daqui. Ele me deixou embaixo de sua alameda. Tive de subir até aqui sozinha, e suponho que não estava usando sapatos apropriados. — Ela começou a chorar de novo. — Quando cheguei à porta da frente, percebi que não estava trancada, então simplesmente entrei. Acho que pensei em tomar mais alguma coisa antes de procurar Harry.

— Mas se distraiu com *The Gardener's Dictionary*. — Não consegui resistir.

Marina me ignorou e pegou outro livro na prateleira à sua frente.

— *A ninfa constante* — murmurou ela. — H... Harry costumava me chamar de sua ninfa. Acho que eu não era muito constante. — Ela pegou um lenço. — Agora o perdi. Estou arrasada.

— Bem, ele não está aqui — disse eu, sendo franca.

— Não minta! Sei que ele está aqui! — Marina levantou-se, cambaleou de novo e se endireitou com a mão livre.

— Por que eu mentiria para você? — perguntei. — Juro que ele não está aqui. Não faço idéia de onde ele esteja, mas espero que consigamos encontrá-lo amanhã.

— Por que ele não está aqui? — lamentou Marina. — Vim até aqui, *até aqui*!

— De táxi — acrescentou Inigo.

— De *táxi*! — concordou Marina. — E rasguei a bainha da minha calça subindo a sua alameda. Destruí meus sapatos! Não costumo *fazer* esse tipo de coisa, entende o que estou dizendo, Penelope? Não é comum. Não tem a ver comigo. — Ela parecia realmente aflita.

— Às vezes fazer coisas que não fazemos normalmente pode ser muito divertido — comentei.

— E às vezes fazer coisas que não fazemos normalmente pode ser um sofrimento... não seja arrogante comigo só porque conseguiu o homem.

Os olhos de Inigo brilharam.

— Sorte Mama não estar aqui — murmurei, quase desmaiando ao imaginar o horror de Talitha acordando ao som do sotaque americano de Marina a ecoar pela casa.

— Sua mãe? Ouvi dizer que ela é uma das maiores belezas de todos os tempos — disse Marina.

— Parece que sim — disse eu.

— Você se parece com ela? — perguntou ela a Inigo.

— Ah, não sei. As pessoas dizem que há uma leve semelhança.

— Eles são idênticos — disse eu, farta.

— Você é lindo — disse Marina. — Gosto do seu cabelo.

Inigo corou de novo. Por favor, não. Tenha misericórdia de Inigo.

— Você acha que talvez fosse uma boa idéia ir lá para cima? — perguntei, preparando-me para outra explosão. Para minha surpresa, os olhos dela fecharam.

— Estou tão cansada — admitiu ela. — Vim até aqui! Vim encontrá-lo!

— Podemos todos procurá-lo pela manhã — disse eu, como uma mãe fala com uma criança.

— Onde está ele? — perguntou ela de novo, sua voz indistinta. Ela fechou os olhos e sua cabeça caiu no encosto da poltrona.

— Inigo, vou levá-la para o quarto vermelho — disse eu, baixinho. — Acho que ela não se lembrará de boa parte dessa conversa amanhã.

— Você tem muito o que explicar — disse Inigo, acabando com seu whisky.

Assim como o maldito Harry, pensei, levando Marina para cima.

— Opa! — Ela riu, tropeçando no tapete ao sair da biblioteca e segurando-se na minha camisola em sua queda. Ela me levou junto e, por um momento, lutamos no tapete, Marina rindo tanto que eu achei realmente impossível não a acompanhar. Consegui me levantar.

— Ah, rasguei sua camisola! — lamentou ela.

— Ah, não se preocupe, acho que já estava rasgada.

— Ninguém deveria dormir com uma camisola rasgada — disse Marina, soando notavelmente sóbria de repente. — Vou mandar uma nova para você na semana que vem.

Na manhã seguinte dormi demais e não desci para o café-da-manhã antes das 9h30. Perguntei-me se o episódio da noite anterior não teria passado de um sonho surreal, mas me vesti com mais cuidado que de costume, para o caso de não ter sido. Entrando na sala de jantar, quase me asfixiei com o cheiro de Chanel Nº 5 e bacon frito. Hoje não é domingo, pensei. Marina estava sentada à mesa, relaxada e linda, maquiada e vestida, com blusa e saia xadrez preto-e-branco, terminando seu prato. Ao seu lado, havia o que parecia um copo de suco de laranja fresco. Inigo estava sentado em frente a ela, lendo jornal e passando manteiga em uma torrada. Era uma cena um tanto doméstica; eu quase esperei que uma criança entrasse correndo na sala e os abraçasse antes de sair para pegar o ônibus escolar.

— Ah, Penelope! — disse Marina, levantando o olhar com um sorriso. — Quer uma xícara de chá?

— Quero, obrigada. E o que é isso tudo? Ovos e bacon em um dia normal?

— Marina estava faminta — explicou Inigo.

— Suco de laranja?

— Fui de bicicleta até a mercearia e comprei laranjas.

— Não consigo beber nada além de suco de laranja fresco no café-da-manhã — disse Marina. — Preciso de vitamina C. — Inigo deu um sorriso maroto, encantado com a americana. — Sabe, sinto muito por ontem à noite — continuou Marina de forma coloquial, servindo-me chá na nossa melhor porcelana, que fora usada pela última vez no dia da coroação. — Acredito que você esteja me achando a pior fera. Fico feliz em dizer que me lembro muito pouco do que aconteceu desde que entrei em sua linda casa. Lembro-me de encontrar Inigo e admirar sua maravilhosa biblioteca, mas além disso — ela riu como uma coquete —, não me lembro de mais nada.

Que conveniente, pensei.

— Você veio procurar Harry — disse eu, bastante feliz por preencher os espaços em branco.

— Ah, sim, *isso* eu sei.

— Você largou seu noivo e a imprensa do mundo tentou segui-la no táxi até aqui. Você subiu a alameda em uma escuridão completa e rasgou a bainha de sua calça.

— Ah, sim, *isso* eu sei — repetiu Marina, contente como narcisos voando ao vento de março.

— Como dissemos ontem à noite, Harry não está aqui — continuei —, mas você não é a única que gostaria de saber onde ele está. Sugiro ligarmos para tia Clare... quer dizer, para a Residência Kensington, depois do café-da-manhã.

— Boa idéia — disse Marina, entusiasmada. — Sua empregada Mary encontrou essa maravilhosa geléia de ameixa para mim. É a melhor coisa que já passei em uma torrada.

No momento correto, Mary entrou na sala.

— Você não me disse que estava esperando a Srta. Hamilton — disse-me ela com um ar de acusação.

Rangi os dentes. Mary, como o resto do mundo, era facilmente enganada por lábios vermelhos e cabelos ruivos.

— Desculpe, Mary. É possível aumentar o almoço?

— Espero que sim. A Srta. Hamilton disse que pode encomendar alguns bifes para o almoço de domingo — disse ela, orgulhosa.

— Almoço de domingo? — gaguejei.

— É sexta-feira — disse Marina. — Não pretendo voltar para Londres antes de me recuperar de ontem à noite. Se me mostrar o telefone, posso ligar para meu empregado em Londres e mandá-lo trazer um pedaço de carne. Que pena que não está fazendo o mais glorioso dia de primavera. Leite e açúcar?

Olhei para Inigo, que afastou o olhar. Ele quer que ela fique aqui, pensei. Está encantado com toda a encenação.

— Preto e sem açúcar, obrigada — disse eu.

Depois do café-da-manhã, Marina disse que gostaria de tomar um banho, e eu a levei ao meu banheiro.

— Ah, óleos de banho, que encantador — disse ela, abrindo as torneiras do banheiro. Então, assim que a água saiu, as lágrimas voltaram. — Ah, Penelope! — lamentou ela. — Eu o amo!

A velocidade com que Marina conseguia mudar da alegria para a tristeza me impressionava, e pisquei algumas vezes para me readequar. Rocky estava certo. Ela *era* cansativa.

— Você acha que ele se casará com você? — perguntou ela, fungando. — Não! Não me responda ainda. Deixe-me deitar na banheira e fingir que ele quer ficar comigo. Não destrua meus sonhos. Por favor, Penelope. Não diga nada. Não diga nada.

Então eu não disse nada, pedi licença, corri para o andar de baixo e telefonei para a casa de tia Clare. Para minha surpresa, Harry atendeu ao telefone.

— Onde você esteve? — perguntei. — Sua amada americana está aqui em Magna, usando toda a água quente, organizando o almoço de domingo e chorando a cada minuto. Ela o quer de volta.

— Eu sei — disse ele, simplesmente. — Nosso plano deu certo.

— *Seu* plano — falei, baixinho.

— Eu sabia que ela procuraria você— disse ele. — Ela é muito previsível. — Ele não soava vitorioso, como eu tinha esperado. Soava meio cansado, meio alguma outra coisa. Sim, era isso. Meio *entediado.*

— Nada previsível em aparecer bêbada no meio da noite — respondi. — Essa não é a sua deixa para vir galopando pela estrada e levá-la para ver o pôr-do-sol?

— Acho que sim. — Pude escutá-lo bocejando.

— Você *acha* que sim? Você não está pulando de alegria e triunfo? — Eu queria sacudi-lo.

— Claro que estou — disse ele, de repente animado. — Mas ela me fez *sofrer*, Penelope. Estou gostando bastante da idéia de que ela esteja tendo de suportar um pouco de sofrimento agora.

— Ah, pelo amor de Deus! Ela acha que você *me* ama — disse eu, sem paciência —, o que não tinha problema em Dorset House ou no Ritz, mas me deixa muito desconfortável às 2 horas da manhã na biblioteca de Magna.

— Você estava linda quando ela a viu ontem à noite? — perguntou Harry, claramente. Supus que era importante para ele. Ele precisava que eu mantivesse a imagem que ele criou.

— Não. Eu estava usando um penhoar horroroso e uma camisola rasgada. Estava péssima — disse eu, orgulhosa.

Para minha surpresa, Harry riu.

— Que pena que eu não estava aí.

— Também acho — falei sério. — Não gosto dela, mas é horrível vê-la assim. Ela *precisa* de você, Harry.

— A única pessoa de quem ela precisa é dela mesma.

— Você está me dizendo que, agora que ela largou George, você não a ama mais? — perguntei, em um tom de voz ameaçador.

— Ah, eu a amo — disse Harry, sombriamente. — Mas a odeio também.

— Por favor, Harry, não me deixe resolver isso sozinha.

— Agüente firme. Não deixe que ela perceba que estamos apenas fingindo, *por favor*, Penelope. Para o seu bem também.

— Se ela ainda estiver aqui quando o final de semana acabar... — avisei.

— O que você fará? — Ele parecia estar se divertindo agora.

— Vou contar a ela que tudo isso foi uma encenação e acho que ela não vai perdoá-lo. Se tem uma coisa que aprendi sobre Marina é que ela não gosta de ser feita de boba. Adeus, Harry.

Desliguei o telefone e quase morri de susto quando Mary deu um tapinha em meu ombro.

— Pensei em fazer queen of puddings* esta noite — disse ela, com pouca clareza. — A Srta. Hamilton disse que é sua sobremesa favorita.

Lá em cima, eu conseguia escutar a Srta. Hamilton cantando "The Little White Cloud That Cried".

— Que linda voz ela tem! — suspirou Mary.

Pessoalmente, eu achava um tanto aguda. *E* ela cantou errado o segundo verso. Johnnie teria ficado horrorizado...

---

*Tradicional sobremesa britânica em que a massa doce é coberta por geléia e merengue. (*N. da T.*)

Capítulo 17

DRAMA NA SALA DE JANTAR

Charlotte chegou assim que Marina desceu as escadas depois do mais longo banho da história de Magna.

— Peguei o primeiro trem que consegui — disse ela sem fôlego. — Eles deveriam dar nosso nome às linhas de trem. Linha Ferroviária Wallace-Ferris. Sinto como se passasse mais tempo em trens do que em qualquer outro lugar do mundo. O trem se atrasou em Reading. Quase explodi de frustração. E *paguei* minha passagem! Hoje em dia, estou comportada demais. A culpa é do maldito Christopher Jones.

— Eu culparia Marina se fosse você.

— Onde está ela?

— Jogando charme para Inigo em algum lugar.

Fiquei aliviada ao ver Charlotte. Com ela por perto, a situação se tornava menos desesperadora e mais divertida. Ela era muito boa em fazer piadas nos momentos menos apropriados.

Contra todas as chances, Marina desenterrara um conjunto antigo de pinças em algum armário há muito abandonado; fizera cachos no cabelo, retocara a maquiagem e se vestira completamente para seu final de semana no campo: uma saia de tweed e um twin-set que ficariam horríveis em qualquer outra pessoa. Acontece que ela definia a palavra encantadora. Inigo, que estava se esforçando com valentia em um trabalho de geometria na mesa da sala de jantar, decidiu abandonar seu estudo para um "passeio no jardim" com a hóspede americana.

— Podemos levar uma taça de champanhe? — sugeriu Marina.

— Por que não uma garrafa? — disse Inigo depressa

— Você tem de acabar aquele trabalho ainda hoje! — avisei de forma ameaçadora enquanto ele tirava a rolha. Inigo, com razão, me ignorou.

— Acho que vou precisar de algo para calçar — disse Marina, olhando para seus pés. Inigo correu até o vestiário e pegou um par de galochas para ela.

— Experimente — sugeriu ele, entregando-lhe minhas botas.

— Ah, Deus! Essas botas certamente são de homem! — Marina riu, fingindo desmaiar para que Inigo tivesse de segurá-la.

— Não, acho que são de Penelope — disse Inigo.

— Mas elas são *enormes*!

Eu poderia tê-lo matado.

Meia hora depois, eu e Charlotte os vimos vagando pelos fundos da casa, parando para pegar narcisos no caminho. Parecia que Marina estava rindo bastante, o que me surpreendeu, já que freqüentemente sou a única pessoa que acha Inigo engraçado.

— Ela não parece estar sentindo muita falta de Harry neste momento — disse Charlotte. Nós estávamos sentadas nos assentos da janela do meu quarto, olhando para a alameda, comendo maçãs e fumando.

— Vem em ondas — disse eu. — Mas quando vem, haja paciência. Ela fica parecendo outra garota, terrivelmente humilde, assustada e convencida de que nunca vai conseguir reconquistá-lo. Harry quer que eu continue fingindo um pouco mais. Ele acha que é certo deixá-la sofrer por um tempo.

— Que nojo — disse Charlotte. — E ele se diz apaixonado?

— Sinto pena de George — comentei. — Ele é tão doce. Rocky também acha — acrescentei, sem pensar. Charlotte me lançou um olhar lancinante.

— Ah, bem, se *Rocky* pensa assim — disse ela, com malícia. — Conte, ele telefonou? Quando vocês vão sair para um jantar elegante?

— Não sei. Ele não ligou. Eu me sinto uma tola, Charlotte.

— Dê tempo a ele — disse ela. — Esse tipo de homem é muito importante para ligar quando diz que vai ligar.

— Como você sabe?

— Sabendo.

Charlotte era uma daquelas pessoas que sempre encontravam o lado bom em tudo. Eventos que me apavoravam, ela abraçava com uma *joie de vivre* sem fim. Ela também estava trabalhando mais duro do que eu e Inigo poderíamos sonhar: as pontas de seus dedos estavam duras como cera seca de tanto datilografar na máquina de tia Clare. Ela dizia que às vezes sonhava que estava datilografando. Nunca reclamava, mas mais que isso, ela via luz em tudo. Ela *iluminava* as coisas certas e percebia quando não deveria fazê-lo, o que é um dos maiores dons que já vi em alguém.

— Você vai vê-lo de novo, você sabe — disse ela, vendo minha expressão pensativa. Mais uma vez, pensei: Charlotte não é assim? Ela compreendia que a única coisa que importava era que eu o visse. Pouco importando se eu ia beijá-lo ou mesmo conversar com ele. Ela compreendia a dor que só podia ser abrandada por um olhar ou um sorriso. — Mesmo se as coisas não derem certo, sempre temos Johnnie — acrescentou ela, e, diferente do resto do mundo, eu sabia que ela estava falando sério; ela simplesmente não conseguia imaginar uma razão por que Johnnie Ray, famoso no mundo todo e passando apenas algumas poucas noites do ano na Inglaterra, poderia querer passar um tempo com alguém que não nós duas. Eu a amava por isso. E por que não? Nós éramos jovens e o mundo girava apenas para nós.

— Acho melhor descermos para almoçar — disse eu.

— Marina está comendo como uma porca?

— Ela não pára. Acho que deve ser uma reação nervosa ao horror de sua situação. — Eu ri.

— Que nada! Ela é apenas gulosa.

— Mary a adora — disse eu. — Ela a chama de Srta. Hamilton.

Levantamos, e Charlotte tirou seu cabelo grosso do colarinho da blusa.

— Tem um pente? — perguntou ela. Eu disse que achava que tinha e fui até minha penteadeira. Marina, a porquinha-da-índia, saiu sob a minha cama e eu a peguei.

— Olhe como ela é dócil, Charlotte — disse eu, mas os olhos dela estavam fixos em alguma coisa do lado de fora, a boca aberta, surpresa.

— O que foi? — perguntei. *Por favor*, não pode ser Mama de volta mais cedo. Mas não. O mais sensacional carro prateado estava subindo a alameda no mais sensacional passo.

— Ah, meu Deus — disse Charlotte, sem fôlego. — É um maldito Chevrolet!

— De quem? — perguntei como uma idiota, e a palavra ficou presa em minha garganta porque... quem mais poderia ter um Chevrolet no meio de Wiltshire?

Nós o vimos sair do carro, pegar o chapéu e caminhar em direção à porta da frente.

— Socorro! É ele! Ah, Charlotte, o que ele está fazendo aqui? — choraminguei.

— Veio procurar Marina, posso apostar — disse Charlotte, alegre. — Os americanos não conseguem parar de se meter na vida dos outros.

Por que, ah, por que não lavei meu cabelo? Corri até a pia e joguei água gelada em meu rosto. Charlotte entrou em ação.

— Vista isso — mandou ela, jogando-me calças vermelhas e uma suéter preta, enquanto a campainha tocava e Fido começava a latir.

— A calça está muito grande! — falei, baixinho.

— Prenda com um cinto. Grande é sempre bom, faz com que pareça que perdeu peso.

— E meu cabelo?

Charlotte pegou o pente da minha mão e desarrumou um pouco meu cabelo.

— Você está bem — disse ela. — Tire essas pérolas e, pelo amor de Deus, passe um pouco de batom vermelho e pó. Você não detesta quando os homens aparecem sem avisar?

— Não posso dizer que tenha muita experiência nessa área — gaguejei. — Acha que ele quer nos levar para almoçar? O que devo fazer? Ah, socorro! Olhe!

Mas era tarde demais. De nosso ponto de vista privilegiado, pudemos ver a porta da frente sendo aberta e escutar a voz de Marina convidando-o para entrar.

Eu e Charlotte saímos correndo do meu quarto e paramos perto do canto da galeria, observando a cena que estava sendo representada lá embaixo. Marina estava linda como em um livro de Daphne du Maurier, ainda vestida para sua caminhada, radiante e misteriosa em seu manto de lã cinza. Ela pareceu pouco surpresa com a chegada de Rocky, até sorriu um pouco e estendeu a mão para ser beijada, o que achei um tanto fingido. Rocky estava de tirar o fôlego em seu sobretudo preto que deve ter custado umas cem libras, e com um cachecol xadrez vermelho e preto enrolado no pescoço. Seu cabelo estava perfeito como em uma propaganda de Brylcreem, apesar do dia tempestuoso, e ele carregava uma pequena pasta de couro marrom e um jornal embaixo do braço. Senti-me curiosamente separada de mim mesma; observá-lo conversando com Marina no vestíbulo era como assistir a um final alternativo do meu filme favorito.

— Suponho que você queira que eu pergunte o que está fazendo aqui — escutei Rocky dizer.

— Eu poderia dizer a mesma coisa! — disse Marina.

— Onde está a pequena Penelope Wallace, a devastadora? — perguntou Rocky, tirando o sobretudo, e meu coração deu um pulo, e Charlotte me cutucou na costela.

— Como você adivinhou que eu estava aqui? — perguntou Marina.

— Você é tão fácil de se ler quanto Salinger — disse Rocky.

— Suponho que tenha vindo a pedido de George — disse Marina, sendo dramática.

— Tudo que George me disse foi que seu namorado fã de jazz é o mesmo homem que Penelope beijou no Ritz. Foi tudo que ele precisou me dizer para eu descobrir onde você estava.

— Parabéns, Ferry Mason* — disse Marina, tirando seu manto e jogando-o em cima da mesa.

*Perry Mason é um advogado de defesa fictício dos livros de Erle Stanley Gardner. (*N. da T.*)

— Acredito que você tenha aterrorizado aquela doce moça levando-a a pensar que deve abrir mão dele.

Surpreendentemente, Marina teve o discernimento de baixar o tom de voz nesse ponto, por isso não escutei a maior parte de sua resposta, mas peguei o trecho "não o ama como eu amo".

— Ele não é tão velho — concordou Charlotte, em um sussurro.

— Eu disse! — Nossa, mas ele era bonito. O salão de Magna, que diminuía a maioria das pessoas e as fazia de bobas, parecia perfeito para Rocky. Ele estendeu os braços para mim quando eu e Charlotte descemos as escadas.

— Como vocês estão, meninas? — Ele sorriu, dando-me dois beijos no rosto.

Naquele momento, não pensei em perguntar a ele o que estava fazendo ao aparecer sem avisar. Não pensei em questionar as razões dele para nada. A única coisa que me pareceu remotamente importante foi o fato de, dez minutos depois de eu e Charlotte termos falado dele, Rocky estar parado ao meu lado, tão real e intimidador como sempre.

— Quer ficar para o jantar? — perguntei, tentando afastar a alegria da minha voz.

— Não posso imaginar nada mais encantador — disse ele.

Levei-o à sala de estar e servi-lhe um whisky.

— Boa menina — disse ele, pegando o copo e tomando tudo, em um gole. Tudo parecia pequeno demais para ele, até uma dose dupla de whisky. — Que lugar! — exclamou, notando à sua volta pela primeira vez. Começou a rir e vagou pela sala. — Meu Deus! Essa é a Inglaterra sobre a qual eu lia quando era criança. Eu meio que acreditava que ela já não existia mais. Parece que estava errado.

Não tão errado, pensei, cobrindo um grande rasgo no encosto do sofá com uma almofada igualmente destruída. Socorro, pensei. Mary me mataria se eu não avisasse que tínhamos outro convidado elegante para o jantar.

— Você se incomodaria se eu o deixasse aqui por um ou dois minutos? — perguntei a Rocky, educadamente. — Preciso avisar Mary sobre o jantar.

— Quem é Mary? — perguntou ele, os olhos brilhando.

— Ah, é a cozinheira.

— Que maravilha! Vamos ter spotted dick for pudding? Frog in the hole? Suet pudding?* — Eu ri. Rocky agitou o gelo em seu copo. — Você fica tão linda quando ri. É difícil de acreditar que esteja por trás dessa confusão toda!

— *Eu*?

— Sim, *você*. Conheço Marina melhor do que a mim mesmo. Ela está muito mais preocupada com o fato de o fã de jazz achar você extremamente bonita do que com o fato de que ela realmente o ama. Você colocou o dedo bem na ferida dela.

— Nunca tive essa intenção — disse eu um pouco constrangida. Juntei meus dentes para impedir a mim mesma de me jogar nos braços dele e gritar que ele era o único que eu queria.

— Eu entendo um pouco o que ela está sentindo — disse ele, devagar. — Sempre quero o que não posso ter.

— Verdade? — sussurrei.

— Sempre — disse ele.

A tensão deliciosa de nosso olhares fixos e a vermelhidão subindo por meu pescoço e se espalhando pelo meu rosto se quebraram quando Inigo entrou na sala.

— Marina disse que Rocky Dakota está aqui! — falou ele, baixinho. — Por que você não me disse que ele ia aparecer?

— Ela mesma não sabia — falou Rocky, levantando-se e estendo a mão para Inigo. Eu tinha de parabenizar meu irmão mais novo. Ele se recompôs sem ficar vermelho nem gaguejar.

— Você conhece Elvis Presley? — perguntou ele de pronto.

— O que um garoto inglês como você sabe sobre Elvis Presley? — perguntou Rocky, realmente surpreso.

— Tudo — disse Inigo, pegando seu pente.

Marina desmaiou na cama e Inigo monopolizou Rocky a tarde inteira com sua incessante conversa sobre Elvis Presley. Rocky respondia fazendo perguntas para Inigo: Há quanto tempo escutava Elvis; se ele achava que Elvis ia

*Três sobremesas tipicamente inglesas. (*N. da T.*)

fazer sucesso na Inglaterra; quantos discos tinha em sua coleção; se ele gostava de Johnnie Ray como eu; por que não. Eu e Charlotte nos acomodamos bem na sala de estar, perto da lareira, e fingimos jogar Banco Imobiliário, mas a conversa deles estava interessante demais para não participarmos. Afinal de contas, Inigo devia ser o único garoto inglês tingindo o cabelo para se parecer com Elvis e capaz de cantar "Mystery Train" em uma imitação perfeita do homem. Para ambos, senti como se fosse um encontro dos sonhos; era impossível dizer o quanto cada um estava usando o outro. O que eles tinham em comum era a paixão: a de Inigo por Elvis e fugir, e a de Rocky por ganhar dinheiro.

— E vocês, meninas, como se sentem quando olham para Johnnie Ray? — perguntou-nos Rocky, pegando para si a responsabilidade de nos atrair para a conversa enquanto se servia outro whisky duplo. — Vocês querem colocá-lo no colo? É porque ele usa aparelho auditivo? Sentem pena dele?

— Nossa — disse eu. — Nunca nem passou pela minha cabeça uma coisa assim.

— Ah, não — concordou Charlotte, rapidamente. — É tudo sexual, não é, Penelope?

Fiquei vermelha. Rocky levantou as sobrancelhas e eu comecei a mexer com os dedos dos pés freneticamente.

— É isso, menina? Você sente essa atração por ele? Como se quisesse se *aproximar* dele? Se aproximar dele daquela forma?

— Claro — admiti, e eu e Charlotte caímos na gargalhada.

— Ai, meu Deus — disse Rocky. — O mágico sabe como você se sente?

— Ah, sabe — disse eu. — Ele sabe tudo. — Como de costume, o champanhe me confundiu com aquela sensação volúvel de que eu podia dizer ou fazer o que normalmente ficaria guardado dentro da minha cabeça.

Sentamo-nos para jantar naquela noite, em um curioso grupo de cinco, sendo que a força das presenças de Rocky e Marina fazia parecer que havia muito mais de nós na sala. Mary polira e arrumara a melhor prata; eu prendi a respiração me perguntando qual seria o gosto de tudo. Marina dormira a tarde toda e se juntara a nós para os drinques antes do jantar usando um vestido brilhoso verde e branco, que não pareceria inadequado em uma Ópera. Para alguém que bebera uma garrafa de champanhe, ela pensara bastante sobre o que trazer. Sentou-se em sua cadeira entre Rocky e Inigo, evitando deliberadamente encontrar o meu olhar. Nós estávamos apenas há poucos minutos tomando nossos coquetéis de camarão (como pedaços de borracha em uma cola aguada cor-de-rosa) quando as faíscas começaram a voar. Marina, incomodada pelo fato de Rocky ainda estar absorto em sua conversa com Inigo e não estar dando atenção a ela, limpou a garganta. Se ela pudesse bater no copo com o garfo sem parecer ridícula, acho que o teria feito.

— Então, suponho que vamos todos ficar sentados aqui e fingir que nada está acontecendo — disse ela, alto. Todos ficamos em silêncio, e eu notei um brilho nos olhos de Charlotte. Ela adorava uma cena.

— Claro — disse Rocky depressa. — Estamos jantando, certo? Charlotte, poderia me passar a água? — Ele falou com muito sotaque americano. Meu coração deu uma cambalhota.

— Então você fica feliz em me ver despedaçando? — perguntou Marina, dando seu famoso riso-soluço. Ela abandonou a comida e pegou seus cigarros. Inigo abriu o isqueiro.

— O que mais você espera que nós façamos? — disse Rocky, calmamente. — Quer se reconciliar com George? Podemos estar com ele em duas horas se sairmos daqui agora.

Por um segundo, percebi Marina avaliando essa opção em sua cabeça.

— Não! — murmurou ela. — Não quero ver George. Deixei George. Não posso vê-lo nunca mais. Preciso ver Harry. Preciso de Harry. — A voz dela ficou histérica. Como se estivesse recebendo dicas de um diretor invisível, ela se levantou e cruzou a sala. Olhando pela janela, ela segurou as mãos no peito. — Nunca imaginei que alguma coisa pudesse machucar tanto — disse ela. Rocky continuou tomando seu coquetel de camarão.

— Mesmo? — perguntou ele, distraído. Charlotte segurou o riso e ele encontrou seu olhar e sorriu. Marina virou-se de novo para nós, os olhos cheios de fogo.

— Você! — disse ela, apontando uma unha vermelha para mim. — *Você*! Isso tudo é culpa sua! Você o seduziu! Você o fez acreditar que a ama! Você roubou o coração dele! *Você roubou o coração dele!* — Essa última frase foi proferida com uma paixão digna de Cleópatra, cada palavra uma afirmação. Charlotte literalmente se inclinou para a frente em sua cadeira, como se estivesse no teatro, e Rocky começou a bater palmas, lentamente.

— Muito bom — disse ele com uma voz um pouco entediada. — Teremos matinê amanhã à tarde? — Ele era devastador quando colocava o dedo na ferida, pensei.

Marina, à beira das lágrimas, resolveu mudar de tática.

— Você não sabe nada — disse ela, simplesmente. — Nada mesmo. Você é apenas um homem rico com o coração vazio! Você não consegue suportar o fato de que estou sofrendo por Harry e não por você. Não consegue *imaginar* como posso amar alguém que não pode me oferecer o que você acha que pode. Afinal, que diabos você está fazendo aqui? — insultou ela — Não acredito que você se importe com George. Isso tudo tem a ver com você. *Com você* desejando a *mim*.

— Muito pelo contrário, Marina, eu não poderia sustentar você — disse Rocky vagarosamente, esticando-se na mesa para pegar o que restava do meu coquetel de camarão. — Com licença, menina. Posso? — Assenti. Rocky acabava de comer a minha entrada. — Muito bom — disse ele. — Onde está Mary? Gostei dela.

Provavelmente porque estava escutando atrás da porta, Mary apareceu segundos depois.

— Posso tirar? — perguntou ela, olhando diretamente para Rocky.

— Ah, claro, Mary. Estava delicioso. Você tem muito talento.

Ela corou e murmurou algo como "nunca ter sido elogiada", até que Inigo olhou para ela.

— Por que você não se senta, Marina? — sugeriu Charlotte. — O próximo prato é carne de porco e cenoura da horta daqui.

Marina ignorou-a e bateu a cinza de seu cigarro. Mary ignorou Inigo e foi até os fundos da sala, fingindo limpar algo.

— Você ainda não nos disse por que está aqui — disse Marina para Rocky.

— Neste momento, só quero apreciar meu jantar. Se você está determinada a roubar a cena, sugiro que vá para outro lugar.

Marina franziu a testa como se não tivesse ouvido direito.

— Você está pedindo que eu saia da sala?

— Apenas uma sugestão — disse Rocky.

Marina soltou um soluço e correu escadas acima, levando consigo uma taça cheia de vinho e os últimos cigarros de Inigo. Mary saiu devagar logo depois de Marina, o rosto vermelho. Bem, pensei. Isso pode ter acabado com a admiração de Mary por ela.

— Não deveríamos ir atrás dela? — perguntei, em dúvida.

— Ah, deixe-a choramingar — disse Rocky. — Sempre é possível dizer quem nunca apanhou quando criança. Menina mimada!

— Mas ela é linda — suspirou Inigo.

— As loucas geralmente são, garoto — disse Rocky. — É um disfarce poderoso. É melhor se acostumar com isso se quer fazer carreira na música.

Inigo pegou os óculos e fingiu não parecer muito entusiasmado, mas eu podia ver que ele estava. Eu também fiquei animada, mas meio preocupada com a possibilidade de Rocky estar dando falsas esperanças a ele. O que será que Mama pensaria se estivesse aqui? Ter Rocky como convidado para o jantar foi uma revelação para mim. Percebi que ele era o primeiro homem a ocupar o lugar central na mesa de jantar desde que Papa morrera. Foi algo que percebi que Inigo também notou. De forma instintiva, ele se sentou ereto, usou garfo e faca, não mastigou de sua forma exagerada rotineira; em resumo, se comportou bem. Eu queria cair na gargalhada, era tão estranho. O foco da sala parecia ser Rocky, mesmo quando ele não estava guiando a conversa. Ele enchia a sala com algo que eu achava que se perdera anos atrás, quando Papa morreu. Não, não era isso. Ele enchia a sala com algo que eu *nem tinha percebido que estava faltando.*

— Conte-me, Penelope — disse ele —, sua família mora aqui desde o início dos tempos?

— A família de meu pai — respondi.

— Quem era o seu *pai*? — perguntou Rocky, imitando meu sotaque.

Era uma pergunta engraçada. Quem era Papa? Ele era um milhão de coisas que eu nunca saberia e um milhão de coisas que eu o fizera ser, já que mal o conhecera.

— Seu nome era Archie Wallace — disse eu, seu nome soando alto e estranho em minha boca, como sempre.

— O que ele fazia? Antes da guerra, quero dizer. — Rocky passou uma camada grossa de manteiga em seu pão, o que me pareceu terrivelmente jovial.

— Ele trabalhava na cidade — disse eu. — Mercado de capitais e ações.

— Ah, é?

— Ele não era muito bom nisso — continuei, gaguejando um pouco. Charlotte me lançou um leve sorriso e eu falei um pouco mais alto. — Ele... ele detestava usar terno. Só fazia isso por nós. Bem, pela família, ele achava que era o que devia fazer. Ele se adequava mais aos ambientes externos.

— E a guerra é sempre uma ótima desculpa para ficar em ambientes externos — disse Rocky sem ironia.

— Ele era muito corajoso — disse Inigo de repente, soando como um menino de 12 anos. Sem pensar, estendi minha mão para ele.

— Ele era muito corajoso — repeti em um sussurro. Por que eu não podia aprender a falar de Papa como as outras pessoas falavam de seus pais? Meu coração disparou no peito, e Rocky, para minha eterna gratidão, percebeu meu desconforto.

— Eu não poderia ter ido — disse ele. — Consegui uma lesão séria no joelho em um acidente de carro quando tinha 19 anos. Não seria bom para ninguém no campo de batalha. Então pensei que poderia fazer alguma coisa por aqueles que não estavam lutando, mas esperando: as mulheres, as crianças, os feridos. Isso fez com que eu me sentisse melhor por não ter ido. Então comecei a fazer programas de rádio e televisão. Fiquei rico tão rápido que podia assoar o nariz em notas de vinte dólares.

Inigo riu alto.

— Isso não faz com que se sinta culpado? — falou Charlotte sem pensar; era algo que eu estava me questionando, mas nunca teria tido coragem de perguntar. — Ganhar dinheiro dessa forma? Quando milhares de pessoas estão morrendo?

— Nem um pouquinho — respondeu Rocky, alegremente. — Se eu conseguisse fazer as pessoas pensarem em outras coisas por um tempo, se eu conseguisse dar a elas uma dose de fantasia, era tudo que importava. A fuga não tem preço.

Na minha cabeça, eu via Johnnie suspirando e concordando.

— É por isso que quero sair daqui — disse Inigo, agitado.

Charlotte olhou de Inigo para o teto.

— Você deveria tomar cuidado com o que deseja — disse ela. — Este lugar, Magna... às vezes sinto como se ele soubesse que você quer ir embora.

— Deus, Charlotte! Como assim? — perguntei.

— Ah, não sei. Acho que quero dizer que eu venderia minha alma por bons sapatos e uma pilha de bons discos. Quem não venderia?

— E? — perguntou Inigo, desconcertado.

— Bem, talvez sejamos modernos demais — disse Charlotte. — Esse anseio perpétuo que temos por música, cinema, boas roupas... quando esta casa é a mais maravilhosa obra-de-arte que qualquer um de nós vai conhecer. — Ela pegou sua taça de vinho, anormalmente tímida. — Não sei — disse ela. — É como me parece às vezes.

— Um brinde — disse Rocky, levantando sua taça. — A Milton Magna. Que seus lindos fantasmas continuem nos assombrando muito depois de sairmos de seus portões.

— A Magna! — repetimos. Levantamos nossas taças e batemos umas nas outras.

Depois do jantar, eu, Inigo e Charlotte mostramos a Rocky o resto da casa. Como Charlotte, os olhos dele eram atraídos por um bom livro ou um quadro interessante, mas ele não tinha medo de admitir que não conhecia alguma coisa. Ele nos encheu de perguntas e fico envergonhada de dizer que Charlotte interveio e respondeu mais do que eu e Inigo.

— Conte-me sobre os entalhes na escadaria — disse ele, examinando os detalhes das patas dos cavalos.

— São da era medieval — disse eu com a animação costumeira.

— São pouco comuns. Por que são tão pomposos?

— Hã... — Eu não queria dizer a ele que deixara de notar os entalhes muito tempo atrás e que para mim era simplesmente a escadaria, parte do caminho familiar do meu quarto para a sala. Lembro-me de ser muito dura comigo mesma mais tarde naquela noite, quando deitei na cama e me lembrei das perguntas de Rocky e de minhas respostas indiferentes, mas agora vejo que teria sido estranho para mim se fosse de outra maneira. Magna, quando eu tinha 18 anos era a minha casa, e o que eu amava nela não era o que outra pessoa amaria, afinal de contas. O que Charlotte tinha era um olhar recém-desenvolvido para a beleza.

— Ah! Eu me perguntei isso na primeira vez em que estive aqui — disse ela, respondendo Rocky. — Pesquisei tudo naquele livro maravilhoso que minha tia tem, chamado *Great English Houses*. Quem encomendou esse trabalho pomposo foi Wittersnake, o dono original desta casa, que aparentemente tinha visto um trabalho similar em um palácio holandês.

Rocky parecia impressionado, e Charlotte olhou-me arrependida.

— Vamos mostrar a ele a sala de tapeçaria! — disse ela, que se virou para Rocky. — Quando eu tiver minha própria casa, um dia, um andar inteiro será inspirado na sala de tapeçaria. Você nunca viu nada igual.

Rocky sorriu.

— Você deveria cobrar pelo tour — disse ele. Charlotte jogou o cabelo para trás dos ombros.

— Quanto você tem? — perguntou ela, virando em direção à Ala Leste. Eu e Rocky a seguimos um pouco mais lentamente.

— Você não acha que alguém deveria ir ver se Marina se recuperou? — perguntei. — Afinal, ela não comeu nada esta noite. Você acha que fomos cruéis com ela?

— Não cruéis o suficiente — disse Rocky, contente. — Quando acabarmos de ver a casa, vou colocá-la em meu carro e levá-la de volta para Londres.

— Não sei se ela vai gostar muito da idéia — disse eu, tentando esconder minha decepção.

— Não tem problema. Ela já foi longe demais. Vim aqui para tirá-la do seu pé e ter uma conversa franca com ela. Posso conseguir essas duas coisas colocando-a no carro e voltando para a cidade.

Como eu odiava Marina! Agora ela teria o prazer de ir para Londres no carro maravilhoso de Rocky, algo que eu daria meu braço direito para fazer.

— Ela veio atrás de Harry — disse eu. — Acho que não vai querer ir embora até que tenha falado com ele.

— Puxa, Penelope, você fala como se *quisesse* que ela voltasse para ele! — disse Rocky, olhando para mim por debaixo de seus cílios escuros e sorrindo gentilmente. Senti o mundo inteiro girando à minha volta.

— N... não! — gaguejei. — Só acho que eu... ah, não sei mais *o que* pensar.

— Ela não vai tirá-lo de você. Isso eu prometo.

— Como você sabe?

— Já disse. Ela não o ama de verdade e ele não a ama de verdade.

Mordi meu lábio para me impedir de dizer alguma coisa.

— Ele ama *você* — disse Rocky. — Quero dizer, o mágico. Pude ver isso. No Ritz, naquela noite. Ela o perdeu, mas não quer aceitar.

— Esta é a sala da tapeçaria — disse eu, completamente transtornada.

Uma hora depois, Rocky e Marina deixaram Magna. Ela foi embora sem muito rebuliço, entrando resignadamente no assento do carona e esperando Rocky se despedir de nós. Uma vez dentro do carro, ela abriu a bolsa e procurou freneticamente por alguma coisa, e tudo caiu sobre o banco do carro. A primeira coisa que ela pegou foi sua garrafa de bolsa, as mãos tremendo. Acho que foi só ali que percebi que Marina estava bêbada. Naquele momento, ela se encolheu na minha frente.

— Adeus, meninas! — disse Rocky para mim e Charlotte. — Continuem lindas e gentis.

— Cuide de Marina — disse eu de repente.

— Ah, ela vai ficar bem — disse Rocky. Fiquei feliz por ele ter dito isso. Ele podia dizer qualquer coisa e eu acreditaria. Eu não queria que ele fosse embora. Queria me jogar, soluçando, nos braços dele, para impedir que partisse; mas, em vez disso, sorri, acenei e tentei afastar minhas lembranças de acenar adeus para Papa.

— Bem! — disse Charlotte, enquanto o glorioso carro saía para a noite iluminando a alameda e espantando os coelhos para dentro da cerca viva. — Sei o que você quer dizer sobre *ele*!

— Sei o que você quer dizer sobre *ela* — acrescentou Inigo, sonhando.

— Ah, cale a boca, Inigo — mandei.

Na verdade, não importava se Marina era uma tola, uma bêbada ou um aborrecimento. Os homens simplesmente não ligavam. Ela era poderosa. Tínhamos de admirá-la por isso.

Capítulo 18

NO JARDIM E FORA DE ALCANCE

Passei o resto do final de semana perguntando a Charlotte se Marina realmente estivera em Magna, visto que, depois de sua partida, a lembrança de sua chegada parecia nada menos do que absurda. Por outro lado, a lembrança de Rocky em Magna parecia completamente plausível. Ele deixara evidências de sua efêmera visita que me enchiam de desejo: seu copo de whisky na biblioteca, o cachecol de cashmere esquecido na mesa do salão; ainda assim, eu achava impossível determinar exatamente que desejo era esse. Não era como se eu me sentisse atraída por Rocky da mesma forma que por Johnnie, que, para ser franca, tinha tudo a ver com sua sensualidade. Com Rocky, era mais do que simplesmente gostar de estar ao lado dele. Eu queria ficar *perto* dele, embora não soubesse como me sentiria se ele tentasse me beijar. Ele fazia com que me sentisse uma garotinha, e algo em mim adorava isso.

Naquela noite, Inigo levou um exemplar da *New Music Express* para a cama, e Charlotte e eu preparamos canecas de chocolate quente na cozinha. Decidindo que não estávamos nem um pouco cansadas, acampamos no salão de baile com uma pilha de discos e uma de cobertores, para não morrermos de frio. Escutar Johnnie e conversar sobre Rocky deixava uma sensação estranha, como uma overdose de prazer, e eu estava aliviada porque Charlotte dormiria em Magna, pois sem ela para compartilhar como estava me sentindo, eu poderia ter explodido com o esforço de manter isso guardado dentro de mim.

— Por que você acha que ele nunca se casou? — perguntou Charlotte, abrindo um pacote de biscoitos recheados de chocolate e mergulhando um no chocolate quente.

— Não sei. Talvez ele nunca tenha se apaixonado. Talvez tenha de siludido. Mas quem poderia fazer isso com *ele*? — Suspirei.

— Ele estava usando roupas lindas — comentou Charlotte. — Ele não deve nem saber o que fazer com o dinheiro que tem.

— Imagine se ele se casasse com Mama e salvasse Magna — disse eu, distraidamente. Não sei o que me fez falar Mama e não eu, mas algo em mim me fez dizer isso. Era a idade de Rocky ou o fato de ele ter feito com que eu me sentisse da mesma maneira que me sentira quando Papa se despediu? Eu não sabia.

Charlotte levantou o olhar.

— Não é um plano tolo — disse ela, séria.

Deixamos a idéia pender no ar por um momento, e senti como se o universo todo estivesse suspenso. A lua estava quase cheia e brilhava através das janelas do salão de baile como um fantasma prateado. Era uma noite clara de primavera e o céu estava salpicado de estrelas e possibilidades.

— Ah! — exclamou Charlotte. — Uma estrela cadente! — Levantamos cambaleantes e abrimos a janela. — É um sinal — murmurou ela. — Temos de encontrar outra e fazer um pedido.

Olhamos para as estrelas durante toda a música "Walking My Baby Back Home" e então, enquanto Johnnie cantava o último verso, encontramos uma. Fechei os olhos e respirei fundo. Qual seria meu pedido? Queria pedir que um homem tão lindo quanto Rocky me amasse, mas algo me impediu. Em vez disso, pedi uma coisa que parecia ainda menos provável do que um pedido de casamento. Pedi que Mama fosse feliz de novo.

Na manhã seguinte, Charlotte foi embora no primeiro trem e eu telefonei para Harry para dizer que não precisava vir pegar Marina, tendo em vista que outra pessoa já cumprira a tarefa.

— Quem? — perguntou ele.

— Ah, apenas Rocky Dakota — disse eu, animadamente. Pude ouvir a respiração ofegante de Harry.

— O quê?

— Rocky veio aqui para pegar Marina, então você não precisa se incomodar. Ela já está de volta a Londres, então é provável que apareça na sua porta a qualquer momento.

— Por que diabos ele precisa se meter na vida dos outros? — rosnou Harry. — Por que você não disse que eu iria buscar Marina?

— Porque eu não tinha certeza! — respondi. — Você me disse para deixá-la sofrer um pouco. De qualquer forma, quando você estava planejando vir buscá-la? Na semana que vem? No mês que vem?

— Eu ia pegar o trem para Westbury esta tarde.

— Bem, como já disse, não precisa. Rocky a levou embora em seu Chevrolet. — Torci para Harry não perceber minha inveja.

— Sem dúvida você gostaria que fosse *você* naquela maldito carro com ele.

— Não é bem assim — disse eu, incapaz de negar. — Marina estava bêbada e louca da vida, e ela me odeia.

— Ela não odeia você — disse Harry. — Ela só *acha* que odeia.

— O que você quer dizer com isso? — perguntei, mas pensei em Rocky e em como ele dissera a mesma coisa sobre o amor de Marina por Harry. Como eu detestava falar com Harry pelo telefone! Acho que nunca tínhamos conseguido ter uma conversa civilizada em todo o tempo em que nos conhecíamos.

— Ainda quer que ela sofra um pouco? — perguntei.

Ele suspirou.

— Claro que não. Não sou *tão* cretino assim, Penelope. Tem sido um inferno tentar fingir que não a quero, isso eu posso dizer. Estou com medo de que ela siga em frente. Talvez já até tenha feito isso — acrescentou ele de um jeito ameaçador.

Houve um breve silêncio, então, no momento certo, escutei um barulho distante e persistente.

— A campainha — disse Harry, sem necessidade.

— Hora de ir, então. Deve ser ela, não?

— Pode ser. Ninguém mais seria maluco o suficiente para sair da cama com esse tempo.

— Então, tchau — disse eu, tensa.

— Tchau.

Houve uma pausa enquanto ambos esperávamos que o outro desligasse.

— Antes de ir — disse Harry, rapidamente —, só queria lhe agradecer. Você sabe, por tudo mesmo. Não posso negar que essa coisa toda me deixou um pouco descontrolado. Você foi maravilhosa, Penelope Wallace, uma atriz *extraordinaire*.

— Consegui meus ingressos para ver Johnnie Ray — disse eu, constrangida. Ser elogiada por Harry não era algo com o qual eu estivesse acostumada.

— Primeira fila — disse ele.

— Primeira fila — repeti.

— Agora não falta muito — comentou Harry.

As palavras dele continuavam em minha mente muito depois de eu desligar o telefone. Era como eu sempre me sentira, mas nunca acreditara até aquele momento. *Não falta muito.* Até que alguma, qualquer coisa, *tudo* acontecesse comigo.

Naquela noite, Mama chegou e Inigo foi levado de volta à escola.

— Por favor, querido, agüente pelo menos até o final do período — disse Mama, dando-lhe um beijo de despedida. — Nada mais de Rádio Luxembourg — acrescentou ela, sendo severa. Inigo não reclamou muito. De fato, ele até acenou feliz pela janela do carro enquanto Johns descia a alameda, e eu percebi que conhecer Rocky tornara-o inacessível ao mundo exterior. O pouco tempo que ele havia passado conversando com Rocky substituíra aquela inquietação por uma calma fria e uma determinação melancólica. Mama parecia irrequieta com a falta de resistência dele.

— Você acha que ele está normal? — perguntou-me ela.

— Acho que não, Mama. Quando Inigo foi normal?

— Espero que ele esteja superando essa história boba de música.

Ela não precisava que eu respondesse a isso. Sabia que não havia esperança.

Passei o resto da tarde capinando o pomar. Mama ficou me observando. (Ela observava muito, no jardim.) Não mencionei as visitas de Rocky e Marina com Mama porque sabia que ela teria ficado horrorizada com a idéia de não apenas um, mas *dois* americanos em casa. Tinha uma parte de mim que detestava esconder qualquer coisa de Mama, eu quase sempre preferia que ela soubesse de tudo, mas meus sentimentos por Rocky pesavam mais que minha honestidade. Não queria que ela me envenenasse com seu preconceito, e uso essa palavra em seu mais verdadeiro sentido. Mama tinha medo dos Estados Unidos e dos americanos. Eles representavam mudança, representavam o mundo moderno e Inigo nos deixando. Se essa não fosse uma razão boa o suficiente para odiar aquele lugar e aquelas pessoas, então qual seria? Enquanto capinava, fiquei de olho em Mama, tentando adivinhar em que ela estava pensando. Eu me perguntava se ela confiava em mim. Às vezes me perguntava o quanto ela realmente *gostava* de mim. Nos últimos meses, eu vinha me sentindo cada vez mais distante dela, cada vez menos capaz de compreendê-la. Apenas 17 anos nos separavam. Enquanto eu crescia, pareciam apenas sete, mas agora pareciam setenta. Peguei uma pá e comecei a cavar no canteiro do jardim dos fundos.

— Cuidado! — avisou Mama. — Não precisa cortar tudo, Penelope. O jardim é uma coisa viva, você sabe.

Ela gostava de dizer isso. Quando ela se levantou para esticar as costas, alguns minutos depois, uma mecha de seu cabelo negro se soltou do lenço que sempre usava quando estava no jardim. Seu rosto estava rosado da enérgica brisa de março, e havia uma mancha de terra na ponta de seu nariz. Ela podia ter sido fotografada bem ali para a capa da revista *Country Life* e todos os solteirões da Inglaterra desmaiariam nas bancas de jornal.

— Você tem sorte, Mama — disse eu de repente. — Você nunca fica com os olhos lacrimejando nem com o nariz escorrendo no frio.

Ela riu.

— É verdade — protestei. — Você combina com o frio.

— Ah, Penelope — disse ela, balançando a cabeça.

Ficamos paradas juntas sem dizer nada, e o tempo todo o vento nos envolveu e balançou os narcisos, fazendo-os deslizarem como os dançarinos bêbados na festa em Dorset House.

— Tenho pensado... — começou Mama.

— Sim?

— Ah, não sei — disse Mama, agitada. Tirou as luvas e entrelaçou os dedos, parecendo preocupada. Emoldurada pelas nuvens cinza, pelo gramado dos fundos e pelo lago atrás de si, Mama parecia uma linda heroína de Agatha Christie prestes a ceder e confessar que sim, ela matara o vigário.

— O que houve, Mama?

— Às vezes me sinto tão pequena, você não? — disse ela. — Principalmente em Magna. Como se essa casa fosse grandiosa demais para nós, como se nos devorasse. Tenho esses pesadelos estranhos, sabe? Sonho que as paredes da casa vão crescendo cada vez mais até que estejamos perdidos. Procuro a porta da frente, mas ela cresceu tanto que não consigo alcançá-la para fugir. — Ela teve de falar bem alto, já que o vento estava forte, o que parecia adequado ao que ela estava dizendo. Ela fechou os olhos.

— Engraçado — disse eu. — Comigo é o contrário. Sonho que Magna vai diminuindo cada vez mais e eu e Inigo temos de correr e nos esconder debaixo da cama porque o teto está caindo sobre a nossa cabeça.

— Onde eu estou quando isso acontece? — perguntou Mama.

— Ah, você está conosco também — disse eu, mas menti, porque estranhamente Mama nunca estava em meus sonhos sobre Magna.

Mama pegou seu pó compacto e gemeu, horrorizada.

— Que horror! — exclamou ela. — Por que não me disse que meu nariz estava sujo, Penelope?

— Eu gostei — admiti.

Mama pegou um lenço para limpar a mancha de seu rosto, mas uma rajada repentina de vento tirou-o de suas mãos, fazendo-o cruzar o gramado. Corri atrás dele, escutando o barulho de minhas galochas na grama. O lenço continuou, jovial e leve como um balão de criança. Toda vez que eu quase o pegava, ele escapulia de novo. Estava indo em direção ao lago.

— Rápido! — gritou Mama, quase histérica. — Esse é um dos cinco lenços bordados que Archie me deu no dia do nosso casamento!

Mas cheguei tarde demais. Uma forte rajada de vento levou o pequeno quadrado de renda diretamente para o lago. Tentei pegá-lo, mas saiu voando, fora do meu alcance. Procurei em volta um galho comprido, mas quando encontrei, já era tarde demais e o lenço estava flutuando, irrecuperavelmente, para o meio do lago.

Mama parecia aflita.

— Não podemos fazer nada?

— Com um pouco de sorte, ele vai boiar e ficar preso em algum lugar onde possamos pegá-lo.

— Ah, o que importa? — perguntou Mama com tristeza e, no momento certo, o céu desabou.

A manifestação súbita de energia me inspirou.

— Vamos ver quem chega primeiro a casa, Mama?

— Ah, não seja boba, Penelope.

Mas, uma vez que comecei a correr, ela não conseguiu resistir ao desafio: era a criança competitiva que existia dentro dela e que ela tentava reprimir, mas nunca conseguia destruir totalmente. Corremos do lago até a porta dos fundos, o que era uma boa distância, devo acrescentar, e ficamos encharcadas em poucos segundos, já que a chuva só aumentava. Mama ganhou porque escorreguei no último momento.

— E eu tenho pernas mais curtas que as suas! — comemorou ela triunfante, tirando o lenço encharcado da cabeça. Depois disso, ela pareceu bem alegre pelo resto do dia. Na hora do chá, ela trouxe o assunto Marina, a porquinha-da-índia, à tona.

— Pensei em pedirmos ao Johns para construir algum abrigo do lado de fora para sua roedora — disse ela. — Realmente não é possível mantê-la lá em cima. Não em uma casa como Magna, querida. A própria rainha Victoria dormiu uma noite em seu quarto, você sabe. Dezembro de 1878, eu acho. —

O teto está caindo e você está preocupada com a porquinha-da-índia em meu quarto?, quis gritar.

— Aposto que ela morreu de frio — disse eu, aborrecida.

— Eu não diria isso. Ela era uma mulher simples. Mulheres simples não tendem a sentir frio.

— Simples, mas poderosa — disse eu, passando manteiga em uma casca de pão velho.

Quatro dias depois, fui tomar chá com Charlotte e tia Clare. Não tinha notícias de Harry desde o nosso último telefonema, que me deixara confusa em vez de aliviada. Depois de toda aquela conspiração e discussão, a falta de comunicação parecia estranha, embora tivesse havido vezes nesses últimos meses em que eu teria dado meu braço direito para *não* falar com ele. Eu meio que esperava que ele abrisse a porta do apartamento de tia Clare e me puxasse para a cozinha para conversar sobre o próximo passo. Contudo, não havia mais necessidade disso. Ele a reconquistara. Ele vencera. *Nós* vencêramos.

Acontece que foi Charlotte quem atendeu à porta.

— Estamos no meio de um parágrafo — disse ela. — Entre.

Até aquela tarde, acho que nunca tinha visto Charlotte com a aparência cansada. Seu longo cabelo caía, escorrido e oleoso, por cima de seus ombros curvados, e nas bolsas embaixo de seus olhos era possível arrumar uma mala para duas semanas. Percebi, então, o quanto de sua atração estava no brilho de sua pele e na intensidade de seu olhar. Sem isso, ela quase parecia comum. Acho que eu não havia compreendido inteiramente como ela estava trabalhando duro até vê-la ali e de repente me senti envergonhada. Charlotte estava fazendo algo substancial, algo importante. Estava registrando as histórias de sua tia para ela, mantendo-as perfeitas, intactas, para sempre. Se o livro seria publicado ou não parecia irrelevante.

— Estamos de pé desde as seis — explicou ela, voltando para seu assento e olhando para o papel que acabara de colocar na máquina. — Tia Clare quer terminar amanhã à noite.

Sentei-me em silêncio. Tia Clare estava deitada em uma chaise, os olhos fechados, os braços esticados para cima. Apesar do fato de o gramofone estar tocando baixinho no canto, o escritório parecia mais quieto que de costume.

— *Ele estava prestes a se tornar o único homem que eu amaria com todo o meu coração* — disse tia Clare. — Não. Apague isso. *Ele foi o único homem que amei.* É suficiente, não? Quero dizer, não é possível ser mais clara do que isso, é? — Ela abriu os olhos. — Meia hora, Charlotte — disse ela. — Depois vamos continuar. Ah, boa tarde, Penelope — disse ela. — Não escutei quando entrou. Estava longe... com os fantasmas da minha linda juventude. — Ela sentou-se. — Que esforço esse livro está exigindo — suspirou. — Não sei como alguém escreve mais de um durante a vida. — Ela deu um pequeno sorriso. — Acho que é como o nascimento de uma criança: a mente escolhe esquecer a dor pela qual o corpo passou — acrescentou ela.

— Ninguém nunca escreveria uma única palavra se soubesse os horrores que vêm pela frente — concordou Charlotte.

— Mas se conseguir vender muitos exemplares, vai acabar se esquecendo dos horrores — disse eu.

Tia Clare sorriu.

— Você *é* otimista! — disse ela. — Vamos tomar chá?

— H... Harry está em casa? — perguntei, gaguejando.

O rosto de tia Clare se suavizou e tenho certeza de que seus olhos se encheram de lágrimas.

— Ah! Coitada de você, menina! — disse ela, pegando seu lenço. — Coitadinha de você!

— Aconteceu alguma coisa com ele? — perguntei, de repente assustada.

— Quem sabe? — Charlotte deu de ombros. — Ele e Marina sumiram sem deixar vestígio.

— Ah — disse eu. — Bem, contanto que ele esteja vivo e bem...

— Olhe como essa menina é corajosa! — disse tia Clare. Pegou o lenço de novo. — Eu poderia matá-lo pelo que está fazendo com você, poderia mesmo, Penelope. — Ela estendeu a mão para mim. Senti-me constrangida.

— Acredito que ele sempre tenha amado Marina — murmurei. — Eu nunca seria mais do que uma amiga para ele...

— Que ridículo! — respondeu tia Clare, subitamente animada. — Nunca vi Harry tão feliz como quando estava com você, nunca o vi sendo *ele mesmo* do jeito que ficava com você. Eu soube desde o momento em que você entrou pela primeira vez neste escritório. Eu disse para mim mesma: aqui está ela! A moça que eu pensei que nunca fosse aparecer acabou de... de...

— Aparecer? — sugeriu Charlotte, enfiando um bolinho na boca.

— Você concorda comigo, não concorda, Charlotte? — perguntou tia Clare.

— Ah, sim, tia. Claro. Mas você sabe, a única coisa que importa agora é que Penelope sabe que não pode perdê-lo.

Dei um chute em Charlotte por baixo da mesa, mas ela não reagiu.

— Eu o perdi — disse eu, esperando soar miserável o suficiente para tia Clare e prática o suficiente para Charlotte.

— Não perdeu, não — disse Charlotte. — Mas não tem motivo para correr atrás dele, a não ser que saiba que ele é o escolhido.

— O escolhido? — perguntei, estupidamente.

— Sim, o escolhido.

— O escolhido para quê?

— O escolhido para você amar para sempre. Aquele de quem você não consegue imaginar ficar longe — disse tia Clare. Ela levantou-se. Percebi que seu terno elegante, geralmente impecável, estava muito largo naquela tarde. Ela tinha perdido bastante peso recentemente, notei um pouco surpresa.

— Ah, Charlotte, corte outro pedaço de pão doce para mim — suspirou ela.

— Nossa, tia Clare, você está tão magra — comentei.

Ela olhou para as próprias mãos.

— Estou? Está vendo só o que este livro está fazendo comigo?

— Deveriam sugerir escrever uma autobiografia como solução para problemas de excesso de peso — disse Charlotte. — E quanto ao Harry... ele desapareceu com a Srta. Hamilton. Ela apareceu aqui no domingo de manhã...

— Bêbada como um gambá, devo dizer — interrompeu tia Clare com a boca cheia de bolo.

— Bêbada como um gambá — repetiu Charlotte. — E Harry arrumou uma malinha e desapareceu com ela. Ele disse que deviam ir passar alguns dias na costa, em algum lugar longe de Londres, onde Marina não fosse reconhecida. Provavelmente Brighton.

— Até parece que ela é Marilyn Monroe! — Não resisti a dizer isso.

— Bem, ela não é. A tal Monroe sempre me parece vulnerável — disse tia Clare. — Marina não tem nada de vulnerável. Sabe o que ela fez, Penelope? Ela e Harry atacaram a adega antes de partirem. Eles levaram uma caixa inteira do meu melhor vinho branco. *Liebfraumilch*. *Liebfraumilch!* Imagine!

Eu queria rir.

— Como alguém pode ser tão vulgar? — continuou tia Clare. — Suponho que eles tenham me feito um favor. Estava tentando me livrar daquela caixa desde que a ganhei no verão passado. Eu achava que Marina conhecesse um pouco mais. Ainda assim, o veneno de um homem etc, etc... — Ela tossiu.

— Você acha que Marina fica bêbada o tempo todo? — perguntou Charlotte.

Imaginei os dois na praia em Brighton, o que era difícil, já que eu nunca estivera lá, mas sempre imaginara como sendo um tanto romântico, da forma pedregosa e com bastante vento que as praias inglesas podem ser. Algo em mim estava irritado por Harry ter levado Marina para lá... ele poderia pelo menos ter me levado a uma praia em uma das nossas reuniões de planejamento...

— Harry sempre viu Brighton como um lugar romântico — disse Charlotte. — Ele gosta de praias cheias de pedras e bebidas quentes e de observar as gaivotas roubando as casquinhas de sorvete das pessoas.

— O que você acha que eles farão depois? — perguntei. — Quando se cansarem de Brighton?

— Quando ele se cansar de Marina — corrigiu tia Clare, sombriamente —, o que vai acontecer é que ele vai voltar para casa, com o rabo entre as pernas, implorando que você volte para ele, Penelope.

— Nunca vi Harry com o rabo entre as pernas — comentou Charlotte.

Então continuamos conversando, como sempre fazíamos durante o chá, embora houvesse algo novo conosco no escritório de tia Clare naquela tarde. Algo que eu não consegui definir, mas algo estranho que percebi no tiquetaque do relógio e nas manchas dos raios de sol que entravam na sala e se refletiam nos olhos de tia Clare.

— Puxe as cortinas, Charlotte — mandou ela. — Está muito brilhante.

Nunca pensei que o sol pudesse ser brilhante demais para tia Clare. Às vezes, ela parecia brilhante demais para o sol.

Vinte minutos depois, pedi licença e parti de Kensington Court para Paddington.

— Espero que Harry esteja bem — disse eu para Charlotte enquanto nos despedíamos na porta.

— Mesmo? — perguntou ela.

— O quê?

— Realmente espera que Harry esteja bem?

— Ah, sim — admiti. — Quero dizer, sei que o plano todo foi para reconquistar Marina, mas agora que aconteceu, acho difícil imaginar o que vai acontecer em seguida.

— Exatamente como eu pensava — disse Charlotte com um grande sorriso. Ela já não parecia cansada.

— O quê? Por que está tão estranha, Charlotte?

— Você o ama, claro.

— O quê? — Respirei fundo. Por uma fração de segundo, tudo parecia no lugar, e a desconfortável sensação que eu sentia desde que podia me lembrar, de tudo se movendo rápido demais e de não ser capaz de me controlar, sumiu. Então, subitamente estava de volta.

— Você está errada — disse eu, contrariada. — Não consigo entender você, Charlotte.

— Não tem nada para entender. Não poderia ser mais simples.

— Mas não é *verdade*! Gostaria que você parasse de afirmar coisas que não têm nada a ver com a verdade. Acho que faz isso para se divertir.

Eu parecia furiosa. Eu *estava* furiosa. Charlotte apenas riu.

— Bem, me parece que a senhorita... — começou ela.

— Sim. A senhorita *está* revoltada — respondi. — Você acha que me conhece tão bem, não acha? Bem, não conhece. Acaba de provar isso.

Virei-me e desci os degraus de Kensington Court, virando a esquina e entrando na Kensington High Street, depois seguindo até Notting Hill, Queens Road e Paddington sem olhar para trás.

Capítulo 19

QUE NOITE

Nos cinco meses em que conhecia Charlotte, eu nunca tinha me aborrecido com ela, e a perspectiva de não ser mais sua amiga me deixava consternada. Mas, da mesma forma, a sugestão dela de que eu estava secretamente apaixonada por Harry me deixou tão furiosa que me recusei a telefonar para ela por quatro dias. A cada manhã, eu me convencia de que *ela* iria *me* ligar, mas o telefone permanecia terrível e teimosamente mudo. Comecei a me perguntar se ela simplesmente decidira que já me agüentara o suficiente. Este era um bom momento. Sentei-me à mesa da sala de jantar e comecei a fazer outro trabalho, dessa vez sobre *a percepção de Lady de Shalott como uma mulher fútil, namoradeira e sedutora*, adjetivos que só faziam com que me lembrasse de Marina e imaginasse, pela quadragésima vez, onde estariam ela e Harry.

Acho que qualquer coisa teria sido suportável se Rocky tivesse telefonado, escrito ou até aparecido em seu lindo carro para o chá. Não sei o que havia em mim que presumia que eu o veria de novo, provavelmente um otimismo idiota, mas achava impossível imaginar que ele voltara para os Estados Unidos sem se despedir. Eu implorara a Mary para não contar a Mama sobre as visitas de Marina e Rocky e, apesar de ter comprimido os lábios, ela concordara que seria bom para todos se nada fosse dito a respeito. Acredito que ela tenha achado que Mama a culparia por permitir estranhos em casa. Pessoalmente, tenho certeza de que a única pessoa que provavelmente teria algum problema seria eu. Mary, que sempre fingira desaprovar os americanos para satisfazer Mama, estava achando difícil esquecer Rocky.

— Que presença! — disse-me ela, enxugando uma lágrima enquanto descascava cebola. — E que lindos sapatos!

Mama vinha passando todas as horas que ficava acordada no jardim, fazendo poucas coisas realmente úteis. As preocupações financeiras dela me deixavam frustrada. Ela estava preparada para reconhecer que não poderíamos continuar da maneira que estávamos. Ainda assim, era exatamente isso que *estávamos* fazendo. Mas o receio dela em relação a dinheiro estava em todos os lugares. Às vezes, quando ela abria a carteira, suas mãos tremiam como se o conteúdo estivesse contaminado. Em outra ocasião, quando pedi a ela dois xelins para comprar selos, seus olhos brilharam de forma desafiadora, e ela me deu uma nota de dez xelins, dizendo para comprar sorvetes e revistas para mim e para Inigo.

— Mas... — comecei.

— Penelope, receba o que lhe é oferecido — disse ela com um jeito ameaçador. Eu não apreciei meu sorvete naquele dia. Inigo, sim. Ele era muito capaz de separar extravagância de culpa, uma qualidade que eu invejava.

— Você parece irritada, querida. Alguma coisa errada? — perguntou Mama para mim no quarto dia de minha campanha de não falar com Charlotte.

— Não — respondi rápido. — Tenho muitos trabalhos a fazer.

— Charlotte não está ajudando? — perguntou Mama, sendo astuta.

— Tivemos um pequeno desentendimento — ouvi-me admitindo.

— Ah!

— Acho que ela pensa que me conhece melhor do que eu mesma — disse eu, com raiva de Charlotte por me fazer dizer mais do que queria. Mama riu.

— Ah, ela provavelmente conhece, querida — disse ela, animada. — Garotas como Charlotte sempre conhecem.

Fiquei sem palavras. Parte de mim estava enlouquecida com Mama, mas outra parte estava se coçando de vontade de pegar o telefone. Então esperei até Mama sair para passar pela sala de jantar e entrar no salão. (Acredito que você esteja pensando que passava a maior parte da minha vida telefonando; Mama certamente achava isso, mas antes de eu conhecer Charlotte, acho que não tinha feito mais do que cinco ligações para amigas. Ela era a primeira pessoa que eu conhecia que era realmente viciada em telefone, e esse vício era contagioso, o que tornava a falta de comunicação dela nos últimos dias ainda mais preocupante.)

Charlotte atendeu na mesma hora.

— Alô?

— Sou eu; Penelope.

— Nossa, Penelope, você está séria. Está tudo bem?

— Não estou apaixonada por Harry! — explodi. — Acho que você foi muito injusta ao jogar isso na minha cara. Nunca fui apaixonada por ele. Você certamente consegue ver isso, não é, Charlotte?

Houve um silêncio enquanto ambas digeríamos o que eu acabara de dizer.

— Hmmm — disse Charlotte. — Acho que teremos de concordar em discordar. — Ela aparecia com essas pequenas frases freqüentemente e assumia um irritante sotaque americano quando as falava.

— Não é caso de concordar ou discordar! — exclamei. — É a verdade, e sinto muito se isso a deixa decepcionada.

— A única coisa decepcionante é o fato de você ainda não conseguir ver isso. Mas ainda há tempo.

Percebi que eu estava ruborizando de irritação.

— Por que você acha que pode impor por quem eu me apaixono ou deixo de me apaixonar?

— Ah, eu não posso — disse Charlotte.

— E Rocky? — perguntei. — Eu o amo também?

— Claro que não.

— Como assim, claro que não?

— Ora, claro que não. Não há dúvidas de que você tem uma queda por ele, como eu também. Assim como o país inteiro, se visse a forma como ele serve champanhe ou a forma como ele olha para alguém quando está falando, como se não se importasse com mais nada no mundo. Ele é absoluta e inevitavelmente delicioso. Isso não quer dizer que estejamos apaixonadas por ele. Apenas gostamos de ficar com ele e gostamos da idéia de ele nos dar atenção. Isso é bem diferente.

Tentei compreender o que ela estava dizendo, mas nada disso parecia fazer sentido.

— Senti saudades de você — continuou Charlotte. — Tia Clare está com uma dor de estômago terrível... eu diria que é muita invenção... então tenho andado pelas ruas olhando lindas jóias e desejando ser rica. Mas não é tão divertido sozinha, posso garantir.

— Por que não me telefonou?

— Achei que precisava de tempo para pensar.

— Em quê?

— Em você e Harry, claro.

— Podemos *parar* de falar sobre mim e Harry?

Charlotte riu.

— É fácil irritá-la — disse ela. — Não vou mais mencionar isso, já que fica tão chateada. Ah, exceto para dizer que ele me mandou um cartão-postal de Brighton.

— O que dizia? — perguntei, a curiosidade levando a melhor.

— Só pedia para eu alimentar Julian. Suponho que ele ache isso engraçado.

— É bem tranqüilizador — admiti.

— Sabe, só uma coisa passa pela minha cabeça no momento — disse Charlotte.

— Eu sei. Na minha também. — Senti um arrepio de excitação.

— Johnnie — dissemos juntas e caímos na gargalhada.

Então Charlotte e eu éramos amigas de novo, e Harry estava vivo e ainda na Inglaterra. O fato de ele ter mencionado Julian no cartão-postal era estranhamente animador, como se ele estivesse tentando nos mostrar que Marina não o mudara como temíamos. Contanto que Harry estivesse feliz, pensei, o mundo podia voltar a respirar aliviado.

Na manhã seguinte, acordei às 7 horas com o sol nos meus olhos e escutando o canto dos pássaros. Coloquei um vestido que Charlotte fizera e que ficava muito grande nela (e, portanto, perfeito para mim) e passeei com Fido pelas lojas do povoado para comprar leite, um pacote do cereal Force e dropes de pêra. O orvalho cintilando sobre as cercas vivas e a forte luz do sol da manhã de abril aumentavam a palidez de meus braços e pernas em comparação ao tecido delicado do vestido de Charlotte, e eu me sentia uma alienígena: uma criatura do inverno vinda do submundo. Enquanto passava pelo gramado do povoado, vi três garotas da minha idade sentadas em um velho banco, comendo sanduíches e tomando leite na garrafa. Para mim, parecia que elas estavam acordadas a noite inteira. Tendo estudado em um colégio interno por cinco anos, sempre tinha invejado a liberdade das meninas que freqüentavam a escola do povoado, que pareciam sempre fazer parte de um grupo, pareciam sempre estar rindo de alguma piada particular. Fido, sentindo cheiro de queijo e presunto, correu na direção das meninas e começou a implorar por comida.

— Fido! — chamei, desesperadamente consciente do vestido de Charlotte. Se Mama soubesse que eu tinha saído de casa vestindo aquilo, teria ficado mortificada. Fido me ignorou. — Maldito cachorro! — murmurei baixinho e o chamei de novo. Nesse momento, ele já estava praticamente com o nariz na comida delas. A menina mais bonita riu e deu-lhe uma casca.

— Cuidado! Quase mordeu minha mão! — Ela riu.

Caminhei até Fido e o segurei pela coleira.

— Desculpem-me — disse eu. — Ele nunca foi muito bem comportado.

— Nós todas adoramos cachorros — anunciou a segunda garota, uma loura alegre com olhos redondos e voz vaga.

— Que fofo — disse a terceira, que parecia uma rata e usava quilos de batom cor-de-rosa. Quando ela passou a mão em Fido, notei que estava usando um emblema do fã-clube de Johnnie Ray na lapela de seu casaco.

— Ah! — exclamei. — Você gosta de Johnnie Ray!

Seis olhos brilhantes se fixaram em mim.

— *Você* gosta do Johnnie? — perguntou a rata.

— Eu o amo — corrigi, automaticamente. — Vou ao show dele na semana que vem.

— Nós também — disse a loura depressa. — Onde você vai se sentar?

— Ah, não... não sei — disse eu, o constrangimento me impedindo de admitir que tinha ingresso para a fila da frente.

— Você não sabe? — A menina que parecia uma rata olhou para mim, surpresa. — Você vai ao show de Johnnie e *não sabe onde vai se sentar?*

Elas pareciam confusas, quase enojadas.

— Todas vocês vão? — perguntei.

— Claro — disse a loura, não sem arrogância. — Nunca deixamos de ver Johnnie.

— Talvez nos vejamos lá — debochou a mais bonita. — Minha irmã vai ficar tomando conta de Kevin nessa semana.

— Kevin?

— O filho dela — explicou a rata, como se soubesse de tudo.

Fiquei um pouco chocada.

— Sempre esperamos Johnnie depois do show — continuou a rata. — Da última vez, ele beijou Sarah.

A loura corou e cobriu o rosto com as mãos.

— É verdade! — exclamou ela. — Não lavei o rosto por uma semana!

— Ele beijou você! — murmurei, incrédula. Então era possível. Charlotte estava certa.

— Esperamos na porta lateral, às vezes na da frente. Nunca sabemos por qual ele vai sair, então vigiamos as duas. Afinal, ele tem de sair de alguma forma — disse Sarah. Ela tirou um maço de cigarros do bolso do casaco e todas pegaram um. Então ficaram ali sentadas, fumando e cobrindo os cigarros de batom enquanto eu ficava parada na frente delas como se as estivesse entrevistando. Atrás do banco em que elas estavam fumando e fofocando, ficava a igreja, e atrás da igreja se estendiam os campos que Mama alugara pela metade do preço que valiam. Os berros dos carneiros recém-nascidos e um repentino ataque de cantos de pássaros vindo das bétulas prateadas no gramado me deixaram estonteada com o choque da primavera. Alguém modificara a paisagem do dia para a noite, e o povoado era outro planeta, diferente do dia anterior. A loura estava me oferecendo um cigarro.

— Ah, não, obrigada — respondi.

— Não fuma?

— Ah, às vezes. Não tão cedo.

Escutei o som de desaprovação de Mama na minha cabeça. Era certo ficar sentada no gramado do povoado fumando com outras garotas? Temi que Johns, Mary ou a própria Mama aparecesse e olhasse, com horror. Sabia que Charlotte não teria nenhuma dessas cerimônias.

— Ficaremos apenas atrás do Palladium desta vez — admitiu a rata. — Não conseguimos dinheiro para os ingressos a tempo, então pagamos dois xelins para ficarmos ali atrás. Melhor que nada. Ainda podemos conseguir vê-lo. E talvez ganhar um beijo quando ele sair.

Sarah descascou a pintura do banco.

— Seu cachorro comeu meu sanduíche — comentou ela, friamente.

— Minha nossa! Desculpe — disse eu, ofegante, puxando Fido.

— Ele cuspiu o tomate, Sarah — riu a menina com olhos grandes.

— Pelo menos estarei mais magra para Johnnie.

— Sou Penelope — disse eu, consciente da minha voz aguda e do meu nome comprido.

— Sou Lorraine — disse a rata, estendo a mão para mim.

— Deborah — disse a mais bonita.

— Talvez nos vejamos no Palladium, então — disse eu, constrangida.

Por alguma razão, as três garotas começaram a rir e pareceram preocupadas com alguma coisa. Percebi que estava na hora de eu ir embora. Arrastei Fido quando do outro lado do gramado apareceu uma turma de Teds, de 15 anos, roupas imaculadas e cabelos perfeitos. Mantive a cabeça abaixada e passei, me odiando por isso.

— Ei! — Escutei uma das meninas gritar e automaticamente me virei. — Diga ao seu irmão que mandamos um "oi" para ele.

Elas riram mais um pouco, deixando-me atordoada. Embora Inigo sempre tivesse sido famoso no povoado (ele era bonito demais para não ser), eu estava surpresa por elas saberem que eu era irmã dele. Voltei para onde elas estavam.

— Conhecem meu irmão? — perguntei.

— Mais ou menos — respondeu Sarah.

— Do que seu irmão gosta?

— Como assim?

— Ele gosta do Johnnie?

— Ah, não! — Eu ri. — Ele só escuta Elvis Presley.

— Quem? — perguntou Lorraine.

— Elvis Presley — repeti. O nome, agora tão familiar para mim, deve ter soado estranho para elas. — Ele é famoso em Memphis, Tennessee — expliquei. — Inigo, meu irmão, acha que ele vai ser famoso aqui também antes do final do ano. — Fiquei orgulhosa ao dar essa informação.

— Como ele é? — perguntou Lorraine, com suspeita.

— Diferente de todo mundo — admiti. — Completamente diferente.

Elas não disseram coisa alguma, apenas olharam para o nada como se estivessem imaginando como era ser diferente de todo mundo. Sorri de novo, me afastei e, pouco antes de eu chegar à beira do gramado, elas gritaram de novo. Virei-me.

— Adoramos do seu vestido! — gritou Lorraine.

— Obrigada! — gritei, incerta.

— Onde você o comprou? — perguntou Deborah.

Lembrei-me do que Charlotte me dissera. *Garotas vão entender esses vestidos. Vão querer usá-los.*

— É minha amiga quem faz! — respondi. — Ela vai ser uma famosa estilista! — Esperei mais risos, mas eles não vieram; elas apenas assentiram e tragaram seus cigarros. *Elas não riram.* Suponho que isso signifique que acreditaram em mim.

— Mande beijos para Inigo! — gritou Sarah.

Charlotte e eu decidimos não nos encontrar na casa de tia Clare antes de irmos ver Johnnie. Em vez disso, combinamos de fazê-lo no café Lyon's antes do show. Johns estava indo para Londres, para procurar algumas peças para o carro, então peguei uma carona até lá e cheguei vinte minutos antes de Charlotte. Londres inteira parecia estar pegando fogo naquela noite. Era como se tudo tivesse mudado porque a cidade sabia que eu, Penelope Wallace, ia ver Johnnie, em carne e osso, pela primeira vez. Eu sofrera escolhendo o que vestir, levando em consideração o fato de que eu queria me destacar na platéia para que Johnnie me notasse, mas também não me sentia confiante em nada muito diferente daquilo que toda garota da minha idade gostava de usar: uma blusinha elegante, muito batom e uma saia cheia, tão apertada na cintura quanto você ousasse. No último minuto, decidi usar as pérolas que minha bisavó me deixara em seu testamento e que Mama estipulara que só deviam ser usadas em ocasiões especiais. Se essa não era uma ocasião especial, então nenhuma era. Levei a pequena bolsa de noite que minha fada madrinha me deixara para a noite no Ritz, o que me fez pensar em Harry. Sorri, sabendo que independente de onde ele estivesse e do que estivesse fazendo com Marina, ele estaria pensando em mim esta noite, imaginando se eu estaria gostando do meu lugar e se choraria quando Johnnie entrasse no palco. Imaginei que Harry teria dado tudo para estar comigo e Charlotte. Ele admirava muito a nossa devoção a Johnnie. Isso o deixava completamente fascinado.

Pedi batatas fritas e sorvete e esperei Charlotte chegar. O salão estava cheio de meninas, algumas tão jovens que estavam acompanhadas pelas mães, e muitas usando o emblema do fã-clube. O ar estava abafado e quente: quente por causa da fumaça, dos bules de chá, das conversas e da ansiedade. Lembro-me de ter de forçar meus lábios para não ficar rindo como uma boba. A única coisa em que eu conseguia pensar era que *essa era a noite*! Essa era a noite que eu vinha esperando e, em menos de uma hora, eu veria Johnnie de verdade. O salão inteiro pareceu prender a respiração quando Charlotte chegou, parecendo a única garota que Johnnie poderia querer beijar. Ela usava um vestido azul-claro com cintura alta que ficava recatado com um cardigã cor-de-rosa e sapatos pintados: o par verde e dourado que desenhara em Magna. Ela deixara para trás os olhos cansados e os ombros sobrecarregados do último chá na casa de tia Clare e voltara a ser pura dinamite, seu cabelo comprido parecendo mais cheio que nunca e caindo solto em suas costas. Como todas as outras meninas no salão estavam com o cabelo preso no alto da cabeça em um coque ou coisa parecida, e como ninguém nunca tinha visto nada parecido com os sapatos com manchas verdes e douradas que estavam nos pés de Charlotte, todos olhavam para ela enquanto se sentava. Como sempre, ela parecia inteiramente alheia.

— Nossa, estou nervosa demais para comer! — lamentou ela, mas arregalou seus olhos verdes quando minhas batatas chegaram. — Bem, talvez eu consiga empurrar alguma coisa — admitiu ela, pedindo uma taça de vinho e um hambúrguer.

— Onde estão os ingressos? — perguntou, e eu os tirei de minha bolsa como se fossem um tesouro inestimável.

— Você acha que todo mundo aqui é apaixonado por Johnnie? — perguntei.

— Claro. Mas ninguém tem lugares tão bons quanto os nossos.

Eu nunca estivera no Palladium. Charlotte já estivera uma vez, com tia Clare e Harry para assistir *Cinderela,* dois anos antes, e dormira no meio da apresentação.

— Só acordei porque Harry estava se mexendo muito ao meu lado. Ele riu tanto do homem que interpretava a abóbora que me acordou — disse Charlotte, enquanto seguíamos o cortejo de meninas pela rua em direção à entrada da frente do teatro. Eu nunca vira nada parecido com aquela multidão e, a julgar pela expressão dos policiais, nem eles. Parecia haver milhares de nós. A coisa mais eletrizante era saber que para onde quer que eu olhasse, as pessoas estavam ali por causa de Johnnie e mais ninguém; era como encontrar um descendente da família há muito perdido que sempre se soubera que existia, mas nunca se havia encontrado realmente em carne e osso. Ficamos em grupos organizados, sorrindo de orelha a orelha, simplesmente porque não havia como *não* sorrirmos, nos perguntando se as meninas à nossa frente na fila eram mais bonitas do que nós, e se Johnnie se apaixonaria por elas e não por nós. Quando estávamos nos aproximando da entrada do teatro, uma garota alta, usando óculos com lentes grossas que estava atrás de nós, virou-se e sussurrou:

— Jornais! Lá!

Charlotte e eu nos viramos e vimos que dois homens com câmeras e outros dois segurando blocos de nota estavam na lateral da fila conversando com duas fãs e escrevendo freneticamente.

— Que burras elas são em falar com eles — disse a garota de óculos. — Eles só farão com que elas pareçam tolas.

Ele é diferente de todo mundo, escutei uma das fãs dizendo para os repórteres. *Não vou casar até que me case com Johnnie.*

— Ela vai ter de esperar muito — caçoou nossa nova amiga. — Todo mundo sabe que Johnnie gosta das louras. — Ela tinha um sotaque inacreditável.

— Onde você mora? — perguntei, morrendo de curiosidade.

— Lancashire — respondeu ela. — Peguei carona para chegar até aqui.

— Carona?

Ela riu de mim.

— Isso. Estiquei meu dedo e peguei carona.

Abri a boca para responder, mas houve um grande empurrão para a frente, e eu e Charlotte nos vimos impelidas a subir os degraus da entrada do teatro, onde ficamos piscando por um momento, adaptando nossos olhos, que estavam no brilhante sol de abril, à escuridão do salão de entrada. Charlotte andou na minha frente, me puxando pela mão.

— Siga-me — mandou ela, e eu fui levada para a frente de novo, minhas pernas seguindo automaticamente. Nunca segurei nada com tanta força quanto aqueles ingressos. As meninas à minha volta, doces em suas saias e suéteres, tinham um brilho selvagem nos olhos. Para mim, estava bem claro que elas roubariam, empurrariam, dariam socos, desmaiariam e pegariam carona por Johnnie. Eu sabia disso porque eu também o faria.

Charlotte e eu afundamos em nossos assentos, olhamos para o teto e depois para a multidão atrás de nós e, rindo de nervoso, abrimos um dropes de pêra e escutamos o "zunzunzum" de animação aumentando cada vez mais. Várias garotas vieram até nós, perguntaram como tínhamos conseguido lugares tão bons e se ofereceram para comprá-los. Uma garota, que parecia não ter mais de 13 anos, perguntou se eu não trocaria meu ingresso pelo casaco e pelos sapatos dela. Balancei a cabeça e ela saiu correndo pelo corredor sem nenhuma outra palavra. Uma turma de amigas espremia-se em volta dela e olhava para mim e para Charlotte. Havia rapazes lá também (assim como havia sempre que se tinha música popular), mas eram as meninas que tinham o poder, as meninas que definiam a atmosfera daquela noite, e nós estávamos nervosas pela chegada de Johnnie, com a urgência alegre e mágica que alguém só sente quando é jovem, moderno e cheio de desejo. Desejo! Era a única palavra para isso. Às vezes um rosto adulto aparecia, um lanterninha ou um vendedor de sorvete, e eu sentia a distância entre nós, a brilhante juventude transviada, os adolescentes, e eles, os sofredores de 40 e poucos anos, se abrir em um abismo, separando uma espécie da outra. Eles poderiam ter 300 anos, poderiam até ser de outra época. Não se pareciam em nada conosco.

Quando as cortinas se levantaram para Johnnie, a empolgação atingiu seu auge, e Charlotte e eu nos tornamos criaturas que eu não conhecia. Quando o piano se tornou visível na escuridão tranqüila do palco, os berros aumentaram e eu senti uma onda de energia que começou na sola dos meus pés e subiu pelo meu corpo como mercúrio, deixando as pontas dos meus dedos pegando fogo de tal forma que tive de jogar minhas mãos para o alto como se elas fossem separadas do resto de mim. Não tive escolha, estava simplesmente acontecendo, e eu estava assistindo e acompanhando.

— Johnnie! — gritava Charlotte, a palavra perdida na grandiosidade do barulho da multidão atrás de nós.

— JOHNNIE! — eu gritava, realmente gritava. Era como tentar berrar mais alto que o estrondo de uma onda gigantesca, mas não conseguíamos parar. E lá estava ele, lindo, irreal, magro, tremendo como se tivesse levado um choque elétrico: Johnnie Ray. Ele sorriu, e nós sentimos nossas pernas fracas; ele falou conosco, e nós quase desmaiamos. Ele começou a cantar "The Little White Cloud That Cried", e eu não teria me surpreendido se o teto do Palladium tivesse caído com a força de tamanho desejo por ele. Olhei para Charlotte e vi seu rosto encharcado de lágrimas. Ela olhou para mim e ambas caímos na gargalhada, já que nenhuma de nós, apesar de termos esperado tanto por esta noite, estava preparada para a forma como nos sentíamos naquele momento. Em toda à nossa volta, no ventre aveludado do Palladium, as meninas se levantavam e gritavam como se possuídas por um fervor religioso; se Elvis se tornaria o Rei, então ali estava nosso João Batista, gemendo e proclamando, no completo deserto daquele palco, mel, gafanhotos e tudo mais. Ele nos tinha na palma de sua mão, e não havia nenhum lugar no mundo em que preferíssemos estar. Quando Johnnie levantou-se ao piano e bateu nas teclas como se fosse louco, soltando seus demônios e nos fazendo querer mais, mais, *mais*, fechei os olhos e emoldurei aquela imagem para sempre.

Charlotte virou-se para mim no final da música.

— Incrível! — disse ela.

— Nossa, eu o amo.

— Eu sei — respondeu Charlotte. — O terno dele não é divino?

(Para ser sincera, eu mal tinha notado o que Johnnie estava vestindo, simplesmente não era importante para mim. Mas o olho apurado de Charlotte para o detalhe não perdia nada. Ela até comentou a cor dos sapatos dele no caminho para casa. Por que ela perdia tempo analisando os sapatos dele em vez de olhar para seu glorioso rosto, eu não sei.) Quando ele começou "Whisky and Gin" e a empolgação e os gritos encheram meus sentidos, pensei em Mama, arrasada pela guerra e pela morte de Papa, e desejei com todo o meu coração que ela conseguisse compreender qual era a sensação de ser jovem naquela noite, qual era a sensação de ter 18 anos e ser invencível, ter 18 anos e estar viva.

— Ele vai descer! — gritou uma menina atrás de mim, e Johnnie realmente desceu do palco no meio de "Walking My Baby". Os gritos se tornaram tão altos que por um momento eu quase fiquei com medo. Charlotte e eu ficamos imóveis, atônitas, mãos no rosto, esperando para ver o que ele faria em seguida. Ele foi se aproximando cada vez mais de nós, até que estivesse bem ao nosso lado. Então, sem aviso, ele se abaixou e me beijou no rosto.

— Ei, menina — disse ele, sorrindo. Eu não disse nada, fiquei apenas encarando-o, a boca aberta, enquanto todas as garotas à nossa volta berravam e se empurravam tentando pegá-lo, fazendo o teatro balançar com seus gritos.

Os gritos de "JOHNNIE!" enchiam meus ouvidos e meu peito. Ele sorriu para as meninas atrás de nós, piscou e, então, tão rápido quanto descera e passara uma fração de segundo dentro da minha vida, respirando meu ar, sendo *meu* Johnnie, subiu de volta ao palco, gemendo no microfone, torcendo as mãos e estremecendo com a emoção da música.

— Aconteceu! — murmurou Charlotte várias vezes. — Ele nos encontrou. Ele beijou você.

— Não consigo acreditar! — foi tudo que eu consegui responder.

— Harry devia *saber* — disse Charlotte. — Ele devia saber que esses lugares... bem, era por isso que todas aquelas garotas estavam tão desesperadas para sentar aqui... — Ela gaguejou.

Eu sabia que ela estava certa. Harry sempre soubera que se sentássemos onde estávamos, Johnnie viria e nos beijaria. Ele havia planejado aquilo para nós. Foi então que a sensação mais estranha tomou conta de mim. Johnnie começou a cantar "Cry", minha cabeça de repente se encheu com os sentimentos mais estranhos e confusos que eu já sentira, e quanto mais esses sentimentos pulavam dentro da minha cabeça, mais eu lutava para organizá-los e entendê-los.

Saindo do teatro, para minha surpresa, escutei alguém chamando meu nome.

— Ei, Penelope! — Eu me virei e vi Deborah e Sarah, duas das meninas do episódio no gramado do povoado.

— Ah! — disse eu. — Oi!

Charlotte levantou as sobrancelhas de forma questionadora.

— Vamos ficar por aqui e esperar por ele — explicou Deborah, baixinho. — Querem vir também?

Abri a boca, mas foi Charlotte quem falou.

— Queremos. — Ela estendeu a mão. — Prazer em conhecê-las. Charlotte Ferris.

Deborah olhou para os sapatos dela.

— Você é a menina que faz os vestidos?

— Sou, acho que sim.

Elas olharam para ela com respeito renovado.

— Vamos — disse Sarah.

Capítulo 20

MEUS HERÓIS AMERICANOS

Ficamos esperando na porta de entrada do palco pelo que pareceu uma hora, mas que na verdade não foi mais do que uns dez minutos. Havia muitas meninas lá conosco, e todas pareciam já ter feito aquilo um milhão de vezes antes; algumas tinham discos e cartazes para Johnnie assinar, enquanto outras apenas cantavam suas músicas, dançando, fumando e rindo em grupos. Johnnie deixara todas alvoroçadas; algumas meninas realmente empurraram as barreiras e vários policiais apareceram e as afastaram. Eu recuei, minha boca ligeiramente aberta, assustada. Johnnie provocava algum sentimento de rebeldia em nós, algo que estava lá o tempo todo, mas que fora sufocado pela guerra e por nossos pais. Ele nos deixava destemidas. Nós, meninas, formávamos um grupo curioso naquela noite: todas vestidas na moda, da forma como achávamos que Johnnie iria gostar mais, enchendo a noite da cidade com um cheiro de perfume barato (umas quarenta garotas usando Yardley Fern causavam uma asfixia além da imaginação) e batom ainda mais barato, todas desesperadas por algo de que não sabíamos muito a respeito: um homem, um amor, uma sensação de ser adulta e linda. De vez em quando, a porta se abria e saía algum som maldito de motor ou um assistente aparecia causando gritos esperançosos seguidos de vaias de decepção.

— Talvez ele saia pela frente — sugeriu Charlotte.

— Mandamos Lorraine verificar — disse Deborah, que tinha resposta para tudo. — Se ele aparecer, ela vai assoviar bem alto e nós correremos para a frente a tempo de pegá-lo. Na minha opinião, teremos sorte aqui.

Eu tinha minhas dúvidas. Sarah, que passara tanto pó e rouge em seu rosto que inquestionavelmente destruíra completamente sua beleza, estava procurando algo na bolsa. Por fim, ela tirou uma garrafa de gim.

— Roubei da bolsa da babá — disse ela, rindo, ao desatarraxar a tampa. — Querem um pouco? Ajuda a espantar o frio. — Ela tomou um grande gole, com cuidado para não manchar os lábios, depois enxugou o gargalo da garrafa com a manga de seu casaco e entregou-a para Charllotte, que, claro, aceitou.

— Já que está oferecendo — murmurou ela baixinho para mim, tomando um grande gole. — Eca! Gim é realmente a pior bebida que existe. Faria qualquer coisa por um brandy — sussurrou ela.

— Quer um pouco? — perguntou Deborah para mim. — Ou não bebe gim? Pouco elegante para você?

— Não seja estúpida — disse eu, malcriada, e agarrei a garrafa. Nossa, era forte! Eu quase engasguei, e meus olhos lacrimejaram, mas afastei o olhar para que nenhuma delas percebesse. Devolvi a garrafa para Deborah, que a passou para Sarah, e logo o conteúdo já tinha quase acabado porque, honestamente, beber era a única coisa a se fazer. Concordei com Charlotte. Era uma bebida horrorosa, que deixava um gosto insuportável na boca. É claro que também viciava. Depois de mais dez minutos, Lorraine apareceu, vindo em nossa direção com sua capa creme. Elas podiam ser meninas do povoado, mas certamente sabiam como se vestir. Lorraine olhou surpresa para mim e para Charlotte.

— Ah, você conseguiu! — disse ela. — Onde estava sentada?

— Na primeira fila — disse Charlotte, na mesma hora. — Johnnie beijou Penelope.

Houve um silêncio de assombro.

— Aquela era *você*? — perguntou Sarah. — Em "Walking My Baby"? Por que não nos disse que se sentaria lá quando perguntamos no outro dia?

— Não sabia que era diferente de qualquer outro lugar — confessei.

— E você ainda se considera uma *fã*! — exclamou Deborah, enfurecida.

— Como vocês conseguiram esses ingressos? — perguntou Lorraine, morrendo de curiosidade.

— Um amigo — respondi rápido. — Ele... bem... ele conseguiu para me agradecer por um favor que fiz a ele.

— Diga a ele que farei qualquer coisa da próxima vez — debochou Sarah.

— E o quão longe você teve de ir? — questionou Deborah, causando gargalhadas.

Eu sorri.

— Não foi nada disso.

— Ah, conta logo! — Lorraine olhou para mim com respeito renovado e me ofereceu outro gole de gim. Enquanto eu bebia, me senti como Marina. De repente, desejei que Harry estivesse ali para assistir a tudo aquilo, para me ver em cima de meus saltos, bebendo gim na esquina da Argyll Street, esperando Johnnie Ray sob o fraco brilho do céu sem estrelas de Londres, minha cabeça atordoada com a excitação do beijo de Johnnie, meu coração surpreso pela repentina onda de verão se aproximando. Naquela noite de abril, já havia flores de cerejeira sob os nossos pés. Harry teria adorado, pensei, porque, embora ele nunca tivesse entendido nosso amor por Johnnie, ele compreendia o significado de um sentimento tão forte por alguma coisa que deixava a gente louca. Afastei a saudade de Harry que tomara conta de mim durante as músicas de Johnnie, que eu associava à nossa tarde na Longa Galeria e torci para ele estar feliz com Marina. O que havia de tão precioso naquela tarde que eu guardava com tanto carinho? Era como se nenhum de nós nunca tivesse mencionado nada desde...

— Acho que ele não vem — reclamou Deborah, depois de mais cinco minutos. Muitos dos outros grupos de garotas já haviam desistido, algumas soluçando baixinho.

— Ele tem de sair do teatro de alguma forma — disse Sarah, impaciente. — Vamos abrir outra garrafa, Deb.

Éramos o último grupo de garotas, uma hora depois, e certamente muito bêbadas. Eu e Charlotte nos jogamos no chão, e as outras nos seguiram, caindo umas por cima das outras com acessos de riso.

— Ai! — reclamou Deborah. — Você está em cima do meu pé, Lorraine!

— O que vamos fazer agora? — perguntou Charlotte.

— Ir para casa, acho — disse Sarah, sombriamente. — Maldito longo caminho para casa.

— Ei, troco meu casaco por seus sapatos — disse Deborah, acotovelando Charlotte, que sorriu.

— Pode ficar com eles, querida — disse ela. — Não quero seu casaco, muito obrigada.

— O que tem de errado com meu casaco? — perguntou Deborah, confusa. Charlotte lançou um dos seus olhares de maior impacto.

— Simplesmente, não temos tempo para discutir exatamente o que seu casaco tem de errado. Mas quero experimentar suas luvas.

Então ficamos sentadas, assistindo Charlotte experimentar as luvas de Deborah, e Deborah fazer o mesmo com os sapatos de Charlotte, o que não era uma tarefa fácil para uma pessoa tão bêbada quanto ela estava. Acho que se passou mais meia hora antes de a porta de entrada do palco se abrir de novo e um homem sair da escuridão.

— Johnnie! — disse Sarah, sem forças.

— Não. Ele já foi, meninas. Vocês deveriam ir para a cama; já passa de meia-noite e meia — disse o homem, pequeno, uniformizado e o mais diferente possível de Johnnie.

— Por que ele não veio dar boa-noite? — reclamou Lorraine. — Viemos até Londres para vê-lo.

— Vocês, meninas, estão cavando a própria cova — disse o homem, gentilmente. — Posso ajudá-las a pegar um táxi?

Cambaleamos até ficarmos de pé como corças recém-nascidas, nos esforçando para ficar de pé e nos segurando umas nas outras quando começávamos a balançar.

— Diga a ele que viemos de Wiltshire para vê-lo — disse Deborah.

— Diga a ele — começou Sarah, mas o homem já tinha nos deixado. — As pessoas são tão... — começou ela, mas suas palavras foram abafadas pelo som de um motor de carro e, da esquina, nos cegando com seus faróis, veio a beleza e a enormidade de um automóvel importado. Um carro que pertencia às telas de cinema, um carro tão deslocado em Londres que poderia igualmente ser uma nave espacial. Um carro americano.

— Cristo! — exclamou Deborah, colocando a mão na testa. — Os alienígenas aterrissaram!

— É o maldito Jimmy Dean! — gritou Lorraine.

Charlotte reagiu mais rápido que eu, o que não era de se surpreender, já que meus reflexos estavam comprometidos pelo gim.

— Merda! Aquele é o carro de Rocky!

— Rocky? — repeti, boquiaberta. — Não!

O carro parou bem na nossa frente, e a porta do motorista se abriu.

— Talvez seja o veículo de fuga de Johnnie — sugeriu Deborah cheia de esperanças, aproximando-se cambaleante do carro, os braços esticados como os de um zumbi.

— Receio que não — disse aquela familiar voz americana. — Penelope, Charlotte... que diabos vocês estão fazendo?

— Rocky! — exclamei e tropecei para cima dele. Ele me segurou antes que eu caísse.

— Gim — disse ele com sarcasmo. — Que extravagante!

— O que *você* está fazendo aqui? — perguntei, incapaz de tirar o sorriso bobo do meu rosto, enquanto meus olhos passeavam pela beleza de seu paletó, pela sombra escura de sua barba e pela maravilha de seu bigode.

— Acabei de sair de um jantar no Claridge's — disse ele. — As pessoas sentadas à mesa ao nosso lado estavam conversando sobre Johnnie Ray no Palladium e comentando sobre as filas de garotas se aglomerando na porta do palco para vê-lo. Tive um pressentimento estranho de que as encontraria aqui.

Sarah soluçou.

— Mas não achei que as encontraria tão bêbadas — continuou Rocky, olhando para ela. — Então, vamos. É melhor entrarem.

— Como assim? Estamos esperando por Johnnie — disse eu com petulância. — Depois vamos voltar para a casa da tia de Charlotte.

— Acho que não — murmurou Charlotte. — Acabei de perceber que esqueci minha chave.

— Esperando por Johnnie, até parece — disse Rocky, conciso. — Se esse cara tem algum bom senso, saiu do teatro antes mesmo de vocês levantarem de seus lugares.

— Mas... — começou Deborah.

— Nada de mas. E quem são essas? — perguntou Rocky sobre Deborah, Sarah e Lorraine.

— Elas moram no povoado. Também amam o Johnnie — foi o melhor que consegui falar.

— Certo. Vocês todas podem se apertar aqui dentro, mas devo avisá-las... se alguma de vocês vomitar, vão sair na mesma hora. — Tive a sensação de que ele não estava brincando.

— Para onde ele vai nos levar? — perguntou Sarah, entrando alegremente no banco traseiro.

— Ele é de confiança, nós o conhecemos — disse Charlotte, orgulhosamente.

— Assentos de couro vermelho! — exclamou Lorraine. — Ei! O volante está do lado errado!

Foi uma proeza e tanto colocar cinco fãs de Johnnie Ray, bêbadas, dentro do carro, mas Rocky conseguiu. Deborah, Sarah e Lorraine caíram na gargalhada e fizeram uma série de perguntas ridículas para Rocky, cujas respostas, em sua maioria, escutei com interesse.

— Quem você teve de matar para conseguir um carro assim?

Ele ignorou essa.

— De qualquer forma, que tipo de carro é esse?

— É um Chevrolet.

— Deus, adoraria que Kevin visse isso.

— Kevin? — perguntou Rocky.

— Meu filho. — Deborah corou. — Vai passar esta semana na casa da minha irmã, no norte. Ela tem um filho chamado Jack. Ele se dá muito bem com Kevin. Eles também gostam de Johnnie Ray, mas Londres não é lugar para crianças.

— Quantos anos você tem, Deborah? — perguntou Charlotte, representando a si mesma, a mim e ao Rocky.

— Dezoito. E Kevin é apenas um bebê, antes que comecem a pensar coisas ruins a meu respeito.

Olhei para ela com um tipo engraçado de respeito. Através da névoa do gim, ela parecia muito mais sábia do que eu, embora Mama tivesse a mesma idade de Deborah quando nasci, percebi surpresa. Ambas bebês com bebês, independente do ambiente ou do tamanho da casa.

— Esse é o mesmo carro que Johnnie tem? — perguntou Lorraine, que obviamente achava que Jack e Kevin não eram assuntos adequados para um Chevrolet.

— Não faço idéia, nem me importo.

— Como pode não se importar com Johnnie?

— Não gosto dos gemidos desse cara, parece que está chorando o tempo todo, soando triste no rádio, quebrando corações nos compactos... isso me deixa louco depois de um tempo.

Deborah riu.

— Quebrando corações nos compactos! — exclamou ela. — Essa é boa.

— Como você conseguiu que esse carro viesse para cá? — insistiu Lorraine.

— Ele foi trazido de navio de Nova York.

— Você mora em Nova York?

— Às vezes.

— Você tem esposa?

Agucei meus sentidos para esperar por esta resposta.

— Não — respondeu Rocky, tranqüilamente. — Nem avós, animais de estimação ou filhos. E, depois dessa noite, agradeço a Deus por isso.

— Quem você mais admira no mundo do cinema? — perguntou Sarah, puxando conversa. Ela parecia estar ficando sóbria mais rápido do que nós.

— Eu mesmo — disse Rocky, automaticamente.

— Por que você está aqui e não nos Estados Unidos?

— Negócios. E por que vocês estão?

— Nós *moramos* aqui! — disse Lorraine, que era tão burra quanto Deborah era esperta. Ela olhou para ele com curiosidade. — Você é famoso?

— Não, de forma alguma.

— Você é rico?

— Rico o suficiente para levar cinco moças de Londres para Wiltshire de carro no meio da noite.

Eu e Charlotte, sentadas lado a lado no banco da frente, nos acotovelamos.

— Será que posso perguntar o que vocês fariam se eu não tivesse passado pelo teatro? — perguntou Rocky, sem olhar para nós.

— Não sei — respondeu Charlotte, vagamente. — Acho que venderíamos nossos corpos e nossas almas para a noite cruel.

— Fale por você — disse eu, de forma afetada. Vi que Rocky estava disfarçando um sorriso.

Chegamos a Westbury às 5 horas da manhã. O trio no banco de trás pegara no sono durante a última hora de viagem, assim como Charlotte ao meu lado, sua cabeça pendendo sobre meu ombro. Eu fiquei acordada, pelo menos porque sabia que me arrependeria pelo resto da vida se esquecesse de qualquer momento de nossa viagem de Londres a Magna com Rocky.

— Acordem — sussurrei para o banco de trás. — Chegamos!

— Onde vocês moram, meninas? — perguntou Rocky para a sonolenta Deborah.

— Ah, podemos ficar no parque — disse ela, bocejando. Espreguiçando-se, ela procurou alguma coisa na bolsa. — Podemos lhe dar alguma coisa? — perguntou ela. — Você foi tão gentil em nos trazer para casa em seu lindo carro. Eu me sinto como uma estrela de cinema ou coisa parecida.

— Só me prometam que não vão ficar correndo atrás de cantores pelo resto da vida, — disse Rocky, abrindo a porta para elas.

— Ah, eu não posso prometer isso — disse Deborah.

O parque do povoado estava sinistramente quieto. Uma coruja piou das profundezas de uma cerejeira e a sombra de uma raposa cruzou a estrada na nossa frente. Agora que estávamos fora de Londres, a noite estava viva com as estrelas, e a lua parecia ter sido lavada vigorosamente por Mary: brilhava tão branca quanto os dentes de Marina Hamilton. Charlotte foi para o banco de trás do carro para a última parte de nossa longa viagem. Eu e Rocky não dissemos nada pelos cinco minutos que levamos até chegar a Magna. *Por que ele está fazendo isso?* pensei. Ele não precisava estar aqui conosco.

— Você deve passar a noite aqui — disse eu.

— Primeira coisa sensata que você disse essa noite, menina.

Rocky abriu a porta para sairmos do carro, e entramos em casa. Mama nunca trancava as portas, o que deixou Rocky horrorizado.

— Eu o levarei ao Quarto Wellington — disse eu, tropeçando em um bastão de críquete. — Charlotte, você sabe onde vai dormir.

— Claro que sei.

Eu tinha plena consciência de Rocky me seguindo até o andar superior e desejava com todas as minhas forças não ter tomado tanto gim. De repente, senti-me exausta e imensuravelmente triste, como se tivesse levado uma pancada na cabeça. Rocky, sempre atento, percebeu o horror da minha ressaca.

— O gim a deixará mais enjoada do que qualquer outra bebida — disse ele, sentando-se na cama. — Sugiro que durma um pouco e tome uma xícara de café preto amanhã de manhã. — De repente, ele parecia exausto. Seus gentis olhos castanhos pequenos de cansaço. Ele deu um grande bocejo, como um leão. Eu queria me jogar nos braços dele e dizer como sentia por tê-lo tirado tanto de seu caminho e feito com que dirigisse para tão longe, mas, em vez disso, hesitei na porta como uma criança esperando por aprovação.

— Acho que Mama morrerá de susto quando vir você amanhã — disse eu em voz alta. — Não se preocupe, vou explicar tudo a ela. Assim que ela perceber que você foi nosso cavaleiro em uma armadura brilhante, vai perdoá-lo por tudo.

— Pelo que eu sei, não tenho motivos para pedir perdão a ela — disse Rocky, tranqüilamente.

— Você é americano — expliquei.

— Ah — disse Rocky. — Então o fato de eu ter salvado a filha dela das ruas do Soho não vai ser levado em consideração.

Eu sorri.

— De forma alguma.

Houve uma pausa, e eu supus que deveria sair e ir para meu quarto, mas algo em mim me fez perguntar:

— Como está Marina?

Rocky pareceu surpreso.

— Marina? Você não sabe?

— Sei o quê?

— Bem, ela voltou para George, claro. Exatamente como eu disse. Decidiu que não poderia viver sem ele. Eles até já embarcaram para os Estados Unidos. Então o seu mágico deve voltar para você, finalmente. Se eu fosse você, daria outra chance a ele. Marina é uma droga poderosa, mas não acredito que ele tenha deixado de amar você. Como poderia?

— Ah — murmurei, chocada demais para falar qualquer outra coisa.

Quando acordei na manhã seguinte, me convenci de que tinha sonhado essa última parte da conversa. Afinal, se Marina estivesse com George, onde estaria Harry? Rocky deve ter entendido errado, pensei. Mas de alguma forma, eu não conseguia imaginar Rocky entendendo alguma coisa errado. Ele era simplesmente a pessoa mais certa que eu já conhecera.

Embora eu tenha colocado meu despertador para as 8 horas, que era apenas três horas após eu ter ido para cama, devo ter perdido a hora, porque quando acordei, o sol já estava entrando pela janela, triunfante, como se dissesse "peguei você". Meu Deus, pensei, juntando os fatos da noite anterior. Eram 11 horas da manhã. Vesti-me rápido e fui em silêncio até o quarto de Charlotte. Quando bati, não obtive resposta, e quando abri a porta, ela ainda estava encolhida na cama.

— Estou morrendo, me deixe em paz — gemeu ela.

— É melhor se apressar. Já passa das 11 horas e Mama já deve ter encontrado Rocky a esta altura. — Cruzei o quarto e abri as cortinas. — Está chovendo! — exclamei, surpresa pelo fato de a luz do sol ter sido atravessada por uma tempestade, daquele tipo que acontece em abril, caindo inclinada e brilhando com os raios de sol.

Corri para o andar de baixo e entrei na sala de jantar. Por um momento ou dois, fiquei parada na porta, olhando a cena à minha frente. Soube, no mesmo instante: Rocky estava perdidamente apaixonado por Mama. Eu acreditava que isso tinha de acontecer, mas isso não evitava que doesse, e começou a doer na mesma hora, porque eu sabia que não havia nenhuma dúvida. Ela estava rindo de alguma coisa que ele dissera, seu corpo inteiro se inclinando na direção dele em vez de recuar para longe de tudo, que era a postura que eu conhecia em Mama desde que podia me lembrar. Eles estavam sentados juntos nos assentos à janela, emoldurados pelo gramado novamente verde, enquanto, inacreditavelmente, atrás deles, em um exuberante céu matinal, brilhava um arco-íris.

— Olhem! — escutei-me exclamar, e corri para me juntar a eles apontando para o céu.

— Que glorioso! — disse Mama. Ela virou-se para Rocky. — Vocês têm arco-íris maravilhosos nos Estados Unidos?

Ele riu dela, que era algo com o qual ela geralmente não conseguia lidar.

— Claro que sim — disse ele.

— Penelope, querida, Rocky estava me contando tudo sobre ontem à noite — disse Mama, sorrindo para mim e pegando minha mão. — Que sorte ele ter passado na frente do teatro àquela hora! Ele disse que o lugar estava cheio de bêbados.

Corei.

— Mais ou menos. Estávamos bem. Só queríamos conhecer Johnnie.

— Vai ficar para o almoço? — perguntou Mama a Rocky. — Não temos nada de especial, apenas uma torta de frango, mas adoraríamos sua presença.

Rocky olhou para mim, e percebi que ele estava pedindo meu consentimento. Havia um leve mas gentil desafio em seus olhos, como se dissesse: "Vamos lá, você disse que ela odiava americanos, mas estou me saindo muito bem até agora."

— É claro que deve ficar, Rocky — disse eu.

Saber que eu não poderia ter Rocky para mim era uma coisa, mas saber que a razão para isso era ele estar se apaixonando por minha mãe era outra bem diferente. Ele levou Charlotte até a estação a tempo de ela pegar o trem de 12h45 para Paddington, mas voltou para o almoço e tentou não encarar Mama enquanto prendia os olhos dela nos seus por mais tempo do que já fizera comigo, e ela realmente corou pela primeira vez na história. Havia algo fascinante em Mama naquele dia. Ela era como uma borboleta saindo de seu casulo, voando em direção à luz de Rocky com novas e hesitantes asas. Acabada por causa de Johnnie e do gim, pedi licença depois do almoço, dizendo que ia descansar. Lá em cima, Marina, a porquinha-da-índia, veio ao meu encontro correndo. Dei a ela uma das cenouras de Mary e olhei pela janela até que a luz do céu desbotasse e o pôr-do-sol pintasse o horizonte de cor-de-rosa e vermelho. Às 16h, acendi o abajur da minha mesa-de-cabeceira, abri meu caderno e comecei a escrever. Só parei depois das 20h, quando me chamaram para jantar. Dei à história o nome "Cry", como a música de Johnnie, e senti, em algum lugar dentro de mim, que era a melhor coisa que eu já havia escrito. Certamente era a mais verdadeira. Dobrei o papel, coloquei-o em um envelope e fui, imediatamente, até a caixa de correio no povoado. O dia que eu sempre soube que chegaria havia chegado, mas não machucou como eu achei que machucaria. É claro que doía, mas era uma dor peculiarmente doce, como abrir mão de sua última bala para alguém que você sabe que vai apreciá-la mais do que você. Não que eu esteja comparando Rocky com uma bala, mas... ah, acho que você entende o que quero dizer. Naquela noite, Charlotte me telefonou.

— Você não sabe o que aconteceu — disse ela.

— O que houve dessa vez?

— Marina voltou para os Estados Unidos com George.

Embora Rocky já tivesse me contado, aquilo ainda me chocava.

— Não acredito.

— *Eu* acredito. Harry não reapareceu. Suponho que ele não consiga nos encarar depois de tudo isso. Sinto muito por ele, o que já é alguma coisa. Acho que nunca antes tive pena de Harry, em toda a minha vida.

Eu e ele, ambos com o coração partido, pensei. Não era para ser assim.

A semana seguinte foi uma revelação para mim, para Mama e para Magna. Rocky, que tinha passagem marcada para voltar para os Estados Unidos no dia seguinte àquele em que nos levou para casa, adiou seu vôo e disse que ficaria na Inglaterra até o final do mês. Ele nos telefonou todos os dias, e veio jantar conosco no sábado à noite. Eu e Mama não conversamos nenhuma vez sobre ele na sua ausência. Parecia proibido, como se falar a respeito fosse reconhecer o fato que Mama estava assustada demais para admitir: ele estava substituindo Papa. Ele a estava fazendo feliz. O que eu fiz? Escrevi bastante em meu diário e caminhei pela floresta de campânulas pensando muito sobre tudo isso. Percebi que podia entender tudo com muito mais clareza agora do que no dia em que conheci Rocky no trem, ou naquela noite no Ritz, ou mesmo na noite em que ele nos trouxe para casa, apenas uma semana atrás. Pela primeira vez, eu conseguia ver que nunca houve nenhuma possibilidade séria de Rocky se apaixonar por mim. Eu era jovem demais (embora quando se tem 18 anos e se está apaixonada por um homem de 45, a gente se sinta terrivelmente adulta e não ingênua, como ele vê), porém, mais que isso, Rocky sabia muito pouco sobre o que era importante para mim, e eu, sobre o que era importante para ele. Os 27 anos que nos separavam incluíam uma guerra da qual eu mal conseguia me lembrar e que ele jamais esqueceria. Mas Mama... ela instintivamente compreendia coisas que eu nem conseguia começar a entender. E eu acho que, acima de tudo, estava o fato que sempre estivera ali, encarando-me de frente: ela era simplesmente linda demais para ele *não* se apaixonar. Por tudo isso, eu sentia orgulho de Mama. Na verdade, doeu tão pouco que me surpreendi. Então comecei a perceber que a razão de ter doído tão pouco era porque não era realmente de Rocky que eu sentia falta, era de outra pessoa. Quando percebi de quem era, começou a doer mais do que nunca.

Convidei Charlotte para jantar em Magna no sábado à noite, quando soube que Rocky viria de novo. Queria que ela própria visse o que eu tinha contado por telefone. Claro, eu também estava esperando notícias de Harry e me odiava por esperar isso. Inigo também estava em casa e muito entusiasmado com a presença de Rocky. Quando ele chegou, mal tirou o casaco antes de Inigo arrastá-lo para o salão de baile.

— Estava tocando violão — anunciou ele, endireitando o cabelo preto. Ele parecia ter crescido muito desde o início do ano ou talvez desde a última vez que vira Rocky. Parecia mais alto, mais homem, e menos com o menino que eu conhecia.

— Vamos escutar — disse Rocky.

Inigo parecia hesitante, e eu sabia que ele estava preocupado com Mama.

— Ela só vai descer daqui a uns vinte minutos — garanti a ele, sabendo que Mama ainda estava de molho na banheira, esperando a hora de fazer sua entrada.

— Você não quer que sua mãe o escute tocar? — perguntou Rocky a Inigo.

Inigo pareceu constrangido.

— Ela não gosta que eu toque violão. Ela acha que isso nunca vai me levar a lugar nenhum.

Rocky balançou a cabeça.

— Escolhi o salão de baile — continuou Inigo — porque a acústica é boa aqui. Parece até a de um disco.

— Ah, não — disse Rocky, sério. — Se você for bom mesmo, o som vai ser bom em qualquer lugar. Por que não toca para nós na biblioteca?

Inigo pareceu surpreso, mas concordou na mesma hora. Então fomos todos para a biblioteca e tomamos nossos lugares. Eu e Charlotte sentamos no sofá-cama, ela usando seus sapatos pintados. Inigo tirou o violão do estojo.

— Pensei em tocar uma música de Elvis Presley para começar, para fazer com que se sintam bem — disse ele, como se fôssemos um público de quinhentos e não apenas três. Rocky riu.

— Vá em frente.

Inigo limpou a garganta e olhou para os pés, e o vi se enchendo de confiança e me senti aterrorizada por ele, embora tivesse absoluta convicção de que se alguém era capaz da proeza de tocar para um homem como Rocky em um lugar como a biblioteca de Magna, esse alguém era ele. Seus dedos bateram no violão, e ele começou a cantar, cantar *de verdade*, e sua voz parecia de um disco: perfeita, perigosa e cheia de convicção. Ele escolheu uma música que Luke mandara para ele havia apenas umas duas semanas, chamada "Heartbreak Hotel", que tinha um alcance incrível: um instante era aguda e bruta e no outro, grave e suave. Enquanto cantava, Inigo não deixava de nos olhar. Ele não tinha medo de nos desafiar a afastar o olhar, o que, claro, nenhum de nós fez. Eu nunca o tinha escutado melhor, uma mágica que percorria a espinha. Senti uma onda de pesar quando percebi que esse era o início do fim, que a vida de Inigo mudaria para sempre se ele continuasse a se apresentar dessa forma. Quando ele terminou a música, não pude resistir a olhar a reação de Rocky. Seu rosto estava imóvel, inexpressivo, e por um momento fiquei alerta. Ele certamente não podia esperar mais que isso.

— Tem outra, garoto? — perguntou Rocky, simplesmente.

— Hã, tenho. Claro. — Inigo sorriu e começou a tocar "Mystery Train", que foi ainda melhor do que a música anterior.

— Ok, toque essa de novo — disse Rocky, acendendo um cigarro, com certeza mais animado dessa vez. Inigo sorriu, pegou um lenço para enxugar a testa, depois o jogou para Charlotte, que o pegou e fingiu desmaiar. Desta vez, quando ele tocou, eu e Charlotte cantamos também, com todas as nossas forças, batendo na perna com as mãos, batendo palmas e gritando. Só notamos Mama no final da música quando escutamos o som das palmas e nos viramos para vê-la parada à porta da biblioteca, lágrimas escorrendo por seu rosto.

— Mama! — exclamou Inigo, abaixando o violão na mesma hora e indo na direção dela hesitante. Mas antes que ele chegasse, ela saíra dali soluçando. Momentos depois, escutei o som dos passos dela no salão, depois um som surdo enquanto ela corria escadas acima.

— Devo ir atrás dela? — perguntou Rocky, na mesma hora.

— Pode deixar que eu vou — disse eu. — Charlotte, poderia servir uma bebida para Rocky?

Charlotte, que estava acostumada a dramas, assentiu.

— Você estava *muito* bem mesmo — disse ela para Inigo. — Eu choraria se fosse sua mãe.

Mas Inigo não sorriu.

— Ela torna tudo muito difícil — disse ele, frustrado, e pronunciando a palavra "difícil" através de dentes cerrados. — Agora me sinto péssimo.

— Ninguém deveria se sentir péssimo depois de uma performance como essa — disse Rocky. Ele falou calmamente, sem muita emoção, mas percebi que o que disse era muito significativo.

Encontrei Mama lá em cima, sentada em sua penteadeira, tirando a maquiagem com creme e um lenço.

— O que está fazendo, Mama? — perguntei, horrorizada.

— Tirando essa imundície — disse ela, esfregando suas belas bochechas. — Nem sei por que estava usando isso, pra começar.

— Não entendo — disse eu, mas acho que entendia. O quarto dela, geralmente tão arrumado, estava cheio de roupas espalhadas: meias-calças e vestidos, sapatos e blusas estavam amontoados no carpete e na cama. Parecia meu quarto antes de eu sair para algum encontro, e percebi que Mama estava angustiada sobre o que usar para encontrar Rocky. Pela primeira vez desde que Papa morrera, ela realmente se importava com o que vestir para agradar alguém, além de si mesma. Tirei uma saia Dior da cama e me sentei.

— Você... você achou que Inigo tocou bem? — perguntei para ela, hesitante.

— Claro que ele tocou bem. Ele toca melhor do que todos os discos que tanto compra — disse Mama, colocando mais creme em um lenço limpo.

— Você não... você não está um pouco orgulhosa dele?

— Claro que estou orgulhosa! Como eu poderia não estar *orgulhosa*? Sou a mãe dele, pelo amor de Deus, Penelope!

— Então por que não demonstra, Mama?

— O quê? E encorajá-lo a nos deixar? A ir para os Estados Unidos como Loretta? — Ela limpou os cílios com mais força ainda.

— Mas ele é muito *bom*, Mama. Não está sendo justa com ele. Ele poderia ter uma chance real, e sei que Rocky também acha isso. Ele poderia ganhar dinheiro digno.

— Por que ele não pode fazer isso aqui? — Mama esfregou a boca, e o lenço ficou manchado de vermelho-sangue do batom. Agora, com o rosto limpo, ela se olhou no espelho. Uma lágrima enorme caiu sobre o vidro de sua penteadeira.

— Talvez ele só precise ficar lá por um período curto — disse eu. — Depois, ele voltaria para nos ver, para Magna, e talvez ele ganhe dinheiro suficiente para mantê-la. Você nunca consegue ver o lado bom das coisas, Mama?

— Não quero mais essa casa — disse Mama. Houve um silêncio enquanto nós duas digeríamos o que ela acabara de dizer. — Não quero mais morar aqui.

Senti uma onda de enjôo tomar conta de mim.

— Não diga isso, Mama! Não quer dizer isso! Magna é nosso lar. É tudo...

— Era tudo — disse Mama. — Era tudo quando seu pai também estava aqui.

— Ah, Mama! Não comece...

Mas ela não estava escutando. Levantou-se e começou a andar de um lado para o outro na minha frente, mas acho que ela não tinha consciência nenhuma de estar se movendo. Irracionalmente, notei como as tábuas do chão estavam rangendo alto.

— Eu amava esta casa — sibilou Mama. — Amava porque ele a amava. Eu poderia ter vivido feliz para sempre em Magna se Archie tivesse ficado comigo. — Ela estava falando cada vez mais rápido, como se a verdade estivesse caindo sobre ela e ela precisasse falar antes que fosse embora de novo. — Mas o que eu quero aqui agora? Nós andamos pela casa como três estacas esperando ser derrubadas, para cada canto que eu me viro, me lembro dele, para todo lugar que olho, vejo o rosto dele. Tenho 35...

— Isso mesmo! Você tem 35 anos! — interrompi. — Você percebe como é jovem, Mama? *Como é jovem*!

O rosto de Mama se enrugou ao escutar essas palavras, e ela se jogou na cadeira da penteadeira mais uma vez. Sem a maquiagem, ela parecia uma menininha de 12 anos. Eu nunca tinha visto ninguém parecer tão perdido, e nunca a tinha amado tanto quanto naquele momento. Ela olhou para as mãos e rodou a aliança de casamento no dedo.

— Trinta e cinco anos e o que farei pelo resto da minha vida? — murmurou ela. — Ficar sentada aqui, vendo essa casa morrer, porque não posso vendê-la nem deixá-la? Porque quando dei meu coração a Archie, dei-o para esse aglomerado de pedras também? — Ela cuspiu a palavra "pedras", que caiu pesadamente entre nós. — Às vezes eu... às vezes acho que ele não deveria ter se casado comigo. Talvez tivesse sido melhor para ele ficar com uma outra pessoa, uma pessoa mais velha... alguém mais confiante...

Agora eu estava chorando, em silêncio, porque eu odiava cenas e a última coisa que eu queria era que alguém escutasse o que estava acontecendo.

— Lembro-me de quando éramos recém-casados. Archie me avisou que não seriam apenas festas e longos banhos o tempo todo. Eu não dei ouvidos a ele... Achei que tinha chegado ao Paraíso. Eu nunca tinha visto uma casa tão incrível. Achei que ele estava maluco. Agora sei exatamente o que ele queria dizer. Depois que o dourado começa a desbotar, somos deixados com as barras de aço.

— Mas Rocky, ele é rico...

— Você acha que ele vai se casar comigo e assumir essa casa — disse Mama com um sorriso triste.

— Bem, não é uma idéia assim tão idiota...

Mama balançou a cabeça.

— Isso está fora de questão, Penelope. Não apenas porque eu nunca conseguiria viver em Magna com outro homem que não fosse seu pai, mas porque eu nunca poderia me casar de novo. Nunca. Eu me odeio por pensar, mesmo que por um segundo, em Rocky Dakota. Um *americano*! — Ela soluçou de novo. — Graças a Deus Inigo tocou violão hoje. Deixou tudo claro para mim de novo. Quero aquele homem fora da minha casa antes que ele leve Inigo para Hollywood.

— Mas, Mama, ele tem sido maravilhoso conosco! — exclamei. — Não podemos mandá-lo embora agora, não antes do jantar!

— Com certeza podemos.

— Mas você não gosta dele? Não gosta de *conversar* com ele?

Por um momento, os olhos de Mama se encheram de dor.

— Sinto muito, Penelope. Você poderia descer e dizer a ele que considero inadequado ele continuar aqui?

Charlotte e Inigo estavam no salão, fingindo jogar gamão.

— Mama está OK? — perguntou Inigo.

— Claro que não — respondi. — Você não deveria tocar violão em casa de forma alguma, Inigo. Você sabe que ela não suporta. Vá lá em cima e peça desculpas a ela.

Charlotte levantou-se.

— Devo ficar? — perguntou-me baixinho.

— Ah, por favor, fique — implorei. — Onde está Rocky?

— Na biblioteca.

Ele estava parado em frente à lareira com um copo de whisky na mão.

— O que está acontecendo, menina? — perguntou ele, sua voz cheia de preocupação. Encantador Rocky, com sua voz suave e seus olhos bondosos. Rocky, que poderia ter feito Mama feliz.

— Ela acha que seria inadequado você ficar para o jantar — disse eu, amargamente. — Ela acha que seria melhor que você fosse embora.

Ele acabou de tomar o whisky.

— Diga a ela que estava linda esta noite — disse ele. Rocky cruzou a biblioteca até onde eu estava parada, tremendo com a tensão dos últimos minutos. — Ela precisa de você — disse ele, simplesmente. — Cuide dela.

Cinco minutos depois, escutamos o ruído do Chevrolet descendo a alameda.

Jantamos pato, e nenhum de nós mencionou o nome de Rocky. Mama falou do jardim. Estávamos de volta ao começo, pensei em desespero. Nenhuma dor, nem mesmo a dor de perceber que Rocky se apaixonara por Mama, podia ser comparada com a angústia de perceber que ela era incapaz de corresponder a esse amor.

Capítulo 21

A ARTE PERDIDA DE GUARDAR SEGREDOS

Inigo voltou para a escola na tarde seguinte sem fazer nenhum comentário comigo sobre a noite anterior. Como Mama, ele tinha a forte capacidade de se fechar quando queria, e eu temia que ele tivesse sido mais afetado pelos acontecimentos de sábado do que eu poderia imaginar. Magna estava pesada, como se algo tivesse sido mudado e nunca mais pudesse voltar a ser como era. Mama, determinada a não mencionar nossa conversa da noite anterior, passou o dia no jardim com Johns. Mary chegou na hora do almoço com uma gripe terrível. Eu queria, mais que tudo, sair de casa.

— Venha para Londres amanhã — implorou Charlotte. — Vamos comemorar a conclusão do livro de tia Clare. Ela vai reunir algumas poucas pessoas selecionadas para chá, champanhe e bolos. Naturalmente, ela conta com sua presença.

— Harry sabe? — perguntei, tentando não parecer muito esperançosa.

— Acho que não. E acredito que, mesmo se soubesse, passaria a quilômetros de distância.

Eu sorri.

— Eu vou — respondi. — Ao menos para o chá.

— Eu... eu tomei a liberdade de convidar Christopher.

— Convidou? Foi a pedido da tia Clare ou você está com saudades do velho dândi?

— Ah, cale a boca. E de qualquer forma, ele não é tão velho quanto Rocky — disse Charlotte, após uma pausa.

Pela primeira vez, parti para a casa de tia Clare sem nenhum desejo de comer os bolos e pãezinhos. Coloquei meu melhor vestido de tarde (tia Clare não esperaria menos) e levei um ramalhete de orquídeas da Floresta Encantada. Mesmo sabendo que Harry não estaria em casa, eu nunca me sentira tão nervosa. Comprei um jornal no trem e tentei me concentrar nos imponentes artigos sobre discos voadores, mas percebi que era incapaz de compreender qualquer coisa. Eu tinha uma sensação estranha de que se pelo menos pudesse ver Harry, esse enorme sentimento por ele seria curado de uma vez por todas. Ele era baixo demais, esquisito demais, apaixonado demais por Marina... e eu tinha certeza de que, se pudesse ao menos vê-lo, a ânsia por ele passaria. Ele seria apenas meu amigo de novo, o único rapaz com quem eu passaria, feliz da vida, meia hora no banheiro das mulheres do Ritz ou fazendo um piquenique na Longa Galeria. Pela décima vez desde que embarcara no trem, olhei meu reflexo. Eu estava mais pálida que nunca, mas o que mais eu poderia esperar depois de noites a fio dormindo tão pouco? Passando rouge em minhas bochechas, perguntei-me onde estaria Rocky e se ele já conseguira esquecer Mama completamente. Ele talvez até estivesse de volta aos Estados Unidos, talvez tomando um agradável café-da-manhã com Marina e George, rindo dos ingleses e de seus modos estranhos. Mas, de alguma forma, essa cena não soava verdadeira. Rezei para que, onde quer que estivesse, ele fosse feliz.

Era uma daquelas tardes em Londres que faz com que tenhamos vontade de dançar como em um filme musical: o florescimento das cerejas estava em seu ponto alto por toda a Kensington Street, e o céu azul estava alegre, com bolas de nuvens brancas. Pensei em como era estranho eu e Charlotte só nos conhecermos, de verdade, no frio, e perguntei-me se o calor combinava com a personalidade dela assim como os meses de inverno. Na mesma hora, senti-me confortável com o barulho e a animação de Londres (Magna estava mais quieta que nunca desde a partida de Rocky antes do jantar de sábado) e, como cheguei mais cedo, parei na Barker's para ver a nova coleção de chapéus. No departamento de discos, vi o novo disco de Bill Haley and His Comets, *Rock Around the Clock*, e em um acesso de generosidade e porque achava que ele tinha passado por maus bocados ultimamente, comprei-o para Inigo. Só tive tempo de passar na agência dos correios e enviar para ele na escola antes do chá. Esse simples ato combinado com a alegria do brilho do sol deveria ter me acalmado, mas enquanto esperava nos degraus de Kensington Court, senti que minhas pernas tremiam. Não havia nenhum mistério, era só tocar a campainha e entrar. Ele nem está aí, repeti para mim mesma. Na minha cabeça, escutei Johnnie cantando "Whisky and Gin". Johnnie, me ajude, pensei. Phoebe atendeu à porta.

— Eles estão lá em cima — disse ela, pegando meu casaco. Ela parecia ainda mais infeliz do que de costume, sua pele gordurosa, sua blusa praticamente pendurada sobre o corpo. Infeliz sem Harry, pensei, com uma ponta de empatia. Ela pegou as orquídeas, e imaginei vê-las suspirar e murchar em sua mão. Nunca houve uma garota que combinasse tanto com a infelicidade. Subi para o escritório de tia Clare e, respirando fundo, abri a porta. O vazio silencioso que enchera o lugar na última vez em que estivera ali sumira completamente, substituído por uma atmosfera festiva. O escritório estava enfeitado. Fiquei grata que ninguém tivesse notado quando entrei. Charlotte se afastou do grupo.

— Entre e venha conhecer Patrick Reece, o famoso crítico de teatro — disse ela para mim, piscando. — Ele não via tia Clare havia anos, mas não pôde resistir a vir aqui hoje.

— Imagino que ele vá ficar aterrorizado com o livro.

— E com razão — sussurrou Charlotte. — Ele é o assunto principal do Capítulo 12.

— Prazer em conhecê-la — interrompeu Patrick, abrindo um grande sorriso para mim. — É tão bom ver pessoas jovens aqui.

— Sim. — Não consegui pensar em mais nada para dizer. Continuei pensando em Hope Allen, em cocaína, na festa de noivado em Dorset House, e em mim e Harry brincando de Dead Ringers.

— Acredito que também conheça Harry — perguntou Patrick. Questionei-me, alerta, se ele lia pensamentos.

— Claro que conheço Harry — respondi, dando-lhe um sorriso forçado.

— Está apaixonada por ele, presumo.

Senti o calor subir.

— O que o faz dizer isso?

— Ah, não sei. Aqueles maravilhosos olhos de cores diferentes que ele tem. Perversamente atraentes para as mulheres, acredito.

Fui poupada de ter de responder, pois tia Clare apareceu com um magnífico vestido de listras vermelhas e pretas e sapatos combinando. Não havia nem sombra do cansaço da minha última visita. Ela estava resplandecente.

— Não deve monopolizar essa querida senhorita, Patrick — repreendeu ela. — Penelope, querida, vá buscar uma taça de champanhe para você.

Agradecida, escapuli para pegar uma bebida, mas não antes de ouvir, por acaso, o comentário seguinte de tia Clare.

— Menina encantadora, tão inteligente! Filha mais velha de Archie e Talitha Wallace, sabe? — murmurou ela.

— Talitha Orr? — perguntou Patrick, rouco.

— Exatamente.

— Deus, ela não se parece em nada com a mãe e é igual ao pai. Que interessante. Ela está noiva, Clare?

— Não, mas é uma pena. Eu esperava que meu Harry se apaixonasse por ela, mas parece que ele estava muito enamorado da terrível americana.

— Oh!

Não consegui escutar o comentário seguinte de tia Clare e quase derrubei Phoebe e a bandeja de bebidas na minha pressa de encontrar Charlotte. Ela estava afastada da multidão, do lado de fora do escritório, abanando o rosto com um leque.

— Desculpe jogá-lo para cima de você — desculpou-se ela. — Eu já estava com ele havia quase uma hora. Deus, neste momento o escritório de tia Clare é a capital do mundo do mau hálito. Homens acima de 60 anos não deveriam ter permissão de tomar champanhe, é revoltante *demais.*

— O que vai acontecer agora?

— Tia Clare vai ler um trecho de seu livro — disse Charlotte. — Um trecho que selecionei sobre um encontro casual entre ela e um filhote de tigre na Índia. Assim que ela terminar, sugiro que procuremos alguma bebida pelo escritório para tomarmos um porre.

— Tenho de voltar para casa hoje à noite — disse eu. Não gostava de pensar em Mama sozinha em Magna naquele momento. Charlotte ignorou isso.

— Vamos subir para eu lhe mostrar alguns de meus novos desenhos — disse ela.

Indo para as escadas, encontramos Christopher.

— Fiquei sabendo que você estaria aqui — disse eu, encantada. — Gostei do seu paletó.

— Muito bonito, não é? — concordou Christopher. — Mas tinha de ser mesmo. Ela me cobrou bem caro por ele.

— Quem? — Olhei para Charlotte, que teve a decência de ficar um pouco corada.

— Acho que ficou muito bom — disse ela.

Christopher olhou para ela com carinho verdadeiro.

— Ela é uma moça talentosa, tenho de admitir. Já recebi nove elogios pelo paletó esta tarde, e oito foram de Patrick Reece. Acredita que ele tentou me oferecer cocaína quando cheguei? Achei que ele já tinha passado dessa fase.

Ficamos mais tempo no quarto de Charlotte do que seria educado, mas ela acabou decidindo que o hálito e a leitura de tia Clare não podiam mais ser adiados. Voltar para o escritório foi como entrar em um forno. As vozes estavam mais altas por causa da bebida e as janelas estavam embaçadas.

— Abra a janela, Phoebe — mandou Charlotte —, e pegue outra bebida para mim. Uma vez que Charlotte estava com sua taça nas mãos, bateu em sua lateral com uma colher, mas não conseguiu atravessar a parede de fofoca.

— Por favor! — disse Charlotte, e mais uma vez, mais alto: — POR FAVOR!

Todos ficaram em silêncio e olharam para Charlotte, surpresos, como se ela tivesse tirado a roupa.

— Gostaria de apresentar o motivo para estarmos aqui esta tarde — disse Charlotte com voz clara. — Ela é um anjo e, ainda por cima, uma feitora de escravos. Aquela que é única, impossível de se esquecer, Sua Alteza Sereníssima, Clare Delancy!

Houve muitos aplausos, e tia Clare foi até a lareira onde estava Charlotte.

— Estou acompanhando este notável livro desde o começo — continuou Charlotte — e acho que seria muito agradável para todos nós se esta tarde tia Clare lesse um trecho de suas memórias.

Algumas pessoas murmuraram, concordando.

— Se vocês puderem se sentar e permanecer em silêncio apenas por alguns minutos — disse Charlotte. — Tia Clare vai começar.

Tia Clare pegou o manuscrito, olhou para o trecho que Charlotte selecionara para ela ler e colocou-o de volta na mesa. Charlotte franziu a testa. Tia Clare suspirou e sorriu.

— Gostaria de ler para vocês um trecho que minha querida sobrinha não conhece ainda — disse ela, pegando duas folhas de papel em sua bolsa. Elas estavam cobertas de tinta azul manchada. — Tive de esperar até acabar o resto do livro para escrever este pedaço — disse ela. — Espero que não se importe, Charlotte.

Charlotte parecia confusa. Nesse estágio, o escritório já estava lotado de pessoas: algumas estavam em pé no corredor, olhando para dentro o quanto conseguiam. Eu ficara espremida em um canto do cômodo, mais distante do que eu gostaria, e senti uma onda repentina de claustrofobia. Eu me sentia uma gigante, já que, ao meu lado, estava uma mulher com metade da minha altura e o quíntuplo da minha idade, com os cabelos brancos mais longos e as unhas mais compridas que eu já tinha visto, enquanto do outro lado estava um homem, com uns 65 anos, vestindo roupas excêntricas, que podia ser considerado um anão. Como exceção à regra de Charlotte sobre o hálito ruim, ele tinha um cheiro forte de hortelã e tabaco. Tentei mexer um pouco meu pé, mas quase caí. Olhei para Charlotte e vi que ela estava tentando não rir.

— Gostaria de ler para vocês o prólogo da minha história, porque ele é, em muitos aspectos, a passagem mais importante do livro todo — começou tia Clare, como a diretora de uma escola para seus alunos, e a força de sua presença e a riqueza de sua voz eram tão poderosas que todos ficaram em silêncio na mesma hora. — É verdadeiro e aconteceu em 1936. O que mais alguém poderia esperar de um prólogo? — Ela baixou o olhar para a página datilografada e começou a ler.

— *Sempre achei que havia uma razão para o fato de meus anos combinarem perfeitamente com os da guerra e do século e, como conseqüência, meço o mundo da mesma forma que o faço com a minha própria existência. Quando eu tinha 10 anos, o mundo à minha volta tinha 10 e crescia rápido. Igualmente, o século e eu começamos a Primeira Grande Guerra como crianças de 14 anos, e terminamos adultos de 18.* — Tia Clare fez uma pausa nesse ponto e, por um segundo, pensei ver uma ponta de incerteza em sua expressão. Ela está nervosa, pensei, graças a Deus. Ela limpou a garganta e continuou, um pouco rápido demais no início, depois foi se acalmando enquanto progredia, para que cada frase pudesse ser capturada pela imaginação de seu público. Acho que não havia nenhuma pessoa no escritório quando ela terminou. É claro, estávamos todos ali fisicamente, mas a mente de todo mundo fugira com tia Clare. Todos estávamos em 1936.

"Aos 30 anos, conheci, do lado de fora da Royal Opera House Covent Garden, o único homem que amei de verdade. Eu estava feliz por estar sozinha; liberdade era uma proeza rara e deliciosa para mim naquela época. Um homem que mal parecia ter idade suficiente para ter saído da escola, carregando uma gaiola vazia, me perguntou se poderia ser rude e roubar um cigarro. Certamente, respondi, e ele acabou retribuindo ao me levar para jantar. Conversamos sobre tudo, menos ópera, rimos muito, bebemos incontáveis taças de Chablis, e ele cresceu diante de meus olhos. Ele tinha apenas 19 anos e era muito vivo, com aquela ilusória e curiosa ânsia pela existência, que senti que estava me transformando diante dos olhos dele. Conversei de um jeito que nunca conversara com ninguém, coloquei minha alma sobre a mesa que nos separava e deixei-o trazê-la à luz e perguntar seu significado. Quero ver o mundo, eu disse. Vá, ele disse. Sou casada com um homem que detesta viajar, contei. Deixe-o para trás, ele disse. Tenho um filho de 7 anos, repliquei. Melhor ainda, disse ele, mantendo sua opinião: um menino de 7 anos é a companhia perfeita para qualquer viagem. Imaginei por algumas poucas e felizes horas que ficaria com ele para

sempre, mas quando chegou a meia-noite, ele disse que tinha de voltar para casa, para a casa de campo de seus pais, e perguntou se poderia me ajudar a pegar um táxi. Claro, respondi, e sentei-me no banco traseiro do táxi a caminho de casa, imaginando que a qualquer momento o táxi se transformaria em uma abóbora. Nunca me esqueci daquela noite. Não apenas porque o conheci, mas porque percebi que o mundo podia girar apenas para mim, mesmo que pelo período de um jantar. Naquelas poucas horas, experimentei uma felicidade de tão forte que parecia quase sagrada; uma felicidade ainda mais intensa porque eu sabia que era uma alegria limitada, apenas passageira. Fiz o que sugerira a ele que eu deveria fazer, fiz o que nunca imaginei ter a coragem de fazer. Harry e eu deixamos Samuel um ano inteiro e abrimos nossos olhos para o resto do mundo. O que se segue é conseqüência desse ano, e nada disso teria acontecido se não fosse por aquela noite com um estranho em Covent House.

Tia Clare parou por um momento e era possível escutar um alfinete caindo.

— *Eu nunca mais o vi, embora tenha escutado seu nome algumas vezes, e foi na Índia, no ano seguinte, que li sobre seu noivado nos jornais. Ele se casou com uma beldade de 17 anos.*

Mordi meus lábios e lutei contra uma torrente irresistível de água salgada que ameaçava cair dos meus olhos. Como se sentindo a mesma coisa, os olhos de tia Clare encontraram os meus por um momento, e os dela sorriram, com uma bondade infinita.

— *Ele morreu, claro. A guerra providenciou isso. Embora minha lembrança dele seja tão clara hoje quanto era na manhã seguinte ao nosso encontro. Ainda penso nele e, ao escrever este livro, o rapaz com a gaiola nunca ficou longe dos meus pensamentos.*

Ela parou e colocou o manuscrito sobre a mesa à sua frente. Sua mão tremia um pouco. E eu soube, daquela forma que se percebe que já se sabia de algo o tempo todo. O rapaz da gaiola de tia Clare era Papa.

Os convidados não deram nem sinal de sair depois que tia Clare acabou de ler. Apenas ficaram ainda mais barulhentos, conversando entre taças de champanhe e pedindo a Phoebe mais bolos e pãezinhos. Eu e Charlotte nos afastamos do barulho, sem falar, e fomos para a sala de estar.

— Meu Deus — disse Charlotte, que estava um tanto pálida. — Acredito que você não esperasse por isso. Eu, com certeza, não esperava. — Ela foi até a janela e ficou olhando para a rua. — Tia Clare certamente não perdeu a habilidade de prender a atenção do público — acrescentou ela.

— Está tudo bem — disse eu, e minha voz soou alta e pouco natural. — Acho que eu sempre soube que havia algo velado entre mim e tia Clare. Acho que você também sabia.

— Ela não ditou aquele trecho para mim, Penelope — disse Charlotte, com um pânico repentino. — Tem de acreditar nela quanto a isso. Ela devia saber que eu lhe contaria.

Ela estava certa, e eu acreditava nela. Tudo fazia sentido, claro. A passagem no diário de Mama naquela primeira noite em que mencionei o nome de tia Clare. O comentário dela na outra noite: "Talvez tivesse sido melhor para ele ficar com uma pessoa mais velha... alguém mais confiante..." Ela devia saber sobre a noite em que eles se conheceram do lado de fora da Royal Opera House. Papa deve ter contado a ela sobre a mulher que mexera com ele antes de conhecê-la e, sendo Mama como era, ela nunca se esquecera.

— Você sabe que nunca aconteceu nada entre eles, não sabe? O que ela leu é a pura verdade — disse Charlotte, me observando com cuidado. — Ah, querida Penelope, não chore!

Claro, as lágrimas aproveitam essas deixas, e eu percebi que uma vez que eu havia começado a chorar, era impossível parar. Chorei por Papa e por tudo que perdemos quando ele morreu. Chorei por Mama, por Magna e por Inigo. Mas, acima de tudo, chorei por mim mesma, por perceber tarde demais que sempre fora Harry que eu queria, e por afastá-lo de mim sempre que ele tentava se aproximar. Então, para meu horror, a porta se abriu e tia Clare colocou sua cabeça loura, quase branca, para dentro.

— *Penelope*! — exclamou ela, e era a primeira vez que eu a via realmente chocada.

— Por que você precisava ler aquele trecho? — questionou Charlotte, e era a primeira vez que eu a via realmente furiosa. — Como pôde fazer isso com ela? Em uma sala cheia de gente?

Tia Clare apenas suspirou e colocou a mão em meu ombro.

— Eu nunca conseguiria lhe contar — disse ela. — E o mais estranho sobre isso tudo é que, para qualquer outra pessoa, pareceria não haver nada a ser dito. Não *havia* nada a ser dito, apenas que, uma vez, passei algumas horas jantando com um homem extremamente atraente que, por acaso, é seu pai. Embora para mim, claro, tenha sido tudo — disse ela, simplesmente. — Ah, Charlotte, abra a janela. Parece que a casa está pegando fogo.

— Tudo bem — disse eu, sendo sincera. — Acho que é apenas... ah, não sei, *enlouquecedor* demais que Papa tivesse de morrer. — Assoei o nariz. — Às vezes sinto tanta *raiva* dele por não ter ficado vivo.

— Pelo amor de Deus, Charlotte, pegue um pouco de brandy para essa menina.

Charlotte me serviu um copo duplo, e eu tomei um grande gole.

— Parece que tenho tomado muitos porres este ano — disse eu, meio rindo.

— Conforte-se pensando que, por mais que você fique bêbada, Marina Hamilton sempre estará mais bêbada que você — disse Charlotte.

— Não quero escutar o nome dessa moça nesta casa — disse tia Clare, de forma ameaçadora.

— Papa era... muito parecido comigo? Na aparência, quero dizer — perguntei a tia Clare. Eu sabia a resposta, claro que sabia, mas precisava muito escutar isso de outra pessoa que não fosse Mama.

— Ah, você se parece muito com ele — disse tia Clare. — Esse nariz comprido maravilhoso e essas sardas delicadas! Eu soube na mesma hora, no exato momento em que coloquei os olhos em você, se lembra?

— Você o achava bonito? — perguntou-lhe Charlotte.

Tia Clare fez uma pausa antes de responder.

— Não diria que ele tinha uma beleza comum — admitiu ela. — Ele era raro demais para isso, uma aparência pouco comum com aquele colorido estranho e aqueles cílios longos. Puxa, Charlotte — continuou ela, sendo ela mesma de novo —, quem se apaixona por alguém *bonito*? Os bonitos são muito chatos.

Lembrei-me de mim e de Charlotte no banco traseiro do táxi, poucos momentos depois de nos encontrarmos pela primeira vez no ponto de ônibus.

Ele é o rapaz mais bonito de Londres?, eu perguntara a ela sobre Harry.

Claro que não!, ela respondera. *Mas é de longe o mais interessante.*

— Você quer dizer que ele era engraçado? Mama costuma dizer que nunca conseguia ficar séria por mais que cinco minutos quando Papa estava vivo. Ela diz que ele a fazia rir mais do que qualquer outra pessoa no mundo.

— Ele gostava das palavras... da forma como podia distorcer seus significados para me fazer rir.

— Aah! Você faz isso, Penelope! — exclamou Charlotte.

— Faço? — Senti uma satisfação absurda.

— Ele tinha uma *leveza* — disse tia Clare. — É a única palavra que consigo encontrar para descrever. Você também tem isso.

— Como assim?

Tia Clare estendeu a mão na direção do meu brandy.

— Ele me surpreendia por saber viver tão bem, que é o maior dom que alguém pode ter. Um talento para a vida.

— Quer dizer que ele parecia muito feliz?

— Não apenas feliz — disse tia Clare. — Nada tão direto assim.

— O que quer dizer, então?

— Ele se sentia à vontade consigo mesmo, ele estava em casa em sua própria pele. Lembro-me de ver a garçonete se animar quando ele perguntou onde ela tinha comprado seus sapatos.

— Então ele era charmoso?

— Mais que isso, também. Não era o fato de ele ser bonito, mas de ele fazer as pessoas se sentirem como se estivessem no lugar certo, na hora certa, quando estavam com ele. Mas acho que ele não tinha consciência disso. Era instintivo, sua brilhante forma de saber viver.

— Brilhante? — Parecia uma escolha estranha de palavra. Ninguém nunca dissera que Papa era brilhante.

— Sua forma brilhante de saber viver.

— Então por que ele teve de morrer? — perguntei. Não pretendia dizer isso em voz alta. Soava muito estúpido. Mas tia Clare olhou para mim e sorriu.

— Uma coisa eu sei — disse ela, devagar. — As pessoas que sabem viver também sabem morrer. Acho que ele não tinha medo da morte.

— *Não*?

Por um momento, foi como se alguém tivesse tirado um peso enorme dos meus ombros, e esse alívio me deixou quase tonta, minha cabeça leve com o que tia Clare dissera. Mas o que eu estava fazendo, enchendo minha cabeça com idéias românticas sobre meu pai dadas por uma mulher que passara apenas algumas horas com ele? O que ela podia saber sobre a alma dele? Por mais que eu amasse tia Clare, não podia me permitir ser levada a pensar que ela compreendia mais Papa que qualquer outra pessoa. Não era possível.

— Como você pode dizer isso? Você mal o conheceu — disse eu com tristeza.

Então ela pegou a minha mão.

— Ele não tinha medo — disse ela. — Eu simplesmente *sei*. Ele não tinha medo.

E eu acreditei nela. Não porque eu queria, mas porque eu sabia que era verdade.

Charlotte pegou o táxi comigo para Paddington. Não falamos muito. Minha cabeça girava com imagens de Papa e tia Clare, Papa e Talitha no dia do casamento, Papa lutando, Papa morrendo.

— Gostaria que Harry estivesse aqui — disse Charlotte, de repente. E a mera menção do nome dele fez meu nível de adrenalina subir.

— Também sinto saudades dele — disse eu, incapaz de *não* dizer isso. Charlotte olhou para mim com um sorriso de canto de boca.

— Ah, eu não disse que sentia *saudades* dele — disse ela. — Eu apenas gostaria que ele tivesse estado presente esta tarde. Puxa, Penelope, você está cada vez mais perto de me confessar, não está?

Eu não sorri. Não disse nada. Sentir saudades de Harry era a experiência menos divertida que eu já tivera. Principalmente porque ele estava sofrendo tanto quanto eu, mas não por minha causa. O táxi subiu a Kensington Church Street.

— Ele vai voltar, você sabe — disse Charlotte. — Eles sempre voltam.

Nunca recebemos nenhum aviso de que algo extraordinário vai acontecer, não é? Embarquei no trem das 18h15 para casa, como de costume, e peguei minha bicicleta no mesmo lugar de sempre. Acelerei meu ritmo quando passei pelo parque do povoado deserto, e subi a Lime Hill em direção à alameda. Estava escuro, então mantive o muro da propriedade à minha esquerda enquanto pedalava ao longo da estrada. Cantarolei músicas de Johnnie Ray e tentei afastar a sensação estranha, mas poderosa, de uma urgência pavorosa que tomava conta de mim enquanto seguia o caminho de casa. Não sei qual dos meus sentidos captou as mudanças primeiro: se foram meus olhos, ao ver o céu mais vermelho do que deveria estar, ou se meus ouvidos, ao escutar o inconfundível som de vozes distantes gritando. Se foi o gosto diferente mas indefinível no ar noturno, ou a onda de medo que tocou minha pele. Cheguei à alameda e vi um policial vindo na minha direção, apontando uma lanterna poderosa para os meus olhos. Protegi meu rosto e acionei os freios da bicicleta.

— O que está acontecendo? — perguntei a ele. — O que está fazendo aqui?

— Fique afastada, senhorita — disse ele, com firmeza. — Essa não é uma boa noite para uma jovem moça ficar bisbilhotando esse lugar.

— Eu *moro* aqui! — exclamei, tentando reprimir o pânico na minha voz. — Que diabos está acontecendo?

— A senhorita *mora* aqui? — repetiu o policial, de repente preocupado.

— Sim. Eu *moro* aqui! — repeti, quase histérica.

— Se eu fosse a senhorita, voltaria à estação comigo — disse ele. Mas montei de novo na bicicleta e fui em direção à casa antes que ele conseguisse dizer mais alguma coisa. Acho que ele gritou algo para mim, mas eu não escutei. A única coisa que importava era chegar em casa, casa, *casa*. Minhas pernas pedalavam cada vez mais rápido, meu coração estava acelerado em meu peito e meus dedos apertavam o guidom da bicicleta enquanto eu seguia. Fiz a curva da alameda e me lembrei de ter trazido Charlotte até ali no primeiro final de semana que ela havia passado em Magna.

— Não existe lugar igual — dissera ela.

Meu primeiro pensamento naquela noite foi como ela era espetacular: o gramado da frente e o caminho de calcário brilhando sob o céu laranja que fazia os olhos arderem com seu brilho glorioso e ameaçador; a casa, em si, mais viva, mais poderosa do que eu me lembrava. Magna estava pegando fogo.

Havia um triunfo no brilho vermelho que se precipitava sobre o telhado de forma metódica, havia uma beleza no movimento teatral das chamas que tinham tomado conta da casa e dançavam com as tábuas caindo e as paredes desmoronando; Magna era uma parceira bem disposta nessa dança: para mim pareceu não haver gritos de medo na casa incendiada, apenas um riso, uma alegria em sua destruição, uma exaltação na majestade da exibição. *Mama*!, pensei com aquela sensação fria e doentia de horror, e continuei pedalando, cada vez para mais perto de Magna, até que o calor vindo da casa fosse tão forte e a fumaça, tão densa, que tive de parar de novo e respirar fundo em busca de ar. Na minha frente estava uma figura robusta que me era familiar.

— Mary! — exclamei. — Ah, Mary!

— Senhorita Penelope! — lamentou ela. — Isso é terrível! *Terrível*!

— Onde está Mama? — gritei. — Mary! *Onde está Mama*?

— Em Londres. Ela me telefonou poucas horas atrás dizendo que ia dormir na casa de amigos e que voltaria amanhã. Voltar para *isso* — continuou Mary. Ela tossiu com tanta força que até cambaleou, e eu me joguei para frente para segurá-la. — Como ela pode voltar para isso? Não restará nada da casa pela manhã. Nada!

— Ela está em Londres? — gritei. — Mary, você tem certeza?

— Nunca estive tão certa. Cheguei às 17h, como de costume. Ela já tinha saído. Johns a tinha levado à estação e ela tinha dado o final de semana de folga para ele.

— Então ela não está lá dentro?

Mary balançou a cabeça.

— Juro que ela não está lá dentro.

— Ah, meu Deus! Fido! — gritei. — Onde está Fido?

— Johns está com ele — disse Mary. — Sua mãe sugeriu que ele o levasse para casa, já que ela passaria a noite em Londres. Disse que você também ficaria por lá — acrescentou ela, não sem um tom de acusação na voz.

— Eu ia ficar — sussurrei. — Mas tive uma sensação de que devia voltar para casa.

Fomos interrompidas por outro policial.

— Acho que vocês duas deveriam se afastar — disse ele com firmeza.

Não escutei o que ele disse em seguida. Olhei diretamente para Magna, assistindo às chamas saírem pelas janelas do andar de baixo, atônita, com a mesma sensação silenciosa de insignificância que eu sentira ao procurar estrelas cadentes com Charlotte. Meus olhos ardiam com o calor e o poder de tudo aquilo, e me afastei com o choque. Vi figuras dançando no jardim à minha frente, Mama e Papa como eram na noite de verão em que se conheceram; vi Inigo e eu quando crianças correndo em direção a Magna no dia em que a guerra terminou, gritando animados pelo fim de algo sem o qual não podíamos imaginar viver; vi Charlotte e eu caminhando pelo pomar e sonhando com Johnnie; e vi Harry e eu deitados no chão da Longa Galeria escutando o vento e a chuva batendo na Ala Leste. Então achei que vi Rocky vindo na minha direção, e senti algo na minha cabeça desligar, e um delírio me acalmou com a idéia de que tudo aquilo era um sonho.

Capítulo 22

A DÚVIDA OCASIONAL

Quando acordei, estava em Dower House, no quarto que eu e Inigo dividíramos durante a guerra. Por um momento, perguntei-me se tinha 8 anos de novo e se a guerra tinha realmente acabado.

— Mama? — chamei.

— Penelope! — escutei sua voz na minha cabeceira. — Você finalmente acordou.

Eu estava mesmo acordada. A luz do dia entrava pela janela. Eu me sentei.

— Que horas são?

— Você desmaiou — explicou ela. — Mary e um gentil policial trouxeram-na para cá. Você dormiu a noite toda. São 7 horas da manhã.

— Magna! O fogo! — Pulei da cama e corri para a janela.

— Querida, é melhor se acalmar... o choque...

— Ainda está queimando! — lamentei. — Eles não podem fazer nada?

Mama sentou-se na beirada da minha cama. Ela estava extremamente pálida e usando seu melhor vestido, com uma pele em volta dos ombros. Obviamente, não trocara a roupa da noite anterior.

— Como você ficou sabendo? — perguntei a ela, minha garganta seca, o cheiro da fumaça forte em meu cabelo.

— Eu estava em Londres — disse Mama. — Percebi que não suportaria ficar em casa sozinha mais uma noite. Liguei para Johns e ele me levou à estação.

— Quem você foi visitar?

Mama corou.

— Ele me ligou logo depois que você saiu. Disse que adoraria me levar para jantar, mas que entenderia se eu nunca mais quisesse vê-lo.

— Rocky?

Mama desviou o olhar, seus dedos brincando com a colcha que Mary fizera para nós durante o que ela descrevia como "as longas e escuras noites de 1943". Eu não via essa colcha desde que nos mudamos, e ela me trazia recordações da minha infância: Inigo e eu aninhados nela, escutando as bombas no céu, e Mama com as pernas envolvidas em cobertores quentes nas noites em que o combustível era racionado. Mama viu que eu a estava olhando.

— A colcha — começou ela. — Lembra como você gostava dela?

Então percebi como Mama ainda via os anos de guerra. Havia medo, mas sempre, sempre esperança. Foi apenas no final, quando Papa morreu, que a esperança se foi. Tudo antes disso estava envolto em uma nuvem romântica, em uma esperança frívola de vê-lo de novo. Só quando nos mudamos de volta para Magna soubemos da morte de Papa. Dower House, para ela, seria, para sempre, um lugar de sonhos guardados.

— Rocky telefonou? — perguntei de novo. Ela assentiu.

— Decidi que deveria ir ao jantar, pelo menos para me desculpar pela forma como o tratei naquela noite. Agora não consigo nem imaginar o que teria acontecido se eu não tivesse ido — disse Mama. — Eu teria... eu teria morrido.

— Não necessariamente — disse eu, o horror do que ela estava dizendo tomando conta de mim. — Acho que teria conseguido escapar sã e salva, Mama.

— Mas talvez não — disse ela, balançando a cabeça. — Talvez não.

— Como ficou sabendo do que aconteceu? — perguntei.

Ela olhou para mim com os olhos cansados e manchados de rímel.

— Bem, foi uma coisa engraçada — admitiu ela. — Eu e Rocky fomos jantar no Claridge's... um prazer — ela não conseguiu deixar de comentar —, e depois decidimos dar uma caminhada. Londres estava tão bonita ontem à noite, sabe — acrescentou ela, esquecendo-se de que eu também estivera lá. — Já devia ser mais de meia-noite quando percebi que eu estava atrasada para pegar o último trem para casa. Rocky se ofereceu para me trazer a Magna. Chegamos às 2h30. Que visão nos recepcionou quando subimos a alameda!

Fiquei chocada com as palavras que Mama escolheu. Parecia haver pouco horror em sua voz, mais incredulidade do que qualquer outra coisa. Não houve nenhum dos comentários de "que terrível" de Mary, nenhum desmaio como o meu.

— Eu não fazia idéia de que você estaria aqui — continuou Mama. Ela cruzou o quarto e endireitou uma foto minha e de Inigo no console da chaminé. — Deve ter sido um choque terrível, querida.

— Não foi para você, Mama?

— Claro! — disse ela, a voz falhando. — É a... era a casa de Papa. Ele nunca teria deixado isso acontecer...

— E Inigo? Ele tem de saber — disse eu, calçando meus sapatos.

— Rocky foi até a escola para contar a ele — disse Mama. — Ele saiu uma hora atrás. Já deve estar lá.

Eu não disse nada, mas tinha de admitir para mim mesma que Rocky era a pessoa certa para contar a Inigo.

— O que vai sobrar da casa? — sussurrei. — Ah, Deus! — exclamei com um soluço. — Marina!

— Quem?

— A porquinha-da-índia! — Senti lágrimas surgindo em meus olhos. Marina, o animalzinho de estimação que Harry me dera para cuidar, a coisa mais próxima que eu tinha dele... o que havia acontecido com ela ontem à noite?

— Ah, querida, não se preocupe com ela — disse Mama, sorrindo. — Por incrível que pareça, ontem decidi que estava na hora de ela ficar do lado de fora permanentemente. Coloquei-a em uma caixa e entreguei-a a Johns pouco antes de sair para Londres. Ele ia levá-la para casa com ele, para mostrar a nova gaiola que estava fazendo para ela.

— Ah, graças a Deus — murmurei, e só mais tarde pensei em como isso era estranho. Por que diabos Marina precisava sair do meu quarto enquanto Johns terminava sua nova gaiola?

— Você estava certa sobre Rocky — disse Mama, tranqüilamente, e acho que era a primeira vez que ela admitia que eu estava certa sobre alguma coisa.

— Como assim?

— Ele é maravilhoso. Claro, eu soube disso desde o momento em que o conheci, mas eu estava com medo, Penelope. Com tanto medo de... de...

— Ser feliz?— perguntei.

— A felicidade pode ser assustadora quando não estamos acostumados com a sensação.

— Então agora que Magna foi destruída, você acha que pode ser feliz? — Soei mais severa do que tinha intenção. — E Papa? A casa dele! *Nossa* casa! Mama! Agora acabou, ela se foi!

— Assim como seu pai se foi! — gritou Mama, a exaltação deixando seu rosto ainda mais pálido. — Nunca quis que a casa acabasse desse jeito! Mas também não podia continuar morando ali. Seu pai nunca ia querer que eu fizesse isso. Ele costumava me dizer que Magna só parecia real quando eu estava lá com ele.

— Ele teria feito alguma coisa — protestei. — Ele teria lutado contra as chamas, ele teria feito *qualquer coisa* para salvá-la! Estava no sangue dele, Mama. Está em nosso sangue!

— Não! — gritou Mama. — *Nós* éramos o sangue dele, não a casa! A casa preparou uma armadilha para ele, o possuiu, o assustou, assim como fez comigo. Ah, ele amava Magna — continuou ela, sua voz fraquejando agora —, mas ele teria feito qualquer coisa para escapar. Ele nunca disse nada que comprovasse isso, mas às vezes havia alguma coisa em seus olhos, um brilho de dúvida ocasional sobre se essa responsabilidade era pesada demais para ele. Você entende isso, não entende? Alguma coisa tinha de mudar — disse ela. — Alguma coisa *tinha* de mudar.

Era a primeira vez em anos que eu a via ter certeza a respeito de alguma coisa. Mas nada disso seria verdade a não ser que eu visse com meus próprios olhos. Nada sobre o incêndio seria real até que eu visse o que acontecera com Magna. Saí do quarto e desci correndo. Mama apressou-se até a porta e gritou me chamando, mas sua voz parecia algo irreal, como a voz de um rádio, desconexa, fantasmagórica. Saí da Dower House e corri em direção a Magna.

Escutei meus pés batendo ritmicamente na terra sólida abaixo deles, e isso me deu forças. Olhei para meus pés enquanto corria, e vi os canteiros de orquídeas entrarem em foco, enquanto subia a alameda. Senti o calor do sol atrás de minha cabeça, e o inesperado brilho da manhã fez meus olhos arderem. Fiz a volta na cerca para entrar no quintal e cheguei ao banco que ficava na beira do lago onde tínhamos nos sentado naquela noite de inverno, eu, Inigo, Charlotte e Harry, comendo ovos cozidos e tomando champanhe na neve. Agora o ar estava leve, quente demais para minha fina blusa de lã. Tirei-a pela cabeça e desacelerei o passo em direção à casa.

Como tudo podia ter mudado em apenas uma noite? Eu já tinha lido sobre casas que foram destruídas pelo fogo em uma noite, mas nunca achara que isso fosse possível. Com certeza alguém devia ser capaz de controlar esse inferno antes que ele tomasse conta. Mas o incêndio em Magna *ainda estava acontecendo*. O fogo parecia menor agora do que na noite anterior, mas ainda estava ali; eu podia vê-lo, lentamente, pelas janelas escurecidas da sala de estar. Andei, sem pensar, até a entrada da casa e fiquei parada onde ficava a porta da frente. Não existia mais. Havia desmoronado, revelando o salão, ou o que havia sido o salão; impossível distinguir em meio ao caos do andar térreo. Mesmo sabendo que não deveria, entrei. Escutei um estrondo à minha frente, e um enorme pedaço do teto do salão caiu, ainda vermelho pelo calor, ainda quente pela destruição.

Dei um passo para trás. Pude ver o céu através do telhado, a manhã azul e branca de primavera rindo da concha enegrecida de Magna. Era como se, pela primeira vez, a casa estivesse nua, envergonhada, incapaz de se esconder em algum lugar. Na noite passada, ela parecera queimar, enquanto gargalhava sob o céu da meia-noite. Agora parecia... (havia uma expressão!) parecia os *restos mortais* dela mesma!

Três bombeiros ainda estavam pairando por ali, um deles bebendo em uma garrafa térmica. Logo atrás deles havia uma enorme pilha de objetos que obviamente tinham sido recuperados da casa. A mesa de Mama da sala de estar estava coberta de coisas da cozinha: um espanador, uma panela queimada e a cópia cantada de Mary de *The Lady*. Ironicamente, o calendário de

Mama de 1955 estava aberto no mês de dezembro, revelando uma fotografia de um pudim de Natal bem quente sobre a lareira. Nunca mais teríamos um Natal em Magna.

— Srta. Penelope?

Virei-me e encontrei Johns, seu cachimbo em uma das mãos e um garfo de jardim na outra. Eu recuei, e ele assentiu devagar e se afastou da casa, em direção ao lago. Eu o segui, me perguntando se ele era real. Parecia impossível Johns existir agora, principalmente nesta manhã. Havia Johns sem Magna? Como se lendo meus pensamentos, ele se inclinou, pegou o garfo e começou a tirar as heras que estavam em volta do banco. Sem pensar, me ajoelhei e comecei a ajudá-lo, enrolando os galhos mais difíceis em volta dos dedos, escutando a resistência das raízes na terra enquanto eram arrancadas.

— Quando se deixa "elas" crescerem muito, se está arrumando problemas — murmurou Johns. — Melhor deixar lá em cima, no jardim, principalmente nessa época do ano, quando os brotos estão se espalhando por todo lugar.

— É — sussurrei.

Não sei quanto tempo trabalhamos juntos. Pareceu apenas uns cinco minutos, mas poderia ter sido uma hora. Acabamos olhando para cima, quando outro carro da polícia ou dos bombeiros subiu a alameda, mas eu não disse nada. Minha garganta estava seca. Fiquei com medo de tentar falar.

— Não há muita coisa para eles fazerem agora — foi tudo que Johns disse. Ninguém nos importunou. Nem sei se eles nos notaram. Quanto mais tempo passava, mais difícil se tornava, para mim, falar. Eu não sabia o que dizer, não sabia nem como começar. Continuei imitando Johns, e ele parecia estar igualmente sem disposição para falar qualquer coisa. Até que eu me levantei e anunciei que tinha de ir, que já estava fora havia muito tempo e que Mama estaria me esperando em Dower House.

— Você não quer me ajudar com uma outra coisa? É só um minuto, Srta. Penelope.

— Claro, Johns. O que é?

— Venha comigo até o viveiro. Tem uns dois pássaros que precisam ser vistos. Eles estavam assustados ontem à noite. Gostaria de poder dizer para sua mãe que eles estão bem.

— Claro, Johns.

Segui-o em silêncio, cruzando o portão e entrando no jardim. A luz do sol se refletia no caminho, flores brancas explodiam nas macieiras. No jardim, nenhum broto, nenhuma pétala nem botão se importava se a casa permanecia lá ou não. Era outro país. Johns ia arrumando as coisas enquanto andávamos, como ele sempre fazia. Ele antes parecia um absurdo, agora parecia o mais sensível de todos nós, continuando seu trabalho que sempre tinha sido ali.

Os pombos de Harry estavam juntos em um poleiro, um pouco afastados dos outros pombos de Mama. Eles se pareciam tanto com Harry! Engoli em seco, imaginando o que Harry teria a dizer se pudesse ver o que acontecera com a Longa Galeria. Nenhum dos pássaros parecia mais perturbado do que o normal. Johns encheu suas bandejas com sementes e todos se agitaram em volta de suas mãos fazendo a algazarra costumeira.

— Eles parecem bem, Johns — disse eu, aliviada.

— É.

— Agora eu tenho mesmo que voltar... — comecei.

— Só mais uma coisa, Srta. Penelope — disse Johns. — Só mais uma coisa.

Eu não disse nada, só fiquei parada enquanto ele se abaixava e tirava uma caixa pequena que estava embaixo das latas de sementes.

— Encontrei isso aqui hoje de manhãzinha — disse ele, simplesmente.

— O que é isso?

— Pegue. Veja você mesma.

A caixa estava amarrada com muitos pedaços de barbante e fita, uma delas eu reconheci como sendo o laço que veio com o presunto da Fortnum's que Charlotte e Harry trouxeram no ano-novo. Escutei a voz de Mama. *Ah, guarde o laço... é lindo demais para se jogar fora.*

— Deve ser alguma coisa de Mama — disse eu para Johns, sentindo-me constrangida. — Alguma coisa que ela provavelmente guardou e acabou se esquecendo...

— Claro — disse Johns. — Leve para ela. Não se deve deixar esse tipo de coisas no viveiro por muito tempo.

— Obrigada, Johns — disse eu. E eu sabia.

Não sei como eu sabia, exceto que talvez eu tenha sabido o tempo todo. Corri de volta para o jardim e passei pelo portão, segurando a caixa em meu peito. Não era muito pesada. Ela chocalhava um pouco enquanto eu corria. Quando cheguei à clareira no topo da alameda, quando Magna estava toda encoberta pela subida de cascalho, agachei-me embaixo de uma árvore.

A camada de papel de seda por cima dos itens da caixa voou quando a abri, e eu não consegui pegá-la. Embaixo havia algo macio, algo dobrado caprichosamente, algo que era tão familiar para mim que eu reconheceria apenas pelo toque ou pelo cheiro. O vestido de noiva de Mama. Com mãos trêmulas, tirei-o da caixa e o abracei. A luz do sol se refletiu no fino tecido cor-de-rosa, deixando-o translúcido, um vestido de fada. Cuidadosamente, coloquei-o ao meu lado no chão e peguei o que estava embalado embaixo dele. Tudo era pura e essencialmente Mama. Ela guardara o livro de racionamento do último ano, seus discos da ópera *Os piratas de Penzance*, diversas fotografias de Papa e, sem sua feia moldura, no fundo da caixa, estava a aquarela de tia Sarah. Engraçado, pensei. Longe da majestade das antigas tapeçarias e dos tetos de Inigo Jones, ela parecia muito boa. Equilibrei-a no tronco da árvore e me voltei para a caixa de novo. Havia uma carta no fundo. Uma carta escrita com uma caligrafia que eu reconheci na mesma hora. Tia Clare. Contudo, não estava endereçada a Papa, como eu esperava, mas a minha mãe. *Talitha Wallace, Milton Magna, Westbury, Wiltshire.* A data no envelope era de apenas um mês atrás. Março de 1955. Sentei-me imóvel por um segundo, minha mente girando. Então li. Lenta e cuidadosamente. E escutando a voz de tia Clare na minha cabeça o tempo todo.

Minha querida Talitha,

Não imagina como fiquei aliviada ao receber notícias suas. Desde que conheci Penelope, tenho pensado muito em como você estava depois da guerra, em como estava conseguindo manter Milton Magna sozinha. Deve ter sido difi-

cil escrever para mim, e agradeço muito. Nós devíamos ter escrito uma para a outra anos atrás. Nunca é tarde demais, nem agora.

Engraçada a freqüência com que você entra em meus pensamentos. Talitha Orr... a garota mais sortuda do mundo, a garota que conquistou Archie. Sempre que eu via a foto de vocês dois nos jornais, procurava algum defeito, algum sinal de que vocês não eram tão felizes quanto todos diziam que eram. Procurava em vão. Mesmo depois de ler sobre a morte de Archie, continuei invejando você. Isso não é engraçado? Invejar uma viúva tão jovem quanto você. Mas pelo menos você o teve por um tempo, mesmo esse tempo tendo sido curto. Isso só mudou quando conheci Penelope e percebi como deve ter sido horrível para você. Perder o marido e ficar com uma casa como Magna... O peso deve realmente ser enorme. E sua carta era muito triste. Você se segurou por muito tempo. A idéia de que a assombrei me parece muito ridícula. Muito fútil. Você é jovem demais para viver assim. A vida é longa e cheia de possibilidades se você se libertar.

Uma casa maravilhosa é algo notável, mas todas as grandes casas foram construídas para homens, por homens. Qualquer casa, grande ou pequena, deixa de parecer real quando a pessoa que você ama não está mais lá. Liberte-se, porque você é muito jovem para não fazer isso.

Com muito carinho,

Clare Delancy

PS: Penelope é uma ótima menina. Meu filho uma vez me disse que não é bom o bastante para ela. Talvez você possa convencê-la de que esse não é o caso, não?!

Gostei do ponto de exclamação. Coloquei a carta de volta no envelope e o envelope de volta na caixa, mas enquanto fazia isso, notei mais uma coisa. Outra foto. Uma que eu nunca tinha visto, embora eu e Inigo estivéssemos nela, sentados e rindo no viveiro. Virei-a: *11 de julho de 1941 (21º aniversário)*, Mama tinha escrito. *Penelope e Inigo.* Ela desenhara a lápis um coração tremido ao lado de nossos nomes. Por alguma razão, mais do que tudo que acontecera e tudo que eu vira, foi isso que encheu meus olhos de lágrimas.

Inigo e Rocky chegaram a Dower House naquela tarde. Rocky parecia cansado, mas ainda assim glamouroso. Eu queria me jogar em seus braços e esperar que ele dissesse que tudo ficaria bem, porque, de alguma forma, só o fato de estar com ele na mesma sala tornava tudo melhor. Era sempre a mesma coisa com Rocky. Primeiro, se ficava fascinado por sua altura e seu charme, depois por sua inconfundível gentileza. Ele serviu uma bebida para mim e Inigo.

— Acho que nenhum de vocês deveria se aproximar de Magna pelos próximos dias — disse ele, olhando para mim. — Ainda há homens lá tentando salvar o máximo de coisas que conseguirem, e acho que devem deixá-los fazer isso. Preciso ir a Londres por alguns dias, mas posso voltar no final de semana. Se quiserem, posso dar uma olhada no seguro para vocês, providenciar os papéis. É um negócio complicado, mas posso ajudá-los, se quiserem.

— Todos os meus discos — disse Inigo, vagamente. — Acho que é impossível salvá-los.

Rocky acendeu um cigarro e não disse nada. Mais tarde naquela noite, levei a caixa de Mama para seu quarto. Nenhuma de nós falou a respeito. Não precisava.

Rocky providenciou tudo, apesar de ter de passar a maior parte do tempo em Londres. Novos móveis chegaram a Dower House em vans: sofás modernos e elegantes, uma geladeira americana e até um aparelho de televisão.

— Não pode deixá-lo pagar por todas essas coisas, Mama — comentei. — É muito caro.

Mama concordou comigo e tentou, em vão, devolver tudo.

— Acho que ele deve sentir prazer — disse ela — em ajudar as outras pessoas.

Não pude discordar de Mama. Rocky era o único filantropo de verdade que eu conhecia. Era o que fazia com que as pessoas suspeitassem dele. Era difícil acreditar que ele só queria o melhor para todo mundo. Claro, no nosso caso, as coisas ficavam mais fáceis para ele, já que estava completamente apaixonado por Mama.

— Acho que ele vai querer se casar com você — disse eu, testando a idéia.

— Não seja ridícula, Penelope — disse Mama, franzindo a testa. — Nem todo mundo pensa como você. Ele é apenas um homem generoso.

— Verdade — acrescentei, contrariada. — Então não se importa com todas essas coisas americanas? O novo fogão, a geladeira?

— Não é o ideal — suspirou Mama. — Mas Mary me disse que a máquina de lavar é uma maravilha.

Os primeiros dias depois do incêndio não foram nem um pouco como se pode imaginar que eles seriam. Eu previa lágrimas e drama, arrependimento retardado de Mama, desespero da minha parte e de Inigo quando percebêssemos que nossa infância e nosso lar tinham acabado para sempre. Eu estava muito errada. Rocky teve cuidado de não nos sobrecarregar com detalhes, mas nos informou que poderíamos vir a receber do seguro dinheiro suficiente para continuarmos vivendo felizes em Dower House por alguns anos. Não fiz qualquer pergunta a ele. Acima de tudo que tinha acontecido, eu reconhecia sua generosidade. Ver Mama e Rocky era como assistir ao desenrolar de um filme fascinante em câmara lenta. Sempre que ele vinha jantar, eu sentia como se eu e Inigo devêssemos pegar um saco de pipoca; a amizade deles era delicada como uma asa de borboleta. Rocky dava presentes para Mama, nem sempre presentes caros, mas pequenas coisas que ele achava que ela gostaria: um pacote de amêndoas açucaradas da Fortnum's, uma vela perfumada de uma loja que ele conhecia em Portobello Road. Ele era o homem menos sentimental que eu conhecia, tinha uma resposta prática para tudo, mas quando Mama falava, era possível ver seu rosto se suavizando, seus olhos sorrindo. Ele a considerava fascinante e decepcionante em porções iguais (o que ela realmente era), mas ele não tinha medo de desafiar a parte da decepção, o que eu e Inigo adorávamos. Ele contestava as coisas: os pontos de vista dela sobre os Estados Unidos, a petulância dela naquele jantar, a desaprovação dela ao amor de Inigo pela música; e ela o escutava de verdade. Por sua vez, ela implicava com ele, o fazia rir com sua opinião ultrajante de Mary e suas histórias sobre a vida no povoado durante a guerra. Levei duas semanas observando-os para chegar à conclusão de que eram a combinação perfeita. Mama levou muito mais tempo para admitir. Mais do que qualquer outra coisa, eu era agradecida por Rocky me entender. Uma noite, enquanto estava deitada em minha cama lendo um artigo sobre as belezas da Espanha na revista *Woman and Beauty* e imaginando se Harry já tinha estado lá, ouvi uma batida suave em minha porta.

— Pode entrar — disse eu.

Rocky ficou parado, constrangido, na porta.

— Ei, menina — disse ele.

Abaixei a revista.

— Olá — respondi.

— Eu estava pensando — disse ele. — Não que seja da minha conta, claro, mas o que aconteceu com seu mágico?

— Ah, ele não é o meu mágico — respondi, tranqüilamente. Houve uma pausa.

— Ah — disse Rocky. — Contanto que você esteja bem em relação a isso.

— Estou bem, obrigada — disse eu.

Rocky não acreditou em mim, claro, mas ele sabia quando me deixar em paz. Eu não estava bem em relação a Harry. Eu nunca sentira uma dor como aquela, uma dor constante e persistente, um desejo vago e contínuo. Eu ficava deitada acordada à noite, rabiscando em meu caderno e me lembrando de como eu fora soberba, presunçosa, *ridícula*, de não reconhecer que estava me apaixonando. E agora era tarde demais.

Uma noite Rocky veio jantar usando o perfume Dior Homme, e eu quase desmaiei.

— Você está se sentindo bem, Penelope? — perguntou Mama.

— Estou — murmurei.

Apenas três dias depois do incêndio, Rocky sugeriu que Mama fosse com ele ver Magna pela primeira vez. Ele levou um cantil e um lenço, mas ela não precisou de nenhum dos dois. No mesmo dia, eu fui a Londres ver tia Clare. Ela me escrevera uma carta pedindo que a visitasse assim que possível. Ela não mencionou Magna na carta. *Tudo vai dar certo, viu, Penelope?,* foi o mais perto que ela chegou de mencionar o incêndio. Eu me perguntava por que ela queria me ver com tanta urgência; por um efêmero momento, imaginei se tinha alguma coisa a ver com Harry.

Tia Clare atendeu à porta, o que era raro.

— Penelope! — disse ela, dando-me um beijo no rosto. — Entre. Estamos sozinhas, o que é uma novidade, não é?

— Verdade — concordei. — Onde está Phoebe?

— Ah, dei a ela o dia de folga. Ela não anda muito bem.

Ela já esteve bem?, perguntei a mim mesma.

Era curioso o fato de eu nunca ter estado em Kensington Court entre as 11h da manhã e a hora do chá. Estar sentada no escritório de tia Clare ao meio-dia em uma manhã ensolarada, de alguma forma, não parecia certo. Parecia um lugar completamente diferente.

— Nada de chá — disse ela, lendo meus pensamentos. — Gostaria de algo mais forte? Gosto de tomar gim a essa hora do dia.

Fiz uma careta, pensando na porta do palco do Palladium.

— Estou bem, obrigada.

Tia Clare serviu um grande copo de gim com tônica e sentou-se.

— E como está sua mãe?

Eu ri.

— Inacreditavelmente bem. Sobrevivendo muito bem sem Magna. Ela está livre, exatamente como você disse que ela deveria ficar. — Senti o calor subindo pelo meu rosto. — Eu li a sua carta.

Tia Clare não me deu o prazer de parecer pelo menos um pouco surpresa.

— Eu a encontrei. Mama nunca foi muito boa em guardar segredos. Estou surpresa de ela ter mantido o contato de vocês em segredo por tanto tempo.

— Ela acredita em destino, não é? Ela achou que sua amizade com Charlotte foi um sinal muito forte para ela ignorar. — Ela cruzou o escritório até sua escrivaninha e pegou um envelope endereçado a Clare Delancy com a tinta azul que era a marca registrada de Mama. — Não abra ainda — disse ela com a voz estranha. — Abra quando eu não estiver mais aqui.

— Quando eu chegar em casa?

— Não, quando eu me for.

— Como assim?

Tia Clare se sentou. Estendeu a mão para mim e eu me sentei ao seu lado, um horror repentino enchendo minha alma.

— Não devo ficar muito mais tempo aqui — disse ela muito tranqüilamente, sem dificuldade. — Estou morrendo, Penelope.

Tudo ficou branco. Puxei minha mão da dela e me vi levantando, embora minhas pernas estivessem bambas.

— Como... Como assim? — murmurei.

— Ah, é algo que já sei há um bom tempo — disse tia Clare. — Não há nada que ninguém possa fazer por mim agora. Pelo menos é o que dizem. Uma vez que toma conta... Ainda assim, tive mais tempo do que eles previram no último verão. Mas essas últimas semanas foram... difíceis. Não quero murchar aqui. Sempre disse que, quando chegasse a esse estágio, eu iria embora. Paris, talvez. Não há nada melhor do que o *Jardin de Tuileries* na primavera.

— Não é verdade. Não pode ser! — Joguei-me na poltrona de novo e, naquele instante, soube que era verdade, porque percebi que tinha começado a chorar.

— Ah, querida — disse tia Clare. — Por favor, não chore. Não precisa, mesmo. Tive uma vida maravilhosa. Ninguém poderia pedir mais. Não chore. — Ela estava ao meu lado, segurando a minha mão.

— Charlotte sabe? — funguei.

— Não. Ela não sabe de nada, exceto que estou pensando em me mudar para Paris em alguns meses. Não queria que ela ficasse pensando nisso enquanto estávamos trabalhando juntas. Eu precisava que ela estivesse tranqüila e viva... e irritada, quando eu cobrava muito dela. Não queria que ela pensasse que estava trabalhando com uma mulher prestes a morrer. Meu livro é todo vida, novos caminhos e aventura. Ah, não. Não seria adequado contar a Charlotte.

— Mas ela certamente tem de saber... ela gostaria de se despedir...

— Não gostaria, não. Não Charlotte.

Eu sabia que ela estava certa.

— Ela me odiava às vezes por pressioná-la tanto para terminar o livro. Mas tive de pressioná-la... agora você entende, não entende? Tínhamos de terminar o que tínhamos começado antes que fosse... bem, tarde demais, acho.

— E conseguiram — disse eu. — Terminaram.

Tia Clare assentiu.

— Nunca me importou se venderia cinco exemplares ou cinco mil — disse ela. — Escrevi o livro para mim e para as pessoas que amo... afinal de contas, um pouco de amor próprio nunca fez mal a ninguém. E acho que fez muito bem a minha Charlotte. Ela não tinha nenhuma disciplina antes de eu colocar as mãos nela.

Eu nunca tinha escutado tia Clare se referir a Charlotte como dela. Engoli em seco.

— E Harry? — perguntei.

— Harry sabe desde o início.

Fiquei tão surpresa que parei de chorar.

— O quê? — Pisquei.

— Contei a Harry porque não podia deixar de contar. Ele me conhece bem demais. Eu não conseguiria esconder dele como escondi de Charlotte. E eu sabia que isso não nos mudaria, e foi por isso que deu certo. Continuamos discutindo; continuei me afligindo por causa de Marina; ele continuou se recusando a conseguir um emprego adequado. Mas ele gastou muito do dinheiro que ganhou como mágico comigo. Com médicos, especialistas. Nada que tenha adiantado, mas ele *tentou*. É só isso que importa. Ele tentou.

— Onde ele está agora?

— Ele vai me encontrar em Paris — disse tia Clare, serena. — Se eu pedir.

— Você vai pedir, não vai? — implorei. — Diga que vai!

— Eu vou, prometo isso a você.

— Ele ficará perdido sem você — murmurei. — Ele precisa de você. Para... dizer a ele que está sendo bobo, para manter seus pés no chão...

— Acho que treinei Charlotte muito bem nesse aspecto — disse tia Clare.

— Se pelo menos ele não fosse ainda tão apaixonado por Marina.

— Ah, ele não é mais. — A reação de tia Clare foi instantânea. — De forma alguma. Ele nunca foi apaixonado por ela. Ela apenas achava que era.

— Mas qual é a diferença? — Senti-me furiosa de repente. Por que tia Clare sempre falava em enigmas assim? Por que ela tinha de estar morrendo? E por que tinha de ir para Paris para fazer isso?

— Ele está descobrindo isso sozinho — disse ela, com calma. — É uma pena que eu e sua mãe nunca seremos amigas. — Havia realmente tristeza em sua voz agora. — Mas tudo aconteceu como devia, claro. Eu tinha de viver, e agora ela viverá também.

Peguei a bebida de tia Clare.

— Você não acha que foi uma coisa terrível? Destruir uma casa como Magna?

— Muito mais terrível continuar vivendo lá. Dívidas são uma coisa terrível, Penelope. Elas nos devoram por inteiro. Mas... — Ela virou-se para mim, seus olhos maliciosos, cheios de graça. — Harry terá uma boa surpresa quando eu me for.

— Como assim?

— Ah, outro dia eu vendi por uma quantia considerável uma porcelana que sempre acreditei não ter valor algum. Bem... o suficiente para manter Harry circulando por um tempo, como ele gosta de dizer. Christopher Jones viu quando esteve aqui para a leitura do livro. Ele quase explodiu de animação. Disse que nunca tinha visto nada igual, em tão boas condições.

— O quê? E enquanto isso, vai deixá-lo achar que é tão pobre quanto um rato de igreja?

— Claro! — exclamou tia Clare. — Não posso deixá-lo pensar que tem dinheiro para gastar. Ele pode perder a cabeça e começar a pensar que pode sustentar Marina Hamilton de novo.

— E qual foi a porcelana? — perguntei.

— Ah, você não deve se lembrar. Era uma peça feia de verdade. Era uma mulher ordenhando leite, que costumava ficar aqui.

Eu ri. Apesar de tudo. Eu ri.

Só fiquei por mais dez minutos. Imagino que tia Clare não queria que eu ficasse por ali jogando conversa fora agora que eu sabia que seria a última vez. Eu também não queria. Ela me levou até a porta.

— Tia Clare, Phoebe sabe? Do seu... segredo? — perguntei, odiando-me por soar trivial.

— Ah, sim. Ela sabe desde o início.

— Entendo. Isso explica a tristeza dela.

— Ah, não — disse tia Clare. — Ela é naturalmente assim. Sempre foi. Ainda mais agora que Harry foi embora.

Harry. Eu não conseguia acreditar que ele não entraria a qualquer momento pela porta com sua bolsa de mágico, cantarolando jazz e fazendo comentários maliciosos sobre Johnnie Ray. Eu queria tanto vê-lo, eu quase me sentia capaz de evocá-lo, como um viajante do deserto quando vê água.

— Só mais uma coisa — disse tia Clare.

— Qualquer coisa — disse eu, falando sério.

— Tome conta de Charlotte por mim. Sei que ela ainda está apaixonada por aquele rapaz, Andrew. Ele não é a pessoa certa para ela, mas ela vai demorar um pouco para perceber isso. Sempre haverá uma parte dela que me detesta por mantê-la afastada dele. Mas entenda, Penelope, às vezes a experiência nos faz ver as coisas com mais clareza. — Ela ficou pensativa por um momento. — Ela tem falado muito de Christopher desde que você os apresentou. Sabe, ele não mudou nada desde o dia em que o conheci. Ainda é um homem muito bonito, e ainda inconsciente disso.

— Charlotte diz que ele a irrita.

— Bem! Preciso dizer mais alguma coisa?

Peguei um táxi para o Ritz e sentei-me no bar para ler a carta que tia Clare me entregara. Parecia o lugar certo para lê-la, e só o fato de estar lá me dava a sensação de que Harry estava comigo também. Ela me pedira para não ler a carta até que ela se fosse. Mas isso era impossível. Tia Clare sabia disso tão bem quanto eu.

Milton Magna, Westbury
2 de março de 1955

Querida Clare,

Espero que não estranhe o fato de eu estar lhe escrevendo. O que estou dizendo? É claro que você vai estranhar. (Típico de Mama, pensei. Suas cartas sempre são assim: com uma tendência consciente, que não é planejada de forma alguma.)

Minha filha Penelope se tornou amiga de seu filho e de sua sobrinha, e aparentemente você comentou que me conhece, que conheceu Archie e Milton Magna. Ah, não sei o que estou fazendo ao lhe enviar esta carta, talvez esteja dando muita importância à coincidência do encontro deles, talvez esteja vendo como um sinal. De qualquer maneira, estou aqui, com o vento entrando pela janela, escrevendo para você.

Você era a única mulher de quem Archie falava com carinho, a única pessoa que mexeu com ele antes de me conhecer. Como eu a odiava por isso! Pouco depois de nos conhecermos, perguntei a ele se já tinha pensado em se casar antes, e sendo Archie como era, simplesmente não conseguiu evitar ser honesto. Ele me contou sobre a noite do estranho encontro de vocês, como tinham se conhecido do lado de fora da Royal Opera House e como tinham conversado por horas. Apenas conversado. Ele disse que você era mais velha que ele, casada e que tinha um filho e, sim, muito bonita. Ele disse que, se você não fosse casada, talvez a tivesse encontrado de novo. Como me senti infeliz ao escutar essas palavras! Como você parecia sofisticada, sábia e intimidadora, tão intocável. Você se tornou meu único demônio, minha Rebecca particular. Eu temia que Archie a encontrasse por acaso mais do que qualquer outra coisa.*

Ah, ele me amava. Ele me amava mais do que a amava, disso eu não tenho dúvidas, eu sou a mãe dos filhos dele, éramos tão inseparáveis quanto gêmeos. Mas, mesmo assim, nada podia apagar o fato de que ele sentira algo no passado, algo que não deu em nada, mas, ah... algo! (Ela sublinhara essa palavra diversas vezes, e enquanto lia, eu podia escutá-la pronunciando-a.)

De qualquer forma, depois que Archie morreu, eu não conseguia olhar sem chorar para as roupas dele penduradas, me encarando de dentro do armário. No fundo do armário, encontrei um terno que nunca o vira usar. Senti-me fraca, devo dizer, porque algo em mim simplesmente sabia. Peguei-o e esvaziei os bolsos. Nada, exceto um ingresso para a ópera. Não estava rasgado. Apenas não fora usado porque algo melhor do que La Bohème *aconteceu naquela noite. Ele conheceu você, Clare.*

Nada disso importa. Nada disso faz diferença. Você não roubou meu marido. Eu nem o conhecia na época. Talvez fosse isso que tornava mais difícil de suportar. Você não tinha, na época, como não tem agora, culpa nenhuma.

Tenho 35 anos, mas me sinto com 135. Vivo em uma casa de que não gosto, mas tenho muito medo de dizer que não gosto. Não compreendo meus

---

*Menção à personagem-título do romance de Daphne du Maurier lançado em 1938, em que a memória da personagem morta controla o marido, a nova esposa e a empregada da casa. (*N. da T.*)

filhos, porque não me compreendo. E não faço idéia de por que estou dizendo tudo isso a você! Não sei porque não rasguei o ingresso e tirei você de minha cabeça. Penelope me disse que você me descreveu como "a mais bela". E de repente fiquei surpresa ao me dar conta de que você talvez também o tenha amado. Nunca tinha pensado nisso.

Então aqui está o ingresso para você. Talvez você o jogue fora, achando-me muito estranha. Talvez chore sobre ele por alguns dias. Suponho que nunca saberei. Penelope gosta muito de Charlotte e de Harry.

Com carinho, morrendo de frio como sempre,

Talitha Wallace

Engraçado, pensei, abaixando a carta e pegando meu lenço, como os melhores meses da minha vida também tinham sido os mais tristes. Enquanto saía do bar, vi Kate e Helena Wentworth chegando para um almoço tardio com um grande grupo de moças tão bonitas quanto elas. Como de costume, a voz de Helena se sobressaía a de todas as outras.

— Não acho que esteja pedindo muito — dizia ela. — Apenas um homem bonito, com bom gosto, que tenha seu próprio avião, um renda privada e que seja obcecado pela Itália e por mim.

As meninas em volta começaram a rir histericamente. O engraçado é que, conhecendo Helena, ela não estava, de forma alguma, brincando.

Escutei a voz de tia Clare em meu ouvido. "Preste atenção!"

Fui a Londres de novo no dia seguinte para me encontrar com Charlotte. Marcamos em um café em Knightsbridge, e, pela primeira vez, fiquei surpresa pela semelhança dela com Harry. Estava lá o tempo todo, claro; eu simplesmente não vira antes. Estava no brilho de seus olhos, na inclinação de sua cabeça, na forma como falava, e eu percebi, com uma pontada de dor, que a saudade que sentia dele estava pior que nunca. Será que *algum dia* essa saudade iria embora? Eu já me acostumara à dor; ficava comigo o tempo todo, e nunca parecia diminuir. O tempo não curava nada, decidi, mas levava à acomodação.

— Acho que Mama vai se casar com Rocky antes do final do verão — disse eu, mordendo meu hambúrguer.

— Você está feliz? — perguntou Charlotte.

— Acho que sim.

Charlotte fez uma pausa.

— Como é? — perguntou-me ela, devagar. — Não ter Magna?

Era a primeira vez que alguém me perguntava isso, embora eu tivesse tentado responder a essa pergunta para mim mesma um milhão de vezes.

— Em parte, é terrível, como se alguém tivesse morrido — disse eu. — Mas existe um outro lado disso tudo: é como se eu tivesse sido libertada — confessei e, ao escutar as palavras pronunciadas, mordi meu lábio, pois parecia uma traição. — Quem quer que tenha colocado fogo na casa sabia, exatamente, como nos sentíamos — acrescentei.

— Que diabos você está dizendo... quem quer que tenha colocado fogo na casa? — perguntou Charlotte, inclinando-se e roubando uma batata frita do meu prato. — Você acha que alguém... começou o fogo *de propósito*?

— Ah, sim — respondi. — Sei disso desde o princípio.

— Mas quem, pelo amor de Deus?

Eu ri.

— A coleção inteira de discos de Inigo foi salva, assim como Marina, a porquinha-da-índia, e todos os meus cadernos com as minhas histórias. E o lindo vestido que minha fada madrinha me deu para usar no Ritz. Ah, e o vestido de noiva de Mama — acrescentei.

— Ah — disse Charlotte.

— Você entende, não entende? — perguntei.

Charlotte mordeu o lábio.

— Ele a escutou dizer que odiava morar lá e viu uma forma de libertá-la. De libertar todos nós. Ele fez isso — disse eu.

— Muito americano da parte dele — disse Charlotte.

— Claro que eu não tenho qualquer prova — disse eu. — Posso estar completamente errada. Mas foi perfeito demais para ser verdade. Mama fora de casa, todos os animais protegidos...

— E como ela está? — perguntou Charlotte. — Sua mãe?

— Ela sabia também. Ela começou isso, eu acho. Mas ela nunca sonharia em fazer isso sem ele. — E tia Clare, pensei.

— Como eles poderiam ter certeza de que não seriam pegos? — murmurou Charlotte.

— Acho que ele fez um trabalho minucioso — disse eu. — Rocky é desse tipo de homem, não é? Ele diz que pode ajudar Inigo com sua música, entende? Colocá-lo em contato com as pessoas certas para gravar seu próprio disco.

— Então suponho que Inigo possa perdoar qualquer coisa.

— Ele não pensa como eu... nunca questionou o que aconteceu — expliquei. — Inigo vê como um milagre que Mama não estivesse em Magna quando isso aconteceu. Ele acha que tivemos sorte. É tão obcecado por música que todo o resto parece secundário para ele.

— Andrew, o Ted, foi preso na semana passada — disse Charlotte, com um sorriso. — Ele e Digby foram pegos rasgando os assentos do cinema depois de assistirem *Sementes de violência.* Ele me escreveu um cartão contando tudo. Disse que não teve culpa.

Eu ri.

— Mama diz que nunca mais vai falar com Inigo se ele continuar criando caso na escola.

— Caso — repetiu Charlotte, pensativa. — Nós *temos* é que arrumar um pra nós antes que a semana acabe. — Ela me olhou com cuidado. — Mas como você está?

— Não sei — confessei. — No início, pareceu muito ruim, e eu sempre fui muito mais sentimental sobre a casa do que Mama e Inigo. Eu ficava pensando em colocar discos para tocar no salão de baile e na noite em que Marina apareceu por lá e em todos os jantares com pato que tivemos desde que a guerra acabou e em como eu nunca mais me sentaria no assento da janela do meu quarto olhando para a alameda e... e... é estranho — confessei —, mas acho que só comecei a apreciar Magna, de verdade, depois que conheci você e Harry.

— Não seja boba — disse Charlotte, animada.

— Ah, mas é *verdade.* No pouco tempo que passamos lá, juntos, amei a casa muito, muito mais do que em todos os anos antes disso. Quero dizer, eu e Inigo algumas vezes sentíamos que ela era como uma prisão. Cada canto escuro me assustava; parecia tão velha e *escura.* Nós teríamos gostado muito mais se tivéssemos continuado morando em Dower House depois da guerra.

— Casas como Magna são muito mais fáceis de se admirar quando não se tem de morar nelas — disse Charlotte, colocando uma pregadeira em seu cabelo espesso.

E eu assenti, porque ela estava absolutamente certa.

— Eu achava que Magna era uma casa de sonho — admitiu Charlotte —, mas você me conhece, qualquer coisa rebuscada, romântica e antiga me deixa em êxtase. No entanto, eu nunca conseguiria morar lá o tempo todo. Era como um museu, um lugar em que você entrava e fingia ser uma outra pessoa enquanto estava lá. Não era *real.* Acho que era isso que eu amava nela.

— Era real quando *vocês* estavam lá — confessei. — Assim como era real para Mama quando Papa estava vivo. Aquelas vezes em que você dormiu lá, as vezes em que ficamos acordadas até tarde na biblioteca, as vezes com Harry... — Senti que estava prestes a chorar como sinto quando vou espirrar, mas consegui controlar as lágrimas. — Por alguma razão — disse eu, minha voz trêmula —, por alguma razão, continuo pensando em... em Harry... e na tarde de tempestade que passamos na Longa Galeria... Não sei por que...

Charlotte me deu um lenço.

— Ele mandou um beijo para você no último cartão-postal — disse ela, sendo gentil, e percebi que estava atenta à minha reação. — Ele escreveu: "Mande um beijo para Penelope, não que ela vá se lembrar de mim depois de ver Johnnie Ray no Palladium." Ele mandou de Paris. Acha que vai ficar lá até o final do mês. Parece que o mundo da mágica é *magnifique* na França.

— E Marina? — perguntei. — Ele falou dela?

— Não — respondeu Charlotte. — Li nos jornais que ela e George voltaram para a Europa e vão oferecer um coquetel em Nice, em algum iate, para comemorar estarem noivos de novo.

— A festa continua. Mas tenho o pressentimento de que não seremos convidadas desta vez.

— Ah, eu acho que *indiscutivelmente* seremos convidadas — disse Charlotte, alegremente. — Ela não pode se dar ao luxo de manter pessoas como nós muito longe, entende? Sabemos demais, não é verdade?

Houve uma pausa.

— O que *você* acha que vai fazer agora? — perguntou-me Charlotte.

Fechei os olhos por um momento, pensando em como responder.

— Acho que não quero morar em Dower House por muito tempo — disse eu.

— Não a culpo.

— Não é só isso — continuei. — Sinto que estou inquieta. Quero mudar... talvez ir para os Estados Unidos com Inigo... — Era a primeira vez que eu pensava nisso, mas colocar em palavras me deu mais certeza de que eu tinha de me afastar por um tempo.

— Não!

— Como assim, não?

— Você, Penelope Wallace? — Charlotte deu uma gargalhada. — Nossa, os milagres nunca param de acontecer.

— Pensei em ir e procurar Johnnie — disse eu, sorrindo. — Quer vir também?

— Tia Clare vai para Paris — disse Charlotte, de repente. — Acho que ela não vai voltar.

— Acha?

Charlotte balançou a cabeça.

— Talvez eu esteja errada, mas acho que ela vai ficar por lá pelo menos por um tempo.

Não fiz nenhum comentário. Tia Clare escolhera não contar para Charlotte. Longe de mim trair sua confiança.

— Falei com Christopher ontem — disse ela, ficando um pouco corada. — Estou tentando convencê-lo a fazer negócios comigo. Se quiser, venha comigo ver o lugar que escolhi — acrescentou ela, os olhos iluminados. — Fica na King's Road. Podemos ir caminhando até lá agora.

Pagamos a conta e saímos do café. Enquanto dávamos os braços, pensei naquela tarde fria de novembro quando Charlotte apareceu pela primeira vez na minha frente, usando seu casaco verde, perguntando se eu queria dividir um táxi com ela. Parecia que tinha sido ontem e, ao mesmo tempo, cem anos haviam se passado desde aquela tarde no escritório de tia Clare.

— Tia Clare sempre diz que devemos ir atrás de nossos sonhos — disse eu, vagamente.

Charlotte parou de andar e virou-se para mim com um sorriso.

— Não podemos ir atrás deles de táxi? — perguntou ela.

Epílogo

Harry voltou para Londres dois meses depois. Ele levou a mim e a Charlotte para almoçar no Sheekey's. Usei o vestido que usara naquela noite no Ritz e torci para que ele não percebesse o quanto eu estava tremendo. Era uma tarde quente, o que era estranho, já que eu nunca vira Harry no verão. Combinava com ele. Eu esperava que ele parecesse mais velho, cansado por guardar o segredo de tia Clare por tanto tempo, mas eu já devia ter aprendido a não fazer suposições sobre Harry. Ele estava com a aparência melhor do que eu me lembrava. Entrou no salão e afastou o cabelo dos olhos, e eu vi a surpresa da garçonete ao notar a estranheza deles. Ele olhou para onde estávamos sentadas, no bar, tomando Coca-Cola de canudo, e senti em meus olhos lágrimas de alívio ao vê-lo. O *alívio* absoluto de vê-lo. O estranho foi que, embora estivéssemos no mesmo ambiente, eu sofri por Harry mais do que nunca. Eu nunca conhecera alguém tão familiar e ao mesmo tempo tão desconhecido para mim. Perguntei-me por um momento se ele ainda era obcecado por Marina, apesar de saber que não.

Sentamo-nos para almoçar, e ele nos contou sobre como esteve com tia Clare no final, e sobre como ela falara de todos nós. Disse o quanto sentia saudades dela. Charlotte chorou, e ele pegou sua mão e disse que tia Clare tinha comentado que o mais importante em escrever seu livro fora o fato de que o fizera com a ajuda de Charlotte. Isso fez com que ela chorasse ainda mais. Fiquei apenas sentada ali, sofrendo. Nunca tinha percebido a gentileza de Harry antes. Para mim, ele sempre fora distante, difícil, brilhante, nunca gentil. Mas, naquela tarde, percebi que ele tinha feito tudo por uma outra pessoa. Fiquei surpresa com o fato de que o caso Marina tenha feito com que ele e tia Clare se distraíssem da doença dela. Enquanto a mãe dele desaprovava, reclamava e tentava conseguir um emprego adequado para ele, ela ainda estava lutando. Harry não teria conseguido isso de outra forma.

Uma hora depois, Charlotte nos deixou para encontrar Christopher. Quando ela saiu, Harry me perguntou sobre Inigo, e eu falei que ele ia para os Estados Unidos tocar violão e ficar famoso. Meu irmão, astro de rock! Talvez algum dia ele vá tocar no Palladium como Johnnie Ray. Harry disse que não duvidava. Depois me contou que planejara ir de Paris para a Itália, mas que algo o atraíra de volta a Londres. Perguntei o que era, mas acho que eu sabia. Sabia porque, quando olhei para ele, vi algo em seu rosto que eu nunca tinha visto antes. Sabia porque ainda estávamos sentados juntos três horas depois, enquanto os garçons olhavam para seus relógios e começavam a arrumar as mesas à nossa volta para o jantar. Sabia porque o próprio Elvis Presley poderia ter entrado e eu nem desviaria o olhar. Fumamos, bebemos vinho tinto e conversamos sobre música e mágica. E sobre a Longa Galeria e Dorset House. E sobre tia Clare e meu pai, e Mama e Milton Magna.

Conversamos sobre o que estava por vir. E sobre a arte perdida de guardar segredos.

Posfácio

Quando Elvis Presley estourou em 1956, Johnnie Ray foi esquecido. Para mim, ele sempre será o maior astro da música. Nunca vi nada como a multidão do lado de fora do Palladium naquela noite em que eu e Charlotte fomos vê-lo cantar. Ele foi o precursor. Ele morreu no dia 24 de fevereiro de 1990, aos 63 anos.

Este livro foi composto na tipologia Caxton LT BT, em corpo 10,5/16, e impresso em papel off-white 80g/m² no Sistema Cameron da Divisão Gráfica da Distribuidora Record.